Raquel Arbeteta

AMOR

POR

ENCARGO

Primera edición: mayo de 2025

Dirección editorial: Berta Márquez
Coordinación editorial: Alejandra González
Dirección de arte: Lara Peces
Diseño: Mireia Rey

ISBN: 978-84-1962-175-7
Depósito legal: M-3476-2025
Impreso en España / *Printed in Spain*

El papel utilizado para la impresión de este libro
está calificado como papel ecológico y procede de bosques
gestionados de manera sostenible.

Para Cristina, mi Nana,
que es todo calidez.

Y a todos los escritores fantasma.
A pesar de vuestro trabajo invisible,
nunca podrán arrebataros la luz.
Porque un artista siempre la tiene,
aunque no todos la puedan ver.

Dear reader, burn all the files
Desert all your past lives
And if you don't recognize yourself
That means you did it right
[dear reader, Taylor Swift]

INICIO

Parte 1

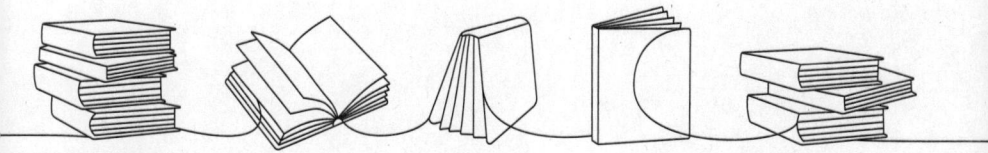

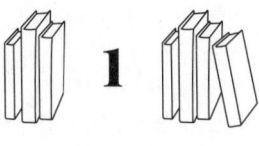

1

Olivia

CUANDO ENTRO EN EL VAGÓN DEL METRO, me llegan dos mensajes.

Uno es del tío con el que salí ayer, que incluye una foto que no pienso abrir. Debajo del icono de la flecha que me insta a descargarla, puedo distinguir, borrosas, las partes bajas de una anatomía masculina.

Paso. La mejor respuesta: un «jajá» seguido de un conveniente bloqueo. La conversación más interesante que mantuvimos ayer ni siquiera contaría como tal.

Nunca antes había insistido tanto en la importancia de darle de comer a mi gato para escapar de una cita desastrosa, y eso que en los últimos dos años no he utilizado otro adjetivo para definir mi vida.

El segundo mensaje es de Judith, mi compañera de trabajo. Incluye muchas exclamaciones, emoticonos y faltas de ortografía. Cualquiera diría que, como yo, se gana la vida en el sector editorial.

> DONDE CONIO ESTASS, OLIVIA, TIA, EL FANTASMA ESTA A PUNTO DE LLEGAR!!!!!!!!

Miro la hora. Llego justa, pero a tiempo. Le contesto, rodeada de madrileños igual de martirizados por madrugar que yo, mientras hago malabarismos con la funda del portátil del trabajo, la bolsa con la comida y mi propia mochila.

> Qué dices, Jud, la reunión es a las 9

TE A DADO UN ANEURISMA
O KHÉ?!?!?!

No viste aier el correo de ultima hora
de tu ncantadora jefa????

Estabas ocupada???

(ojala q si, luego me cuentas) 👀 🙏

L reunión se cambio a las OCHO I MEDIA,
CORRE POR TUS MUERTOS

Me da un vuelco el corazón.

> Jud, dime que estás de coña...

Jamas e estado MENOS de conia

Te digo que tu puto fantasma esta a punto
de caer y la jefa ha preguntado x ti

TRES VECES !!!!

Joderjoderjoder.

No tiene sentido que me angustie, pero lo hago. Me abro paso entre mis desconocidos y poco amigables compañeros de viaje soltando una ristra de perdones y me escabullo hasta quedar frente a la puerta del vagón.

Aunque mi prisa no tiene sentido. Ni eso ni que me ponga a dar toques desesperados a la barra de metal que me separa de la muerte por caída torpe en mitad de la línea 5. Todavía quedan dos paradas para llegar, y luego tengo una caminata de unos siete minutos hasta el edificio de oficinas de una de las editoriales más importantes del país. Son las ocho y diecinueve.

Voy a cagarla. De pleno.

Estoy totalmente segura de que Carol, mi jefa, no me ha enviado ese correo del que habla Judith con el cambio de hora. Lo sabría. Reviso el maldito *email* del trabajo como quince veces al día, tirando por lo bajo. Y eso solo fuera de mi horario de oficina.

No entiendo por qué una persona que suele exigirme tanto, tan rápido y de forma tan déspota se empeña sistemáticamente en verme fallar. He perdido la cuenta de las veces que le he salvado el culo, pero nunca parece suficiente.

O a lo mejor la jefa quiere llevar el nuevo proyecto del *influencer* y el fantasma sin mí. Aunque, ¿quién querría? Es un marrón de proporciones épicas. Eso sí, también le va a dar más dinero a la editorial del que ganaré en toda mi vida. Por supuesto, no veré ni un uno por ciento de todo ese pastizal.

Ah, el fantasma no es un fantasma, como es obvio. Es un escritor fantasma. Uno que se le ha metido entre ceja y ceja al *influencer* más famoso de nuestro país. Dice que, si no es con él, no piensa publicar con nosotros.

Esas fueron sus palabras exactas. O, al menos, fue lo que nos dijo su representante. Cómo no, no hemos intercambiado ni una palabra directamente con Seoane (@Seoane64, en realidad; o, más bien, en internet). Esa gente no tiene tiempo que perder, ni siquiera el que requiere escribir el libro que van a firmar con su nombre.

Nuevo mensaje. Por Dios, que no sea de Carol.

Lo abro. Demasiadas mayúsculas para ser suyo. Mi jefa prefiere la pasivo-agresividad y las preguntas veladas. «¿Qué te parece esto, Carol, le das el ok?». «No sé, Olivia, ¿le doy el ok?». JESÚS, ¡¿cuánto cuesta contestar siendo una persona mínimamente decente y no un trozo de mierda?!

Perdón. Como decía, el mensaje no es de ella, sino de Judith.

> A VUELTO LA CAROLOCHA!!!

> Le he dicho que abia un problema en el metro, q se abia roto el vagon en el que viajabas

> Mas vale q t des prisa q esta tia es capaz de denunciar a la punietera red de transportes si no llegas a tiempo 🚇

>> Si tanta prisa tiene, que me hubiera enviado el correo ...

> N te lo envio?????

> DEJAME ESCUPIRLE EN EL CAFE LA PROXIMA VEZ QUE SE LO LLEBES

PORFAPORFAPORFA

Hecho

Oye, y qué haces escribiéndome tanto?
No tenías una reunión a las 8?

SI, pero el q llega tarde es mi
influencer

Dudo q se aya levantado antes
de las 12 desd que iba al instituto,
y el tio tiene ya el cuarto de siglo

Pues, Jud, como tú!

PERO YO MADRUGO

Menos mal q es majo

Un influencer majo q escribe sus
propios libros

OLIVIA PIDE UN DESEO

No me puedo creer la suerte que
tienes, capulla...

Ademas esta bueno

Igual me lo tiro

crees que seria POCO
PROFESIONAL????

Miro a través del cristal. Queda una parada. Dos minutos para bajar. Si quiero llegar, voy a tener que correr como una loca.

Cojo aire y lo suelto, despacio, tratando de contener la ansiedad que empiezo a notar burbujear en la boca del estómago.

Me obligo a contestar a Jud como puedo mientras noto cómo se desliza desde mi hombro hacia abajo la funda del portátil. De un movimiento, la vuelvo a recolocar y escribo con un pulgar:

> Recuerda qué le pasó a Lidia

> Sería MUY poco profesional

JO OLIVIA, NO ME VENGAS CON ESO

Pero... cuando ya ayamos publicado su libro de recetas????

Puedo?????

> Cómo?

> Un libro de recetas?

El influencer este ace recetas en twitch como si fueran gameplays

Tienes q verlo

ES IMBECIL PERO MUY MONO

> Judith, NO

> Ya lo has hecho antes y te recuerdo
> que no salió bien

Depende de tu concepto de salir BIEN

Yo creo q salió......

MUY BIEN 😌

> Tengo que dejarte, contén a Carol

> Espero que a mi escritor fantasma
> le guste tan poco madrugar como
> a tu cocinero-gamer mono

YO TAMBIÉN LO ESPERO, pero con
tu maldición, Oli, LO DUDO

DATE PUTA PRISA

Por fin, la puerta del vagón se abre y salgo pitando como una desquiciada. Subo las escaleras mecánicas casi de dos en dos, intentando que no se me caiga ninguna bolsa ni nada que lleve dentro. Encima voy a llegar a la oficina despeinada, sudorosa y con el traje arrugado. Tengo que prepararme para la pullita que me dirija Carol después de la reunión.

Si es que llego...

Consigo salir de la boca de metro y miro la hora en el móvil. Ocho y veinticinco. Joder, no voy a conseguirlo.

Nuestras oficinas están en la décima planta, y tengo que pasar por el control de acceso. Siempre me da problemas la tarjeta magnética, y eso cuando no me la olvido. Menos mal que Toño, el conserje, me adora y suele dejarme pasar sin echarme la bronca, como hace con el resto de los setecientos trabajadores del edificio.

No entiendo por qué he acabado con una jefa que es la única persona del mundo a la que no le caigo bien. Debe ser la terrible suerte que cargo, esa de la que siempre habla Judith; dice que mi ex debió lanzarme un mal de ojo (tampoco tendría sentido, como «la dejada» debería habérselo lanzado yo, pero ni siquiera, en nuestro caso, él me odia).

En estos momentos, llegando más tarde que en toda mi vida a la reunión más importante de toda mi existencia, solo puedo desear caerle bien al *influencer*. Aunque, en realidad, con quien voy a trabajar es con el escritor fantasma, porque es quien escribirá el libro de Seoane. Es a él a quien tengo que caerle bien.

Que no sea un pedazo de mierda, pienso. *Que sea medianamente normal, venga, ¿es pedir demasiado?*

A la vez que corro, saco la tarjeta que me identifica como empleada e irrumpo en el vestíbulo del edificio jadeando como un galgo. Por supuesto, la tarjeta tampoco funciona esta vez, pero Toño me abre sin replicar y salgo disparada hacia los ascensores mientras le grito atropelladamente un «graciastedebouncafé». Hay seis, tres enfrentados a otros tres. Ya a menos de un metro, me doy cuenta de que todos están ocupados en plantas muy lejanas. Excepto uno, que se está cerrando en este mismo instante con un tío dentro.

—¡NO! —grito, de la manera menos digna, por supuesto—. ¡Por favor, por favor, por favor, PÁRALO!

El tío alza un brazo. Debe presionar el botón de apertura de puertas, porque estas empiezan a retroceder y, de un salto, consigo colarme dentro. Me apoyo de lado en una pared del ascensor y me permito cerrar los ojos, aliviada.

Llevo a la carrera ni sé cuánto tiempo, y solo espero que nadie implicado en la reunión haya llegado antes que yo. Esto es el centro de Madrid y la editorial es la interesada en la publicación, así que, con suerte, no habrán llegado el representante del *influencer* ni el escritor fantasma, que al final son a quienes importa contentar.

Pasan unos segundos y ni mi salvador ni yo hablamos. Dentro del ascensor solo se escuchan mis jadeos, el pulso de mi corazón tras las orejas, la suave música clásica a través de los altavoces.

—Gra-gracias —consigo balbucear.

—De nada.

Joder. Menuda voz. Áspera y grave, con un tono frío de estar profundamente harto de la vida. Un poco yo, pero sin ocultarlo bajo una máscara de formal educación femenina.

Abro los ojos y le miro de soslayo.

Diría que estar encerrada con un tremendo tatuado de metro ochenta que encarna todas y cada una de mis fantasías de adolescente fan de Rammstein es tener buena suerte, pero entonces recuerdo qué aspecto tengo yo a su lado. Me noto la cara caliente, seguramente roja (y definitivamente sudada), las bolsas colgando como quieren a mi alrededor, la camisa mal colocada.

Las puertas del ascensor se cierran por fin y procuro adecentar un poco mi aspecto, colocarme el flequillo desfilado en su sitio, alisar las arrugas de la blusa blanca, poner del derecho la tarjeta identificativa que llevo al cuello (y que, una vez más, no me ha servido de nada).

Vuelvo a mirar al desconocido de reojo, tratando de disimular que en realidad quiero comérmelo con los ojos.

Debe tener mi edad, va vestido de negro de la cabeza a los pies, calzados con unas Converse que han visto tiempos mejores. El negro también incluye su pelo corto, una *bomber* enorme que le queda holgada (¿qué será? ¿Una XXXL?) y la camiseta de Tame Impala que se ve por debajo. No he visto a nadie de esta empresa llevar un aspecto así de informal en la vida, ni siquiera a los del sello de poesía.

El dorso de su mano derecha tiene varios tatuajes, pero solo puedo distinguir bien lo que parece una taza de chocolate.

Entonces caigo en la cuenta.

Mi salvador tiene que ser el *influencer*-cocinero-*gamer*-mono al que se refería Judith.

¡Jodida suertuda! Siempre le asignan a ella los proyectos más sencillos y, esta vez, además, los más atractivos. Claro, que su jefe es un tío legal. Un inútil, pero legal.

La verdad es que definir a este chico como mono no es lo más acertado. Sería el último adjetivo que le habría asignado, en realidad. Y me duele que Jud no haya comentado, con sus típicas mayúsculas, que es cien por cien mi tipo. Tendrá veintimuchos, quizás treinta, e irradia una irresistible aura de beber cerveza negra mientras te habla de las desventajas del capitalismo, cuando en realidad solo quiere darte lecciones de cine asiático porque piensa que eso conseguirá que le dejes arrancarte la ropa.

En mi caso, confieso que le dejaría hacerlo sin necesidad de que me diera la chapa.

Llevamos bastante en silencio, y considero que es una herejía no estar escuchando esa voz maravillosa en nuestro incómodo ascenso. Además, sigo pensando que es muy poco profesional que Judith quiera acostarse con un *influencer* (mientras trabajen juntos, ella será lo más parecido a una jefa, y ya sabemos lo que le pasó a nuestra querida Lidia...), pero conmigo no habría ningún problema. Yo pertenezco a otro sello. No habría conflicto de intereses...

Por Dios, ¡¿estoy pensando en intentar robárselo a Jud?! ¿¡A mi mejor amiga?!

Bueno, para robárselo tendría que ser suyo... Además, no voy a hacerlo. Solo voy a establecer buenas relaciones. Sí. Eso. Me merezco confraternizar con un tío bueno. El día ha empezado siendo una mierda.

Carraspeo y me paso un mechón por detrás de la oreja.

—¿Vas a la planta diez? —le pregunto con timidez.

—Así es.

Madrededios.

He cambiado de idea: no me importa que me pegue esa chapa monumental sobre cine asiático, *indie rock* de los dos mil o su dóberman. De hecho, podría hablarme de la reproducción de los grillos y le escucharía con una sonrisa de oreja a oreja mientras me recuerdo a mí misma que soy una persona funcional de veintiocho años, y que tengo que comportarme de acuerdo con la adultez que se me presupone.

—Yo... también voy a la diez —le digo. Aunque enseguida me doy cuenta de que es evidente, porque no he pulsado ningún otro botón—. ¿Tienes una reunión?

Él asiente.

—Con una editora —añade.

Me gustaría tirar a Judith por un barranco. Y, a la vez, comérmela a besos para que me pase su contacto.

—Seguro que todo va bien —le aseguro, intentando utilizar la mejor de mis sonrisas—. Es muy maja.

Él se gira. Muy poco. Tampoco le hace falta más para que me quede clavada en el sitio.

Maldita sea, tiene los ojos azules. No, azules no. Grises. Tan fríos como su voz al contestar:

—¿La conoces?

—Judith Prieto Tena. Es amiga mía. —Él frunce el ceño—. Tranquilo, te tratará genial. Está entusiasmada por trabajar contigo, ¡ya me ha hablado de ti! Al principio me chocó un poco lo que hacías, pero supongo que no es lo más raro que he oído de la forma de ganar dinero de un *influencer*.

No relaja el gesto.

—¿A qué te refieres?

—Bueno, a lo de cocinar y emitirlo como si fuera un *gameplay* —respondo—. Confieso que nunca había oído nada parecido, pero hay que concederte la originalidad.

Pensaba que no podría parecer más confuso, pero lo hace al acentuar su ceño. Tras un segundo, se ve que cae en la cuenta. En vez de sonreír, en lugar de asentir o darme la razón («¡Ese soy yo! ¿A que mi forma de ganarme la vida es la hostia?»), cabecea con aire aburrido.

—¿Hablas de ArguiNano?

Ahora la que está confusa soy yo.

—¿Eh?

—Le he visto subir antes —continúa—. He preferido esperar otro ascensor para evitarlo. —Se mete las manos en los bolsillos de la *bomber* y mira al techo—. Le he reconocido enseguida. ArguiNano es el cocinero ese que se cree gracioso y que, además, solo sabe rebozar mierdas en una freidora gigante para filmarlas con música electrónica. —Hace una pausa—. Sin ánimo de parecer pretencioso... En serio, ¿me ves con pinta de hacer eso?

—Espera... —titubeo—. Espera.

Él baja los ojos y los clava en mí, con la misma expresión de cansancio monumental.

—Espero.

Sin embargo, soy incapaz de decir nada más.

La he cagado. Lo más grande. Si mi salvador no es el tal ArguiNano (¡¿qué mierda de nombre es ese?!), el *influencer*-cocinero-*gamer*-mono de Judith, entonces...

Misantísimamadre.

—Pensaba que llegaba tarde a la reunión —se adelanta él a mi repentino mutismo, con esa voz que antes me producía un suave cosquilleo y ahora, pura angustia motivada por la más profunda vergüenza—. Pero si llego a la vez que una de las editoras, supongo que no importa.

Le miro todavía catatónica y, cuando me devuelve la mirada, me doy cuenta de que cree que soy gilipollas. No le culpo, yo también pensaría que mi nivel de neuronas funcionales está en números negativos.

Estira un brazo y pienso que va a empujarme contra la pared del ascensor. Hace un minuto, habría chillado de la emoción; un empotramiento mañanero, ¿quién diría que no? Jamás me ha pasado nada ni remotamente parecido, pero soy amiga de la aventura (y un cuerno que lo soy). Sin embargo, ahora solo me asusto, así que tropiezo hacia atrás y me doy con la cabeza en la pared.

Por supuesto, su intención no es erótica-festiva ni mucho menos agresiva. Se limita a coger la tarjeta magnética que cuelga de mi cuello. Dios, en esa foto parezco un conejo pelirrojo puesto de anfetas. En la época en que me la sacaron para la tarjeta identificativa de la empresa, todavía sonreía (Carol aún no me había arrebatado la alegría de vivir).

El caso es que el desconocido me mira (a mí no, a mi foto) y esboza una sonrisa extraña, más burlona que amable. Eso no evita que me produzca un tirón en el estómago, claro.

—Editora adjunta de Ediciones Rapla... Olivia Gamo.

Que pronuncie mi nombre no rebaja la incomodidad del momento. En realidad, la acentúa. Sigue estando demasiado cerca. Y yo, como el conejo que parezco en la foto, estoy casi aplastada contra la pared para mantener la mayor distancia posible entre los dos.

—Sí —asiento—, ese es mi nombre.

—Ya. Lo acabo de leer —dice despacio. Los ojos ascienden con calma desde la foto hasta llegar a mi rostro—. Encantado.

—Igualmente. ¿Tú...? —boqueo—. No eres ArguiNano.

—Muy perspicaz.

—¿Y... quién eres?

Como que quién es, Olivia. Pues el tío que se ha quedado encerrado con una puta psicótica que asume que la gente es quien no es.

—Creo —contesta con la misma calma— que, a partir de ahora, soy quien va a trabajar para ti.

2

Olivia

LAS PUERTAS DEL ASCENSOR SE ABREN. Suelta despacio mi tarjeta, se vuelve a meter las manos en los bolsillos de la chaqueta y echa a andar.

Tardo un par de segundos en despegarme de la pared del ascensor y, muy en mi línea, echo a correr.

El fantasma.

Este. Tío. Es. El. Putísimo. Escritor. Fantasma.

Seré su jefa.

Y mi jefa va a matarme.

Le adelanto por la izquierda y sigo corriendo. Cruzo el pasillo, giro y me abalanzo contra el mostrador que da paso al departamento de edición, lleno de ficus, libros publicados y paredes acristaladas. Por suerte, Vera, la recepcionista, es otra de esas amables personas a las que le caigo maravillosamente bien, así que sonríe en cuanto me ve y me tranquiliza con una mano.

¿Por qué los dos únicos seres humanos que parece que detestan mi pura existencia son mi jefa y, desde hace un minuto, el tío con el que voy a tener que trabajar para el encargo más importante de la editorial?

—Relájate, Oli. Carol se ha ido a la séptima planta a hablar con los de *marketing* –me dice Vera en voz baja. Me tiende dos cafés y yo le digo cuatro veces seguidas que la amo–. Tienes suerte: Toño acaba de avisarme de que el representante ha pedido acceso al aparcamiento, así que tardará un ratito en llegar. Y al escritor fantasma debes habértelo encontrado subiend...

—Se lo ha encontrado.

Doy un respingo al escuchar a mi espalda esa voz grave y falta de alegría. Me consuela que Vera reaccione de la misma forma que yo, aunque no tanto que después le dedique esa cara de adorable chihuahua en celo.

—Usted debe ser Asier Eguren –ronronea sonriente.

Es extraño que Vera trate de usted a un hombre más joven que ella, pero es su manera de camelarse a los escritores. Suele funcionar. A los artistas les encantan esas muestras de que son el ombligo del mundo, protagonistas de su propia historia, etcétera, etcétera.

—Sí, soy yo –reconoce él (es decir, Asier). El peloteo de Vera no surte efecto, porque no parece demasiado entusiasmado.

—¡Qué bien que haya llegado! Le estábamos esperando.

—Al parecer, no todos...

Un escalofrío me recorre la espalda. Es evidente que es una pulla hacia mí. Por si fuera poco, se ha apoyado en el mostrador, justo a mi lado. Su brazo roza el mío y me quedo paralizada.

Tampoco sé qué decir, así que es Vera quien se ríe con educación y señala una de las sillas de plástico transparente que ocupan la recepción.

—Si es tan amable, siéntese y espere un minuto, señor Eguren. Enseguida le acompaño a la sala de reuniones.

—¿No puedo ir con ella? —Asier sigue hablando como si yo no estuviera allí—. Cuanto antes empecemos con la reunión, mejor.

—Me temo que tiene que esperar —dice con suavidad Vera—. Faltan por llegar algunos asistentes importantes...

—Ah, pensé que los más importantes —sigue diciendo él con calma— somos quienes realmente vamos a trabajar. El que escribe —se señala— y la que edita.

Cómo no, me ha señalado sin mirarme siquiera. Vera observa su dedo, parpadea confusa y contemplo cómo se ruboriza.

—Sí, ya, le entiendo, señor Eguren, pero me temo que no puede pa...

De inmediato, me giro hacia Asier y le tiendo uno de los cafés, el que era para mí y que necesitaba con desesperación.

Solo que necesito con más desesperación todavía caerle bien a él.

—Ten, es para ti —le digo en tono conciliador—. Eres importante, tranquilo. El que más —añado al verle alzar una ceja—. Es solo que nosotros trabajamos, sí, pero mi jefa es quien va a poner el dinero, y el representante de Seoane, el que genera el dinero. Por desgracia, tú y yo no podemos decidir nada sin que estén delante. Ni voz ni voto.

Asier me mira. Esta vez no irradia esa especie de aburrimiento que parece inherente a él. Más bien parece... decepcionado.

—Ya —dice en voz baja—. Entiendo.

Coge el café y se da la vuelta para hacer caso a Vera y sentarse en una de las sillas de recepción.

Me doy cuenta de que he estado conteniendo el aliento cuando, al ver su espalda, suelto el aire de golpe, aunque sigo con una sensación extraña en el pecho.

Al girarme hacia Vera, la pobre hace un gesto con el labio hacia abajo que dice «hostia, vaya marrón», y yo cierro los ojos mientras asiento, para decirle que «efectivamente, el día no ha podido empezar peor».

Una fotopene no solicitada, mensajes histéricos de Jud, mi jefa cabreada, el escritor fantasma con el que voy a trabajar pensando que soy imbécil...

Esta vez, creo que he hecho pleno.

Ya sí, me dirijo a mi mesa, rezando porque Carol, cuando aparezca, se haya creído la excusa del fallo en el metro y no me eche (demasiado) la bronca.

A unos pasos de mi mesa, en su propio escritorio, Judith alza una mano por encima de la pantalla de su ordenador y señala el móvil que tiene en la otra. Saco el mío en cuanto dejo sobre la mesa todas las bolsas que llevo colgando y lo desbloqueo.

> PUTISIMA JEFA, AS LLEGADO A TIEMPO

>> Pero a qué precio

> CÓMO Q A KHÉ PRECIO, ESPLICATE

>> Por dios, Jud, al menos usa las "x" correctamente!

> YA ME PASO CORRIGIENDO TODO EL DIA PUTAS MIERDAS DE LIBROS, NO ME HAGAS AHORA CORREGIR EN MI TIEMPO LIVRE

Mira, para joderte he puesto esa uve aposta

Vale, vale, fiera
Luego te cuento

Y tu ArguiNano? 😌

AH YA SABESS COMO SE YAMA????

LE HAS VISTO???

A QUE ES MONO?

Ahora esta en el banio

Estará cagando de maniana, io que se

BUENO PERO QUE QUÉ HA PASADO

Luego

Acabo de ver que Carol está entrando en recepción

OIE antes de q te pires a la reunión q pagará nuestros sueldos de los próximos cinco anios... CUENTAME

Vera me acaba de decir q has llegado con un tio TREMENDO

Sus palabras esactas han sido EMPOTRADOR DE LUTO

> Sí, con ese es con quien la he cagado

Yo creo q lo tuyo ya es autosabotaje, nena.

> Mira, he escrito autosabotaje bien

CUENTAME

> L-U-E-G-O

Carol acaba de entrar en la oficina. Desde la distancia me dirige una mirada fulminante y yo sonrío, señalándole el café que es para ella. Eso parece animarla, si es que alzar un milímetro su comisura derecha cuenta como sonrisa.

Enseguida me hace un gesto para que la siga. Lo hago *ipso facto*, no sin antes coger de mi mesa una libreta y un par de bolígrafos. Sería más útil apuntar el contenido de las reuniones en un ordenador, pero, ¡oh, no!, eso nos haría perder el romanticismo de tener a la editora adjunta tomando veinte hojas de notas a mano para luego pedirle una hora después la transcripción a Word. Cómo iban a permitir que se perdiera esa tradición.

En cuanto me coloco como un perrillo a su espalda, Carol echa a andar hacia la sala de reuniones principal. Desde allí, las vistas de la ciudad son impresionantes, aunque el vértigo me impide acercarme a los enormes ventanales en cuanto entramos.

—Tu puntualidad no nos ha dejado mucho tiempo para hablar... Seguramente Vera acompañará al escritor fantasma hasta aquí en un par de minutos —me informa (y acusa) a la vez que se sienta en la cabecera de la mesa—. También traerá al representante del *influencer*. Este chico... ¿Cómo se llama? Arroba... Arroba Pato... —Frunce el ceño—. No, eso no...

—Seoane —completo—. No creo que tengamos problemas con él. Hasta ahora, es con quien he mantenido contacto por *mail*. Es decir, no con Seoane —me corrijo—. Con su representante, César.

—Ya. —Se reclina sobre la silla y me hace un gesto con el mentón para que me siente a su lado—. A ese vamos a tener que lamerle las pelotas.

Vaya. Qué soez. Carol no suele hablar así. La cosa debe ser más seria de lo que creía.

¿Cuánto espera ganar la editorial con un libro de @Seoane64? Bastante, asumo. Porque es el *influencer* más importante del país, el más visto en la esfera hispanohablante y el ganador, tres veces seguidas, del premio a mejor *streamer* del año. (He hecho los deberes, ¿se nota?). Pero sé que para Carol es inaceptable dejar que nos mangoneen. Supone un duro golpe a su imagen de editora jefa implacable.

En cuanto tomo asiento y le dejo el café enfrente, cruzo los tobillos bajo la silla metálica.

—Así que, en la reunión, ¿diremos que sí a todo?

—Prácticamente —asiente—. No entiendo por qué, pero el cliente quiere que ese escritor fantasma en concreto le escriba el libro, sea como sea, así que vamos a tener que contentarle también a él. —Me lanza una mirada velada—. ¿Entiendes? Sí a todo.

Trago saliva y desvío la vista hacia la libreta que he dejado sobre la mesa. Menos mal que Carol no sabe que he hecho el ridículo con ese activo imprescindible para nuestro éxito en este mismo edificio hace unos cinco minutos.

—Entendido —asiento—. Sí a todo.

–Fui yo quien llamé directamente al tal Asier... y me costó convencerle para que aceptara este proyecto –habla con un tono entre irritado y sorprendido–. Había trabajado ya con otro de nuestros sellos hace medio año. Hizo dos libros de *influencers*... Dos *gamers* también –me aclara. Toma su taza y observa el interior arrugando la nariz–. ¿Es leche desnatada?

–Claro –miento–. ¿Y qué tal fue?

–El tío es bueno –confiesa. Yo abro la boca sin querer porque no es fácil sacarle un piropo a Carol, aunque sea uno tan simple como ese–. Es decir, los libros valen poco más que para calzar mesas, pero hizo un buen trabajo. Y rápido.

–Quizás Seoane sea amigo de esos dos *gamers* –tiento– y por eso quiere a Asier Eguren con tanta insistencia.

–Puede ser –concede Carol–. Asier trabaja por cuenta propia. No tiene agencia literaria.

–¿Trabaja solo?

–Sí, claro, ¿qué otra cosa crees que quiero decir con «trabaja por cuenta propia»?

Yo me encojo ante su tono exasperado.

La verdad es que no es imposible, pero sí raro. Normalmente trabajamos con escritores fantasma que tienen representantes literarios. Las agencias les consiguen los contratos y ellos hacen sus encargos para gente más famosa (ese es su trabajo: escribir de forma anónima en tiempo récord, entregar para que el nombre de la portada sea el de alguien que genere más ventas y recibir el talonario por parte de las editoriales).

En nuestro caso, y de vez en cuando, les damos la oportunidad de que nos pasen sus propios textos. Alguna vez los publicamos bajo su nombre, aunque, si no generan ventas suficientes (que suele pasar), ahí queda la cosa.

Bueno, cuando hablo en plural, no me refiero a mí misma. Yo no hago nada de eso. Quien tiene la última palabra son los de arriba. Carol y peces (todavía) más gordos a los que solo he visto la cara un par de veces. Mi trabajo solo consiste en... todo lo demás. Reclutar, proponer, editar, corregir, asistir a ferias literarias y supervisar el diseño, el *marketing* y las presentaciones, comunicarme con unos y otros y tratar de no desmoronarme trabajando doce horas al día, en especial al recibir como recompensa mi raquítico sueldo de mileurista a final de mes.

—Ya están aquí —me informa Carol, desviando la vista a mi espalda—. Vera los trae a los dos. Genial. Bueno, sí a todo, Olivia, ¿entiendes? Déjame hablar a mí, a menos que te pregunte algo directamente.

Sí, mi ama.

Eso es lo que me gustaría decirle. Solo que, en lugar de contestar, asiento y me pongo en pie.

Tal y como me va el corazón, cualquiera diría que estoy a punto de entrar en batalla. O que, en el fondo, odie mi trabajo.

Aunque si aguanto es porque tengo la (mala) suerte de adorarlo.

3

Asier

ODIO MI TRABAJO porque un día soñé con él.

Puede que sea una consecuencia de ese jodido mantra de «trabaja de lo que te gusta y no trabajarás nunca». Dos cosas; la primera: desgraciadamente, hay un sentido demasiado literal en esa frase (trabajar de escritor..., ja, buena suerte); la segunda: si trabajas de lo que te gusta, te dejará de gustar. De hecho, puede que hasta llegues a odiarlo.

Y yo odio ser escritor... para otros.

Siempre se me ha dado bien escribir. Talento o condena, ni yo mismo lo sé. El caso es que lo hago, y muy rápido. Además, se me da bien imitar el estilo de otros. Quizás porque es lo que hacía de adolescente, cuando me bebía un libro fascinante y después me empeñaba en escribir algo que se parecía sospechosamente al tono del autor. Tardé años en quitarme la manía, y ahora que creo que tengo un estilo propio, solo gano dinero fingiendo que soy otra persona.

Vaya putísima mierda.

Al margen de la novela que autopubliqué hace siglos, llevo un par de años aceptando un encargo tras otro como escritor fantasma. A veces son proyectos infantiles donde el nombre es lo de menos. He sido Pepe Smith, Nora García,

Evan Dagger, A. S. Garden, hasta un puñetero perro de gomaespuma... Eso me da más igual. Pero lo que peor llevo es lo que más pasta da: hacer que los famosos de turno parezcan inteligentes al sacar su producto de *merchandising* en forma de libro. Porque sí, al final no deja de ser eso: un producto.

Aun así, me toca los cojones.

No puedo decirle a nadie que, salvo excepciones, ninguno sabría ni crear una frase subordinada y que, por supuesto, escribir una novela no es tan fácil. La mayoría no podría escribir una medio decente en la vida, no digamos ya sacársela del culo en menos de un mes.

No sé por qué la gente cree que eso es algo malo: yo no sé jugar al fútbol, y no me gustaría fingir que sé hacerlo. Podría matarme a practicar siete horas al día durante años y acabar siendo medio decente o menos patético, según se vea, pero ni se me ocurriría contratar a un profesional para que juegue por mí con una máscara. Si no tengo esa capacidad, tampoco es que me degrade como persona.

En fin, estoy divagando. Es porque, una vez más, esta noche no he podido dormir. Porque, cuando estoy nervioso, no duermo. Y, por mucho que me joda este trabajo, lo de hoy me pone la hostia de histérico. Porque tiene que salir bien.

Principalmente porque pagan muy bien.

No tengo ni idea de por qué los de Rapla me quieren ni por qué han insistido tanto en ofrecerme esto, pero mi lamentable situación económica no me permite decir que no a un encargo así.

Esta vez no se trata de escribirle un libro a otro *tiktoker* que en un año no conocerá ni su madre a la hora de comer: se trata de escribirle un libro a Seoane. El puñetero Seoane. El tío con el canal de contenido más grande de España desde hace más de cinco años. Seguramente un capullo, como todos los *influencers*; pero dentro de lo malo del panorama, desde luego, no de lo peor.

Sé que debería estar dando saltos de alegría como mi cuenta corriente. Sin embargo, mi intuición (o, más bien, sentido común) me susurra al oído como una mosca cojonera que me estoy perdiendo algo. Que quieren manejarme de alguna manera, y que va a ser un proyecto que me va a tocar todavía más las narices que de costumbre. Suena demasiado bonito para no haber gato encerrado.

No controlar las cosas me pone todavía más nervioso.

Y encontrarme con la pelirroja en el ascensor tampoco es que haya ayudado demasiado.

La pelirroja va a ser mi editora. Temporalmente. Así que, en teoría, será mi jefa, o algo similar. Dios, ¿antes he sonado como un cretino con ella? Sí, es probable que haya sonado como un cretino con ella.

Cómo me detesto. Todavía puedo ver delante de mí la cara que ha puesto cuando me he acercado a ella en el ascensor. Parecía que fuera a salir corriendo. Como si me tuviera... miedo.

Joder, espero que no. Soy la persona más inofensiva del mundo. El que tendría que estar acojonado soy yo. No sé qué me pasa, pero en cuanto la he visto he debido sufrir algún fallo multineuronal.

Debe ser culpa del insomnio. Eso, o que he perdido práctica relacionándome con mujeres. O con... seres humanos, así, en general. ¿Cuándo fue la última vez que quedé con una tía? Con una que me gustase de verdad.

Puede que hasta fuera Gemma. Ni me acuerdo de cuándo lo dejé con ella. El tiempo pasa rápido cuando no tienes dónde caerte muerto.

Le doy otro sorbo al café que me ha dado la pelirroja. No, la pelirroja no. Olivia. Editora adjunta de Ediciones Rapla, Olivia Gamo. La que ha salido corriendo después de confundirme con uno de esos *influencers* capullos. Con uno de los peores, además.

Ojalá termine esta puta mañana, aunque me conformaría con poder darle al botón de *reset*. ¿Hay alguna posibilidad de hacerlo? Como en un videojuego. Seguiría los mismos pasos hasta llegar al edificio. Dejaría que ArguiNano subiera solo hasta la décima planta. Esperaría en el ascensor hasta ver a Olivia llegar corriendo. Lo pararía de inmediato y mantendríamos una charla agradable, una normal y corriente, como hacen el resto de seres humanos.

Buenos días, ¿no serás, por casualidad, mi editora? Encantado de conocerte. Estoy deseando que trabajemos juntos e invitarte a un café cuando ya no resulte inapropiado o cuando ambos hayamos cobrado el cheque por terminar este encargo infernal porque, por alguna razón, no puedo dejar de mirarte.

Bueno, algo así. Con dos puntos menos en lo de sonar como un baboso, pero mejor que lo que ha ocurrido.

En fin, ya no hay nada que hacer. Seguiré la técnica del cobarde y fingiré que nada de lo del ascensor ha pasado. Espero que haya suerte y a Olivia no le haya parecido demasiado imbécil. Al menos lo justo para poder trabajar juntos sin que sea la hostia de incómodo.

La recepcionista ha vuelto a mirarme por encima del mostrador y a esconderse al segundo. Creo que también me tiene miedo. Debe ser porque este sitio parece un hospital para ángeles californianos y yo he tenido la maravillosa ocurrencia de venir vestido como si hubiera trasnochado después de un festival.

Me bebo lo que queda del café de un trago. Lo prefiero solo, pero no está mal. A juzgar por las flores pintadas de la taza y la cita de Jane Austen, asumo que no era para mí.

Le debo a la pelirroja un café.

No, a mi editora.

Bueno..., a Olivia.

¿Serviría como excusa para invitarla a tomar uno?

No, no, NO. Nada de intentar ligarme a alguien con quien voy a empezar a trabajar. Mala idea. Infame. Desastrosa. Peor que las habituales.

Me levanto para dejar la taza sobre el mostrador. La recepcionista, al verme levantarme, sonríe nerviosa y se endereza en su silla de escritorio.

Voy a intentar ser más amable. No hay mucho que pueda hacer con mi aspecto intimidante, pero tal vez sí rebajar un poco el tono de ogro por haber dormido apenas una hora seguida.

—¿Falta mucho para que pueda pasar?

Vale, tampoco es que haya sonado muy amable que digamos.

Aun así, la mujer me sonríe como antes, con todos los dientes y sin sentirlo en absoluto.

—Enseguida le atenderán, señor Eguren. Yo le aviso.

El «enseguida» que significa «no tengo ni idea de cuándo, deje de insistir». Pero sé lo mal pagado y desagradable que es trabajar de cara al público. Ella no tiene la culpa.

En el mismo instante en que me doy la vuelta para volver a mi silla de IKEA, una mujer rubia con unos tacones kilométricos casi me lleva por delante.

—¡Carol, espera! —La recepcionista alza un brazo para llamar más su atención, pero la otra mujer la ignora—. ¡El escritor está a...!

—Hazle pasar cuando llegue el representante del Patos ese —contesta la rubia sin darse la vuelta—. ¡Y, Vera, no me pases ninguna llamada! ¡No como la otra vez!

Cierra la puerta acristalada tras de sí.

La pobre Vera vuelve a bajar el brazo y, tras un incómodo segundo de silencio, le acerco un poco más la taza.

—Esperaré sentado. Gracias por el café.

La mujer asiente sin mirarme y yo decido dejarla tranquila. Suficiente tiene con ser la asalariada de una macrocompañía editorial que tiene en sus filas a una mujer con complejo de Meryl Streep en *El diablo viste de Prada*.

¿Qué? Es una gran película.

Pasan unos minutos hasta que llega otro hombre. Anuncia que es el representante de Seoane, el tío al que voy a escribirle un libro. Vera nos presenta con eficiencia y, poniéndose en pie, nos informa de que en Rapla ya están listos para recibirnos.

Listos, ¿eh? Me contengo para no poner los ojos en blanco. Lo de intentar no ponerme tenso no sale tan bien.

¿Qué cojones me pasa? Aunque es verdad que es una reunión importante, tampoco es la primera vez que hago algo así.

Mientras recorremos el pasillo, me doy cuenta. Enfrentarme a desconocidos me incomoda, pero es presentarme ante ella lo que hace que no pueda pensar con claridad.

Mierda.

Puede que fuera esto lo que me advertía el sentido común. Puede que sea Olivia la que vaya a hacer de este proyecto un dolor de huevos.

Cuando la veo a través de los cristales, con esa boca esbozando una sonrisa nerviosa, desearía que no fuera un dolor tan literal.

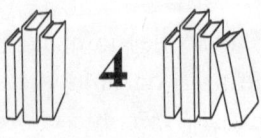

4

Olivia

VERA ABRE LA PUERTA ACRISTALADA de la sala de reuniones, echándose a un lado y dejando pasar a los dos hombres que la acompañan.

Uno es César, el representante de Seoane, un madurito con un bigote años cuarenta que nos estrecha la mano. Sonrisa educada, traje caro sin corbata, iPad bajo el brazo. Se acuerda de mi nombre: dos puntos. Por correo también es amable. Tiene un cliente que le hace ganar mucha pasta con poco esfuerzo; la felicidad es comprensible.

El otro es él. Podría ponerlo en mayúsculas, estilo Jud: ÉL.

Asier Eguren parece enorme al lado de César. Ahora que le observo con más luz, y no en el estrecho espacio del ascensor o de la recepción (y sin estar tan apurada por las circunstancias), me doy cuenta de detalles en los que no había reparado antes.

La piel extremadamente pálida, el pelo oscuro más corto en la nuca, las ojeras de no haber dormido bien los últimos tres días, la forma que tiene de andar, como arrastrando los pies, y la extraña intuición que tengo, a pesar de su ropa holgada, del aspecto apoteósico que tiene debajo de ella.

Guau, Olivia, frena. Llevas mucho tiempo en barbecho, pero hay que ser profesional. Sería hipócrita acusar a Jud de querer tirarse a todos los *influencers* (y autores e ilustradores y agentes...) que pasan por aquí y luego pensar en hacer lo mismo.

Además, está el tema de Lidia. El perturbador Caso Lidia. Ya sabemos lo que le pasó a Lidia. Todo el mundo en Rapla sabe lo de Lidia. Y me gusta lo suficiente mi trabajo como para cagarla por un tío al que ni conozco.

Asier se acerca y nos estrecha a ambas la mano antes de dar la vuelta a toda la mesa y ocupar la silla opuesta a la mía. Aunque se sienta recto, enseguida mete las manos en los bolsillos de su *bomber*.

No parece muy contento de estar allí, en las oficinas de la editorial que quiere desesperadamente trabajar con él y con la que escritores de todo el país quieren desesperadamente trabajar. Se limita a mantener la vista fija en Carol, que es quien inicia la reunión, mientras yo la mantengo sobre él.

No sé qué me pasa, no suelo perder la cabeza así, pero no puedo dejar de mirarlo.

Ni siquiera es que sea exactamente guapo, solo que es... muy mi estilo. Tampoco se parece a Pedro, mi ex. Porque sí, Pedro también solía vestir de negro, era alto y grande y tenía ese rollo cultureta, pero este tío es... magnético. Intimidante. Exuda una especie de confianza en sí mismo que no se materializa en una irritante ansia de atención, sino en un rotundo «me la suda todo esto, y sé que me queréis más vosotros a mí que al revés».

En mi caso en particular, es cierto.

—Olivia —escuchar mi nombre de los labios de Carol hace que me sobresalte y que Asier clave los ojos en mí. Trago saliva y desvío los míos hacia mi jefa–. ¿Crees que sería posible? ¿Para antes de final de año? Quizás en... ¿tres semanas?

Aunque no he escuchado nada de lo que han dicho, me hago una idea.

—Creo que más bien serían cuatro semanas –tiento con voz suave–. Tres para que Asier escriba el libro, si está de acuerdo, y una semana más para la edición, corrección, maquetación... y luego ya fabricación, *marketing*, preventa y salida para Navidad.

Carol alza una elegante ceja rubia.

—¿No será precipitado?

—Sí, claro. Pero si encargamos ya la cubierta y hacemos la sinopsis para los comerciales, llegaremos a tiempo. Porque en teoría queremos que salga para Navidad...

Mi jefa le lanza una mirada apreciativa a César.

—Me parece que todos queremos eso, sí.

—Entonces, Asier puede ir pasándome el manuscrito mientras trabaja en él –propongo–. O podemos trabajar juntos en un documento compartido. Para ahorrar tiempo al final.

Los ojos de todos se clavan esta vez en Asier. Él, sin inmutarse, asiente despacio.

—Sí, podría tenerlo escrito en tres semanas.

—Bueno, es cierto que antes hay que decidir el tipo de obra, hacer la escaleta del proyecto... –continúo, más segura–. Pero, en cualquier caso, estará listo para la campaña de Navidad. Seguro.

—Más nos vale –dice Carol. Aunque el tono es seco, hace reír al representante de Seoane antes de dirigirse a él–: ¿Tu cliente tiene una idea del tipo de libro que quiere, o se dejaría asesorar?

–A eso quería yo llegar –apunta César. Entrelaza los dedos por encima de la mesa y señala con la cabeza a Asier–. Para decidirse, Seoane quiere conocer a su escritor en persona. Cara a cara.

Se hace un incómodo silencio.

–¿Perdón?

Eso lo han dicho Carol y Asier. A la vez. Con la misma mezcla de enfado y asombro que haría encogerse a un puma salvaje.

–Para saber cómo enfocar el libro –continúa César como si nada–, Seoane desea una reunión con su escritor para tratar la temática y demás cuestiones.

–Ah, por supuesto, organizaremos una reunión por videollamada –propone Carol, más tranquila–. También estará Olivia, ya que los tres van a trabajar codo con codo. Es lo normal, de hecho...

–No –le corta César–. En persona.

No comprendo la razón, pero Asier se gira hacia mí. Parece que esté esperando que diga algo. ¿Que le salve? Como si yo tuviera el poder para cambiar o decidir algo... Además, las instrucciones de Carol no han podido ser más claras: «Sí a todo».

Si @Seoane64 lo quiere, lo tendrá.

–Pero, cuando habla de «en persona» –empiezo a tantear–, ¿se refiere a que Seoane vendrá a nuestras oficinas para continuar esta reunión con él?

–Ah, no, no, no. –César suelta una risilla–. Mi cliente tiene muchísimo trabajo. No abandona su casa por nada del mundo. Eso ni se contempla. Y nada de videollamadas. Cuando digo «en persona», hablo del sentido más literal de la palabra.

Seoane tiene muchísimo trabajo.

Vale, ya.

Y nosotros, ¿qué? ¿Estamos, mientras tanto, en Honolulu tomando el sol o cómo?

—Seoane quiere que nos reunamos en su casa —empieza a hablar Asier. Su voz es inflexible, y eso es precisamente lo que más impone, que parezca que hable sentenciando—. En su casa de Andorra.

—Oh, bueno, no vive exactamente en Andorra —carraspea César—. Vive a media hora de allí, en un pueblecito muy humilde. Pero territorio español, ¡claro! Mi cliente está muy concienciado con el pago de impuestos a su país...

—No tengo coche —le interrumpe Asier—. Ni tiempo. No voy a ir hasta allí para una reunión de media hora.

—No será una reunión de media hora —replica César, más serio—. Y es requisito de mi representado. Si no aceptan, o si la editorial no le proporciona los medios para hacer un viaje de trabajo, a todas luces lógico y coherente, hasta allí, entonces buscaremos otra editorial con la que trabajar en el libro.

Ugh.

El ambiente se ha enrarecido de golpe. Miro de reojo a Carol, que es quien debe tomar ahora la palabra.

Nosotros contratamos a Asier, Asier escribe el libro, yo lo edito, Seoane firma y todos ganamos dinero. Unos más (probablemente cientos de miles) y otros menos (especialmente Asier y yo). Así que la que tiene que convencer a nuestro escritor sin coche ni, al parecer, tiempo de que esa reunión no es opcional, sino una obligación, es ella.

—No supondrá ningún problema —sonríe mi jefa. Se nota que no está acostumbrada a hacerlo, porque la mueca le queda rara—. Será un corto viaje de trabajo, y muy cómodo, Asier, ya verás. Se te recompensará con creces. Además, no estarás solo, si es lo que te preocupa. Olivia también irá como representante de la editorial, ya que es importante que trabajéis los tres juntos. Además, la editorial os proporcionará tanto el alojamiento como el transporte, como es lógico. –Se vuelve hacia Asier y la sonrisa se ensancha–. Tengo entendido que trabajas desde casa, ¿verdad?

–Normalmente –responde él, escueto.

–Olivia puede teletrabajar, así que tampoco supone un problema. –Por fin parece darse cuenta de que está hablando de mí, decidiendo sobre mi tiempo y mi futuro a corto plazo, y se digna a mirarme–. ¿Verdad que no hay ningún problema, Oli?

¿Cómo que Oli? ¿Oli de qué?

–Ningún problema –miento. Mi cabeza ya va a dos mil por hora pensando en la de cosas que tengo que organizar antes del viaje. ¡¿Con quién voy a dejar a mi gato?!–. ¿Cuándo habría que tener esa reunión con Seoane?

–Cuanto antes –se adelanta Carol.

–Él está más que dispuesto y no se va a mover a ninguna parte, así que cuando queráis –responde a su vez César–. Por otro lado, quiero transmitirles un ofrecimiento por su parte: pueden quedarse en su casa si así lo desean. Por esa zona no hay demasiada oferta...

–La editorial puede costear un alojamiento para dos personas durante una o dos noches –replica Carol. No sé por qué, parece que la propuesta de ese *influencer* de compartir su (me imagino) enorme mansión con nosotros dos le ha ofendido muchísimo–. La reunión podría ser dentro de... ¿dos o tres días? ¿Mañana? ¿Qué dices?

Carol y César miran a Asier. Asier, a mí. Arquea una ceja, como si, de nuevo, estuviera esperando que interviniera.

No sé por qué, parece que a este tío no le importa nada en el mundo, excepto avergonzarme. Porque, al no obtener respuesta por su parte, mi jefa y el representante siguen su mirada y la clavan en mí. Carol parece frustrada; César, expectante.

—¿Oli?

¿Viajar mañana? Ni de coña, es demasiado rápido. ¿Qué se cree esta gente, que nuestro tiempo libre y vidas fuera de estas oficinas al margen de ellos no existen?

Carraspeo y, por fin, me decanto por la opción menos mala.

—Viajar dentro de tres días estaría bien. —A Carol no le hace ni pizca de gracia mi respuesta (o que la decisión haya recaído en mí), pero por el rabillo del ojo noto que Asier asiente con la cabeza—. Y respecto al transporte...

—Tú tienes coche, ¿no? —me pregunta Carol con una voz que me sorprende por lo dulce que suena—. Ya resolveremos los detalles de la gasolina y demás, pero aceleraría las cosas, y tú ya estás acostumbrada a ese vehículo, mejor que uno de alquiler, ¿no crees? —Antes de que pueda comentar nada al respecto, continúa—: ¡Será coser y cantar! Una reunión muy productiva. ¡En un mes tenemos el libro!

Se hace el silencio y me doy cuenta de que todos esperan a que diga algo.

Me siento entre la espada y la pared. Utilizar mi coche, que es una basura casi nonagenaria, para un viaje de seis o siete horas con un desconocido al que he confundido con un *influencer* que claramente detesta... La verdad es que no suena demasiado bien.

En realidad, suena bastante mal.

Pero no puedo decir que no. A pesar de lo raro de las circunstancias, no deja de ser un viaje de trabajo. Y voy a conocer a uno de los *gamers* más famosos del mundo. Seguro que mis sobrinos y la mitad de mis amigos me envidian hasta la muerte.

Además, no tengo otra salida. No si quiero mantener mi puesto en la editorial. Y ya he aguantado mucha mierda como para ponerme quejica con esta mierda en específico.

En una semana habrá pasado todo, estaré de vuelta y no volveré a ver en persona ni a Asier ni a Seoane ni a nadie relacionado con ninguno de ellos. Todas nuestras comunicaciones serán a través de *mails* y, como mucho, reuniones *online*. Lo normal, vaya. Nada de contacto directo.

Y, viendo cómo reacciona mi cuerpo ante la presencia de Asier, casi mejor que no lo haya.

—Vale, sí, lo veo bien —asiento, con una sonrisa que enseña todos los dientes—. ¿Tú qué opinas?

Asier va a contestar, pero César se adelanta:

—Por mí, perfecto. Seoane está deseando trabajar en su libro.

Bueno, «su» libro.

Percibo cómo, frente a mí, Asier se tensa.

Entiendo por qué. No sé si la palabra «trabajar» es la adecuada, teniendo en cuenta que Seoane solo va a dar el ok a lo que otra persona escriba. Como mucho, se pondrá quejica y exigirá cambios de escritura que considerará fáciles, pero cuya aplicación será una odisea para alguien que realmente sabe lo que es escribir.

No lo digo porque le conozca, sino porque esa ha sido mi experiencia trabajando en este tipo de proyectos con famosos. Hay excepciones, sí, solo que en general... no es demasiado agradable.

—Muy bien, pero, dime: ¿tú qué opinas? —repito, esta vez utilizando uno de mis bolis para señalar a Asier—. ¿Te parece bien?

Parece sorprendido porque le incluya. Que se yerga en el asiento y me mire directamente a los ojos envía una extraña señal a mis fibras nerviosas.

Dios, necesito acostarme con alguien urgentemente.

Asier parpadea y coloca por primera vez las manos sobre la mesa. Son grandes, de dedos largos y blancos, y solo la derecha está tatuada. Tiene la taza de chocolate que vi antes, pero también lo que parece un billete dorado, unas flores rojas, unas letras... ¿Es una cita de *Rebelión en la granja*?

—No sé si tengo algo que opinar —contesta, captando mi atención—. Creo que mi opinión es la que menos importa.

Me ruborizo, apartando enseguida la vista de su mano. Al alzar la cabeza, me quedo durante un segundo atrapada por esos ojos grises. Tengo que obligarme a mí misma a retirar la mirada; no resulta fácil escapar a su fuerza. Es como si algo, de forma irremediable, tirase desde el centro de mí hacia él.

Jesús, parezco la protagonista de una novela de Alice Kellen.

(Más quisiera).

Al parecer, no soy la única tensa allí. César y Carol se remueven en sus sitios. Para continuar, necesitan que él acceda y, por ahora, no lo ha hecho. Tampoco lo contrario.

A pesar de que Asier no se haya movido ni haya usado un tono brusco, es obvio que no está muy contento. En el fondo, tengo la sensación de que esa es su manera de hablar, como si todo le produjera una desidia total. Como si estuviera muy quemado.

Claro que ¿cómo no sentirse así? Aunque mi trabajo no es muy agradecido, el de un escritor fantasma lo es menos todavía. Debe resultar duro contemplar cómo otra persona se lleva el mérito de tu escritura, y encima no poder quejarte en público porque en eso consiste tu trabajo: en ser invisible.

¿Hay alguien más que piense que, por mucho que ya esté aceptado en nuestro mundillo, lo que le estamos pidiendo es una guarrada?

Quizás es lo que está pensando él ahora mismo.

Eso explicaría por qué tiene esa cara. Y no querría que creyese que pienso lo mismo que los demás. ¿Que por qué, si acabo de conocerlo? Porque vivo obsesionada con que nadie piense de mí lo peor, supongo. Y, por alguna razón, eso le incluye a él.

Así que, por fin, cojo aire y me atrevo a hablar:

—Tu opinión... sí que importa. —Hago una pausa—. A mí, al menos. Me importa. De verdad. Si no estás de acuerdo con algo, puedes decirlo. Vas a trabajar a destajo en este proyecto para que esté terminado en tres semanas. Puedes decir lo que no te parezca bien y lo resolveremos para que estés a gusto. Al fin y al cabo, sin ti no hay libro.

Ante mis palabras, Asier desvía la vista a un lado.

No parece que me crea. ¿Por qué debería hacerlo? Está claro que a Carol le interesa una mierda lo que le parezcan los términos del encargo, solo que los acepte. Y a César solo le preocupa que Seoane obtenga su capricho.

Pero yo he sido honesta. A mí sí me importa. Porque, por mucho que me pelee con números de ventas, tendencias de mercado e informes de lectura, al final trato con creadores y con sus historias. Eso es lo que adoro de mi trabajo.

Pienso en decirle algo así, en soltarle una perorata vomitivamente cursi sobre la importancia de los autores en nuestra empresa, pero antes de que intente convencerlo, Asier acaba asintiendo con la cabeza.

Después oculta de nuevo las manos dentro de los bolsillos de su chaqueta.

—Hay que sacar el libro sí o sí, ¿no? —dice despacio—. Así que si hay que ir hasta allí…, iré contigo.

Aunque no añade nada más, yo siento que después de esa frase había un «pero».

Algo como «pero que conste que me caes de culo», o «pero preferiría viajar con ArguiNano», o bien un «iré contigo, pero dedicaré las siete horas del viaje a que te replantees tu sequía amorosa cada vez que abra la boca».

Tampoco es que tenga tiempo de descubrir qué tipo de «pero» es; tras la aceptación de los dos, Carol y César, aliviados, empiezan a hablar entre sí sobre especificaciones del contrato, números, fechas y porcentajes, y se olvidan de nosotros. Yo me apresuro a tomar todas las notas posibles mientras debaten.

Trato de no ponerme nerviosa por Asier, sentado en silencio delante de mí.

No es fácil. Aunque no le mire, noto su atención puesta en la mano izquierda con la que escribo a toda velocidad. En mi rostro. En mi ropa arrugada. En la estúpida tarjeta identificativa que sigo llevando colgada del cuello.

Puedo imaginarme lo que piensa: está cabreado por tener que ir conmigo a un viaje que no le hace ni pizca de gracia.

Ya somos dos. Tal vez ese sentimiento sea lo único que nos une, porque está claro que no podemos ser más diferentes.

A él no le preocupa nada lo que piensen los demás; yo he convertido eso en mi vocación.

La reunión termina cuando César comenta que se le hace tarde y tiene otro compromiso. Carol se levanta de inmediato, ofreciéndose a acompañarle hasta el coche.

—Vosotros dos podéis quedaros aquí para detallar... lo que haga falta —me dice ella mientras se dirigen a la puerta—. Un placer, Asier.

Él alza el mentón como única respuesta. Solo cuando Carol se da la vuelta, arruga la nariz.

Bueno, creo que no le cae muy bien mi jefa. También tenemos eso en común.

—¿Y ahora qué?

Asier se ha girado hacia mí en cuanto se ha cerrado la puerta. Seguimos sentados, cada uno en un extremo de la mesa. Aunque yo le sonrío, él no me devuelve el gesto.

—No quiero entretenerte más —le contesto con suavidad—, así que puedes irte también. Podemos hablar de lo que sea por teléfono.

No mueve ni un músculo. ¿Está... decepcionado otra vez? Es difícil discernir qué piensa, la verdad. ¿Tiene hambre o algo? ¿Le habrá sentado mal el café?

—Me parece bien hablar por teléfono —termina por decir en voz baja.

—Creo que Carol ya tiene tus datos, pero ¿me los pasarías a mí? A veces tarda en enviarme esas cosas. Espera, te doy los míos también.

Arranco una hoja de la libreta y escribo en ella mi nombre completo, número y correo electrónico. Se la tiendo, y Asier la mira durante un segundo antes de decidirse a cogerla.

Se queda mirando mis datos. No sé qué llama tanto su atención, pero al final dobla el papel en dos, con mucho cuidado, y se lo guarda en el bolsillo interno de la chaqueta. Sin decir palabra, se inclina para coger mi libreta y apuntar sus datos en ella.

Es zurdo. Vaya, otra cosa que nos une.

Su caligrafía es pequeña. Escribe en línea recta, sin desviarse, pero parece que lo hace en cursiva. Las letras se amontonan unas sobre otras como si no tuvieran espacio.

Al terminar, me tiende la hoja y yo la cojo. Me tiemblan las manos al hacerlo y me pongo roja al darme cuenta. Espero que él no lo haya notado.

No sé por qué estoy tan nerviosa. Quizás porque esta misma situación, en medio de un bar o tras una cita, tendría otras connotaciones.

BASTA. Olivia, por tus muertos, hay que ser pro-fe-sio-nal.

—Te mandaré un *email* para discutir el resto de detalles del encargo y para decirte la hora exacta en la que saldremos de viaje —le digo con prisa, desesperada por romper el silencio en el que él parece estar tan cómodo—. Ah, y si te parece bien, te recogeré en tu casa.

—No es necesario. Vivo en el centro de Madrid, puedo ir adonde sea.

—Así será menos molestia para ti —le sonrío.

Ignoro por qué, pero mi oferta no le hace mucha gracia.

—Vas a conducir con tu propio coche hasta el culo del mundo para una reunión probablemente desagradable con un *influencer*, uno que es incapaz de mover un dedo y salir de casa para que otros le escriban su libro —dice despacio—. Así que, a cambio, no es molestia coger el metro adonde me digas.

Normalmente la gente acepta todos mis ofrecimientos para hacerles la vida más fácil. Es la primera vez que alguien se resiste, y mucho más dentro del terreno laboral. Así que tardo en reaccionar y, al final, no me queda otra que aceptar.

—Está bien. Buscaré un punto intermedio, ¿te parece?

Me da la sensación de que se contiene para no sonreír.

—Me parece.

Le acompaño hasta el ascensor. Voy delante de él y, al recorrer la oficina (ya llena del resto de trabajadores), veo a Judith darse la vuelta en su mesa y abrir los ojos de par en par al fijarse en nosotros. Está sentada junto a un tipo que, bueno, sí, es mono, pero tiene pinta de ser un pelín sobrado. De esos a los que les encanta escucharse.

Desgraciadamente, justo el tipo de Judith.

Al pasar junto a ellos, escucho un pedazo de su conversación.

—¿Por qué no podemos usar capturas de mis vídeos?

—Porque no tendrían la calidad suficiente.

—¿Y eso qué importa?

—Porque... las fotografías son importantes en un libro de recetas.

—¿Y qué hacemos con la música?

—Me temo que eso tampoco podemos incluirlo en el libro en físico, a menos que quieras que pongamos un QR que lleve a tu lista de reproducción...

—¿Seguro que no valen mis capturas?

Dios, seguramente por eso Asier está tan cabreado conmigo, porque le he confundido con ArguiNano, que parece tener un cociente intelectual en números rojos.

Y me da la sensación, por su forma de reaccionar a este proyecto, de que Asier odia a los *influencers* en general.

Llegamos hasta el ascensor. Pulso el botón y me balanceo sobre los tobillos mientras esperamos.

Tengo una palabra en la punta de la lengua que me quema. Pienso en si decirla o no, hasta que, por impulso...

—Gracias.

No me giro hacia Asier, pero noto cómo me mira.

—¿Gracias por qué?

—Por no comentarle a mi jefa que he llegado tarde —empiezo—, o lo que pasó antes, lo de que te confundí con... Bueno, eso. Por no decirle que me he comportado mal contigo. Y por aceptar el encargo, por supuesto.

Se hace el silencio.

—No has llegado tarde —acaba diciendo—. Y no te has comportado mal conmigo. Tú no.

Me muerdo el labio. Cuando ya he cogido fuerzas para atreverme a decir algo, llega el ascensor.

Por fin. Asier se mete dentro y, de nuevo, nos quedamos uno frente al otro.

—Nos vemos en... tres días —susurro, en otro intento de aliviar esa tensión extraña que vibra en el aire, tirando del silencio como una cuerda.

Quizás me lo imagino, pero me da la sensación de que sonríe. Un poquito.

—Lo estoy deseando.

Las puertas del ascensor se cierran y, sinceramente, desearía que mi futuro compañero de viaje no hubiera sonado tan irónico.

Asier

OTRA DE LAS COSAS QUE ME PONEN TENSO son los viajes. La incertidumbre. Tener que dejar a mi gata en manos de mi compañero de piso, el mismo que hace tres semanas quemó nuestro único sillón. Pero, en especial, mi precaria situación socioeconómica, la ineptitud de la gente y la decepción para conmigo mismo.

Por eso, apenas duermo.

Y esta noche, además, no podía dejar de darle vueltas al hecho de que durante casi siete horas voy a compartir un espacio diminuto con mi editora.

Al menos, la que lo será durante unas cuantas semanas.

No sé cómo voy a hacerlo. Tuve que hacer verdaderos esfuerzos para no mirarla como un obseso durante esa maldita reunión en la que el representante de Seoane me llamó «su escritor» todo el rato, como si fuera de su propiedad. La única que me trató como a un ser humano fue ella. Y ni siquiera fui capaz de darle las gracias.

De hecho, fue Olivia quien me las dio a mí.

Es amable, aunque intuyo que, en el fondo, está tan quemada como yo. Nunca había conocido a nadie tan empeñado en contentar a los demás cuando es más que evidente que odia a la mitad de los que le rodean. Es como ver un reflejo de mí mismo, solo que mejor adaptado a la sociedad, con treinta kilos y veinte centímetros menos y mucho rímel. Es... raro.

Miro el reloj del móvil. Las cinco y cuarto de la tarde. En teoría, quedan quince minutos para que Olivia llegue, pero algo me dice que será puntual, incluso que llegará antes. ¿Tal vez tengan algo que ver los cuarenta mensajes que me ha enviado estos tres días recordándome la hora, el lugar, el espacio del maletero de su coche, su marca, color, modelo e incluso su propio aspecto? Como si me fuera a olvidar de ella... o, no sé, fuese incapaz de presionar la parte superior de la pantalla y ver su foto de perfil.

Sale posando en la playa junto a una chica morena, con las mejillas coloradas, el pelo naranja zanahoria rozándole la barbilla, los labios entreabiertos en una sonrisa menos tensa que la que esbozaba en la oficina. Es la prueba fehaciente de que es capaz de relajarse.

Supongo que su actitud obsesiva es una de las consecuencias de tener una jefa como la que tiene. Cinco minutos con esa Carol y ya me dieron lástima sus ~~esclavos~~ subalternos.

Efectivamente, mis sospechas de puntualidad se confirman cuando a las cinco y veinte veo un viejísimo Renault Clio blanco (al menos, lo fue en algún momento, porque no los venden color crema sucio) cruzar la esquina de la calle. Va despacio, imagino que porque Olivia no espera que ya esté aquí.

Me bajo de la acera y levanto un brazo entre los coches aparcados. Ella, bien apretada contra el volante, sonríe en cuanto me ve y también alza una mano que mueve frenéticamente.

Es muy mona. Un poco bajita para mi gusto, pero mona.

Para en doble fila y pone las luces de emergencia. Esta calle está poco transitada y podemos salir con facilidad hacia la autovía; por eso hemos quedado aquí. Ese ha sido uno de los cuarenta mensajes que ha tenido a bien repetirme desde hace setenta y dos horas.

Abre la puerta del coche y vuelve a saludarme con la mano desde dentro. Cuando intenta salir, se da cuenta de que sigue con el cinturón puesto. Combate con él mientras dice:

—¡Buenos días! Ah, no, ¡buenas tardes! ¿Qué tal todo?

—Bien —miento—. Todo bien.

Tras ganar la batalla contra el cinturón, baja del coche, cerrando la puerta del piloto con demasiada fuerza. Luego se queda parada a medio camino entre los dos.

No sabe cómo saludarme. ¿Dos besos? ¿Un apretón de manos? ¿Un abrazo? Casi puedo oír cómo su mente pasa de una opción a otra, sopesando pros y contras. Me hace gracia que sea como una especie de ardilla hiperactiva que se queda inmóvil al no saber cómo reaccionar.

Al final acabo compadeciéndome, así que le sonrío.

—¿Vamos a ver al presidente?

—¿Eh?

—El traje. —Le señalo con un dedo, desde los pies hasta la cabeza—. ¿Por qué te has vestido así?

—Vengo directa de trabajar, y quería causarle una buena impresión a Seoane —se excusa, las mejillas rojas y la cabeza gacha para ocultarlas—. Además, no voy arreglada. Llevo zapatillas.

—Es verdad, muy informal. Seguro que un chaval adicto a los *shooters* aprecia el detalle del calzado.

Ella frunce el ceño, pero enseguida lo deshace para sonreírme con falsedad otra vez. Mi comentario le ha molestado, solo que no va a reconocerlo.

Esto puede ser divertido.

—¿Y tu maleta?

—Aquí. —Le señalo la mochila a mi espalda—. Como me dijiste que tu maletero era pequeño...

Pone cara de susto.

—¡No te dije eso!

—Ah, ¿no? —Cuando veo que va a explicarse, me adelanto—: Era una broma.

Ceño fruncido, sonrisa falsa, balanceo de pies.

—¿Quieres guardarla en la parte de atrás o en el maletero? —termina por preguntar. El tono es el de siempre: dulce, edulcorado y fingido.

—Maletero.

Me guía hasta allí, se encarga de abrirlo y apartar un par de sus cosas, aunque no sea necesario.

—¿Todo esto es tuyo?

—Es que no sé qué tiempo tendremos allí —vuelve a excusarse—. He comprobado que Seoane vive en un pueblo con temperaturas bajo cero, con solo cuatro casas, así que llevo unos cuantos «porsiacasos». Mi maleta, el ordenador del trabajo, el mío propio, un aparato de esos con wifi portátil por si no hay internet...

—Vamos a la mansión del *streamer* más visto de España. —Dejo mi mochila y vuelvo a mover sus cosas como estaban antes—. Seguro que la velocidad de su red es más rápida que la de nuestras dos casas juntas.

—Ah. —Hace una pausa—. Es verdad. No... había caído.

Frunce los labios en una mueca frustrada. No pretendía corregirla ni hacerle sentir tonta, pero seguro que ella lo cree así.

A menudo, la gente piensa lo peor de mí por, yo qué sé, ¿mi tono? ¿Mi aspecto de puerta de discoteca? ¿Que de verdad sueno como un cretino? En cualquier caso, no quiero parecer un gilipollas, así que cierro el maletero y trato de sonar más amable.

—¿Quieres que conduzca yo?

La propuesta vuelve a dejarla paralizada.

—Ah, no, no, no, ¡no te preocupes!

—No me preocupo —le digo—. Pero es un viaje largo. Podemos conducir mitad y mitad.

—Te lo agradezco, solo que mi coche es, digamos..., especial —murmura—. Prefiero llevarlo yo, si no te importa.

—No me importa. —Meto las manos en la chaqueta—. La oferta sigue en pie, por si de camino me juzgas digno de tu coche.

Esta vez, se da la vuelta para que no la vea sonreír.

La verdad, no sé por qué tiene que ocultar lo que es auténtico y, en cambio, hacerlo de cara cuando el gesto es falso.

Ni tampoco por qué he soltado lo de antes. ¿Qué cojones me pasa? ¿En qué habíamos quedado el otro día? Nada de intentar ligar con mi editora. Además, ¿ligar? No sé ni cómo definir lo que acabo de perpetrar, aunque sí que, sea lo que sea, lo estoy haciendo de pena. ¿Meterme con su forma de vestir? ¿Digno de tu coche? Que alguien me pegue un tiro.

Debe ser el insomnio otra vez. No sé si he llegado a dormir dos horas seguidas.

Quizás sea buena idea que conduzca ella.

—Puedes echar el asiento hacia atrás todo lo que quieras —la escucho mientras rodea el coche—. Hasta que estés cómodo.

No sé si voy a estar cómodo en un reducto tan pequeño, teniendo en cuenta, además, que no se me da muy bien la charla insustancial y que con Olivia me ha dado por hablar primero y pensar después. Lo que, a juzgar por nuestra escasa interacción, no es una buena idea.

Tras rodear el coche, me meto dentro, echo el asiento del copiloto hacia atrás lo máximo posible y me abrocho el cinturón. Olivia hace lo contrario: aproxima el del piloto hasta rozar las rodillas con el volante, revisa obsesivamente los retrovisores y baja su parasol plegable para verse en el espejo y comprobar que en su cara todo está donde tiene que estar.

A mí me parece que sí, pero ella se recoloca el flequillo partido que cae a ambos lados de su frente, se peina con un dedo las cejas pelirrojas y se limpia un rastro negro de rímel de la ojera derecha. Es evidente que son gestos automáticos porque, cuando se da cuenta de que estoy mirándola, se pone roja y vuelve a plegar el parasol con rapidez.

—¿Qué?

Antes de que pueda responderle nada, pulsa el botón de «iniciar» del GPS de su móvil, enganchado al salpicadero.

—¿Listo?

—Listo —vuelvo a mentir.

—¡Pues vamos allá!

El entusiasmo también debe ser fingido. Vi su cara en la reunión. Este viaje le trae tan de cabeza como a mí. Sobre todo, teniendo en cuenta que lo han organizado presionándola para que lo hiciera.

Los dos somos marionetas para que otros generen todavía más dinero. Todos lo somos, en realidad, pero ser consciente de ello es una putada de las gordas.

Arrancamos y me obligo a permanecer en silencio.

Es mejor no volver más incómodas las cosas. Dejaré que la tensión entre los dos se deshaga sola. El tiempo seguro que ayuda, y no se puede decir que no tengamos; el GPS marca exactamente trescientos ochenta y dos minutos.

—Iba a preguntarte a qué te dedicas —dice Olivia de repente—, pero me he dado cuenta de la tontería que es.

Se ríe en voz baja. Yo no lo hago, sino que me remuevo en el asiento. ¿No hace demasiado calor? Debe haber puesto la calefacción. Tiene sentido, teniendo en cuenta que estamos a finales de octubre.

—No es una tontería —respondo—. No solo me dedico a ser escritor por encargo. Si no, habrías ido a buscarme al puente de la M30.

Se gira con cara de asombro. Por suerte, esta vez mi patético intento de resultar ingenioso funciona, y consigo que sonría con suavidad.

—Entonces..., ¿a qué te dedicas?

—En un acto de enajenación mental, me hice autónomo —empiezo a decir—. Así que sería más fácil decir de qué no trabajo. En general, escribo para otros. Artículos en páginas web, en revistas de todo tipo: aviación, agricultura, comida vegana, macroeconomía..., de cualquier cosa de la que en realidad no tenga ni puta idea. —Como se ríe, me envalentono y continúo—: También trabajo de corrector. Últimamente me llegan muchos encargos de estudiantes universitarios, de autores que quieren autopublicarse... Suelo cubrir las bajas y vacaciones en una librería que llevan unos colegas, y en verano curro como camarero en un *catering* de bodas que tienen unos familiares. O en discotecas los fines de semana. Lo que sea. Mierdas así.

Cuando termino de explicarme, me doy cuenta de que hace tiempo que no hablo tanto. Estamos a final de mes, así que he reducido mis salidas sociales para ahorrar dinero. En realidad, pasar un par de días fuera de la ciudad me viene bien para ahorrarme la comida.

Joder, qué pena me doy a mí mismo.

—¡Es increíble que seas capaz de todo eso! —comenta Olivia. Suena sincera—. ¿Y, por encima de todo, escribes?

—En realidad, lo considero mi oficio principal, aunque..., bueno, sean las ganancias menos principales.

Echa el aire por la nariz a la vez que cabecea.

—Ya imagino... Lo siento mucho.

Giro la cabeza para mirar por la ventanilla. Todavía no hemos salido de Madrid. Los pitidos, el humo, los peatones que no asimilan las normas de tráfico y los turistas que nos sobran se cruzan por delante de nosotros. Olivia, paciente, los deja pasar sin alterarse.

—No lo sientas —digo en voz baja—. Además, no te hagas la inocente: trabajas para el enemigo.

Que se ría deshace un poco el nudo en mis pulmones.

—Créeme, tenemos el mismo enemigo —asegura—. Más quisiera yo que la mayoría de mis autores fueran eso solamente: autores. Me ahorraría mucho trabajo.

Me vuelvo con curiosidad.

—¿Y eso?

—La mitad de lo que hago consiste en intentar hacerles menos desgraciados —continúa—. Y convencerlos de que lo que hacen, a pesar del dinero que cobran, tiene sentido.

—Desde luego, es un trabajazo.

Vuelve a reírse.

–Tampoco quiero hacerme la pobrecita –dice después con suavidad–. No es que no esté explotada, pero al menos mi sueldo está garantizado a final de mes. –De inmediato, parece darse cuenta de lo que acaba de decir y compone una expresión de susto–. Quiero decir, ¡perdón, no quería decir que tú...!

–¿Qué no querías decir? ¿La verdad? –Intento sonar tranquilizador, aunque, según mis amigos, eso sea imposible–. No pasa nada. Tienes razón. Debería buscarme un trabajo fijo.

–¡Puede que no haga falta! –se apresura a decir–. Creo que este encargo será una buena oportunidad para ti, y que podrás empezar a trabajar de esto a tiempo completo. ¡Seoane es el cliente más importante que hemos tenido! Si la cosa sale bien, te lloverán las ofertas, ¡en serio!

El silencio nos envuelve durante unos segundos.

–¿Ese ha sido uno de tus intentos por hacer a tus autores menos desgraciados?

–Sí, ¿ha salido muy mal?

–Fatal.

Olivia vuelve a reírse. Su risa suena... bien. Luminosa. Aunque nunca me he considerado gracioso, así que igual es una especie de risa nerviosa. Parece lo bastante educada como para fingirla.

De repente, su móvil suelta un pitido. Acaba de recibir un WhatsApp. En la parte de arriba del GPS aparecen la notificación y el mensaje cortado:

> OLI, TIA SUERTUDA

> ABISAME DE CÓMO VA TODO
> CON EL EMPOTR...

Olivia desliza el mensaje hacia la derecha para hacerlo desaparecer.

—Bueno —se revuelve en el asiento—, ¿quieres que ponga música?

—Vale.

—¿De qué tipo?

—Pon lo que quieras —contesto—. Es tu coche, tú mandas.

—¿Qué te gusta?

Se vuelve hacia mí cuando hace la pregunta, así que, como buen idiota, giro la cabeza en la otra dirección para esquivar su mirada.

—Un poco de todo —respondo—. Hay poca música que no me guste.

—Ah. —Suena sorprendida—. Pensé que serías...

Me vuelvo y esta vez es ella quien parece incómoda.

—¿Qué?

—Nada.

—Venga —insisto—. Suéltalo.

—Ya sabes, de los de «uf, reguetón, menuda mierda». Ya sabes —repite, casi tartamudeando—. Un poco... elitista.

Alzo las cejas y contengo una sonrisa.

—Pero bueno, Olivia, qué prejuicios. ¿Y eso por qué?

—Yo qué sé. —El conductor de atrás nos pita y ella arranca de golpe, así que el coche está a punto de calarse—. Pensé que querrías que pusiéramos algo como... Sonic Youth.

Bajo la cabeza para verme el nombre del grupo sobre el pecho.

—En realidad, llevo la camiseta porque me gustó en la tienda.

—¡No me lo puedo creer! —boquea, esbozando una expresión divertida—. Si fuera el típico fan pesado, debería exigirte

64

que me dijeras tres canciones ahora mismo o que te quitaras la camiseta.

—Ah, ¿así que quieres que me quite la camiseta?

Frena tan de golpe en el siguiente semáforo que tengo que estirar un brazo y agarrarme al salpicadero.

Al ver su expresión de terror absoluto, me aguanto las ganas de reírme a su costa. ¿Qué dije antes? Nada de intentar... lo que sea. Está visto que no funciona.

Antes de que Olivia vuelva a intentar excusarse, respondo:

—*Teen Age Riot, Kool Thing* y *Reena*.

Al principio se queda cortada.

—¿En serio? ¿De Sonic Youth eliges esas tres? ¿Y por qué me has mentido?

—No te he mentido. —Hago una pausa—. Sí que me compré la camiseta porque me gustaba.

Frunce el ceño en una mueca ofendida. Y graciosa. Olivia lo es, en general. Intenta con todas sus fuerzas que los demás no noten qué siente, pero, con lo expresiva que es, resulta imposible.

Es como si quisiera ocultar cómo es en realidad y, cuanto más se esforzara, más destacara la farsa. Lleva traje, sí, pero es de un estridente color verde manzana y sobre la chaqueta se ven pelos blancos y negros (supongo que de algún perro o gato). La blusa está mal abotonada. Las uñas, cortas y mordidas. Hasta tiene manchas aleatorias de bolígrafo en sus manos.

De hecho, en este momento se pasa un mechón de pelo tras la oreja y descubro que tiene una mancha de tinta justo ahí, en el lóbulo. Y otra más, en el cuello.

Ah, no, es un lunar. Lo sigo y veo otro más abajo, en medio de las clavículas. Y en el escote, justo entre...

Joder, ¿cómo de alta ha puesto la calefacción?

Sin decir palabra, Olivia coge por fin la salida hacia la carretera. Una vez el GPS indica que recorramos una decena de kilómetros antes del siguiente desvío, mi conductora lo minimiza, abre una aplicación de música y pone el disco *Rather Ripped*, de Sonic Youth.

Oculto la sonrisa tras una mano y decido que estaría bien dejar de sudar como un puñetero adolescente. Me quito la chaqueta sin desabrocharme el cinturón y me giro para dejarla en la parte de atrás del coche. Mientras lo hago, Olivia se mueve hacia la izquierda en su asiento, como si no quisiera que la rozara siquiera.

Mierda. Sí que debo darle miedo.

Cuando vuelvo a colocarme en mi sitio y continuamos en silencio durante un buen rato, entiendo que nuestra conversación ha terminado.

No me pilla de sorpresa porque, cuanto más quiero hacerlo, menos sé hablar con la gente. Si me esfuerzo e intento parecer interesante, la mayoría de las veces la cosa me sale tirando a regular.

Tampoco es que me importe estar en silencio. Habitualmente. En el caso de Olivia, la verdad es que querría que hablase. Hace tiempo que no mantengo una conversación con alguien nuevo que me parezca interesante. De quien me gustaría saberlo todo. Una persona que, con tan solo mirarla, quisiera...

Bueno, lo que sea. Además, tiene una voz bonita. Cuando no utiliza ese tono de recepcionista de hotel, como de dulzura impostada, suena pausada, algo grave para ser una chica.

Joder. Sí que hace que no mojo; ya me he puesto cachondo por cómo suena su voz.

—Tengo una pregunta.

Menos mal que Olivia parece más apta socialmente que yo.

—Dispara.

—Seguro que te lo han dicho mil veces, pero tus tatuajes ¿son de libros que has leído?

Sin la chaqueta, solo llevo la camiseta de Sonic Youth, así que están al descubierto.

Casi todos.

—Estos sí. —Me señalo el brazo derecho—. Son de mis novelas favoritas.

—He reconocido algunos —sigue Olivia. De repente, suena tímida—. ¿De dónde viene la taza de chocolate?

—Es por *Casa desolada*.

—Pensé que dirías que era por *Charlie y la Fábrica de Chocolate*.

Señalo mi muñeca.

—Ese es el tatuaje del billete dorado.

—Ah. Tiene sentido.

Vuelve a envolvernos el silencio.

Cojo aire y me obligo a ser yo quien abra la boca esta vez. No es justo que ella haga todo el esfuerzo de fingir que viajar con un desconocido es la hostia de cómodo, cuando se parece más a una visita al dentista dolorosamente larga.

—¿Qué otros tatuajes has reconocido?

Tamborilea los dedos sobre el volante. Intenta disimular, pero me está mirando de reojo. Dejo que lo haga y, a la vez, la imito.

No lleva reloj ni joyas, solo un anillo de oro en el dedo corazón de la mano derecha. ¿Tendrá novio? ¿O novia? ¿Será la chica de la foto de perfil, esa con la que está en la playa? Me suena haberla visto en las oficinas de la editorial el otro día. Esa morena que hablaba con el imbécil de Argui Nano.

Recorro su cuerpo de arriba abajo. Es imposible saber si Olivia tiene curvas o no; el traje es como una talla más grande, de corte masculino. Aun así, a través de la blusa mal abrochada, veo un sujetador de encaje bien relleno...

Vale, venga, ojos arriba.

El pelo no es teñido; aunque no tenga las clásicas pecas, es pelirroja natural. Tampoco tiene los ojos verdes que suelen acompañar a los pelirrojos. Los suyos son oscuros, una suerte de marrón que las personas que lo tienen odian y que yo prefiero sin duda. Nada de hipersensibilidad a la luz y, además, el tono se parece al del café solo.

Y no hay nada mejor que el café en este mundo de mierda.

—Creo que la cita de la mano es de *Rebelión en la granja* —responde ella al final. Cuando me ve asentir, sigue—: Supongo que el hacha es por *Crimen y castigo*. La nave de más arriba me suena de la saga de ciencia ficción de Sanderson. La casa de Hobbiton es fácil de reconocer. Hay un árbol... Pero ese no sé de qué libro es.

—*Un mago de Terramar.*

—Oh, ¡una autora, por fin! —Me río—. ¿Tienes a más escritoras?

—Sí, pero no te diré cuáles. —Dudo antes de añadir—: No hagas trampas.

—¡No son trampas! —Empiezo a entender cuándo se ofende de verdad y cuándo no; cuando lo hace de mentira, sonríe de lado y le sale un único hoyuelo—. A ver, la casa que parece encantada será ¿Stephen King?

—Frío.

–¿Alguno de Shirley Jackson? ¿*La maldición de Hill House*?

–Sí y no.

–¿*Siempre hemos vivido en el castillo*?

–Bingo.

Hace un gesto de victoria con el puño.

Adorable.

–He visto que tienes más frases, pero desde aquí no las veo bien...

–No pienso leértelas. –Me cruzo de brazos–. Tener el brazo lleno de tatuajes sobre novelas ya es bastante pedante.

–¿Por qué? Soy editora, me encantan los rollos pedantes que tienen que ver con la literatura. No creas que sigo en mi trabajo por el sueldo. –Me mira de soslayo, las cejas un poco alzadas–. Es porque soy una romántica.

Trago saliva. Aparto la vista y yo también empiezo a tamborilear con los dedos, aunque, a falta de volante, lo hago sobre mi antebrazo.

–Venga, Asier –insiste.

–No.

–Léelas y pruébame –dice en voz baja–. A ver si acierto. Por favor...

Con ese tono, soy incapaz de negarle nada, pero no quiero que ella lo sepa. Al final, dejo que pasen unos segundos antes de atreverme a recitar.

Una a una, Olivia va sacándolas todas. Se le resisten los tatuajes sobre Atwood, Lorca y Nothomb, solo que acabo cediendo y dándole pistas hasta que los adivina. También tiene que ver que sean autores conocidos, y que ella..., en fin, se dedique a esto. Y que, sorprendentemente, tengamos gustos parecidos.

¿Sorprendentemente? ¿Por qué sorprendentemente?

—¡Gané! —Es mona, sí, pero es otra cosa cuando se ríe—. ¿Tienes más tatuajes?

—Sí, por aquí. —Le señalo el hombro izquierdo y la manga de mi camiseta—. Pero no se ven.

—¿También son de historias?

—Esto, sí... —titubeo—. Más o menos. ¿Y tú? —cambio de tema—. ¿No tienes ninguno?

Vuelve a tamborilear sobre el volante.

—Uno.

—¿Tiene que ver con alguna novela? —Ella asiente—. Lo sabía. ¿Y dónde está? ¿Me lo enseñas?

—Me da... vergüenza.

Se pone roja y yo sonrío.

—Ah, ¿yo sí y tú no? Eso es injusto.

—Es que no está en un lugar muy visible... Carol es estricta con esas cosas.

—¿Pero cuánto tiempo llevas trabajando para ella?

—Seis años.

Joder, vaya aguante.

—Olivia, ahora esa mujer no está. Y si me lo enseñas, a lo mejor lo adivino. —Bajo la voz—. Pruébame.

—Es que...

—Vamos.

—No.

—Venga, al menos dime dónde está.

Duda un momento antes de despegar su mano derecha del volante. La lleva despacio hasta su rodilla y la hace subir por encima de la tela del pantalón. Recorre su muslo con una lentitud deliberada que empieza a ponerme tenso, en especial cuando, al aproximarse a la cadera, sigue moviéndose. Desliza la mano hasta su vientre, llega hasta el ombligo, baja un poco más...

—Está aquí.

Abro la boca para decir algo, pero... *jdasfafgkskwu*, no me sale nada coherente.

Mejor. De haber salido algún sonido, se habría transcrito a una serie de consonantes sin sentido.

Por suerte, me salva la campana. En forma de tono de llamada. Del móvil. Es decir, que llaman a Olivia, eso quería decir. No estoy seguro de que me esté llegando sangre al cerebro.

Lo coge enseguida. Supongo que tiene algo que ver el nombre de Carol sobre la pantalla negra, en letras mayúsculas y junto a un emoji del diablo.

—¡Buenas tardes! —responde Olivia. Otra vez esa voz falsa, dos tonos más aguda de lo normal. De inmediato, el cambio me irrita y vuelvo a cruzarme de brazos—. ¿Todo bien en la oficina?

—¿Dónde pusiste el informe de la nueva línea de clásicos?

Olivia pone cara de estar hasta los cojones, pero su respuesta refleja todo lo contrario.

—Te lo envié ayer por *mail*. El asunto se llama «informe final de clásicos último trimestre». También lo imprimí. Debe estar en la bandeja de mi escritorio.

—¿Y por qué no lo dejaste en la bandeja del mío?

La conversación sigue. Y es... horrible. La diferencia de trato de una con la otra es sangrante.

No es que yo no les haya lamido el culo a mis jefes. Lo normal, supongo. Pero nunca he aguantado nada parecido. Cuanto más amable y servicial es Olivia, peor contesta la otra. Una mezcla de condescendencia, paternalismo y ser una cabrona.

Ignoro cómo Olivia no la ha mandado a la mierda ya. Seis años así... Yo sería incapaz de soportar más de una semana.

Tal vez por eso no tengo un agente literario. Ni nadie que me apoye en el mundillo. Excepto unos cuantos amigos escritores tan desgraciados como yo, apenas tengo contactos. Imagino que es porque destacar en un sector tan competitivo como el nuestro implica poner la otra mejilla, y ya la tengo bastante reventada como para que me sigan dando de hostias por un trabajo que ni siquiera está bien pagado.

—¿Qué tal va Asier?

Escuchar mi nombre hace que conecte otra vez con la conversación. Como un ciclón, Olivia se vuelve hacia mí. Tiene el miedo bailando en las pupilas. Se muerde el labio inferior y mi atención va directa allí.

He vuelto a desconectar.

—Oh, va bien —responde al final por mí—. Acabamos de salir de Madrid. Apenas llevamos una hora, pero ya vamos a tomar la A2.

—Vais a llegar de noche —rezonga Carol—. Probablemente tengáis la reunión con el *influencer* mañana. ¿Por qué no has salido antes?

—Porque me dijiste que... —Olivia se detiene—. Te pregunté ayer si me necesitabas y me dijiste que fuera hoy a la oficina para...

—¿Yo? ¿Estás segura de que te dije eso?

Olivia suelta despacio el aire por la nariz. Sus hombros caen a la vez y, al verla, me entran unas irrefrenables ganas de gritar.

Ojalá supiera cómo tranquilizarla, consolarla, hacer algo por ella.

Aun así, sé que no debería meterme en los asuntos de otra persona.

Por supuesto, eso no impide que, cuando va a contestar, me adelante:

—Es por mí.

6

Asier

SE HACE UN CORTO SILENCIO al otro lado de la línea.

—¿Asier?

—Sí, soy yo —contesto con sequedad—. Pues eso, que ha sido cosa mía. No podía viajar antes, y Olivia ha preferido aprovechar la espera para trabajar. ¿Hay algún problema?

Enseguida se escucha un alegre «ninguuuuno» un poco distorsionado.

—¡Cuánto me alegra oírte así de bien, Asier! —exclama Carol, y eso que dudo haber sonado más arisco en la vida—. ¿Te está tratando bien nuestra Oli?

Compruebo cómo, a mi izquierda, «nuestra Oli» pone los ojos en blanco.

—Me está tratando estupendamente —contesto—. No podría haber elegido una acompañante mejor.

Eso la descoloca. A Carol no (o sí, no lo sé), sino a Olivia. Se queda muy quieta y compruebo cómo sus nudillos se vuelven más blancos en torno al volante.

—Bien, bien, me alegra oírlo —canturrea Carol—. Todos en Rapla estamos seguros de que harás un gran trabajo con el libro de Seoane.

—Lo intentaremos —respondo.

—Ya sabes: si necesitas cualquier cosa, llámame.

—No hará falta, tengo a Olivia aquí mismo. —Después añado—: Pero gracias.

La conversación, por desgracia, no acaba ahí. Sigue unos cuantos, y tortuosos, minutos. Cuando Carol cuelga (por supuesto, dejando a Olivia con una despedida efusiva en la boca), se me escapa un suspiro exasperado.

—¿Qué? —Olivia se vuelve hacia mí—. ¿Qué pasa?

—¿Esto es lo que tienes que aguantar? —bufo—. ¿De verdad te merece la pena?

Pensé que se lo tomaría bien. ¿Por qué? Porque, como he dicho antes, no sé tratar a la gente.

Lo que en realidad consigo es que Olivia se ponga seria, se cierre en banda y clave una mirada enfurecida en la carretera frente a nosotros.

—No tienes ni idea.

¿Es una respuesta a la primera o a la segunda pregunta? ¿Y ahora por qué parece que esté cabreada conmigo? No soy yo quien la trata como una mierda. Tampoco soy el enemigo. Incluso le he echado un cable. Porque estamos en el mismo bando.

¿O no?

—Puedo manejarlo yo sola —continúa Olivia—. Además, piense lo que piense sobre ella —añade, más seria—, Carol es mi jefa. Igual que yo la tuya.

Ah. Es eso.

Lo había olvidado.

Aquí no hay bandos, solo escalafones. Y yo, como es obvio, estoy en el último. Más o menos, nivel subsuelo.

Podemos hablar y fingir que nos gusta, incluso que nos llevamos bien, pero no elimina la realidad: en un mes, ya no seré nada más que un fantasma para ella.

—Captado —digo en voz baja—. Me he metido donde no me llaman.

—¡No es eso, es...! —empieza a decir Olivia. Luego se detiene y suspira—. Lo siento, no eres tú, es que... No puedo decirle lo que me gustaría, y no quiero que... —Suelta el aire otra vez—. Es complicado.

—Tranquila —la corto—. Lo entiendo perfectamente. Disculpa.

Ella cabecea.

—No te disculpes. —Su tono es triste, algo ronco—. En realidad, debería darte las gracias. Me has salvado. Otra vez.

—¿Otra vez?

—Paraste el ascensor.

Me giro hacia ella con el ceño fruncido.

—¿En serio me das las gracias por eso? Tienes las expectativas demasiado bajas.

Esta vez sonríe. Aunque desearía que no fuera de esa forma tan triste.

—Debe ser eso —susurra—. Aunque, si fuera así, no estaría soltera.

Vaya. Por fin información útil.

—Pensé que tenías pareja —se me escapa. Cuando me mira con curiosidad, me apresuro a añadir—: La chica de tu foto de perfil. La de la playa.

—Es Jud, mi mejor amiga —aclara sin alterarse—. También es editora. —Carraspea antes de añadir—: La que creí que trabajaría contigo, en el ascensor, cuando pensaba...

—Ya. —Le señalo su móvil—. ¿Y el niño que tienes de fondo de pantalla? El que sujeta al gato obeso. ¿Es tu hijo?

Por fin, la tristeza desaparece. Ha dejado paso a un cabreo monumental.

Me alegra que al menos ya no parezca a punto de echarse a llorar.

—¡Cómo va a ser mi hijo! ¡No tengo ni treinta años!

Decido molestarla un poco más.

—¿En serio?

Me fulmina con la mirada.

—Tengo veintiocho —sisea.

—Vaya. —Me hago el sorprendido—. Te echaba más.

—¡Eh! ¡Los cumplí en septiembre!

—Aun así, podría ser tuyo —asevero—. ¿Qué tiene el crío, siete años?

—Seis. —Vuelve a arrugar la frente—. Es Marcos, uno de mis sobrinos... ¡Y el gato no está obeso!

—¿Es tuyo?

—¡Te he dicho que...! Ah, sí, el gato sí. Se llama Mochi. —Entrecierra los ojos—. El problema es que el condenado es demasiado ágil para su tamaño. Tengo que cambiar cada cierto tiempo el armario donde guardo su comida porque se las apaña para llegar...

—Son más listos que cualquiera de nosotros.

Ella asiente con la cabeza. Veo cómo se muerde el labio, maldito gesto distractor, y espero paciente a que se atreva a preguntar.

—¿Y tú? Con cuarenta años, supongo que tendrás hijos.

—Muy graciosa. —Sonrío—. Cumplo veintisiete en noviembre. Y no tengo hijos. Bastante pasta me dejo en cuidar a Anti, que es Doña Caprichitos.

Olivia se queda callada. Se pasa la lengua por los labios y, de repente, el quitamiedos me parece la hostia de interesante.

—¿Anti de Antía? —tienta—. ¿Es tu novia o algo así?

Junto las cejas.

—Qué manera tan sutil de averiguar si estoy soltero.

—¡Yo no...! —Cuando me ve sonreír, bufa—. Serás... ¡Solo era curiosidad! No tienes por qué contestar.

Pero quiero hacerlo. Así que saco el móvil y lo apoyo en el salpicadero para que pueda ver mi fondo de pantalla sin que nos matemos.

—Esta es Anti.

—¡Qué preciosidad de gata! —Se le iluminan los ojos—. ¿Es un ruso azul? Dios. A su lado, mi gato parece un pordiosero... Oye, ¿y de dónde viene Anti?

Me guardo el móvil en el bolsillo.

—De Antígona.

—Una tragedia griega... Cómo no.

Me gusta que bromee. Es a mi costa, claro, pero, en su caso, no me importa.

—¿Y de dónde viene Mochi?

—Se lo puso mi sobrina. Es porque, cuando se hace una bola, parece un mochi.

—Tiene sentido. —Hago una pausa—. Aunque pensé que sería porque se ha comido unos cuantos.

Se ríe en voz baja.

—No será porque no lo ha intentado.

De repente, la tensión por lo de antes se ha deshecho un poco.

Puede que esto de la charla insustancial no se me dé tan mal.

Aunque apostaría a que tiene más que ver con Olivia. Tiene la habilidad de volver las cosas fáciles. Más cómodas. Como si en su presencia, para bien o para mal, ni siquiera pensase antes de abrir la boca, porque sé que va a escucharme. O a reaccionar de alguna forma que me haga sentir menos solo. Tengo la sensación de que con ella no tengo que sobrepensar qué digo o hago.

A pesar de que creo que me iría mejor haciéndolo. No quiero que vuelva a esbozar esa expresión tan melancólica. Sienta como una patada en las... costillas.

Cojo aire y lo intento otra vez.

—¿Tienes muchos sobrinos?

La familia. Tema peliagudo. Igual se lleva mal con ellos, aunque apostaría a que no es así.

—Demasiados. —Suspira, pero lo hace con cierta ternura. Bingo—. Tengo tres hermanas que me sacan más de diez años, así que imagínate. Hasta hay otro bebé en camino.

Asiento. El sol está cayendo y el calor del coche ya no me parece tan desagradable. Además, se nota que Olivia se ha relajado. Como si hubiéramos firmado una tregua. Como si hubiera olvidado por un momento lo que ha tenido a bien recordarme: que yo trabajo para ella y que nada de lo que pase entre nosotros cambiará ese hecho.

Su voz ya no suena aguda, sino suya. Grave, baja, casi como un ronroneo. Ojalá supiera cómo hacer que llenara todo el espacio.

Me escurro un poco en el asiento.

—¿Así que tienes una familia grande?

—Ah, sí. En el pueblo tengo miles de primos. Ya ni sé cuántos. Mi hermana mayor, Lana, tiene gemelos; Ingrid, cuatro, y Greta, dos por ahora...

—Qué nombres tan raros —susurro.

Ella ríe. Hasta su risa suena ahora más profunda. Me da la sensación de que reverbera en mi pecho, dentro de mi mente cansada, sobre las primeras notas de *Pink Steam* que salen bajas del altavoz.

Entorno los párpados.

—Es por culpa de mis padres. Nos llamaron a cada una por el nombre de una actriz del Hollywood clásico. Lana Turner, Ingrid Bergman, Greta Garbo...

—¿Olivia de Havilland? —completo.

—Así es. La verdad es que son unos raritos, pero es porque se conocieron en el cine. ¿Te cuento la historia?

La miro de soslayo. Los últimos rayos de sol le acarician la piel. Parece más cálida, casi dorada. Entre eso y el pelo rojo, parece que esté en llamas.

Luminosa.

Sí, supongo que antes he usado el adjetivo correcto.

—Cuéntamela.

Empieza a hablar. Se nota que le entusiasma esa anécdota, así que, aunque pierda pronto el hilo, me entretengo viéndola gesticular. Abre mucho los ojos, hace distintas voces y gestos en el aire. Yo respondo con monosílabos solo cuando es estrictamente necesario, pero pronto se deja llevar por el relato y me acomodo todavía más en el asiento.

Estoy agotado, y su voz suena como un arrullo. Es casi hipnótica, tan suave como Anti cuando se sube a mi cama y se hace un ovillo a mi lado.

Ojalá estuviéramos en la cama, Olivia y yo. Nada raro, solo le dejaría hablar y hablar mientras le acaricio esa piel cálida con los ojos cerrados. Poco a poco, sin prisa... Hasta caer profundamente dormido.

7

Olivia

No me puedo creer lo de este tío.

El cabrón se ha quedado dormido mientras hablaba. Estaba llegando al final de la historia, cuando mis padres vieron una reposición de *Lo que el viento se llevó* y decidieron que querían una cuarta niña, cuando me he dado cuenta de que su respiración sonaba más acompasada.

Pienso en despertarle, pero me parece cruel. Se le veía realmente cansado. Aunque no me extraña, con todo lo que hace. Además, eso explicaría sus ojeras, todavía más profundas que las de hace tres días, pero sobre todo su comportamiento.

¿De qué va? No hay por dónde cogerlo. A veces es amable conmigo, otras veces intenta vacilarme, incluso diría que ha intentado tirarme la caña (¿puede?), pero a veces suena tímido, casi vulnerable, y cuando ha llamado Carol, le ha salido la vena borde. Sonaba... protector. Hasta me ha puesto un poco.

En realidad, nada. No. Nada de nada. Qué va.

Espero que mi jefa no descargue en mí su cabreo porque él le haya hablado así. Tampoco me extrañaría. Al final soy yo quien pago los platos rotos. Siempre.

Aun así, sus intenciones eran buenas. Y me ha cubierto con lo de que hayamos salido tarde. No tendría que haberlo hecho porque ¿hola? Si hemos salido a las mil, ha sido solo por Carol.

Si no me gustase tanto este trabajo (ni tuviera un alquiler que pagar), ya lo habría dejado. Y creo que Carol lo sabe. Pero sigo siendo la misma niña que se refugiaba en los libros cuando sus hermanas perfectas seguían los caminos perfectos de papá y mamá.

Cuando no tenía amigos, me imaginaba que los autores de mis novelas favoritas y los personajes que habían creado eran mi compañía. Ser parte (aunque sea una muy pequeña) del engranaje por el cual esas historias salen a la luz ha sido mi sueño desde siempre.

El problema es cómo estoy cumpliendo ese sueño. Es extenuante. Algunos días tengo la sensación de que voy a explotar. Estoy tensa las veinticuatro horas del día.

Como ahora, con Asier a mi lado. Su cabeza se ha ladeado, tiene los labios entreabiertos, los brazos todavía cruzados sobre el pecho, y un mechón de pelo negro le cae sobre la frente.

Soy incapaz de no mirarlo. Aparto de cuando en cuando la vista de la carretera para hacerlo y, cuando mi cabreo porque se haya dormido mientras hablaba se disuelve, me recreo en él. En él y en mi mala suerte.

¿Brazos espectaculares cubiertos de tatuajes sobre novelas? Este tío ha salido de mis más profundas fantasías solo para atormentarme. Porque no puedo liarme con él. No si quiero conservar este trabajo.

Maldita sea mi estampa.

Me sobresalto cuando mi móvil suena otra vez. Aparto la vista de Asier y me apresuro a cogerlo, sobre todo tras comprobar (aliviada) que no es Carol insistiendo con los puñeteros informes.

—Amooooor.

Esa es Greta, mi hermana más cercana en edad. Era la que más se metía conmigo. Ahora es una especie de madre pesadísima (no sé qué prefiero, la verdad).

Le chisto para acallarla y me apresuro a susurrar:

—Habla bajo. Mi copiloto va durmiendo.

—¿El tío que está como un...? —Vuelvo a chistarle—. Vale, vale. Oye, ¿qué tal vas?

—Bien. Nos quedan cuatro horas todavía.

—Vais a llegar muy de noche. Ten cuidado, amor.

—Sí, gracias, os avisaré al llegar al hotel. ¿Qué tal Mochi?

—No sé si va a sobrevivir. Mi Claudia lo estruja tanto que igual lo ahoga. Aunque él no se queja, es tan bueno... Ojalá su dueña se le pareciese.

—Pero si soy una santa. —Escucho a mi hermana reírse por lo bajo—. Bueno, mejor cuelga. No quiero despertar a Asier.

—Ah, sí, pobrecillo... Seguro que finge dormir porque eres una pesada.

Frunzo el ceño. Genial, lo que necesitaba oír. Ahora, estando con él, no podré quitarme de la cabeza que soy un peñazo.

—Te voy a colgar.

—¡No, espera! Te llamaba porque la prima quiere saber si vas a confirmar de una vez tu asistencia a la boda.

Tamborileo los dedos sobre el volante.

—Pues... no lo sé.

—Amor, tienes que poder cogerte un día para ir a la boda de tu prima que, te recuerdo, también es tu amiga. Las chicas del pueblo hace tanto que no te ven...

—Es que tengo mucho trabajo.

—Llevas seis años con esa frase en la boca.

—¡Porque es verdad! Además, la boda coincide con la feria del libro de...

—Vale ya —me corta—. El trabajo siempre va a estar ahí. Y ahora ya no eres la mamá de Pedro. Ya podrías tener algo más de libertad.

—No era su mamá —gruño.

—Eras más su madre que su novia, y lo sabes —me rebate. Tiene razón, así que me callo—. ¿Por qué no aprovechas para traer a algún buenorro a la boda y darle en las narices a ese cabrón?

Miro de reojo a Asier y contengo un suspiro de pura lástima.

—No tengo a nadie a quien llevar.

—¿No? —Su extrañeza me anima. Normalmente, mis hermanas se burlan de mi mala suerte con los hombres y suelen culpabilizarme (a mí, a mi escaso tiempo libre y a mis «altas expectativas»)—. Bueno, pues vienes soltera y pillas cacho. Es imposible no follar en las bodas.

—Greta, por favor.

—¿Qué? Me quedé embarazada de Jorge en la última, la del tío Lope.

—Agh.

—Entre el sorbete de limón y los puros...

—Dios, Greta, cállate.

—Si no te gusta que hable de sexo es porque hace tiempo que no lo tienes, ¿eh?

Arrugo la nariz.

—No pienso contestar.

—Amor, acabas de hacerlo —se ríe—. Bueno, no nos enrollemos: que le digas que sí o que no a Rigoberta, que le va a dar un parraque.

—Llámala Rigo, ya sabes que no le gusta que la llamen de la otra forma.

—Soy su prima embarazada por tercera vez, y la llamaré como me dé la santísima gana.

—Relaja, hiperhormonada. Oye, ahora sí, te cuelgo. —Entonces miro el salpicadero y me acuerdo—. Antes de eso, dime: ¿qué significa la luz esa de las tres rayas?

—¿Qué luz?

Esta tartana de coche que conduzco era de mi hermana. Está viejo, se atranca cada poco, me cuesta que pase la ITV y a veces no entran bien las marchas, pero es lo único que podía permitirme. Además, le tengo cierto cariño. A pesar de ser tan desastre como yo, al final se las apaña para dar la talla.

—La que a veces se enciende en el salpicadero cuando meto quinta —le aclaro—. La de las tres rayas.

—Madre mía, amor, pues no tengo ni idea, pero no suena bien.

—Ah. Entonces..., no te hablo de la otra.

—¿Qué otra?

Vuelvo a chistarle porque ha subido el volumen. Por suerte, aunque Asier se remueve un poco, no llega a despertar.

—La que es como un circulito con una exclamación —susurro.

—No soy mecánica, pero las exclamaciones no suelen traer nada bueno, Oli.

Oh, no. Me ha llamado Oli.

Ahora estoy más tensa.

—¿Qué debería hacer?

—Llama al seguro. Y si te dicen que pares, para. Y si se lo lleva la grúa, pues se lo lleva. No quiero que mi hermana pequeña se mate por ir a visitar a uno de esos niños rata de internet.

—¿De dónde has sacado eso? No es un niño rata —la corrijo—. Y es un viaje de trabajo.

—Me suda los cojones. —Las hormonas la han vuelto una macarra—. Repito: llama al seguro. O despierta a tu copiloto y que lo haga él. Desgraciadamente, hacen más caso a los tíos con esas cosas.

—Puedo llamar yo solita —refunfuño.

—Ya lo sé. Solo prométeme que no vas a cargar con todo tú sola, como sueles hacer.

Me contengo para no recriminarle que, en parte, es culpa suya.

Pero no sería justo. Mis hermanas ya no son tan malas conmigo como cuando era niña. Ahora nos llevamos bien. Aun así, nunca he creído que pudiera contar realmente con ellas, así que me he acostumbrado a hacerlo todo sola.

No las necesito, aunque las quiera. Igual que tampoco necesitaba a Pedro. Ni mucho menos a mi escritor fantasma, que, por cierto, sigue haciendo su papel de bello durmiente a la perfección.

Me despido de Greta y cuelgo. El número del seguro está en los papeles que llevo en la guantera, pero tengo un problema para llegar. Tiene nombre y apellido vasco, unas piernas larguísimas y ronca; bajito, pero lo suficiente como para que sepa que no está fingiendo.

Ignoro si tiene el sueño profundo o ligero, y de verdad no quiero tentar a la suerte y molestarlo. No ya por él, sino por mí. Si me altera dormido, no ya digamos con esos ojos grises clavados en mi cara sin que sepa exactamente qué opinión tiene de mí.

Alargo el brazo con la vista puesta en la carretera. Hemos dejado a la mayoría de los coches atrás, y el estado de la autovía no es malo ni tampoco hay demasiadas curvas; aun así, no quiero que nos matemos. Empiezo a ponerme nerviosa cuando, tras abrir la guantera, veo de reojo un buen puñado de papeles, pero con la atención puesta en la conducción, hasta para mí es complicado distinguir algo. ¿Dónde mierda está el puñetero número?

Extiendo de nuevo la mano para agarrar la primera hoja cuando el montón entero se desliza fuera, cayendo desordenado y a cámara lenta sobre las piernas de Asier.

Mierrrrrrrda.

Por suerte, no parece haberlo notado; su respiración sigue acompasada. Genial. Tranquila, Olivia, lo tienes. Empiezo a coger los papeles a puñados, sin mirar, para llevármelos hasta mi regazo y rebuscar mejor el que tenga el número del seguro..., cuando una mano firme me agarra de la muñeca.

HOSTIAS.

Casi doy un volantazo, así que Asier me suelta enseguida.

—¡Olivia, la carretera!

—¡Me has dado un susto de muerte!

—¡Y tú a mí! ¿¡Qué estabas haciendo!?

—¡Buscaba un papel!

—¿¡Pero estabas viendo dónde!?

Empiezo a balbucear porque no sé ni qué decir.

—¡A ver, tranquila! —Se da cuenta de que ha gritado y baja el volumen al repetir—: Tranquila, ¿vale? Dime, ¿qué pasa? ¿Qué buscabas?

—Es que he abierto eso y se ha caído, y buscaba un papel que...

–Despacio. ¿Un papel para qué?

–Los papeles del seguro. –Carraspeo–. A lo mejor le pasa algo al coche y voy a llamar a ver qué me dicen.

Se hace el silencio. No quiero ni mirarle. Siento las mejillas del mismo color del pelo.

–¿A lo mejor? ¿Cómo que «a lo mejor»?

–Han saltado unas lucecitas aquí...

–Déjame ver.

Se inclina sobre mí para ver el panel y yo me tenso. Apoya el brazo en mi asiento y noto el calor que desprende, como si fuera una estufa andante. Qué suerte, yo siempre tengo frío (aunque no precisamente ahora; si soy sincera, me vendría bien un poquitín de hielo).

–¿Te habían salido antes alguna vez?

–La de las rayas sí, la otra no.

–¿Y qué hiciste?

Nada, que no se aparta. Su aliento me hace cosquillas en la piel, aunque no sé ni en qué piel porque no me atrevo a mover un músculo. Ni siquiera a mirarle de reojo.

–Se fueron solas.

–¿Cómo que solas?

–Es decir, que desaparecieron con el tiempo.

–¿Y seguiste conduciendo tan tranquila?

–Tan tranquila no.

El silencio debería pagarme parte de la gasolina, porque ya es tripulante oficial de este viaje.

–A ver, ¿cómo es ese papel? –dice por fin. Y, menos mal, el calor se aleja–. Mientras lo busco, continúa. Paramos en un rato y llamamos al seguro del coche.

–¿Seguro?

–Sí, del coche.

Entiendo como dos segundos tarde la broma. En cuanto lo hago, me sale una carcajada histérica. Demasiado, quizás, porque los siguientes segundos también los ocupa el silencio.

—Relájate. A lo mejor no es nada grave y podemos continuar. Y si tardan en arreglarlo, hay un par de sitios a muy pocos kilómetros de aquí para pasar la noche. Ni nos desviaríamos, además. Están cerca de la carretera.

Frunzo el ceño.

—¿Cómo sabes todo eso?

—Hago este mismo camino para ir a ver a mis padres. —La voz suena un poco más seca—. Cuando lo hago.

Quiero preguntarle sobre ellos. Sobre él. Sobre todo lo que quiera contarme. Pero sigue hablando y su tono se torna serio. Después de escuchar al Asier irónico-festivo, ahora solo puedo echarlo de menos.

—Estoy mirando el manual que tienes aquí —dice—, y pone que hay que detener el coche lo antes posible y llevarlo al taller si aparece la exclamación esa de mierda.

—¿Eso pone?

—Bueno, sin faltarle al respeto a la exclamación.

No podemos llevarlo a un taller. No en medio de la nada ni a estas horas. Asier parece leerme el pensamiento, y escucho el frusfrús de las hojas al pasar.

—Estoy buscando el teléfono. Según esto, tienes asistencia en carretera. Sigue conduciendo. En siete kilómetros, hay un desvío corto a un hostal que no está mal. Paran muchos camioneros y tiene un pueblo más o menos grande cerca. Podría ir alguien a repararlo desde allí.

—Bien. Genial. Siete kilómetros. —Aprieto las manos en torno al volante—. Yo creo que el coche aguantará.

—Me preocupa más que no aguantes tú. ¿Estás bien?

No.

—Claro. —Me obligo a sonreír, rígida, los ojos clavados en la línea discontinua de la autovía—. De todas formas, no íbamos a llegar a tiempo para reunirnos con Seoane...

—Suele hacer directos por la noche hasta bien entrada la madrugada. Cuando no le vamos a pillar es a primera hora de la mañana. —Abro la boca para decir algo y Asier se adelanta—: Mira, es la siguiente salida. Y he encontrado el teléfono. Paras y llamas. Si no quieres, puedo hacerlo yo. Lo vemos al llegar.

Decido apartar todo pensamiento intrusivo y seguir, sencillamente, sus instrucciones.

Es un alivio, para variar. Pedro solía delegar todo en mí. Los «qué lista eres, yo no sé hacerlo» o los «mejor lo haces tú, que se te da mejor» halagan al principio, pero al final se vuelven insoportables. Aunque me gusta ser independiente, en momentos de crisis se echa de menos a alguien que sea medianamente funcional.

Como Asier ha dicho, el desvío es corto; enseguida vemos una gasolinera enorme y, junto a ella, una edificación de ladrillo de dos plantas cuyo cartel de neón «Hostal Trigal» ha perdido la luz de las vocales.

A pesar del aspecto desangelado, está bastante concurrido. Hay pocos huecos en el aparcamiento que hay justo delante. Elijo el más alejado de la puerta, por si tiene que venir la grúa, y al apagar el motor, el cansancio cae sobre mí como una losa.

—Este es el teléfono. —Asier me tiende una hoja y yo tardo más de la cuenta en cogerla—. ¿Puedes llamar?

Asiento.

—Bien. Yo saldré a echarle un vistazo al motor. Igual lo único que le falta es agua o aceite. Esperemos que solo sea eso.

No lo creo. Me he aprendido de memoria las luces que avisan de esas cosas (aparecen casi cada mes). Aun así, vuelvo a asentir. Asier me observa, como si estuviera esperando algo. Tras un segundo, coge mi móvil, que está enganchado al salpicadero, y me lo coloca en la mano.

Nuestros dedos se rozan. Solo un segundo. Es la primera vez que me toca en todo el viaje, y siento una especie de calambre bailar en nuestras yemas. Un anticipo de energía nerviosa que parece acrecentarse, tensa, a punto de estallar. Una electricidad que agita algo en mi pecho. Ignoro cómo estoy tan segura, pero sé que él también lo ha sentido.

Debo estar más cansada de lo que creía porque, en cuanto parpadeo para acostumbrarme a la sensación, Asier ya ha salido del coche.

Le veo caminar hasta el capó mientras se abrocha la chaqueta hasta arriba. A juzgar por lo mucho que se mueve su pelo, los pocos árboles de los alrededores y las banderas de la gasolinera, debe hacer un viento terrible.

Miro el móvil en mi palma y, de repente, despierto.

* * *

Los del seguro no tienen muy buenas noticias. Y, por la cara de Asier cuando vuelve a meterse en el coche, más pálido (si es posible) que antes, él tampoco.

—No pueden venir a arreglarlo hasta mañana —le comunico—. Al parecer, hay un frente de proporciones épicas que está dejando incomunicadas muchas zonas del centro de la península. —Niego con la cabeza, despacio, porque sigo sin creérmelo—. Me han dicho que no habían visto tanta nieve desde ni se sabe. Normal, ¡es octubre! Al menos me han prometido que mañana a primera hora vendrá un técnico hasta aquí. Nos darán un coche de sustitución si no lo arreglan...

—Tiene sentido, hace un frío del carajo —me corta Asier—. ¿Por qué no han avisado en la tele de una tormenta así?

—Sí que han avisado —murmuro para mis adentros—. Al menos, es lo que ha dicho Carol esta mañana en la oficina...

Asier suelta una especie de gruñido.

—¿Y sabiéndolo te ha dejado salir tan tarde? Esa mujer es el putísimo demonio. —Despego los labios, pero mi copiloto alza una mano—. Ya lo sé: es tu jefa, no me meto. Por mi parte, la investigación del motor no ha dado muchos frutos. A lo mejor es un problema electrónico o alguna mierda de esas. —Se gira hacia la ventanilla y señala el hostal con la cabeza—. ¿Dormimos ahí? No podemos hacer otra cosa.

En pocos minutos, ambos estamos en la recepción del hostal. Toda la decoración tiene un bien mantenido aire de los noventa. Hay un sencillo mostrador de madera pulida y bordes redondeados, muy claro y barnizado. Al otro lado, unas puertas dobles con cristalera empañada que al parecer llevan al bar-restaurante. Se oye bastante ruido provenir de allí, sombras que se mueven, sonido de platos y del canal de noticias veinticuatro horas. En el mostrador también hay gente, un grupo de tres excursionistas atendidos por un hombre con un parche.

Aunque me había imaginado un hostal sórdido y vacío, me parece que vamos a tener suerte.

O lo contrario.

Tiemblo ante mi siguiente pensamiento intrusivo. *¡¿Y si solo hay una habitación?! Por Dios, NO. Sé que he soñado muchas veces con vivir una experiencia romántica-novelesca there-is-only-one-bed, pero no hoy. No ahora.*

No con él.

–Tenéis suerte: nos quedan unas cuantas habitaciones disponibles. –El hombre sonríe. Tiene un diente de oro, lo que remata ese aspecto de pirata desubicado–. Además, hay un par que están juntas.

–Pago yo –me adelanto–. Bueno, en realidad, la empresa. Le explicaré todo a Carol y le enviaré la factura.

Asier no dice nada. Tiene los párpados entrecerrados y, desde que salimos del coche para sacar nuestras maletas, apenas ha abierto la boca. Solo lo hace cuando, tras darle su llave, me dirijo hacia el bar-restaurante en lugar de al ascensor.

–¿Adónde vas?

–En ese cartel pone que hay wifi dentro –le señalo–. Necesito mandar unos *emails*.

–No. –Alzo las cejas y Asier recula–. Quiero decir: manda un mensaje a Carol y vete a dormir. Mírate, apenas puedes andar derecha.

–Pediré un café. –Hago amago de esbozar una sonrisa, pero me es imposible mantenerla– ¿Tú quieres algo?

Está vuelto hacia mí, pero, antes de contestar, me da la espalda.

–Nada que puedas darme.

De verdad no sé si a este tío le caigo mal, bien o le soy indiferente. De cualquier forma, en estos momentos no tengo ánimo para exigir más explicaciones.

Tampoco espero para comprobar que suba en ascensor. Me las ingenio como puedo para abrir la puerta del bar con mi maleta, ordenador y bolso, y me atrinchero en la única mesa vacía, una pequeña y coja que está encajada contra una columna.

Pido el café, mando los *emails*, escribo otros tantos, reviso un manuscrito que está en la última fase de corrección.

Esperaba hacer este trabajo en la seguridad de mi habitación en el hotel rural que habíamos reservado, cerca del pueblo de Seoane. Duchada, relajada, en un entorno precioso y agradable, lejos de un tío al que no entiendo.

Me pregunto si se entiende él siquiera.

Cuando ya se hace tarde hasta para mí y el bar está prácticamente vacío, recojo mis cosas. Dejo atrás la noticia que he escuchado de fondo cinco veces ya, sobre el ciclón con nombre de mujer que ha decidido coger fuerza a medida que ascendía desde el sur y que ha hecho sorprendentes estragos en todo el país.

En mi cabeza, se vuelve un rumor sin sentido en cuanto llego al ascensor. Al atravesar el corredor de la segunda planta, ya lo he olvidado. Ayuda el hecho de que haya otro ruido más fuerte que capta mi atención y que me distrae de todo lo demás.

Me detengo en el pasillo, confusa. Compruebo el número en el llavero de madera que cuelga de mi mano. El ruido no proviene del cuarto de Asier.

Sale... del mío.

¡¿Eso son dos personas follando?!

8

Asier

CUANDO LLAMAN A LA PUERTA, sé de inmediato que es ella.

Es una obsesa del trabajo, así que seguro que sigue despierta. Y, a menos que el figurante de *Piratas del Caribe* que lleva este sitio haya decidido hacerme una visita, no conozco a ninguna otra persona en kilómetros a la redonda que sepa que estoy aquí.

Dejo el portátil a un lado, me levanto de la cama y me pongo una sudadera. No me doy cuenta de lo nervioso que estoy hasta que abro la puerta.

—Tienes que ayudarme —suelta a bocajarro.

La pobre tiene un aspecto terrible. Es decir, sigue siendo guapa (el pelo corto despeinado y el olor a café son un plus interesante), pero la desesperación y el miedo se disputan el control de sus pupilas.

—¿Qué pasa?

—En mi habitación. —Baja la voz y, haciendo una mueca de horror con los labios, señala con la cabeza hacia la derecha—. Hay dos haciendo... Ya sabes.

Alzo las cejas.

—¿Qué?

—¡Ya sabes! —Vuelve a bajar la voz y masculla—: Están en la cama.

Saco la cabeza por el pasillo y la giro hacia donde señala.

—Ya decía yo que menuda fiesta tenías montada.

—¡Eh! ¡¿Creías que era yo?!

Es increíble lo fácil que cae en mis tonterías, y eso que soy malísimo vacilando a la gente.

—Igual se han equivocado de habitación —le digo—. Baja a preguntarle al Capitán Garfio. Te habrán dado otra llave sin querer.

—El resto de las habitaciones parecen todas ocupadas... ¿Y si ya no hay ninguna más?

—No te adelantes a los acontecimientos, y menos imaginando el peor escenario.

—Es costumbre. ¡Y experiencia! —La funda de su ordenador se desliza por el hombro hasta llegar al codo, donde la sujeta por los pelos—. Estoy gafada o me han echado alguna maldición, de verdad, porque suelen pasarme estas cosas continuamente. Y no suelo equivocarme cuando tengo un mal presentimiento, y lo tenía cuando...

—Deja aquí tu equipaje —la interrumpo. Luego me hago a un lado y, como un estúpido, le señalo el suelo—. Si quieres te acompaño, a ver si lo resolvemos.

Cuando la cara se le ilumina, me siento todavía más tonto que antes.

—Gra...

—No me des las gracias, Olivia. No he hecho nada.

—Perdón. —Por fin, deja la bolsa que carga al hombro y sacude los brazos. Una mueca más alegre le suaviza el rostro—. Es la costumbre.

—Muchas costumbres tienes, y no sé si son buenas.

—Son terribles, pero gracias a ellas sobrevivo.

Camino hasta el otro lado de la habitación para calzarme las zapatillas, conteniendo un comentario mordaz. ¿Se ha visto? ¿Sobrevivir dice? Si parece que en cualquier momento vaya a dormirse de pie.

Ignoro cuánta energía le quedará a Olivia si sigue aguantando mierda tras mierda sin rechistar, pero no se lo pienso decir. Después de nuestra conversación en el coche, he aprendido que es de esas personas que prefieren morir de agotamiento antes que recibir el consejo de nadie.

Al regresar, ya ha dejado todo su equipaje perfectamente alineado junto a la puerta y me espera apoyada en el dintel.

—¿Listo?

En lugar de responder, miro a la pared que comparto con la habitación de los amantes (que llevan una jodida hora de fiesta). Después, decido descargar contra ella tres golpes con el puño.

—Ahora sí.

Aunque ha sido una idiotez, me alegra pillarla ocultando una sonrisa al dirigirnos al ascensor.

* * *

Abajo, Sparrow no tiene muy buenas noticias para nosotros. No sabe si es que se ha equivocado él o se han colado dos inquilinos donde no debían, pero el caso es que... no hay habitación para Olivia.

—Lo siento muchísimo —repite por quinta vez—. Se han juntado las fiestas medievales del pueblo con una boda, más el tema de la tormenta de nieve, y estamos hasta arriba. Me temo que no puedo darles una solución inmediata...

—Hemos pagado por dos habitaciones —le recuerdo, hosco.

Olivia está a mi lado, solo que desde hace cinco minutos ha perdido la capacidad de habla. Lo último que ha mascullado ha sido «maldito *only one*» no-se-qué.

—Sí, lo sé. Ruego nos disculpen. No hay problema en que se les haga la devolución del coste de la otra habitación. Puedo rehacer la factura e incluir solo el cobro de una...

—¡No! —Olivia ha vuelto. Se agarra al mostrador con una fuerza sobrehumana y me aparto unos centímetros de ella—. No, mejor no. Si no pueden darnos otra habitación, por favor, no rehaga la factura.

—Olivia. —En cuanto la llamo, alza la cabeza con ojos brillantes de cordero degollado—. Encima que nos la lían, ¿van a cobrárnoslo todo...?

—No pienso dejar que Carol vea solo el pago de una habitación. —Frunce el ceño como si estuviera explicándole a un niño pequeño por quinta vez que el fuego quema—. ¿Lo entiendes o te lo explico?

—Ah.

Vale. Captado. Así que me giro hacia el hombre y me agacho para, esta vez aposta, resultar algo amenazante.

—Dadas las circunstancias, aceptaremos compartir habitación.

—Gracias, se...

—Pero, por las molestias, nos deben dos desayunos.

—Por supuesto, caballero.

—Completos. —Pienso un segundo y añado—: Y comida para llevar.

—Sí, claro, señor. Mañana pidan lo que deseen en el restaurante y se lo prepararemos. ¡Invita la casa!

—Bien. —Me giro hacia Olivia—. ¿Contenta?

—No. —Ha apoyado un codo en el mostrador y se masajea el puente de la nariz—. Pero tampoco hay nada más que se pueda hacer.

Luego hace algo increíble: sonríe al recepcionista y le da las gracias.

Esta tía no tiene remedio. La joden y encima es amable. Me pregunto si será masoquista.

Vuelve a enmudecer en nuestro ascenso hasta la segunda planta. Lo achaco al cansancio. En mi caso, no hablo porque tampoco tengo claro qué quiero o debo decir. Ni qué siento exactamente. Tengo la intuición de que, si abro la boca, la cagaré; mi cerebro no anda muy fino en estos momentos.

Vamos a dormir juntos.

En otras circunstancias, esa frase sería motivo de celebración. Ahora estoy cagado de miedo, y eso que tengo claro que no va a pasar nada anormal.

Como de costumbre, me espera otra noche de insomnio, aunque la razón vaya a ser distinta a la habitual.

En cuanto hago girar la llave, la dejo pasar. Da un par de zancadas cortas hasta colocarse en mitad de la habitación. Una vez cierro, se balancea sobre los tobillos y dirige una expresión ausente a las cortinas echadas, de un color granate oscuro comido por el sol.

—¿Dónde duermo?

—En la alfombra, claro. Es bastante mullida. —Gira solo la cabeza, despacio, para lanzarme una mirada interrogativa por encima del hombro. Me doy cuenta de que tenía razón en mis suposiciones: he vuelto a cagarla—. Evidentemente, es una broma. A menos que tengas un problema, compartiremos cama. No me muevo demasiado.

—Yo tampoco —dice. Viendo lo mucho que sacude la pierna derecha, no estoy muy seguro de que sea verdad—. Muchas gracias por dejar que me quede aquí.

—Olivia, una duda: ¿les das las gracias a todos los que hacen algo medianamente humano por ti? ¿Qué esperabas? ¿Que te dejase dormir encima de una mesa del bar? —Me acerco al que, decido, es mi lado de la cama y me siento para descalzarme—. Teniendo en cuenta lo bien que parece hacer el trabajo ese tío del parche, sospecho que es lo que hubieras tenido que hacer.

—Asier, una duda: ¿siempre reaccionas así cuando alguien te da las gracias? ¿Siendo un capullo?

Me vuelvo para observarla; a pesar de los brazos cruzados, los hombros tensos, la cara colorada, no tiene pinta de estar enfadada. Más bien parece aliviada. Divertida, incluso.

Se está riendo a mi costa.

Creo que estoy aprendiendo a leerla.

—¿Llamando «capullo» a tu escritor, editora? Qué poco profesional... Igual tengo que escribirle algún mensajito a Carol.

Por suerte, Olivia también parece estar aprendiendo a leerme, a distinguir cuándo hablo en serio y cuando solo soy un idiota, porque en respuesta suelta una risa baja. Eso sí, se le corta al ver cómo me quito la sudadera.

—Tranquila, no duermo desnudo. —Quiero añadir que no tengo ningún problema en que ella lo haga, pero creo que ya me he arriesgado bastante tomándole el pelo—. Puedes darte una ducha si quieres. Yo ya lo he hecho.

—¿Estabas escribiendo? —Sin deshacer el cruce de brazos, se acerca hasta el borde de la cama; dirige los ojos hacia mi portátil—. ¿Algo tuyo o para otros?

—Una prueba de redacción —respondo. No suelo dar más detalles, pero tampoco suelo compartir tiempo, y mucho menos mi cuarto, con mucha gente del mundillo literario que entienda de lo que hablo—. Es un primer capítulo para Orballo Ediciones. Aunque tampoco es que paguen mucho, si me cogen, escribiría la biografía de un grupo de música que me gusta. No sé si lo conoces. —Ella me mira con curiosidad y añado—: Love Hypothesis.

Las personas que sonríen a menudo suelen convertir su mueca en una expresión vacía. Al final, ni siquiera las que son de verdad significan algo, como si hubieran perdido parte de su esencia al compartir rostro con otras tantas fingidas. Las sonrisas de los empleados públicos, las de las madres hartas de trabajar para otros sin reconocimiento, las de los profesores escuchando a los padres pesados de siempre, las de los editores que rechazan una vez más tus escritos.

Ignoro cómo lo hace, pero Olivia se salta ese precepto. Supongo que porque sus sonrisas de educación poco o nada tienen que ver con el gesto que me regala ahora. Limpio, sin ninguna pretensión, tan natural como imperfecto.

—¡Me encanta ese grupo! —Pone los brazos en jarras y suspira; es imposible que esté quieta mucho tiempo—. Qué cabrones... Les propuse hace un año que aceptaran un contrato de publicación con Rapla y se negaron.

—Según me han dicho los de Orballo, querían sacar libro con una editorial independiente que les diera más libertad y «compartiera sus principios». —Después de usar los dedos para formar las comillas, me encojo de hombros—. Al parecer, no podéis prostituir a todo el mundo.

—Contigo lo hemos conseguido. —Le veo en la cara que se arrepiente de haber hecho el comentario, así que sonrío para hacerle ver que no me ha molestado–. Entonces..., ¿sientes que te hemos sorbido el alma?

–Tampoco la tenía en muy buen estado. –Se ríe–. Pero sí, os he vendido el alma, ¿satisfecha?

–Oh, muchísimo. –Carraspea antes de añadir–: Así que una prueba de redacción... –Se muerde el labio y yo me tenso–. ¿Puedo leerla?

–Oye, compartiremos cama, pero todavía no hemos llegado a ese nivel de confianza.

Enseguida abre la boca, ofendida.

–¡Soy tu editora!

–Y no tendré problema en enseñarte la mierda que escriba para Seoane.

–No será una mierda. –Camina hasta una de sus maletas y se pone en cuclillas para abrirla. Con cuidado, casi devoción, va dejando en el suelo su ropa en montoncitos iguales–. Soy exigente, ¿sabes?

Me pregunto si lo es con todo, incluido el sexo, al contemplar cómo selecciona meticulosamente la ropa que va a ponerse y revisa tres veces el contenido de su neceser.

–Lo tendré en cuenta –murmuro.

–Me ducharé mañana –anuncia sin escucharme–. Si me duermo antes que tú, puedes seguir escribiendo lo que quieras. No me molesta la luz.

Asiento en silencio, a pesar de que ella no me mire en su camino apresurado al servicio.

Se cierra y oigo cómo echa el pestillo. Solo entonces vuelvo a la posición que tenía antes de que me interrumpiera: apoyado en el cabecero, con un cojín en la espalda y el portátil en el regazo. La única diferencia es que ahora no tecleo. Tras leer el último párrafo que he escrito, dejo vagar la mirada por la habitación y, sin darme cuenta, la fijo en la puerta que no da al pasillo. Me quedo en blanco escuchando el grifo abrirse al otro lado, el agua corriendo, el sonido de un cepillo de dientes. Luego, unos zapatos al caer al suelo.

No sé en qué momento he vuelto a tener dieciséis años. Soy incapaz de concentrarme en nada que no sea esa maldita puerta. Visualizo que ella está al otro lado, probablemente desnuda, y esa imagen es suficiente para desconcentrarme.

Al abrirse de nuevo, bajo la vista al portátil. Tengo que mover el ratón para que la pantalla vuelva a iluminarse. Espero que no se haya dado cuenta.

Por el rabillo del ojo, noto que Olivia se dirige despacio hacia su maleta. Se agacha a dejar sus cosas y, de repente, da un salto y prácticamente se lanza hacia la cama. Aunque es rápida al taparse con las mantas, me da tiempo a distinguir una camiseta gigante y verde con la frase «born to be a bookworm».

—He puesto una alarma —me dice, señalando el móvil en su mesilla. Apenas se la entiende porque se ha subido la colcha hasta la nariz—. Mañana nos quedan unas tres horas de viaje. Si es que consiguen arreglar el coche...

—Lo harán —le aseguro. Y eso que, en realidad, no lo tengo nada claro—. ¿De verdad no te molesta la luz?

Es entonces cuando me mira. Los ojos marrones se le abren de par en par como si fuera un dibujo animado.

—Llevas gafas.

Ahogo una exclamación de sorpresa y me llevo las manos a la cara.

—¡¿En serio?! ¿Cómo habrán acabado aquí?

—Idiota.

Se da la vuelta en la cama. La escucho coger aire a trompicones. Tras una pausa, añade en voz baja:

—Te quedan bien.

No la he visto, y es imposible, pero me parece *escucharle* una sonrisa de las suyas. De las genuinas. Esas que ahora son mis favoritas.

—Gracias.

En ese momento caigo en que no se lo he dicho hasta ahora. Debería haberlo hecho. Oportunidades he tenido unas cuantas.

No me contesta, y me pregunto si me habrá oído. No mueve un músculo, solo veo una mata de pelo rojo y la punta de unos dedos extendidos sobre la almohada. La respiración es acompasada. Es poco probable que se haya dormido ya, y, sin embargo, suena con una cadencia regular, relajada.

Debo ser el único nervioso de los dos.

Supongo que no le intereso más que como activo para la empresa. Ha sido amable, incluso ha bromeado conmigo, pero solo porque es buena persona. Llevo poco tiempo con ella y, aun así, sé que es de naturaleza educada y tiende a agradar a los demás. No soy una excepción.

Aunque no es un pensamiento desagradable, de repente se me quitan las pocas ganas que tenía de escribir. El encargo de Orballo Ediciones me interesa (y hace tiempo que no me ilusiona nada que escriba para otros, al margen de mis propias historias), solo que... me siento apagado. Vacío. Solo. La sensación me llena el pecho, me aprieta las costillas hasta acabar resultando conocida. Un triste *déjà vu*.

Porque no es la primera vez que comparto cama con una mujer a la que no le importo.

A mi lado, Olivia se remueve un poco y puedo verle mejor la cara. Sin rímel, tiene las pestañas pelirrojas, del mismo tono que las cejas. Sus labios son carnosos y así, entreabiertos y laxos, parecen los de otra persona.

Deberían estar en movimiento. Es un pensamiento extraño, pero estoy seguro de ello. La de Olivia es una boca hecha para sonreír, hablar sin parar, reírse. Besar.

Después de no sé cuánto tiempo mirándola, me rindo. Apago el portátil, la lámpara, me quito las gafas y me distancio lo máximo posible de ella. Aun así, soy plenamente consciente del calor que desprende y la forma de su cuerpo. Es como un elefante gigante que llena la habitación, cuando en realidad podría caber a la perfección entre mis brazos.

Antes de caer dormido, un pensamiento vívido cruza mi mente.

Quizás no he vendido mi alma todavía, pero, tras este encargo, es muy posible que acabe sin ella.

9

Olivia

ME ESTÁ ABRAZANDO.

Por detrás.

Y yo he agarrado su mano.

Con la mía.

La otra está.

En mi cintura.

No me muevo. No puedo. ¿Puedo? Me quedo inmóvil, respiro tranquila, finjo estarlo. Igual que ayer.

Por suerte, por la noche no tuve que hacerlo durante mucho tiempo hasta notar que Asier apagaba la luz. Ahora no estoy muy segura de cuánto tardará en moverse. En despertarse y alejarse de mí.

Yo no voy a hacerlo. Ja. Ni de broma. Estoy incómoda. A la vez, nunca he estado más a gusto. Así que le he dado vueltas y he llegado a una conclusión. Creo que Asier no es contradictorio. Creo que todo lo que le rodea lo es, incluidos mis sentimientos hacia él.

Y eso que no le conozco. ¿Me atrae? Sí. Un poco. Vale, no. Bastante. Pero no sé mucho sobre su vida al margen del trabajo y de su buen gusto musical y literario. Muy importante, sin duda, pero ¿es acaso un psicópata? ¿Trata bien a los camareros? ¿Le gustan las mujeres? ¿Considera la literatura romántica menos literatura? ¿Le gusto yo?

A juzgar por cómo me agarra, yo diría que sí. Aunque es probable que lo haya hecho en sueños porque esté acostumbrado a estar así con una mujer en la cama. Pero, claro, en el coche me dijo que estaba soltero. Puede que desde hace mucho, porque noto que...

Bueno, noto cosas.

Detrás de mí.

Más o menos donde termina mi espalda.

Una zona peligrosa.

TODA ESTA SITUACIÓN ES PELIGROSA.

Pienso en el «Caso Lidia» y se me forma un espantoso nudo en la garganta.

Quiero conservar mi empleo. Debería alejarme. Dios mío, como nos viera así Carol o cualquiera de la empresa... Excepto Jud. Jud chillaría, mucho y muy fuerte, y se quejaría de la cantidad de ropa que llevamos (demasiada para ella si es mayor de cero).

Por fin, percibo algo de movimiento a mi espalda. Pongo todos mis esfuerzos en fingir seguir dormida. Tanto, que estoy segura de que, de haber una categoría en los Oscar, estaría nominada para este año.

—Joder.

Hay que ver. Se despierta y es lo primero que suelta. ¿Quizás porque realmente está pensando en el *verdadero significado* de la palabra? Es posible, aunque, por el tono de cabreo-asombro y su inmovilidad repentina, creo que nuestra posición matutina le ha pillado tan de sorpresa como a mí.

Comienza a moverse, despacio, para despegarse y romper el contacto. Sus dedos se separan de los míos; yo dejo que cuelguen laxos para facilitarle la tarea (cuando, en el fondo, me gustaría tirar de ellos para retenerle).

¿En qué me he convertido? ¡¿Soy una mendiga del amor?!

Sus movimientos son tortuosamente lentos. Eso es una buena noticia, porque significa que cree que sigo dormida. También es mala, porque la situación se vuelve larga y agónica.

Al alejarse del todo, noto cómo se sienta en el borde de la cama. Está así unos segundos. Le oigo suspirar. Después se levanta (por fin). Distingo el sonido de una cremallera abriéndose. Después, el de una ropa rozando otra. Por último, unos pasos que se alejan.

Una puerta se cierra. No es la que da al pasillo. El ruido no venía de esa dirección ni ha sido tan fuerte.

En cuanto se escucha el agua de la ducha, abro los ojos de par en par y aparto todas las mantas que me cubren. Sin pensar, salto de la cama y me quito el pijama a una velocidad de vértigo.

Rápidorápidorápido.

Tengo que salir de aquí. Antes de que Asier salga del baño.

Me pongo el conjunto que preparé ayer, un jersey blanco de cuello alto y unos pantalones de *tweed* verde oscuro que me dan aire de bibliotecaria irlandesa. En contra de mis principios, meto la ropa restante y mi neceser a toda prisa en la maleta, sin doblar, ordenar ni comprobar su posición (seguro que eso me dará dolor de cabeza más tarde).

A pesar de mi agilidad, hay alguien más rápido que yo a este lado del río Ebro.

La puerta del servicio vuelve a abrirse y mi velocidad de reacción baja a cero. Me quedo quieta a medio camino de cerrar la maleta. Tardo unos segundos en alzar la vista, aunque de reojo he comprobado que la enorme silueta de mi compañero de habitación todavía ocupaba el umbral del cuarto de baño.

No está desnudo. Anda, digamos, en el paso previo (o inmediatamente posterior). Hasta Jud estaría satisfecha con la cantidad de ropa que lleva porque, en realidad, es nula. Solo una toalla atada a la cadera me separa de la visión de Asier como Dios lo trajo al mundo.

Bajo la vista a mis pertenencias (¿he pasado mucho rato admirando ese maldito torso de nadador?; ¿han sido unos segundos o CINCO MINUTOS?; ¡necesito una respuesta!; ¿y si parezco una acosadora?) y consigo balbucear:

–Voy a bajar... a esperar a los del seguro del coche.

–Ah. ¿Han llamado?

Suena tímido. Creo que tampoco se esperaba verme despierta, pero sobre todo en el suelo, agazapada como un mono con taras mentales.

–Sí –miento–. Te espero abajo. En el bar. Pediré el desayuno. Tarda lo que quieras en prepararte... No hay prisa. Con calma.

–Espera, ¿no te vas a duchar? –No se mueve. Pero muévete, hombre, ¡ponte algo, CUALQUIER COSA!–. Ayer dijiste que...

–Luego. Cuando lleguemos. Adonde Seoane. Es lo más importante. Me lavaré los dientes... abajo.

Sin mirar, me incorporo y voy recogiendo mis cosas. Asier camina despacio hacia mi lado de la cama y, en cuanto abro la puerta para irme, noto que se detiene.

–Olivia.

No es la primera vez que pronuncia mi nombre, pero sí la primera en la que deja que, en sí mismo, sea una frase. Una llamada, una pregunta y una respuesta. Todo a la vez.

—¿Sí?

—Tu móvil.

Vuelvo atrás con la vista puesta en la alfombra para recogerlo de la palma de su mano. Escucho a mi espalda cómo mi maleta en pie cae al suelo y, al regresar a por ella, lo que creo es una especie de risa (mal) contenida.

—¿No quieres ducharte porque las editoras echáis humo si lo hacéis o...?

—Te espero abajo.

* * *

Le espero abajo. Me alegra poder decirle en cuanto aparece (vestido) que he hablado con los del seguro del coche, y que sea verdad.

—Están fuera arreglándolo ahora mismo —le informo. Luego añado—: Al final te has tomado tu tiempo.

Porque sí, ha tardado. Y eso que cuando me fui ya estaba duchado y reluciente. Literalmente. Esos malditos (perfectos) pectorales brillaban tanto que me quedé ciega de forma momentánea (lo cual explicaría mi pequeña crisis).

—Pensé que tú también lo necesitabas —dice risueño mientras se sienta a mi lado, en la mesa del bar-restaurante—. Además, me dijiste que no había prisa.

A Asier se le ve bien. Descansado. Sus labios están tensos, casi como si estuviera conteniendo una sonrisa de forma permanente. El pelo todavía conserva algo de humedad, parece incluso más negro y despeinado.

Lleva ropas oscuras, pero no negras; ha decidido que hacía frío hasta para él y ha sustituido la camiseta de Sonic Youth por un jersey fino de color gris y vaqueros. La *bomber* sigue siendo una pieza clave de su vestuario, cómo no.

Ha debido dormir bien, porque las ojeras ya no se le marcan tanto ni tampoco la palidez. Tiene algo de color. Sobre todo sobre la nariz, recta, y la mandíbula que se ha afeitado.

Quién diría que lo que le hacía falta para mejorar su aspecto era avergonzar a su editora de buena mañana.

—¿Qué vamos a desayunar? —Observa mi taza de café—. ¿Solo eso?

—Están preparando todo lo demás ahora mismo —respondo con sequedad—. Tostadas, huevos fritos, cruasanes... Les pedí que no lo trajeran hasta que llegases.

—Muchas gracias.

Ay. Hay algo superior a que un hombre te diga «te quiero» por cortesía, y es que te dé las gracias con sinceridad. Sin que suene sarcástico. Pura y llana gratitud.

Mierda. Es definitivo, soy una mendiga del amor.

Abro mi portátil para comprobar la bandeja de correo del trabajo y los desayunos llegan en pocos minutos. Ocupan casi toda la mesa, aunque Asier se pone manos a la obra y pronto desaparecen dos platos. Cómo come el tío. Me pregunto dónde lo mete.

En los músculos, Olivia. Las pruebas son recientes. Céntrate.

—Acabo de pedir que nos traigan la comida para llevar —me informa Asier. Yo asiento sin mirarle mientras reviso si el *mail* que voy a enviar suena demasiado pasivo-agresivo y debo agregar alguna exclamación o emoji para rebajar el tono—. ¿Me estás oyendo?

—Sí, sí. Me parece bien.

Se queda en silencio de forma abrupta y muevo solo los ojos hacia él.

—¿Qué pasa?

—¿Me dejas?

Está señalando mi portátil. Imagino que querrá enviar o consultar algo y minimizo el navegador antes de girar el ordenador hacia él.

—Por supuesto, toma. Puedes...

Pero Asier baja la pantalla de inmediato y lo aparta de la mesa para dejarlo sobre sus rodillas.

—Venga, come algo. Te lo has ganado.

Frunzo el ceño. Detesto que los demás se crean con la potestad de decidir qué es lo mejor para mí, en especial en lo relacionado con el trabajo.

Mi familia suele hacerlo. A todas horas. Incluso Jud. «No te dejes pisotear por Carol», «Exige que te suban el sueldo», «Deja tu puesto por uno que no te consuma la juventud y la salud mental», etcétera, etcétera. Como si yo no supiera todas esas cosas o fuese incapaz de decidir por mí misma lo que me conviene.

Y me fastidia todavía más que el paternalismo venga de alguien a quien conozco desde hace menos de una semana.

—¿Me lo he ganado? —bufo—. Oh, sí, desde luego... Para conseguir desayunar, solo he tenido que acostarme contigo.

En cuanto lo escucha, la camarera que ha tenido a bien traernos una bolsa de papel con la comida se queda a medio paso de nosotros. Luego, sonríe de lado con picardía.

· Con las mejillas rojas, obviando la risa baja de mi (estúpido) compañero de viaje, prefiero dirigirme a ella antes que a Asier.

—¡Gracias, puede irse! —Me alzo lo suficiente de la silla para cogerle la bolsa y la dejo en el suelo junto a mí. Solo después me siento otra vez y empiezo a desayunar, aunque antes murmuro—: Eres un idiota.

No sé qué cara pone Asier, mi atención está puesta en el cuchillo con el que decapito el cruasán.

—Razón no te falta —dice él en voz baja—. Es verdad que el desayuno lo hemos conseguido porque hemos dormido jun...

—Ni una palabra más.

* * *

Cumple la orden. Hasta que no estamos de vuelta en el coche (que el mecánico ha pedido encarecidamente que deje de usar para recorrer distancias largas y que lleve a un taller en cuanto volvamos), Asier no abre la boca.

Al final, decide hacerlo para preguntarme:

—¿Por qué crees que Seoane me ha querido para este encargo?

Ya incorporada en la carretera, me giro hacia él. Mi copiloto tiene los brazos cruzados sobre el pecho y la mirada fija en el horizonte cada vez más nevado. La voz, si bien es la misma grave y profunda de siempre, resulta más baja y contenida.

Ha vuelto a encerrarse en su caparazón.

—¿Os lo dijo? —insiste—. Por qué me quería como escritor fantasma.

—¿A Rapla? No, no dijo nada. Carol también estaba sorprendida.

Aunque Asier sonríe, no lo hace por diversión.

—Vaya con Carol. Se le da bien insultar hasta cuando no está presente.

—No seré yo quien la defienda, pero tiene razón: por ahora, no eres un autor conocido —le recuerdo con delicadeza—. Hiciste dos libros para unos *gamers*, ¿verdad? Quizás fueron quienes le hablaron bien de ti a Seoane.

—Apenas tuve trato con ellos —confiesa Asier. El tono es neutro, algo hastiado—. Me dieron unas directrices por correo para escribir sus libros, poco más. Con uno ni siquiera me reuní ni por videollamada. Hablé más con el editor. Puede que ni recuerden mi nombre.

–Ya, me imagino... Pues, si te soy sincera, no tengo ni idea del porqué. –Me encojo de hombros, le echo un vistazo al GPS del móvil, pongo el intermitente–. Con estos *influencers* nunca se sabe. Podemos preguntárselo al mismo Seoane cuando lleguemos.

–¿Vamos a ir directamente a verle? –Asiento con la cabeza–. Sí, tienes razón, es lo mejor. Ya hemos perdido mucho tiempo. Vamos, tenemos esa reunión con él y nos lo quitamos de encima. –Asier se inclina para observar el cielo a través del cristal delantero–. Además, no hay que tentar a la tormenta de nieve del siglo. Si no regresamos pronto, igual nos quedamos atrapados allí.

Me río.

–¿Te imaginas? ¡Menuda pesadilla!

Asier vuelve la cabeza hacia mí.

–¿Lo sería?

Mis mejillas ardiendo delatan que la vergüenza ha reclamado este día como suyo propio.

–No por ti –le respondo con rapidez. Trato de sonar sincera al continuar–: Puedo parecer abierta, pero en el fondo me cuesta hacer amistades, y a menudo me siento incómoda frente a los desconocidos. Jud es mi única amiga en la ciudad. Y Seoane no vive solo. Su mansión es una casa de esas típicas con más *gamers* y gente del mundillo, ¿no?

–Vive con dos famosos más, sí –me confirma Asier–. Uno es un niñato, la otra es una jugadora de *LoL*. –Su expresión se torna más seria que antes. Tiemblo por lo que va a decir, hasta que lo dice–. ¿Así que, de todos esos, soy yo el que menos te preocupa?

Eres el que más me preocupa.

—A ti ya te conozco —murmuro—. Somos... colegas de curro. —Me suena rarísimo decir eso, así que añado—: A menos que sea a ti a quien le moleste vivir bajo el mismo techo que la persona para quien trabajas. ¿Sigo siendo el enemigo, como dijiste ayer?

Pensé que se reiría. O bien que, sarcástico, me daría la razón. Después de todo lo que ha pasado en nuestro viaje, llegué a creer que le conocía mejor.

—No —dice en voz baja—. Ya no.

Pero intuyo que no es cierto. Al contestar ha sonado extraño, casi como si me hubiera mentido.

¿De verdad piensa que soy su enemiga? ¿O alguien que no está en su mismo bando?

Sin añadir nada más, desvía la vista hacia la ventanilla y contempla el paisaje. Cada vez más escarpado, retorcido, alto. Complicado. Y, a la vez, blanco. Como una buena página todavía sin escribir.

Como él.

Como nosotros.

Asier cree que no somos iguales. Aunque hay una alternativa peor, y es que piense que yo lo creo así.

En esta ocasión, contemplo el cielo con más terror que antes.

Ojalá este viaje termine pronto. Ojalá no ocurra ningún otro desastre. Ojalá todos en esa casa del norte sean normales, profesionales y directos, y pueda regresar sin problemas. A la seguridad de mi piso minúsculo con Mochi como única compañía, a las noches de Netflix con Judith. A mis libros. Al final, son los únicos que alivian un poco mi soledad.

Aunque siga siendo un desconocido, he de admitir que, durante nuestro viaje en carretera, Asier también se encarga de reducirla. Escuchamos música, hablamos de novelas, autores y tendencias literarias; hacía tiempo que no me sinceraba tanto con alguien en ese aspecto. Judith y yo tenemos gustos literarios casi opuestos, y Asier comparte sus escritores favoritos conmigo.

E incluso así, durante las cuatro horas que restan, tengo la sensación de que, de alguna manera, Asier guarda cierta distancia entre nosotros.

Ignoro por qué lo que he soltado al retomar el viaje le ha molestado tanto. ¿Habrá creído que me burlaba de él? Tampoco he dicho nada tan malo. ¿O sí?

Dios, mi obsesión por caerle bien a los demás es enfermiza. Al final, me aferro al mensaje de Jud de esta mañana.

> OLBIDA LO Q TE DIGA EL EMPOTRADOR DE LUTO SI NO SON COSAS GÜENAS

> Si no está suplicando q volváis a dormir juntos BIEN ABRAZADICOS o q le edites TODOS SUS LIBROS dspues de este viage contigo, LE PUEDEN DAR POR CULO

> No vales lo q otros piensen de ti

> OLIVIA GAMO GO GO GO 🖤

Suspiro.
Olivia, *go go go*.

10

Olivia

COMO HEMOS QUEDADO, nos dirigimos a la casa de Seoane sin pasar por nuestro hotel (en el que ya hemos perdido la primera noche de dos) ni parar en ningún otro sitio.

Durante nuestro recorrido la nieve cae, suave, sobre el cristal del coche, deshaciéndose en cuanto lo roza. Por ahora, nada preocupante. La carretera está despejada, apenas pasan vehículos. Cuanto más avanzamos, menos todavía, hasta que acabamos por recorrer los últimos kilómetros (de doble vía, serpenteantes y estrechos) prácticamente solos. Sin embargo, los copos de nieve se engrosan y aumentan, reticentes a abandonarnos.

Casi al final, Asier me da las indicaciones porque mi GPS empieza a hacer de las suyas. Además, tampoco es que los caminos estén bien señalizados.

¿Qué hace uno de los tíos más famosos de internet aislado en un pueblo perdido en la montaña?

En realidad, somos unos privilegiados por saber su dirección. Es uno de los misterios que rodean su figura: dónde vive @Seoane64 con sus dos mejores amigos.

He estado dándole vueltas. Quizás sea un mecanismo de defensa. Cuando estuve investigándolo, tuve náuseas. El apoyo que recibe es tremendo (sobrecogedor, diría), pero también el odio. Supongo que, si yo recibiese esos comentarios, también habría huido lejos. Probablemente hasta la estepa siberiana.

Por lo que veo, es más o menos adonde nos dirigimos.

—Ahora gira a la derecha —me indica Asier. Debería haberme acostumbrado a su voz, pero, de cuando en cuando, me sigue recorriendo un escalofrío por la columna—. Sigue recto unos metros... Vale, se supone que es aquí.

A un lado del camino se levanta un muro de dos metros interminable. Hay una puerta automática de metal junto a una más pequeña con un telefonillo. Asier baja del coche y se acerca para llamar. Le veo mover los labios, apenas para pronunciar un par de frases, y enseguida nos abren. En su vuelta, encoge el cuello para cubrírselo lo máximo posible con la chaqueta.

—Hace un frío de pelotas —gruñe al entrar al coche—. Avanza por ahí... Un tío me ha dicho que aparquemos en la entrada.

Asiento varias veces. Estoy nerviosísima. Los abetos que presiden nuestro camino se mecen con el viento y acaban abriéndose, permitiendo que echemos un vistazo completo a la propiedad.

La casa es espectacular.

Espectacularmente grande y, para mi sorpresa, acogedora. Las paredes de piedra, la madera oscura que envuelve las ventanas, las tejas rojizas en lo alto rematadas por una chimenea que destaca como un torreón. Tiene dos plantas y un patio enorme que la rodea. Eso sí, sepultado por la nieve. Consigo aparcar frente a la puerta del garaje y, antes de que bajemos del coche, un chico nos saluda desde el umbral de la entrada.

–¡Sí que habéis tardado! ¡Corred, corred, entrad! ¡Me estoy helando el culo!

No es Seoane. Pero me suena mucho su cara...

Ah, ¡sí! Debe ser Uve (@uvevengativo). Es el *tiktoker* con el que vive. Así, sin los filtros que le modifican los rasgos ni la ropa de marca que enseña en sus vídeos, me ha costado reconocerle. Y eso que sigue siendo guapísimo.

Salimos del coche solo con nuestros portátiles. A medida que nos acercamos, me voy fijando en más diferencias, a pesar de que ya sé inequívocamente que es él.

Su pelo es menos brillante y liso, aunque sí igual de rubio. Lo lleva en una media melena encrespada, rollo surfero. En la misma línea, su sudadera, bien pegada al abdomen, reza «amante de las olas» en inglés sobre la bandera de California. Si no fuera porque sé por mi sobrina (fanática suya) que sabe surfear de verdad, pensaría que es postureo.

Está muy delgado pero fibrado, mide poco más que yo y, según he visto en su perfil de Instagram, acaba de cumplir veintiún años. También tiene más dinero en la cuenta corriente que toda mi familia junta. Probablemente la sudadera la haya comprado en Estados Unidos. O se la hayan hecho a medida.

Así de apretada, ¿no le va a cortar la circulación?

–¡Pensábamos que ya ni veníais! –dice o, más bien, grita, y eso que ahora estamos a un metro de él–. ¡Seoane no dejaba de decir que vuestra muerte iba a pesar sobre su conciencia! ¡El pobre no ha pegado ojo en toda la noche!

Dudo que estuviese tan preocupado, pero sonrío como mejor sé.

–Pues ya hemos llegado, ¡y vivos! –le digo de buen humor. Él me devuelve la sonrisa y nos hace un gesto para invitarnos a entrar. Le seguimos hasta el interior, y me sorprende que no nos reciba nadie más–. ¿Está Seoane o...?

–Sí, sí, acaba de despertarse. Su cuarto está arriba, ahora baja. Ya le he avisado por WhatsApp.

Viven juntos... ¿y le tiene que avisar así? ¿Pero cómo de grande es esta casa?

Bastante. De hecho, en cuanto cruzamos el vestíbulo, a Asier se le escapa un silbido de admiración. Huele a productos de limpieza y ambientador de sándalo, el suelo de madera reluce, la luz fría baila sobre las paredes color crema. La estancia se abre a un salón de techos altísimos compartido con una cocina americana inmensa, isla de mármol incluida.

Cuento tres sofás de unos tres metros de largo cada uno que se unen para formar una ce, rodeando como si fuera un dios a una televisión que más parece una pantalla de cine. Una de las paredes está cubierta de vitrinas de cristal repletas de figuras, videojuegos y consolas, algunas de ellas antiguas. Las expresiones de los personajes son risueñas, muy definidas, y en esta atmósfera tan relajada me parecen fuera de lugar. Demasiado vivas.

Porque no parece que nadie viva realmente aquí.

–Menudas caras. ¿No la habíais visto antes? –nos pregunta Uve con extrañeza–. Hicimos un *house tour* en directo. Lo vieron millones de personas. Joder, ¿es que no tenéis internet o qué?

Me detengo en mitad del salón y noto que Asier hace lo mismo a mi espalda. Aunque no le vea, me imagino qué cruza la mente de mi escritor fantasma; como es obvio, nada bonito.

Tampoco es que a mí me caiga muy bien este chico. A través de una pantalla me parecía un chavalín que bailaba hipnóticamente bien y hacía retos virales (algunos algo preocupantes). Ahora le oigo, sin nada que empañe lo engreído que es, y me parece medio tonto. Sin más.

—Bueno, así en nuestra visita todo será una sorpresa —digo con suavidad—. En cualquier caso, enhorabuena, tenéis una casa preciosa.

—Mi habitación sí que está guapa. ¿Quieres que te la enseñe?

No sé qué cara pone Asier, pero la expresión de jactancia de Uve desaparece en cuanto la enfoca detrás de mí (solo que un par de cabezas arriba).

—Tú eres la escritora, ¿no? —dice, neutro, al volver a dirigirse a mí—. ¿Y este es tu... novio?

—¡Al revés! —me apresuro a corregirle. Luego me corrijo a mí misma—: Es decir, ¡él es el escritor, yo soy la editora! Y no somos pareja —titubeo—. Trabajamos juntos.

Uve sonríe. Más relajado, pero no del todo convencido.

—Ah, guay. Yo soy Uve.

—¿Uve de...?

—Uve, solo Uve. —*Puf, no puede ser*—. ¿Tú eres Alicia?

—Olivia. —Antes de que también se equivoque, añado—: Él es Asier.

Uve alza una mano en el aire a modo de saludo. Después, se da la vuelta y camina hasta la cocina.

—Iba a prepararme un batido de proteínas. ¿Queréis uno?

—No, gracias, muy amable. —Le echo un vistazo a las escaleras. ¿Dónde estará Seoane?—. Si tenéis café...

—¿Que si tenemos? Más bien qué no tenemos —se ríe, aunque su risa suena hueca—. Mejor vienes y eliges el que te guste, tenemos cápsulas de todo tipo. Seguro que algo de lo que hay te convence, *baby*.

¿Baby? ¿Qué se cree este, un fuckboy marca blanca?

Aunque, en el fondo, me hace gracia. Es como ver a un niño intentando imitar al actor guaperas de una serie de instituto que en realidad tiene treinta años y está muerto por dentro.

Antes de acercarme a elegir café, me vuelvo a Asier. Intento captar su mirada, pero está ocupado siguiendo el movimiento de Uve en la cocina.

Dios mío, *le odia.*

Pero, además, *a muerte.*

Tampoco es que Asier sea muy expresivo, pero hace falta poco para captar qué piensa en estos momentos. O será que no le había visto tan concentrado en contener una mueca de asco como ahora.

—Asier —le llamo en voz baja. Solo entonces deja de perseguir visualmente a Uve y se enfoca en mí—. ¿Tú también quieres un café?

—Tranquila, me lo preparo yo. —Aunque sigue serio, la voz se le dulcifica al añadir—: También el tuyo. Con leche, ¿verdad?

No espera a que le conteste. Va directo a la cocina y empieza a abrir armarios hasta encontrar dos tazas. Compruebo que Uve lo mira de reojo, dándole un repaso de abajo arriba.

—Oye, *bro*, estás fuerte. ¿Qué rutina de ejercicio sigues?

Asier saca leche de la nevera, busca por los cajones sin levantar la vista.

—Nado.

—Ah. —De pronto, Uve endereza la espalda y alza un poco el mentón—. Nosotros tenemos gimnasio privado y piscina cubierta aquí, ¿sabes?

—Lo sé —le corta, metiendo una cápsula en la cafetera—. Tengo internet.

Después aprieta el botón, por lo que el sonido de la máquina y el olor a café inundan el espacio. Uve pulsa a la vez el botón de la batidora y, de pronto, hay un ruido infernal.

Me pregunto si de verdad piensan que con eso están fastidiando a alguien más que a mí.

O puede que este extraño ritual masculino de medición de egos les ha dejado el encefalograma plano.

—Hola.

Me vuelvo y entonces le veo.

Es un chico en pijama. Completamente normal. Estatura media, complexión media, pelo castaño, ojos del mismo tono, rasgos simétricos y comunes. Pero es la mezcla de todo eso lo que, en parte, ha hecho a Seoane merecedor del apelativo «el mejor amigo de internet». Es una cara amigable, tendente a escuchar, nada agresiva.

Solo una antigua cicatriz que le recorre la mandíbula desde la oreja izquierda hasta la barbilla rompe el conjunto.

Nadie sabe dónde ni cómo se la hizo. Otro misterio que añadir a una figura que, por lo demás, no parece esconder nada.

—¡Hola! Buenos días. Me llamo Olivia, soy la editora que va a trabajar contigo. —Me acerco y le tiendo una mano, que estrecha con suavidad—. No sé si tu representante te habló de mí.

—Sí, César me puso en copia oculta en todos vuestros *emails*.

—Ah, ¡genial! Por cierto, siento mucho que hayamos llegado tarde. La idea era dormir aquí cerca y encontrarnos a primera hora de la mañana, pero...

—No es ni la una —me dice, vocalizando con calma. He escuchado su voz sin acento miles de veces, pero aun así me sorprende. Hasta mis padres me han enviado vídeos suyos diciendo «verdades como templos» o pedazos de entrevistas—. Habéis llegado pronto.

—No tan pronto como queríamos. Teníamos ganas de reunirnos contigo. —Me paso un mechón detrás de la oreja. No me intimida, solo la situación. Me pregunto qué pensará de mí; quiero causarle una buena impresión—. El que está ahí con tu compañero de piso es Asier, el que va a escribir tu libro.

—Sí... Ya lo sé.

Le mira y sonríe. Me quedo un poco pillada porque nunca le había visto hacerlo enseñando todos los dientes.

Me esquiva antes de que pueda decir nada más y se dirige a la cocina, donde Asier ya se ha dado cuenta de que ha aparecido. Le ha pillado ocupado con nuestras dos tazas en las manos; por eso, cuando Seoane le tiende una, no sabe bien qué hacer. Al final, deja las cosas en la isla y se la estrecha.

No veo la expresión de Seoane, pero sí la de Asier.

A este no le odia.

—Bienvenidos a casa. Perdón por la nieve.

—No pasa nada, aunque no habría habido ese problema en una videollamada —replica Asier. El tono, sin embargo, es amigable—. Querías que viéramos tu casa, ¿no?

—Para mí el libro es... importante —responde, algo cortado—. No quería que lo escribiera un desconocido. Además, he aceptado la propuesta número trescientos de mi representante de publicar algo, pero en realidad no sé bien qué puedo contar.

—Podemos ir a otro sitio más tranquilo —propone Asier. Le echa un vistazo a Uve, que sigue haciéndose su batido—.

Y hablamos del proyecto hasta que concretemos algo. ¿Te parece bien?

–Por supuesto. ¿Queréis que nos reunamos en mi cuarto?

Asier me mira. Lo hace igual que la primera vez que nos conocimos, en aquella reunión con Carol y César.

Quiere incluirme en todas las decisiones, incluso las más pequeñas, cosa que agradezco (y me enternece). Al final, Seoane tiene que volverse hacia mí para obtener una respuesta. Se la doy con un asentimiento.

–¿Quieres prepararte también un café?

–No suelo desayunar –me contesta Seoane–. Mis horarios son un poco... caóticos. Me habéis pillado despierto por casualidad.

–Por casualidad no, *king*, ¡te he despertado yo!

Nadie reacciona al comentario de Uve. Seoane le dice que recuerde avisar a una tal Neus sobre la comida y le seguimos escaleras arriba.

Hay un largo pasillo enmoquetado con cinco puertas. Lo recorremos mientras Seoane nos explica que ahí arriba hay dos baños, un estudio de grabación, su habitación y la de Elsa.

–Vendrá luego –comenta al pasar por delante–. Tiene ganas de conoceros. Le gusta escribir.

–Pero no ha publicado nada por ahora –le digo–. Con el número de seguidores que tiene, es raro que no la hayan contactado para hacerlo.

–Lo han hecho, pero ella no quería... –Hace una pausa–. Elsa quiere escribir un libro. Ella sola.

Se detiene frente a la puerta al final del pasillo. Menos las de los baños, todas tienen cerradura, aunque en este caso la suya esté abierta.

Pasamos y, de inmediato, la peste que hay en el aire me bloquea.

No es que no esté acostumbrada a esa fuerte esencia masculina, al olor a cerrado típico de las mañanas o al sudor. Pedro tardó en aprender el significado del verbo «ventilar», y eso que estuvimos seis años juntos. Pero en el cuarto de Seoane se une también el olor que desprenden las tazas y platos acumulados en el suelo, la mesa, las estanterías, así como las bolsas de comida y la ropa sucia. La habitación está hecha un desastre, excepto por un extraño cuadrado despejado frente al escritorio, uno de esos que pueden elevarse, bien servido con tres pantallas y una silla *gamer* de color negro y rojo chillón.

Seoane nos deja en la puerta para subir las persianas del todo y abrir las ventanas de par en par. Es entonces cuando caigo en la cuenta de que el único lado ordenado y limpio coincide con el ángulo de la cámara con la que se graba.

El encuadre es una ilusión rodeada de caos. Y Seoane parece avergonzado porque lo hayamos descubierto. Se queda de pie junto a la ventana unos segundos. Después nos señala su silla y otra que está en una esquina, mientras él se sienta en el borde de la cama.

—Perdón por cómo está todo. Ayer terminé un maratón de veinticuatro horas jugando al *LoL* con Elsa.

—Es normal, no te preocupes —le sonrío con calidez—. ¿No estás cansado después de jugar tantas horas? ¿Te parece bien tener la reunión ahora?

—Sí, sí. Sentaos, por favor. Poneos cómodos.

Asier va enseguida a por la silla de la esquina y me pide que me siente en la del escritorio. Al hacerlo, tengo la sensación de ocupar el trono de un rey que me viene grande.

No soy lo que se dice una fanática de Seoane, pero aun así me sobrecoge estar en su cuarto, sentada en una silla que he visto miles de veces por internet, pero, sobre todo, a escasos metros de una de las personas más queridas y odiadas de mi generación.

—Lo primero, gracias por querer publicar tu libro con nosotros —empiezo a decir cuando Asier se coloca a mi lado y me pasa mi taza de café—. Nos hace mucha ilusión que hayas querido confiar en Rapla para hacerlo. Sabemos que no es fácil aceptar una cosa así y que estás muy ocupado.

Seoane asiente, pero no dice nada, así que continúo.

—Gracias también por elegir a Asier. —Me vuelvo hacia él, aunque mi escritor tenga la atención puesta en las estanterías desordenadas—. Va a hacer un buen trabajo, ya verás.

—Seguro que sí —dice Seoane—. Si el libro al final es una maravilla, no será por mí. Vosotros sois los que vais a sacar oro de donde no lo hay.

Vaya. No esperaba que valorase tanto nuestro trabajo. Ni tampoco que percibiría tan poca autoestima en una persona que ha conseguido entrevistar al presidente del gobierno mientras jugaban al *Super Mario*.

—Gracias, Seoane, pero tú eres la mina de oro —replico con suavidad—. Si el libro tiene mucho interés, es porque tú eres interesante.

—Bueno, no estoy muy seguro de eso. Además, puede que a la gente le parezca interesante, pero un libro es un producto de entretenimiento distinto al que normalmente manejo —dice con calma—. Sé escribir guiones para mis vídeos, pero nunca he escrito nada más. Tampoco sabría qué contar. Ni si es mejor un libro de ficción o unas memorias o... No tengo ni idea. Pero me gustaría descubrirlo. Contar algo. No porque sí, por ganar dinero o lo que sea. Para contar... algo –repite.

En su canal se le ve seguro y calmado, dueño de la situación, inalterable. Ahora se revuelve incómodo en el borde de la cama.

Me fijo en sus calcetines, desparejados, cada uno de un color y con diferentes mandos de consola bordados. Me imagino que, con ese pijama de rayas tan fino, lo que le hace temblar es el frío que entra por la ventana. No ha dejado de nevar.

–Para eso estamos aquí: para que descubras qué quieres contar –intento tranquilizarle–. Nos han dado carta blanca. La editorial considera que, elijas lo que elijas, estará bien. Y Asier y yo puliremos tu historia hasta que estés satisfecho. No publicaremos algo con lo que no estés conforme.

Noto que Asier me mira de reojo con expresión grave, pero no me corrige.

Porque sí, es mentira. Lo importante para Rapla no es el cómo, es el qué. Y el qué tiene el nombre de Seoane y muchas ventas aseguradas. El libro tiene que salir sí o sí, y pronto. Su fama se ha mantenido en el tiempo, lleva varios años en la cima, pero las circunstancias pueden cambiar de la noche a la mañana.

Lo que ocurre es que yo no quiero que creemos un producto cualquiera. He comprobado que, tras mis palabras, los hombros de Seoane se han destensado, que está más aliviado, y me doy cuenta de que para él esto también es importante.

Las personas que quieren contar una historia me interesan. Él no tiene el talento para hacerlo, pero Asier sí. Confío en él.

Y en mi trabajo, claro. Seguro que al final sale un libro correcto que gusta a sus fans. Eso sería lo ideal.

—Vale, deja que encienda mi portátil y barajamos opciones —propongo. Le doy un largo trago al café (por cierto, riquísimo) y lo dejo sobre su escritorio junto a un ratón de luces multicolores—. A tus fans les interesas tú, así que, aunque sea un libro de ficción, quizás fuese buena idea que aparecieras en tu historia. Puede ser como personaje. Y si es de no ficción, puede ser más parecido a *Me alegro de que mi madre haya muerto*. Podrías hablar de tu vida hasta ahora...

—Tengo veintitrés años —me interrumpe—. No sé si he vivido lo suficiente como para contar nada.

—Eres uno de los diez millonarios menores de veinticinco de este país —se pronuncia Asier—. Tienes qué contar. Todo el mundo tiene algo que contar, incluso tu colega de ahí abajo. Yo leería lo que escribiera, desde luego.

Seoane sonríe, esta vez sin despegar los labios. Yo lo hago con él, por pura imitación, y me doy cuenta de que no soy solo yo la que está midiendo sus palabras, la que está intentando ser amable o delicada, sino también Asier.

Ignoro si tiene que ver con hacer un buen trabajo o con caerle bien a Seoane, pero, de alguna manera, también me calma a mí.

—Vamos a pensar de otra forma —continúa Asier—. Dinos: ¿qué tipo de libros te gustan? ¿Cuál es tu favorito? —Hace una pausa antes de añadir—: Si es que tienes uno.

De inmediato, Seoane se pone serio.

—¿Crees que porque estoy en el ordenador todo el día no leo? Claro que tengo uno favorito.

El cambio de actitud es muy repentino. Suena a la defensiva, irritado y nervioso. ¿Qué ha pasado con el famoso

Seoane que nunca se ofende por nada? Pienso en disculparme por Asier, solo que él se adelanta.

—No lo decía por eso —dice sin alterarse—. He visto tus estanterías, ya sé que lees. Pero en los directos solo sacas libros que te envían por publicidad. Lo que necesitamos saber es, de todos esos, cuáles te gustan realmente, no porque tengas que fingir que sí.

De nuevo, Seoane vuelve a parecer calmado. No sé qué le pasa a este chico, si es solo cansancio o tiene mucha presión encima, pero no creo que esté bien.

Ojalá solo necesite dormir y, por Dios, comer algo que no sea comida basura. Por las bolsas que nos rodean, me preocupa que no ingiera otra cosa.

—Mi libro favorito es *Noches blancas* —contesta con timidez.

—Qué sentimental —comenta Asier. Lo acompaña con una sonrisa, supongo que para que no vuelva a sentirse ofendido—. Pero es un buen libro. Muy soñador. ¿Qué te gusta? ¿La atmósfera? ¿Las reflexiones del protagonista?

—Todo —responde—. No me gustan las historias largas. Esa novela me gusta porque es corta, tranquila, porque es... —Se detiene unos segundos. Le dejamos espacio, hasta que al final completa—: Sincera.

Seguimos hablando. De libros, de su vida, de lo que le gustaría transmitir.

Es más tímido de lo que imaginaba. Su carisma arrollador está ahí, por supuesto, pero empiezo a entrever una fragilidad encubierta por ella. Es imposible no sentirse fascinado por @Seoane64, el entrevistador ocurrente, *game tester*, doblador amateur y crítico de series, pero me interesa más lo que he visto hoy de Íñigo Seoane Fresno.

–Vale. Entonces, será un libro en el que cuentes aspectos de ti que nadie conoce y reflexiones sobre distintos temas –resumo tras un buen rato. No he dejado de teclear en el ordenador todo lo que hemos ido comentando (por suerte, Carol no está para pedirme que lo haga a mano)–. Creo que estaría bien que lo intercaláramos con fragmentos de tu trabajo, de tus vídeos o entrevistas, de atrás adelante. Podríamos maquetarlo para que se viera como en tus directos, como si hubiera comentarios de la gente... –No paro de pensar y de escribir–. Deberíamos darle aire al libro. Fotografías tuyas o ilustraciones, si lo prefieres. Para que tenga sustancia, pero que también sea ligero. Tengo varios fotógrafos e ilustradores muy buenos que tendrían disponibilidad a pesar del escaso tiempo. –Alzo la vista un momento para sonreírle–. Sobre todo si les decimos que es para trabajar en un libro contigo.

Seoane accede. Está más seguro ahora que al principio. Ha cerrado la ventana, así que no hace tanto frío y el olor a cerrado ha desaparecido.

–Genial. Pues ahora... tengo una llamada con alguien para organizar el directo que tenemos programado para esta tarde, y ya voy tarde.

–¡Por supuesto! –exclamo mientras me levanto–. Hemos avanzado mucho hoy. Ya hemos enfocado el proyecto. Ahora solo falta... –miro a Asier– escribirlo.

–Un detalle sin importancia –murmura él con una media sonrisa–. Te vemos abajo.

Salimos del cuarto y cierro la puerta con cuidado.

Todos los nervios por el encuentro saltan de golpe del estómago a mi boca, y me sale una especie de ruidito agudo al intentar contener un grito de entusiasmo.

–Olivia, ¿qué te pas...?

Me pongo de puntillas y abrazo a Asier.

Me sale solo. Estoy emocionada, pero, en especial, liberada porque todo haya salido bien con un chaval que, ahora lo sé, es reservado y desconfiado por naturaleza.

Asier no me devuelve el abrazo. Se queda paralizado, así que soy yo la que, tras unos segundos, rompe el contacto. Hago descender las manos desde sus hombros hasta que cuelgan laxas a ambos lados de mi cuerpo.

De pronto, se me antojan extrañas. Más frías.

—No pasa nada, solo estoy feliz —contesto en voz baja—. ¿Tú no?

Asier sigue inmóvil, la vista en mis labios.

Al final, asiente con la cabeza. Muy despacio.

—Vale, pues... vamos a bajar —continúo al mismo volumen—. Mañana estaremos de vuelta en Madrid. Habrá que seguir en contacto con Seoane para que vuelvas literatura sus opiniones, pero tengo un buen presentimiento.

No obtengo respuesta, excepto la mirada esquiva de Asier cuando intento fijar la mía en sus ojos.

Recorremos el pasillo hasta las escaleras en un tenso silencio. Los nervios vuelven a mí, aunque sean de una naturaleza distinta.

Siento un hormigueo en los dedos, en los antebrazos, en el pecho, en todas las partes de mi cuerpo que le han tocado por culpa de mi abrazo espontáneo. Aunque hubiera ropa de por medio, mi piel está alerta. Revive el momento de esta mañana, cuando nos hemos despertado abrazados, como si hubiera tenido otro aperitivo de esa proximidad y ahora la echase de menos.

No tiene sentido que le dé vueltas. No volveré a experimentar más esa sensación. Mañana volveremos a casa y se acabará todo. Además, Asier se ha adelantado a esa distancia futura y ahora avanza a un metro de mí.

En el piso de abajo, vemos a Uve sentado en uno de los sofás ocupado con su móvil. No levanta la cabeza cuando llegamos, tan solo agita una mano en nuestra dirección y sigue pulsando teclas en la pantalla.

De pronto, escuchamos el sonido de la puerta principal al cerrarse y, a continuación, unas botas al golpear en el suelo.

—¡Menos mal que he ido a comprar! ¡Si no, nos esperaba la muerte por inanición!

Es una chica. Reconozco su voz, enérgica, con ese acento tan característico, como si cantara. Aparece en el salón con un abrigo enorme cubierto de nieve y varias bolsas de supermercado en las manos.

Es alta, tiene el pelo larguísimo recogido en dos moños bajos. La raya en el medio divide no solo su peinado, sino también el color: la mitad es blanco amarillento y la otra mitad, negro. Las cejas gruesas, la nariz puntiaguda, los rasgos angulosos y el maquillaje de los ojos, recargado de neón (e impresionante), le otorgan una apariencia irreal. Mitad humana, mitad personaje fantástico, como esos con los que juega.

Elsa (@excELSA) es tal y como aparece en sus vídeos. He visto pocos, pero es imposible no conocerla. Entre la publicidad, las colaboraciones y el nuevo pódcast en el que participa, tendría que vivir en marte para ignorar su existencia.

—¡Uve, mueve el culo y ayúdame! ¡Ah...! —Se da cuenta de que estamos ahí, plantados en mitad del salón, y la cara se le ilumina—. ¡¿Sois los de la editorial?! ¡Qué bien que hayáis llegado! ¡Ayudadme también, porfa! ¡Que al final vais a pasar aquí más tiempo del que pensábamos todos, y habrá que ir rompiendo el hielo!

Uve se ha levantado del sofá, pero no hace amago de quitarle las bolsas, como sí hacemos Asier y yo para dejarlas sobre la encimera.

–Qué dices, ¿ya estás borracha? –le suelta Uve–. Esta peña se va mañana.

–Pues que vayan cambiando de planes –espeta ella–. La tormenta es brutal. En la radio estaban anunciando los cortes de carretera. No solo aquí: en todo el país. ¡Qué animalada! Dicen que no se había visto una cosa igual en décadas. En el pueblo me lo han confirmado. La gente está trastornada, el súper era un campo de batalla, ¡os lo juro! He tenido que pelear a muerte con una señora por un pollo. ¡Por poco no llego a casa! Ah, y he abandonado el coche en la entrada de la finca, qué remedio...

–Espera, espera –le corta Asier, confuso–. ¿Que han dicho qué?

–No vais a poder salir de aquí –resume Elsa con un tono alegre–. Ni hoy. Ni mañana. Quién sabe si en unos días... –Sin mirarnos, como si no fuera con ella, empieza a sacar el contenido de las bolsas y a meterlo en la nevera doble–. Tenemos un par de habitaciones de invitados y comida de sobra, así que respirad tranquilos. ¡Menos mal que os ha pillado aquí y no en mitad de la nada!

Asier se queda inmóvil. Igual que yo. Y Uve.

Elsa es el único ser vivo al que no le afectan las nuevas noticias. Sigue bailando de acá para allá hasta que se da cuenta del silencio que nos envuelve y nos observa con la frente arrugada.

Ni siquiera se ha quitado el abrigo. La nieve acumulada en sus hombros gotea por él, formando un pequeño charco en el suelo de la cocina.

–¿Qué pasa? No tendréis ningún problema, ¿no? ¡Animad esa cara! ¡Lo pasaremos de puta madre! –Saca dos botellas de vino de una bolsa y se echa a reír–. ¡Mucha gente querría estar en vuestro lugar!

Sí, claro. Pero, por la cara de terror que pone, Asier no.

Ni yo. Porque juntos...

Ay.

Tengo un mal presentimiento.

NUDO

Parte 2

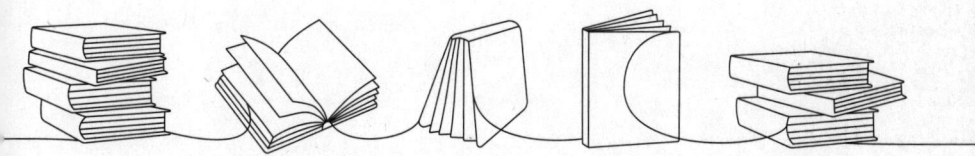

11

Asier

Tardo unos diez segundos en salir del shock.

Puede que más.

Seguro que más.

Estoy atrapado en el culo del mundo con un gilipollas, el tío al que voy a escribirle un libro, una de las *influencers* a las que admiro y la chica a la que no puedo besar aunque me muera por hacerlo.

Mecagoenmismuertos.

De hecho, es Olivia la que primero se da cuenta de mi estado y tira suavemente de la manga de mi chaqueta.

—¿Estás bien?

La miro. Mala idea. Está preciosa, los ojos color café entornados por la preocupación, los labios entreabiertos, las mejillas de un suave color rojo... y ese puto jersey que le marca el pecho y me hace más difícil mantener la compostura.

—Sí, claro —miento—. ¿Qué le vamos a hacer?

—¡Esa es la actitud! —exclama Elsa. Deja las dos botellas de vino sobre la encimera con un golpe rotundo y empieza a desabrocharse el abrigo—. ¿No les has puesto nada de beber, Uve? ¿Dónde te enseñaron hospitalidad? ¿En un criadero de cabras?

—Mis padres me criaron genial, ¿eh? —espeta el otro—. Y sí les he servido algo. Para que lo sepas, ya se han tomado un café con Seoane.

—Oh, ¿está despierto? —La voz de Elsa baja tres puntos en volumen—. Así que habréis tenido la reunión.

—Sí, ha ido estupendamente —responde Olivia de mejor humor—. Hemos concretado el tipo de libro, el público al que irá dirigido y la estructura.

Ahora que no me atrapa con la mirada, puedo observarla con más detenimiento. Sigue emocionada. Más que eso, aliviada porque haya ido bien el primer contacto con el *influencer*. Uno que ha sido tan esquivo con la idea de contar su vida en general y con acceder a trabajar con editoriales en particular.

Tras las presentaciones de rigor, continúa hablando con Elsa sobre la reunión. No entra en detalles sobre lo que Seoane nos ha dicho sobre su vida; solo comenta aspectos del proceso editorial. Elsa está atenta a sus explicaciones, hace preguntas concretas, la escucha con expresión más seria. Mientras, se quita el abrigo del todo y desvela que debajo lleva un chándal de color rosa fucsia que valdrá lo que gano en un mes.

—¿Vais a hablar todo el rato del libro ese? —les corta Uve—. Tengo un hambre que me muero. Neus debería haber llegado ya con la comida.

—¿Eres tonto del bote? —se ríe Elsa—. ¿Has oído una palabra de lo que he dicho? Con este tiempo, Neus no va a venir. La he llamado al ir a comprar y le he dado la semana libre.

Uve se queda lívido, todavía más que cuando hemos recibido la noticia de antes.

—¡¿Que has hecho qué!?

—Vive con su marido en Fresdal, que está a veinte kilómetros. ¿Pretendías que viniera todos los días con esta puta tormenta a plancharte los calzoncillos? ¿De verdad que tus padres no eran unos psicópatas?

—Deja a mis padres tranquilos —bufa Uve—. ¿Y quién va a hacernos la comida? ¿Y a limpiar? ¿Y a...?

—Según dicen, la nevada durará una semana —le recuerda Elsa—. Tenemos un congelador tamaño industrial en el garaje lleno de sus *tuppers*. Y escoba. Fregona. Agua y jabón... —Suelta una carcajada maligna y se da la vuelta para sacar unas copas de un armario—. ¿Te suenan, *baby*?

Uve, en lugar de molestarse, sonríe. No se me escapa que le echa un buen vistazo al culo antes de añadir:

—Me suenan, princesa.

Podría prometer no darle una hostia a este tío, pero me lo está poniendo difícil. Sobre todo porque no solo se ha comido con los ojos a Elsa. Desde que entramos, ha hecho lo propio con Olivia.

Puedo llegar a entender que le guste, lo cual no quita que me dé un asco tremendo el modo en que la mira. No tiene ningún pudor en hacerlo, como si se creyera un conquistador convencido de su victoria, subido en un pedestal de superioridad.

—Oye, Asier —escucho a Olivia—, ¿podríamos hablar un momento?

Enseguida le digo que sí. Nos alejamos de los otros, que deambulan por la cocina mientras discuten de un modo que no deja claro si son amigos o se detestan, y acabamos junto a las escaleras.

—¿Qué vamos a hacer? —me pregunta en voz baja—. ¿Crees que es tan grave? ¿Crees que no podremos regresar hasta dentro de unos días?

Las palabras suenan temblorosas. Se ha abrazado a sí misma y me contempla como si yo tuviera las respuestas.

Cuando, en realidad, ella es el gran interrogante.

—No lo sé —respondo con sinceridad—. Deberíamos averiguarlo. Llama a la editorial para que estén al tanto de lo que ocurre. Si es tan grave y tenemos que quedarnos aquí... —Hago una pausa—. Bueno, quizás no tenga que ser justo *aquí*. ¿Sabes qué quiero decir?

Asiente con la cabeza. Sigue aterrada. Ignoro qué le asusta más: si la perspectiva de hablar con su jefa, de estar lejos de su casa o de compartir una llena de extraños conmigo.

—Tienes razón, voy a llamar —murmura—. ¿Y si al final...? Si al final tenemos que quedarnos en esta casa, ¿qué vamos a hacer? No he venido preparada... Y el coche... Y tengo unas reuniones que...

Se sienta en uno de los escalones con expresión derrotada.

Odio verla así. Sé que la situación es una mierda, yo también tengo mis preocupaciones, pero ¿tan horrible es pasar unos días bajo el mismo techo?

También sé que no es justo reprocharle nada. Sus motivos tendrá. Además, lo importante ahora no es lo que yo piense, sino cómo está ella. Y en este momento, no muy bien. Mantiene la mirada clavada en el suelo mientras su pecho sube y baja con renuencia.

Me siento a su lado en las escaleras. Nuestros brazos se rozan y una especie de descarga eléctrica los conecta.

Finjo no haberla sentido (aunque mi ritmo cardiaco no haga el menor caso a la orden) y le digo:

—Elsa ha dicho que tenían habitaciones de sobra. Mira esta casa, ¿crees que miente? Y míralos. ¿Tú te crees que esos pasan mucho tiempo juntos? ¿O Seoane con ellos? —Cuando se vuelve hacia mí, me obligo a sonreír—. No es para tanto. Nos pasaremos el día trabajando y tendremos el libro listo antes de tiempo. Además, esta vez dudo que dos personas follando te dejen sin cuarto.

Se echa a reír. Comprobar que una de mis idioteces es capaz de animarla consigue que me sienta extrañamente orgulloso. Un poco ridículo, pero satisfecho. Tal vez por eso acabo riéndome con ella, dejando que una sensación cálida alivie la punzada de nervios que se resiste a abandonar el centro de mi pecho.

Un golpe nos hace volver a prestar atención a la cocina. Uve acaba de descorchar una botella de vino y Elsa le felicita de forma sarcástica, como si hubiera llevado a cabo una gran proeza.

—¿Tú crees que esos dos no...? —aventura Olivia—. Me parece que Uve quiere pillar con quien sea.

—Conmigo lo va a tener difícil —murmuro—. Cuesta conquistarme con *babys* y *bros*.

—Pobre, le vas a romper el corazón.

—No le vendría mal que alguien lo hiciera.

—A mí me parece que ya lo han hecho —apunta Olivia. Hace una mueca con los labios, como si se contuviera de decir algo más al respecto—. En fin, qué sabré yo. No conozco a esta gente de nada. No sé si son buenas personas o más simples que el mecanismo de un botijo.

—Él, desde luego. —Olivia vuelve a reír—. Elsa no. ¿La has visto trabajar alguna vez? No es para nada tonta. Es muy buena jugando y se atreve a hablar de temas que otros *influencers* evitan, como política o situaciones desagradables que ocurren dentro de las ligas *gamer* profesionales. Se ha roto los cuernos para competir al nivel de muchos jugadores a los que se les ponen las cosas más fáciles.

–¿Porque son hombres?

–Claro, como la mayoría del público. –Olivia frunce el ceño con indignación–. Es un mundo difícil.

–Mira, ya me cae mejor.

–Ah, ¿te caía mal?

Se queda callada un par de segundos.

–No –responde, la mirada ausente–. ¿Por qué iba a caerme mal? Apenas la conozco.

Qué mentirosa. Aunque no entiendo por qué. Elsa ha sido amable con nosotros. Es verdad que tiene una energía avasalladora, difícil de gestionar, pero no me ha parecido una imbécil como, bueno, otros.

No me refiero a Seoane.

No sé qué pensar respecto a él. Está lejos de lo que había imaginado. Porque, después de conocerle, sigo sin llegar a entender del todo quién es.

Por qué me eligió a mí para escribir su libro. Por qué accedió a publicar. Por qué parece tan empeñado en ser una persona en su trabajo y otra tan distinta frente a nosotros.

Me imagino que, si nos quedamos, estaré más cerca de descubrirlo.

–Voy a llamar a Carol –me anuncia Olivia–. ¿Qué vas a hacer tú?

Esperarte y no tener claro si quiero o no quiero que te quedes atrapada conmigo.

—Escribiré a mi compañero de piso —digo en su lugar. Después echo el aire por la nariz—. Pobre Anti. Espero que Bosco se acuerde de alimentarla.

—¿¡Qué clase de compañero de piso tienes!?

—El único que me puedo permitir.

Sonríe antes de ponerse en pie y alejarse hacia los sofás para hablar por teléfono. La sigo con la mirada. Deambula de forma errática por el salón mientras conversa, yendo de un lado a otro sin parar de enredar un mechón de pelo rojo entre los dedos, gesticular con la mano, arrugar la nariz y la boca.

La ropa que lleva hoy es más ceñida. Desvela sus curvas, perfilando una figura proporcionada con más pecho que caderas.

Sí, bastante más.

—Oye, *bro*, ¿estás con ella?

El muy cabrón me ha pillado con la guardia baja. Intento aparentar que no ha sido así y no me muevo al contestar:

—Ya te ha dicho antes Olivia que no.

—¿Seguro?

Uve sigue de pie frente a mí, esperando con las manos en los bolsillos. Cojo aire y contesto lo que Olivia me recuerda siempre que puede:

—Solo trabajo en el libro de Seoane con Olivia.

—Sí, ya, pero eso es lo que piensa ella —puntualiza él—. He visto cómo la miras, por eso te lo pregunto.

—Y entonces, ¿para qué me lo preguntas?

De un modo retorcido, me alegra un poco ver cómo se aturrulla al responder.

—Para no hacer nada chungo. No quiero cabrearte robándotela ni nada.

—Joder, ¿en serio? —No sé si reírme. Aunque no, no quiero—. Mira, ¿qué tienes, veinte años? ¿No es un poco mayor para ti?

—Me gustan mayores. —Sonríe de oreja a oreja—. Saben lo que hacen.

—Al contrario que tú.

Me pongo en pie y Uve da un paso hacia atrás. Lo hace con gracia, igual que al bailar, como si en realidad hubiera sido un gesto espontáneo y no resultado del miedo.

—Escucha, no vas a robármela porque ni tengo nada con ella ni se «roba» a nadie, ¿entiendes? —Al ver su cara de victoria, añado—: Lo que quiero decir es que... Sí, mejor «no hagas nada chungo».

—Ok, *bro*. Perdona. No quería pisártela ni nada.

—Perdonado.

Sigo con la mirada a Olivia, que continúa hablando, y luego recorro el resto de la estancia. Hay dos pasillos que parten del salón-cocina. Uno de ellos, por la dirección, me imagino que conduce al garaje y a la parte de atrás. El otro está lleno de puertas, como en la planta de arriba.

Me vuelvo a Uve y le señalo el corredor.

—¿Adónde lleva?

—Ahí está mi habitación —responde Uve con rapidez—. Un baño, un par de cuartos de invitados, el gimnasio... También la piscina cubierta. ¿Quieres verla? Ah, no, que tú habías visto el *house tour*. —Suelta una risita de autocomplacencia—. Ya decía yo que era raro que no nos conocierais.

—Vosotros sí que no nos conocéis a nosotros —replico en voz baja—. Si al final tenemos que quedarnos aquí, ¿no tienes miedo de a quién estás metiendo en tu casa?

Uve se queda pálido, sus pupilas se empequeñecen.

—¡¿No serás un fan trastornado?!

Esbozo una media sonrisa.

—En realidad, no soy ningún fan.

—¡Elsa!

Se dirige a la cocina y yo, complacido por volver a estar solo, me apoyo en la barandilla de las escaleras.

El chaval parece inofensivo, pero sigue cayéndome mal. Reconozco que me estoy haciendo mayor, porque soy incapaz de verle la gracia; me parece una gilipollez a lo que se dedica. Y él, en concreto, resulta irritante. ¿Qué es eso de que se ha fijado en «cómo la miro»?

Y, como vuelva a llamarme *bro*, no respondo de mis actos.

—¿Has dicho «si al final tenemos que quedarnos aquí»?

Me giro hacia Seoane, plantado en mitad de las escaleras. Tiene una voz inconfundible. He visto otras veces cómo la modula en internet, cómo se ríe a carcajadas e insulta con gracia mientras juega. Sin embargo, ahora suena vacilante.

Le cuento lo que nos ha dicho Elsa. Poco a poco, su rostro se relaja. Acaba bajando hasta llegar al mismo escalón en el que estoy yo.

—Coincido con Elsa: lo mejor es que os quedéis con nosotros hasta que sea seguro viajar —dice al final—. No os va a faltar de nada. Aunque siento la situación, la verdad. Me siento responsable.

—Ni que hubieras enviado tú la tormenta —le digo con suavidad. Tengo la sensación de que, depende de lo que diga, Seoane puede reaccionar mal, así que mido mis palabras al añadir—: Tranquilo, yo estoy bien. Trabajo desde casa, así que tampoco me cambiará mucho la vida andar unos días por aquí. Pero Olivia está preocupada. Vamos a intentar que esto sea lo menos desagradable para ella.

–¿Por qué está preocupada? Hablaré bien de su trabajo a la editorial, si es lo que necesita. –Se encoge de hombros–. O a quien sea. Parece maja.

Él la mira y yo le imito. Justo en este momento, Olivia cuelga el teléfono y se queda observando la pantalla con aire ausente.

–Sí que lo es.

Y, para mi desgracia, muchas cosas más.

12

Olivia

CAROL NUNCA HA ESTADO TAN CONTENTA de escucharme. De hecho, sus palabras textuales han sido: «¿Qué más da que no te veamos la cara durante una semana? ¡Quédate ahí lo que necesites! Vivimos en el siglo XXI, puedes teletrabajar sin problema».

Eso no le ha impedido recordarme a continuación una serie de reuniones «ineludibles» a las que he de asistir *online* a partir de esta misma tarde. Y la oportunidad que tengo para convencer a Uve y Elsa de publicar también con nosotros, por supuesto. «Aprovecha el regalo que nos ha caído del cielo», han sido sus palabras textuales.

Regalo. Claro.

Tampoco tenemos habitación en el hotel rural que habíamos reservado Asier y yo, a apenas quince kilómetros de aquí. Las carreteras hasta allí están cortadas, como me ha recordado muy amablemente la recepcionista por teléfono. Además, debido a la situación, han tenido que dejar quedarse durante más tiempo a huéspedes que no tenían cómo marcharse, así como mantener habitaciones libres por si hiciesen falta en las peores horas del temporal para quitanieves, bomberos o militares.

Casi me río por no llorar.

Y eso que es culpa mía. Es mi famosa mala suerte. Me persigue a todas partes, vaya adonde vaya. Es la responsable de que mi coche se estropeara en el peor momento. La que metió en mi cuarto del hostal a una pareja empeñada en usar a fuego el colchón donde debía dormir. La que ha impedido mi ascenso en Rapla durante seis años. La que ha empujado a Seoane a tener el capricho de conocer en persona a su escritor fantasma.

La que ha provocado que ahora tenga que seguir trabajando al lado de Asier veinticuatro siete, mordiéndome las uñas porque querría hacer con él lo que no puedo hacer con él.

Qué creída, Olivia. Como si Asier quisiera algo contigo en caso de poder.

Le observo entonces, todavía junto a la escalera, charlando con Seoane.

Durante nuestra reunión, había creído que el *influencer* le contemplaba de un modo extraño, pero ahora me doy cuenta de que es más bien al contrario: el chico trata de esquivar sus ojos siempre que puede, refugiándose en su móvil, en las paredes o en sus dos compañeros de piso, que siguen dando gritos en la cocina.

Puede que le intimide. Tampoco sería raro; podríamos fundar un club juntos.

Me acerco y se lo cuento todo. Lo de que Elsa tiene razón. Lo de que tenemos que quedarnos. Unos días, mínimo. Lo más probable, una semana.

Asier me escucha con gesto reservado. Ya no parece tan abatido como antes, ha aceptado nuestro peculiar destino. Supongo que, con su practicidad habitual, le da igual estar aquí que allá. Quizás, en lo relativo a nosotros, solo sea yo la que tenga estos estúpidos pájaros en la cabeza.

—Siento muchísimo que tengáis que cargar con nosotros —le digo a Seoane—. Nos marcharemos en cuanto se pueda.

—No hay prisa, en serio. —Sonríe, haciendo gala de un repentino buen humor—. Tampoco es que quiera reteneros de más, pero si para vuestros jefes no es un problema, ¿por qué no os quedáis más tiempo? Una, dos... tres semanas. Lo que haga falta. No solemos tener visitas.

Cuando escuchamos una copa impactar contra el suelo, puedo entender por qué.

Sin mediar palabra, Seoane se dirige a un armario para sacar una escoba y un recogedor. Asier y yo nos acercamos a la isla de la cocina, donde están apoyados Uve y Elsa junto a una botella de vino blanco y cuatro copas de champán. Elsa enseguida saca otra de la alacena y abre la boca entusiasmada al ver que nos acercamos.

—¡Os estábamos esperando! ¡Vamos a brindar por nuestro confinamiento!

—Eso, ¡brindemos! —corea Uve—. La princesa y yo ya hemos empezado el vino, pero es que tardabais un siglo...

—Yo no puedo beber, tengo directo en media hora —se excusa Seoane mientras recoge los cristales—. Me toca partida contra Frem en el torneo de *Zero Hit* que ha organizado Galleck.

La mitad de lo que dice me suena a arameo.

—¿No vas a comer nada? —le pregunta Elsa, sorprendida.

—Pediré algo...

—¡Que hay un temporal de nieve! —le recuerda ella—. ¿Qué os pasa a Uve y a ti? ¿De repente no tenéis redes sociales o... una ventana? En fin, te subiré un plato luego; así, de paso, saludo a Frem. No cierres la puerta con llave.

–Gracias, El.

Se sonríen con complicidad. Al menos entre ellos sí que parece haber una buena relación.

–A mí no me pides que deje la puerta abierta –se queja Uve.

–Haz lo que quieras con tu cuarto. Tampoco pienso entrar a ese estercolero.

–¡He puesto luces led nuevas!

–Enhorabuena. Ahora tu basurero está bien iluminado.

Desconozco por qué tienen cerradura en las habitaciones. A lo mejor la casa antes se alquilaba. O es una nueva moda de internet. Cuando hablo con gente más de cinco años menor que yo, a menudo me siento una vieja de noventa a punto de palmarla.

–Venga, venga, no seáis tímidos, coged cada uno una –nos pide Elsa mientras llena las copas–. Brindaremos porque todo salga bien. Tú también, Seoane, solo un sorbito, no seas puñetero. ¡Arriba, abajo, al centro...!

Los cristales chocan. Me bebo el vino de un solo trago; está frío, semidulce, y alivia mi garganta seca. Cuando dejo la copa vacía en la encimera, Seoane no tarda en despedirse y correr escaleras arriba. Ha limpiado, sí, pero se ha dejado los cristales en el recogedor. Es Elsa la que los tira a la basura en cuanto se da cuenta.

–He visto un coche fuera, me he imaginado que el vuestro –dice a la vez–. Vamos a por vuestro equipaje y luego os enseñamos dónde vais a quedaros, ¿vale?

–¿Los ayudas tú? –le pide Uve–. Quiero grabar varios bailes mientras haya buena luz. Ya voy tarde. La gente está aprovechando para subir vídeos nevando con la canción de...

–Haz lo que quieras. Luego no me vengas suplicando que sea la bailarina de atrás.

–¡Nos haremos virales si te pones ese vestido de tu tocaya de *Frozen*!

Con un bufido, Elsa se dirige a la puerta principal y Asier y yo, incómodos, no tenemos más remedio que seguirla. Antes de salir, me da tiempo a darme la vuelta para despedirme con una sonrisa de Uve, que me devuelve el gesto.

A pesar de lo tonto que es, no parece mal chico. Creo que tiene envidia de lo bien que se llevan los otros dos.

O a lo mejor estoy interpretando lo que no es. Siempre se me ha dado mal identificar los verdaderos sentimientos de la gente. Judith asegura que los tíos tendrían que ligar conmigo golpeándome con una tarta en la cara para que me diera cuenta.

Pero es Jud, está como una regadera (por eso la quiero).

Es impresionante lo mucho que nieva. Lo hace sin tregua, con fuerza, aunque el ambiente sigue manteniendo esa atmósfera de pausa. Estamos lejos de la civilización. Da la sensación de que, pase lo que pase, nadie reparará en nosotros.

Y ojalá fuera así.

Junto al coche, le echo un vistazo a Asier. La nieve cae sobre su pelo, sobre los hombros, contra el jersey gris. Empieza a humedecerse, a pegarse a su piel, y al ver cómo se marca su torso, tengo que recordarme que hemos salido con un propósito (y no es el de comérmelo con los ojos).

Mi maletero está lleno de bultos repletos de «porsiacasos» que por primera vez en mi existencia van a servir para algo. No puedo con todo, así que Asier y Elsa se ofrecen a ayudarme. En unos minutos estamos de vuelta. Por contraste, en el interior de la casa la temperatura es muy agradable. Siento un escalofrío de placer al quitarme los zapatos empapados por la nieve; en este momento, me alegra que nos haya pillado aquí toda esta bomba.

Elsa nos guía hasta uno de los pasillos de la planta baja. Hay solo una puerta con llave (la de Uve, supongo), un enorme baño completo y dos habitaciones de invitados, una junto a la otra, amuebladas con lo justo. Asier se queda la de la cama más grande, y yo, la que tiene mejores vistas.

—Os dejo que descanséis —se despide Elsa en el pasillo—. Normalmente cada uno va a lo suyo aquí, ya lo veréis, pero por ser hoy, me encargaré yo de la comida. Estará en una hora o así.

Le damos las gracias. Antes fui sincera con Asier: la chica no me cae mal. Solo me da un poquito de rabia.

Me gustaría ser tan atractiva e interesante como ella. Cuando oí cómo Asier hablaba con ese entusiasmo sobre su trabajo, reconozco que tuve envidia.

O celos.

Yoquésé.

Estoy cansadísima.

Lo confirmo cuando, una vez a solas, me tumbo en la cama y cierro los párpados sin querer. El sonido del teléfono me despierta veinte minutos después. Tres pitidos característicos. Antes de comprobar la pantalla, ya sé quién es.

TIAQUEFUERTE????

Encerrada en plan gran hermano con esos influencers y el EMPOTRADOR DE LUTO????? 😵

No se si tener envidia cochina o mandarte un elicoptero de rescate, q dices?????

Suspiro y tecleo:

Mándame ese helicóptero

YA ESTAS RAYADA???? POR???

Ya sabes por qué, no pienso escribirlo

SUELTALO

El Caso Lidia

YA ESTAMOS

Khe dramas eres, ija!!!

Ni q ubiera muerto, solo la despidieron...

Te parece poco?

Además, no fue solo eso, todo lo que le pasó...

Mira, sielito mio, ESCUSHA: aguanta asta el final de vuestro encierro y el ultimo dia, PUM, TE LO TIRAS

Un pinchitín de nada

Es un escritor fantasma desconocido

Joe, quizas ni lo vuelvas a ver

Jajá. Muy graciosa

Qien esta siendo grasiosa???

No e ablado más en serio en TODA
MI VIDA

Sabes que yo no soy así, Jud... No me
acuesto con cualquiera, y menos
sin sobrepensarlo antes y después.
Y en este caso, no sería profesional

Claro q no seria profesional, PERO SÍ
MUY PLACENTERO

Y lo mas importante, harias feliz
a tu mejor amiga

Necesito un poco de salsa, si no es
en mi vida, tiene q ser en la tuya

A ver, para empezar, estamos
suponiendo demasiadas cosas

Tampoco sabemos si él quiere
nada conmigo

Es probable que me odie 🤭

Qien puede odiarte????

No he conosido todavia a semejante monstruo

Ese empotrador quiere mambo, TE LO DIGO IO

QUE NO

la veremos...

Si te enrollas con el en vuestro confinamiento, me debes veinte pavos

Y CONTARME DESPUES TODOS LOS DETAYES, CLARO

Lanzo el móvil contra la almohada. Jud sigue mandando mensajes histéricos, pero no me apetece leerlos. Ya estoy bastante nerviosa con la situación como para que ella me dé alas.

La realidad suele ser más aburrida que la de los libros. Sospecho lo que ocurrirá los próximos días: vamos a trabajar a destajo, habrá momentos incómodos con gente desconocida y luego regresaremos. En dos meses será Navidad. El libro estará ya en la calle. Lo veré en las tiendas, a punto de caramelo para que miles de padres contenten a sus hijos fans de Seoane, y me acordaré de Asier. De su voz, su mirada gris, su sarcasmo y su cuerpo espectacular envuelto en una toalla.

Eso será todo.

Al menos en el futuro tendré material de sobra para imaginarme fantasías de amor correspondido que acaban bien y de forma sencilla mientras escucho baladas tristes. No pasa nada. Es mejor eso que morirse, ¿verdad?

13

Asier

ME PREGUNTO CÓMO HA SOBREVIVIDO toda esta gente sin morir bajo toneladas de basura.

Supongo que la presencia de esa tal Neus (cocinera, limpiadora y mesías, según Uve) ha tenido algo que ver. En su ausencia de medio día, se las han apañado para llenar las cestas de todos los baños de ropa sucia, atascar el fregadero y romper tres vasos. Y lo que no habremos visto. Elsa, por su parte, lo intenta. Ha cocinado macarrones muy pasados con atún y tomate para aproximadamente la población entera de Cataluña.

Tampoco voy a quejarme; la comida es comida. Además, no soy tan tonto como para ponerme quisquilloso cuando estoy alimentándome gratis.

Seoane no baja a comer con nosotros. Es su compañera de piso la que se encarga de subirle un plato para que ingiera algo sólido. En opinión de Uve, no es la primera vez.

—Elsa siempre se queja de mí, pero al menos en mi cuarto se puede ver el suelo —sigue diciendo mientras ella está arriba—. Lo habéis visto antes, ¿no? ¿A que da asco? ¿Tengo razón o qué?

Olivia se limita a esbozar una sonrisa educada. Yo me echo más macarrones al plato y me concentro en engullir para no pensar todavía más en lo surrealista de la situación.

—Seoane es mi mejor amigo, ojo —continúa él—, pero sacándole las castañas del fuego no le ayudamos. Elsa no piensa lo mismo. Es su niño bonito. ¿Tengo razón o qué?

—¿Por qué nos lo preguntas? —mascullo—. No os conocemos de nada.

—Pero se ve incluso así, ¿o qué?

Es como vivir con un disco rayado. Me sorprende que no hayan decidido abandonarlo en medio de la montaña. Les pilla cerca.

—Oíd, con la princesa por aquí, no podemos seguir hablando del tema —sisea en voz baja, la vista puesta en las escaleras—. ¿Me pasáis vuestro Instagram? O las redes que uséis, vaya.

—Yo no tengo redes.

Me mira como si fuera un extraterrestre.

—¡¿Qué edad tienes?! Te había echado veinticinco... ¿Treinta? ¿Tienes solo Facebook o qué? Mejor no me lo digas, no quiero perderte el respeto.

—Te puedo pasar mi número —gruño—. O no pasarte nada.

—Pásamelo, sí, anda —resopla—. No sé qué os pasa a los *millenials*, siempre contestáis como si quisierais moriros.

Me abstengo de decirle que él es una de las razones por las que me estoy planteando hacerlo.

La tarde pasa a un ritmo lánguido y sin grandes cambios. La nieve sigue cayendo, el viento sopla con fuerza contra los cristales. Elsa se encierra en el estudio para grabar su pódcast, Uve hace sus bailes en el patio (de vez en cuando le vemos cruzar la ventana con diferentes modelos de ropa) y Olivia se coloca con su portátil en un sofá para trabajar. Yo me siento en el de al lado y termino la prueba de redacción para la biografía de Love Hypothesis.

Al leer el documento entero, dudo si pedirle a Olivia que le eche un vistazo. Al final decido que no. No es solo que me dé palo, sino que estoy seguro de que le molestaría. Está concentradísima tecleando, llamando por teléfono y estirándose como una gata cuando se cree que nadie la mira. La tercera vez que lo hace, el jersey se le levanta y puedo ver un trozo de piel de su cintura. Me obligo a mantener la vista en la pantalla de mi portátil y no en... Bueno, ella.

Seoane hace aparición cuando ya está cayendo el sol. Aunque está de oyente en una reunión, Olivia se pone en pie nada más verlo (cascos y micro incluidos). Él le pide con un gesto que se siente y se coloca a mi lado.

—Siento haber tardado. Tengo otro directo en hora y media, pero creo que nos da tiempo a charlar un rato.

Hostia, el tío no para. Me daría pena si no supiera lo que cobra por día.

—Olivia está ocupada —le informo—. ¿Por qué no me hablas de los temas que te gustaría tratar en el libro y te escribo algo? Lo lees mañana y me dices si te gusta el tono.

Se queda cortado. Tras unos segundos, considero si repetir la información. Él abre la boca con intención de decir algo, pero parece pensarlo un rato más.

—Me parece perfecto —se pronuncia al final—. ¿Por qué tema empezamos?

—Por el que quieras. No tiene por qué ser con el que comience el libro. Eso se puede modificar después.

Tarda un rato en decidirse. Divaga durante otro tanto hasta que empieza a coger confianza. No sé por qué, al final se arranca a hablar sobre la razón detrás de su nombre de usuario. Más bien, del número que lo acompaña.

—De pequeño no jugaba a videojuegos —me explica. La cabeza echada hacia atrás en el respaldo del sofá, la mirada colgada en el techo y una expresión contrita—. Excepto los domingos. Ese día, mi padre nos visitaba a mi hermano mayor y a mí. Traía su vieja Nintendo 64 y nos pasábamos toda la tarde echando carreras al *Mario Kart*. O sorteábamos quién jugaba a cualquier otra cosa y los demás miraban. Empecé a entretenerme poniéndoles voces a los personajes cuando les tocaba a ellos. A comentar las partidas. —Se encoge de hombros—. Es el mejor recuerdo que tengo. Relacionado con juegos, quiero decir. Por eso me creé el canal, para fingir que jugaba con otras personas, que no estaba tan... —Hace una pausa—. Que estaba acompañado.

Sigue hablando. Yo escribo notas sin cortarle hasta que, pasada una hora, su móvil empieza a pitar.

—Me tengo que ir. —Pone una mueca de arrepentimiento que al instante me recuerda a Olivia—. Lo siento, creo que no te he dicho realmente nada.

—Me has dicho bastante —le tranquilizo—. Tengo material suficiente para un capítulo o dos. A ver si te gustan.

—Seguro que sí.

Se marcha escaleras arriba y escucho una risa entre dientes.

—Enhorabuena, *bro*, le tienes fascinado —susurra Olivia, los cascos rodeándole el cuello.

—¿*Bro*? Ni se te ocurra empezar tú también. —Al ver cómo acrecienta su sonrisa burlona, decido añadir—: ¿O quieres que empiece a llamarte *baby*?

Olivia abre los ojos de par en par.

—Eso pensaba —murmuro.

–Sí, mejor sin *bros* ni *babies* –acaba resumiendo ella, acelerada–. Y, con respecto a Seoane, puedes relajarte. Está claro que, escribas lo que escribas, le encantará.

Es la primera vez que me presta atención en toda la tarde, y yo, como buen gilipollas, trago saliva y me quedo callado.

–No estoy queriendo decir que no te esfuerces –continúa diciendo. Ahí está la misma expresión de remordimiento que Seoane–. Solo que...

–Lo sé –me atrevo a decir–. Me esforzaré, ya que me dijiste que eras exigente.

–Ah, ¿te acuerdas?

Me acuerdo de todo lo que dices.

–Sentí un escalofrío de terror, por eso lo recuerdo.

Se ríe otra vez. Después, parece titubear. Y, por último, hace algo que nunca pensé que haría, y es ocupar el asiento en el que antes estaba Seoane.

Es decir, justo a mi lado.

–¿Has escrito algo que pueda leer?

Intento fingir que no me afecta su proximidad y le señalo el Word abierto.

–No he tenido tiempo, solo he transcrito lo que me iba diciendo. Necesito darle un poco de sentido y su «voz». Sus dejes al hablar en internet y cosas así, no vayan a pensar que no lo ha escrito él...

–Me refiero a algo tuyo.

Supongo que la cara de circunstancias que pongo habla por mí, porque enseguida recula:

–A lo mejor no quieres todavía, pero me encantaría leerte. Ya sabes, al margen del libro de Seoane. Tampoco quiero darte esperanzas ni nada, pero a veces Carol me escucha cuando le llevo nuevas voces.

¿Eso que he sentido era un infarto?

«Me encantaría leerte».

Meencantaríaleerte.

A Olivia le encantaría leerme.

A mí.

—Piénsatelo, ¿vale? —sigue diciendo, al comprobar que he sufrido un aneurisma y soy incapaz de pronunciar palabra—. Entiendo que no es fácil compartir lo que uno escribe. Yo no tengo ese talento y, aun así, sé que puede ser muy personal. Pero si te animas, pues... ya tienes mi correo. Y mi número. —Sonríe. Luego, abre su portátil e inicia sesión—. Igual que lo tiene Uve. ¿Qué te parece, después de pasar más tiempo con él?

—Un misterio. ¿Por qué Elsa no le ha echado todavía de casa de una patada? Es un imbécil.

—A veces las mujeres hacemos cosas raras —dice en voz baja.

Me fijo en su ordenador. Tiene tantas pestañas abiertas en el navegador que apenas se ve un par de letras de cada una. Además de cuatro ventanas de documentos abiertos.

—¿Vas a seguir trabajando?

No percibe la censura en mi tono. O no quiere oírlo.

—Un rato más —contesta. Luego, hace una pausa y añade como de pasada—: Oye, ¿te importa que me quede aquí? Cada vez hace más frío, y me estaba quedando helada ahí sola.

La observo. Tiene la atención puesta en su portátil, como si en el fondo no le importara qué contestase.

—Claro. Quédate.

Se recuesta en el sofá. Sin mediar palabra, continúa trabajando. A mí no me apetece hacerlo precisamente, pero tampoco marcharme, y menos ahora, por lo que me vuelco en el documento de Seoane. Lo leo, releo y hago pequeños cambios. Es imposible que me concentre en nada más complejo que eso. No con Olivia al lado.

El salón se queda, poco a poco, a oscuras. Confío en que aparezca otro habitante de la casa que encienda una lámpara, cocine cualquier mierda o intervenga de modo que nos obligue a movernos.

Pero Elsa tenía razón: en esta casa extraña y gigante, cada uno va a lo suyo. Y lo de cenar no parece que sea algo que contemplen.

Pronto, la única luz que nos ilumina es la de nuestros portátiles. Y lo único que siento es el cuerpo de Olivia junto al mío.

Cada vez que teclea, su brazo se mueve contra mi brazo. En respuesta, me detengo. Cuando ella para, yo escribo. Así seguimos, turnándonos en silencio durante un buen rato. Pronto, ni siquiera sé lo que estoy haciendo. Es como si solo existiese un plano físico de mí, y es el que tiene contacto con el suyo. Me he convertido en un pedazo de músculos y huesos que responden única y exclusivamente a su movimiento. A su calidez. A ese olor que no me quito de la cabeza desde que esta misma mañana despertamos juntos.

Hasta que, en uno de los turnos, Olivia pasa demasiado tiempo sin trabajar para ser ella. Antes de que la luz de su ordenador se apague por falta de actividad, me da tiempo a girarme para ver su rostro.

Se ha quedado dormida. La cabeza se ladea cansada. La bendita gravedad la empuja a apoyarse en mi hombro.

Me quedo paralizado, igual que un ciervo deslumbrado en mitad de la carretera. En unos minutos, también mi pantalla se apaga.

Estamos a oscuras. Solos. La nieve continúa cayendo fuera. Minuto a minuto, mis ojos se van acostumbrando a la oscuridad. No me sirve para otra cosa más que para observar cómo duerme Olivia.

En nuestras circunstancias, supongo que es suficiente.

También lo es para que me dé cuenta de que anoche, en la cama, fingía estarlo. Cuando le doy vueltas a lo que podría significar, comienzo a sentirme más ligero.

No sé cuánto tiempo pasa hasta que aparece Uve. Sin hacer ruido, tan inmerso en su móvil que ni advierte la falta de luz. Ni nuestra presencia. Cae en cuanto pasa por delante del sofá y se sobresalta al vernos. Me apresuro a mandarle callar con un dedo en los labios. Le lanzo mi mejor gesto de amenaza. Espero que lo pille.

Creo que lo hace, porque no abre la boca. Solo observa a Olivia. Y luego, a mí.

Al verle sonreír con malicia, sospecho que va a hacer algo. Estoy preparado para impedirle cometer cualquier idiotez, pero me sorprende al apuntarnos con el móvil para sacar una simple foto. Después se marcha con el mismo sigilo con el que llegó.

Tras unos segundos, mi teléfono suelta un pitido. Me las ingenio para sacarlo del bolsillo del pantalón sin mover a Olivia.

La foto de los dos lleva un mensaje adjunto:

«De nada, *bro*».

Qué cabrón.

Supongo que, como compañero de piso, podría ser peor.

14

Olivia

DEDUZCO NADA MÁS DESPERTAR que ha sido él quien me ha llevado a la cama.

Tampoco hace falta ser un genio. Lo último que recuerdo antes de caer dormida es estar revisando el manuscrito de *El perdedor*, tratando de no estar pendiente de Asier ni del calor que desprendía su cuerpo tan cerca del mío. No fue fácil. Al final agoté todas mis reservas de energía en concentrarme en el portátil y no en todos esos músculos a un milímetro de mí.

Además, tengo puesta la misma ropa de ayer. Y una manta por encima.

Me doy la vuelta y hundo la cabeza en la almohada. Ay. No debería parecerme romántico quedarme sopa delante de mi escritor fantasma y que él haya tenido que cargarme hasta aquí y arroparme, pero, qué coño, SÍ ME LO PARECE.

Tampoco debería haberme sentado a su lado en el sofá. No tendría que fomentar una relación que, al menos mientras trabajemos juntos (y, todavía peor, vivamos juntos), no puede llegar a buen puerto. Es solo que fui incapaz de resistirme. Hacía frío. No debería ser un crimen. ¿Por qué me siento como si lo hubiera cometido?

Compruebo la hora. Es bastante pronto. El paisaje desde la ventana no es el mismo que ayer, sino peor. La nieve no ha dejado de caer durante la noche y cada vez se distinguen menos los arbustos del jardín, el muro, los árboles o la diferencia entre cielo y montaña. Es una fotografía en blanco y blanco. Me hace sentir un poco melancólica.

Contesto unos cuantos mensajes. La mayoría, de Jud; los peores, de Carol, y unos pocos, de mis padres y hermanas, a quienes veo escasamente preocupados («¡Nada con lo que no puedas, cariño! ¡Recuerda que mañana es el cumple de la tía Loli!»). Me doy una ducha y decido sustituir el traje que iba a ponerme por unas mallas, un sujetador deportivo y una sudadera vieja de System of a Down. Ya que esta gente tiene un gimnasio bien equipado (y gratuito) en casa, tendré que usarlo. Paso tantas horas delante del ordenador que pronto seré incapaz de subir escaleras sin pedir un receso en el cuarto escalón.

Rezo porque no haya nadie en la cocina, pero no tengo esa suerte.

Elsa está preparándose un café. Me saluda nada más verme y me pide que me siente mientras hace otro para mí. No lleva maquillaje, así que sus ojos parecen más pequeños y cansados. Aun así, sigue siendo cautivadora. El chándal es el mismo que ayer, solo que lila en lugar de rosa. Me pregunto si tiene el armario de un personaje de dibujos animados, repleto de la misma ropa en todos los colores del arcoíris.

—¿Somos las madrugadoras? —le pregunto.

—¡Qué va! No sé si Seoane llegó a dormirse. Antes ha estado por aquí deambulando. Y Asier también. —Resopla para sí–. Oye, ¿qué le pasa a tu colega? Ayer me pareció muy majo, pero vaya humor de perros. Algo ha comentado de que no podía dormir. ¿Es así siempre por las mañanas?

–La verdad es que no lo sé –contesto–. Ayer se levantó de muy buen humor.

–A lo mejor le sienta bien dormir acompañado...

Noto cómo una oleada de calor me recorre el cuerpo y acaba encendiéndome las mejillas como dos faros. Aunque Elsa se lleva la taza a los labios, llego a ver su sonrisa burlona.

–Eh... Seoane me dijo que te gustaba escribir –suelto para cambiar de tema–. Dime: ¿qué tipo de historias escribes?

Pensé que dudaría antes de contestar, ya que a mucha gente no le gusta compartir ese tipo de cosas, pero, por su expresión, diría que estaba deseando hacerlo.

–De todo un poco. Mucho de lo que escribo es solo para mí. Reflexiones estúpidas e intensas que no le interesan a nadie.

–No creo que sean estúpidas, y menos que no interesen a nadie.

–Ese es el problema –dice en voz baja. Le echa espuma a mi taza, me la pasa y se sienta a mi lado en la barra de la cocina–. Sé que, escriba lo que escriba, hay editoriales interesadas en publicarlo porque tendré lectores asegurados. Eso es lo que me detiene.

–¿Que vayan a publicarte solo por tu fama y no por tu calidad?

Asiente. Puedo ver cómo se enciende una chispa de reconocimiento en sus ojos. Como si me tomase en serio por primera vez.

–Si me hubieran publicado el libro de licántropos andaluces cazadores de vampiros gallegos que escribí con quince años, ahora me arrepentiría. –Me contengo para no lanzar una carcajada–. Es verdad, era una putísima mierda. Y no quiero que eso me pase en un futuro. No quiero que me publiquen sin ser críticos conmigo y que pasados unos años diga: «¿Pero qué es esto, Elsa? ¿Qué cojones te pasaba por la cabeza?».

–Te pasará, publiques o no –le aseguro–. Porque lo normal es que la mejor novela que escribas sea la que todavía no has creado.

–Vaya, eso es precioso. –Me da vergüenza el modo en que lo dice (porque no sé si se está burlando de mí o no)–. Seguro que es así, Olivia, pero creo que hay una diferencia entre escribir algo que con el tiempo habrías escrito de otra forma y leer un libro tuyo de hace dos años y sentir ganas de vomitar.

Le doy la razón, aunque no esté de acuerdo con ella. El trabajo creativo es material sensible de alto voltaje. El estado anímico del creador puede inclinar la balanza de una decisión radical a otra en cuestión de segundos. Puede provocar que incluso un buen autor entusiasmado tire la toalla y deje de escribir.

–¿Tienes a alguien que te lea? –le pregunto con tiento–. Alguien que no tenga miedo a decirte lo que opina, pero que tampoco sea brutalmente honesto de forma innecesaria.

–Seoane me ha leído alguna vez –confiesa–. Y es un gran lector. El problema es que me quiere demasiado. No creo que sea objetivo. Necesito a alguien que lo sea, alguien que sepa del tema, pero que tampoco gane nada contentándome.

Me observa paciente, pendiente de lo que diga a continuación.

—Elsa, voy a ser sincera contigo: tienes dos millones de seguidores; mi editorial mataría por publicarte. Ni se lo pensarían. Y yo quedaría muy bien con mi jefa si consiguiese irme de aquí con tu firma en un contrato. Ahora bien, soy incapaz de mirarte a los ojos después de que me enseñes una historia más mala que mear contra el viento y decirte: «Oh, Elsa, es lo mejor que he leído desde Victoria Schwab», porque yo no soy así.

Sonríe y me fijo en que tiene un diente torcido. No sé por qué, ver esa pequeña imperfección me hace sentir más próxima a ella.

Bueno, sí lo sé, porque la chica es guapa, rica, encantadora e interesante, y cuesta menos apreciar a alguien así cuando sabes que también es humana.

—Guay, pues igual te paso algo un día de estos, ¿vale?

—Estaré encantada. Te daré mi correo personal en vez del de la editorial. —Bajo la voz como si alguien fuera a oírnos—. Si mi jefa supiese que estoy siendo imparcial contigo, tendría víctima para su altar de sacrificio.

* * *

Nos bebemos el resto del café mientras charlamos sobre libros. Es fácil llevarse bien con ella. Me recuerda un poco a Jud, solo que siendo más cuerda y comedida. Judith no esconde nada, mientras que Elsa guarda algo para sí misma. Tengo claro que no es totalmente ella con todo el mundo. Y yo no soy nadie más que una forastera, una persona que en una semana ya no pertenecerá a su vida.

En eso se parece a Seoane. Los dos son reservados a su manera. En esta casa, el único que no parece ocultar nada es Uve. Quizás por eso me sienta más relajada con él.

Aunque, quién sabe, igual acaba sorprendiéndome. Desde que empecé este viaje, no he dejado de hacerlo.

Voy al gimnasio y me alegra no encontrarme a nadie. Prefiero hacer el ridículo sin público. Ignoro los aparatos que me recuerdan a máquinas de tortura medieval y me centro en los que conozco. Creo que uso mal dos y tampoco sé ajustar la bicicleta estática, pero ya solo el esfuerzo de intentarlo me hace sudar. Tras una hora, mi hermana me llama y decido que es la señal del cielo para que mi espectáculo de pérdida de dignidad a solas se termine.

—Amoooooooor.

—Buenos días, Greta.

—Tienes aquí a mis chiquillos revolucionados. ¿Crees que podrías conseguir un vídeo del Seoane ese diciéndoles alguna tontuna? Les haría mucha ilusión.

—Greta, por favor, que no es un mono de feria. —Recojo mi sudadera y me encamino hacia la puerta—. ¿Me has llamado solo por eso? Trabajo con él, no creo que quede muy bien pidiéndole algo así.

—Seguro que está acostumbrado.

—Claro, por eso se ha mudado a un pueblo aislado: porque le encanta que a todas horas los fans le pidan fotos, vídeos y muestras de pelos de la nariz.

—Qué desaboría, hija, si es solo una tontería para tus sobrinos... Sería un gran favor, y ya que vamos a cuidarte al gato durante más tiempo...

Suspiro.

—Veré qué puedo hacer.

—Eres un amor, amooooooor. Escucha, que no te llamaba por eso. Rigoberta ha vuelto a escribirme. ¿Al final vas a la boda o no? Ay, imagínate que vas con el niño rata de internet ese. Les da un ataque a todos.

—No le llames... En fin, déjalo. Y sí, mira, iré, ¿vale? Dile a Rigo que iré.

Salgo al pasillo. Justo al final hay una puerta, y me fijo en que ahora está entornada. Escucho provenir del interior ruidos como de chapoteo, así que me acerco a investigar.

—Eso sí, dile a la prima que voy sin acompañante —añado.

—¡De eso nada! —chilla—. Le diré que vas con un tío de dos metros salido de un anuncio de colonia. Se correrá la voz. Hasta Pedro se enterará, y eso que no se entera de nada.

—Ni se te ocurra mentir. Si luego aparezco sola, será peor.

—¿Mentir? Para nada. Abres Tinder el día de antes y te llevas al más cachondo que veas.

Abro la puerta y me quedo unos segundos embobada contemplando la impresionante piscina cubierta. Es enorme, tiene duchas, tumbonas blancas y las paredes al completo son acristaladas.

Qué asco da lo bien que viven estos tres niños.

—Greta, Tinder sirve para, ya sabes, *eso*, no para buscar acompañante de bodas —me quejo—. Y voy a dejar de usarlo. No hay más que salidos y tarados.

—Eso es que eliges mal. Tu amiga Judith, esa tan maja que me presentaste en verano, me habló de cómo lo usaba ella. ¿Me enseñas tu perfil? Seguro que podemos mejorarlo.

—Estás loca si piensas que voy a pasarte mi perfil de Tinder para... —Veo una cabeza asomar en el agua y me detengo de sopetón—. Tengo que colgar. Adiós.

—Amor, esp...

Asier apoya ambas manos en el borde de la piscina, coge impulso y sale del agua. Intento recordar cómo se habla con otros seres humanos cuando, ya de pie, se echa el pelo hacia atrás con los dedos y me mira.

Pero se queda en eso, en intento.

—Ah, hola —me saluda tan tranquilo—. ¿Has dormido bien?

¿Miro al suelo? ¿A la lejanía, como si fuera una chiflada? Es difícil elegir un punto que no sea piel expuesta, abdominales mojados o brazos musculados llenos de tatuajes.

—Más o menos —respondo con un hilo de voz—. Hablando de eso, lo siento. Por haberme quedado dormida ayer, quiero decir.

—Ya era hora de que pidieras disculpas. Fue un auténtico horror. —Sonrío a mi pesar, aunque siga sintiéndome incómoda—. Tranquila, yo me dormí mientras me hablabas en el coche. Y anoche no te estaba contando ninguna anécdota familiar lacrimógena. Estamos en paz.

—Sí, pero yo no tuve que cargarte hasta tu habitación.

—Una lástima. Habría sido divertido verte intentarlo.

Se dirige hacia la toalla y la ropa que ha dejado sobre una de las hamacas. Echo de golpe el aire retenido en mis pulmones y aprovecho para mirarle sin presión ahora que está de espaldas.

Maldita sea. Ahí está el culo perfecto de mi inalcanzable modelo de anuncio de colonia.

Cuando se da la vuelta, alzo la vista lo más rápido que puedo.

—¿Trajiste bañador? —le pregunto atropelladamente—. Venías bien preparado.

—Sabía que tenían piscina, así que lo metí por si acaso. El agua está buenísima. ¿No quieres meterte?

Empieza a secarse el cuerpo, moviéndose sin pudor, tensando músculos aquí y allá, y tardo un poco más de lo normal en contestar.

—Yo no he traído nada.

—Seguro que Elsa tiene algo que prestarte.

—Ah, sí, no lo dudo. Probablemente, un modelo de bikini en quince colores diferentes. —Me anima un poco verle sonreír—. El problema es que dudo que vaya a valerme.

Asier aparta la mirada tan rápido de mi pecho que me parece haberlo imaginado.

—Quizás te quedaría pequeño —concede con una expresión extraña—. Pero ¿qué más da? No hay nadie más aparte de nosotros.

Ese es el problema, melón. Nosotros.

—Por cierto, no es que haya querido espiar tu conversación por teléfono ni nada —continúa hablando—, pero aquí hay mucho eco. ¿Qué problema tienes con Tinder?

LO QUE ME FALTABA.

—Ninguno. Es Tinder el que tiene un problema conmigo. Solo me ofrece gilipollas que envían fotopollas.

Se echa a reír. Es verdad que en esta estancia hay mucho eco. Su risa se me queda clavada en el costado.

—En realidad, es cosa mía —reconozco—. Una romántica tiene mal destino en una aplicación así.

—¿Por qué? Escribe en tu bio lo que buscas y sé clara. ¿Qué tienes puesto?

—Asier, soy tu editora, no voy a decírtelo. No sería profesional.

Por fin, recoge su ropa, pero el muy cabrón no se la pone (para mi deleite). Se la echa a un hombro, igual que la toalla, y se acerca lentamente a mí.

–Mira, hacemos una cosa: yo te enseño mi perfil y tú a mí el tuyo. A lo mejor puedo decirte qué falla. Ya sabes, soy un tío.

Lo dice como si se me fuera a olvidar.

La verdad es que no quiero seguir teniendo esta conversación. Al mismo tiempo, las estúpidas mariposas del estómago me están gritando con la voz de pito de Jud que, por Dios, ni se me ocurra ponerle fin. Porque tengo ganas de ver qué tiene puesto él, entre otras cosas.

¡¿Por qué diablos esa aplicación del demonio no me enseñó su perfil cuando los dos estábamos en Madrid y no éramos escritor y editora?! ¿Nos consideró incompatibles? ¿No hubo ningún maldito día en que coincidiésemos en el mismo espacio-tiempo?

Odio la puta tecnología.

–Vale –gruño–. Pero, cuando veas lo que tengo puesto, ni se te ocurra reírte.

De inmediato, saca el móvil del bolsillo del vaquero (negro, como todo, bañador incluido) y busca un rato hasta enseñarme la pantalla.

Asier, 26 años. 1,83.

En Madrid y Álava.

Soy un escritor tatuado que quiere abolir el trabajo. Me gusta escribir y las patatas en cualquiera de sus versiones. La tortilla, con cebolla (siempre).

Busco una relación seria como la que tengo con mi gata, pero podemos salir en plan amigos y no te haré ghosting. Escorpio ascendente Géminis.

Como él, las fotos son impresionantes. La primera es un selfi en casa con Anti enroscada en el cuello (felinos y hombres guapos, el tándem definitivo). En la siguiente mira hacia un lado, el perfil afilado destaca sobre un fondo de viñedos. La tercera me hubiera cortado la respiración si no tuviera la versión en directo justo delante de mis narices.

—¿Crees en el horóscopo? —me extraño.

—No, pero a mucha gente le hace gracia. Sirve para abrir conversación. —Me mira directamente a los ojos y puedo ver trepar su sonrisa hasta allí—. Te toca.

—Oye, Asier, gracias, de verdad. Leer lo que has puesto me ha ayudado muchísimo —le digo. Empiezo a andar hacia atrás—. Tienes razón, mi bio no es tan clara. La cambiaré. Estoy sudada, así que nos vemos en un rato para trabajar en el manuscrito de Seoane...

Es increíble lo rápido que se mueve. Suelto un grito de sorpresa al ver cómo corre hasta quedar frente a mí, alzar el brazo y cerrar la puerta a mi espalda.

—Luego trabajamos —dice en voz baja—. Has prometido enseñármelo. No se me olvida que también te libraste de enseñarme un tatuaje que no he visto todavía. —Trago saliva. El tío tiene buena memoria—. Es una tontería, Olivia, venga. Déjame verlo y nos ponemos a trabajar. Todo el día, como tú quieres.

Aspiro y espiro por la nariz. Me cruzo de brazos, pero es una resistencia inútil. No voy a ponerme a pelear con él para que me deje salir. Eso supondría demasiado acercamiento físico, más del que ya hay (¿qué nos separan, treinta centímetros?), y desde luego que no sería profesional.

Que saque el móvil para enseñarle mi perfil tampoco lo es, soy consciente. Digamos que, entre todos los males, me he decantado por el menor.

Aunque no me lo parece cuando compruebo cómo una sonrisa ladeada se forma lentamente en su rostro.

Olivia, 28 años.
Classic Virgo.

Trabajo como editora en Madrid.

¡Abierta a todo!

Me encanta leer (y releer) sagas, el metal alternativo, Keanu Reeves y los hombres que me dejan hablar. Si te gusta Transformers y Ghost rider de forma no irónica, no le des a match.

—¡Me dijiste que no te ibas a reír!

—No me río —me miente a la cara el muy bellaco—. Quita lo de «abierta a todo», a menos que quieras que la gente interprete lo que no es.

—¿Qué pueden interpretar?

Se traba con el primer intento de respuesta y parece considerar durante un segundo si contestar.

—Cualquier cosa, y creo que, de entrada, nada que a ti te guste —dice al final. Luego me quita el móvil de las manos y empieza a pasar las fotos—. No se te ve bien la cara. En una sales con más gente, quítala. Y pon una foto de cuerpo entero, aprovéchate. —*¿Que qué?*—. Si usas esto para echarte pareja, ponlo. Si no, parece que buscas algo casual. Y la frase del final es graciosa, pero está formulada en negativo. Da sensación de queja, cuando en realidad eres todo lo contrario.

Me quedo en silencio unos segundos. Mi corazón se anticipa. Siento que se me va a salir del pecho de un momento a otro.

—Entonces, ¿qué pondrías tú? —Trago saliva—. Sobre mí.

Tiene la atención puesta en la pantalla, aunque ha debido de ver mis fotos más de seis veces. Al final me devuelve el teléfono y aparta el antebrazo para dejar libre la puerta.

—Eres mi editora. —Hace una pausa—. No sería profesional.

No puedo enfadarme. Es verdad. Que haya usado ese tono de «te la estoy devolviendo» no ayuda, pero me lo he buscado yo solita.

—¿Y si no lo fuera?

Está claro que no me puedo callar.

Pero es la pregunta que me ronda la cabeza desde que nos encontramos en el ascensor. Me ha resultado imposible no verbalizarla. He tardado menos de una semana, tampoco está mal.

Asier parece meditar la respuesta. Al final decide dármela tras inclinarse un poco sobre mí. Lo suficiente para que pueda oírle sin que alce la voz.

—Si no lo fueras, no te ayudaría a mejorar tu perfil de Tinder.

El aguijonazo en el vientre es rápido. Mi ritmo cardiaco, más aún.

Tengo que parar esto. Ya.

—Pero lo soy —murmuro.

—Sí. —Asier baja la vista a mi boca—. Lo eres.

No aguanto más. Cojo aire como si fuera a zambullirme en el agua y, con solo un movimiento, me doy la vuelta y abro la puerta. Salgo al pasillo sin mirar atrás, lo recorro casi a la carrera y me encierro en mi habitación.

Apoyada en la puerta, tardo un rato en ponerme en movimiento. En quitarme la ropa, elegir el *outfit* más simple que tengo (en lugar del modelo elegante que reservaba) e ir al baño. Bajo la ducha, trato de reponerme.

He intentado ignorarlo, pero supongo que ya no puedo. Siempre que Asier y yo acabamos solos, la tensión crece hasta abarcar todo el espacio. Y, aunque esta casa sea enorme, no sé si va a ser suficiente para impedir que cometa una estupidez.

Al menos, por mi parte. Quizás para él no sea para tanto. Quizás solo esté jugando con esta química explosiva.

Y yo no puedo jugar con algo tan importante como mi puesto de trabajo. No sin estar segura de lo que puedo esperar de Asier.

15

Olivia

NO DEJO DE RECORDARME ESO CUANDO, más tarde, los dos trabajamos en el documento que escribió en base a lo que dijo Seoane. Durante la corrección, me concentro en sonar fría y técnica. Asier tampoco comenta nada de lo que hemos hablado en la piscina, aunque le noto menos distante de lo normal. Incluso relajado.

Ignoro qué ha podido pasar para que cambie de actitud de ayer a hoy, pero no sé si me gusta. Hace que me sienta alerta en su presencia.

Más todavía.

—Me encanta cómo está quedando —le comento al final de la edición—. Has ordenado su caos y eliminado sus diatribas. Es muy emocionante cómo se expone, ¿no te parece? —Asier asiente—. Leyéndole, es decir, a través de ti, se nota lo solo que se ha sentido siempre.

—No es tanto que se haya sentido solo —matiza Asier—, sino que da la sensación de que echa de menos algunas relaciones que tenía antes. Las que no tenían un interés oculto detrás. Genuinas.

—Como la que tenía con su padre y con su hermano de pequeño —completo—. O con su primer perro, al que cuidaba y rescató por su cuenta.

—Exacto.

Miro otra vez a la pantalla y esbozo una sonrisa.

—A la gente le va a encantar.

Solo hace falta saber si el que firmará esas páginas piensa lo mismo que nosotros.

Los dos tenemos que esperar hasta las cinco y media para averiguarlo. Es cuando Seoane está por fin disponible y puede leer el capítulo entero. Eso sí, en su defensa, lo hace en cuanto baja las escaleras.

—Me flipa —asegura al terminar—. ¿Pueden ser todos los capítulos así?

—¿No quieres cambiar nada? —le pregunto con extrañeza—. ¿Seguro?

Lo normal es que los *influencers* tengan pegas con ciertos aspectos de sus libros, nimios o gigantescos, por mucho que, como en este caso, el escritor fantasma tenga talento.

—No quiero cambiar nada: lo estropearía. —Se pasa un dedo por la cicatriz hasta llegar al mentón—. Cada capítulo, un tema, ¿no? Asier, puedo decirte qué querría tratar, igual que ayer. Con unas cuantas horas que echemos hoy, ¿podrías tener ya material para escribirlo entero?

—Una gran parte —responde el otro—. Escribo los capítulos seguidos, Olivia los corrige y luego les echas un vistazo. Así trabajaríamos más rápido.

—Faltarían las fotografías y dibujos —añade Seoane.

—Así es —confirmo—. ¿Le has podido echar un vistazo al correo que te envíe con los ilustradores?

—De esos me gustan tres. También tengo un seguidor que lleva haciéndome *fanarts* desde el principio, es muy bueno. Me gustaría incluirlo como agradecimiento. —Le digo que sí enseguida—. Y, respecto a las fotos, me gustaría que me las hiciera Uve.

A la vez, los tres nos damos la vuelta para mirarlo. Estamos en los sofás, mientras que, en la cocina, Uve da buena cuenta de uno de los *tuppers* de su amada Neus.

Asier y yo hemos comido con Elsa hace horas, pero creo que el *tiktoker* acaba de despertarse de la siesta. Se gira hacia Seoane con el pelo sujeto en lo alto por una goma y los ojos entrecerrados de sueño.

–¿Quieres que te haga fotos? ¡Por mí encantado, *king*!

–¿Uve? –me extraño–. ¿Por qué él?

–*Baby*, tengo muchos talentos ocultos, y uno de ellos es que soy un grandísimo fotógrafo –me asegura, alegre y confiado–. ¿Verdad que sí, *bro*?

No entiendo por qué se lo pregunta a Asier. Sin embargo, mi escritor enseguida le da la razón con un asentimiento.

–Vale, pues entonces que te las haga Uve –concluyo, todavía algo confusa–. Puede hacértelas dentro de casa, si te parece bien. Podría salir Elsa. Y él mismo. Así todo parecería más cercano. A tus seguidores les encanta que compartas esas partes de tu vida que no sueles mostrar.

–¡Qué buena idea, *baby*! –Uve alza el teléfono y nos saca una foto de repente–. *Cool*, ya tenemos la primera.

–Asier y yo no podemos salir –le recuerdo con paciencia–. Nuestro trabajo en el libro de Seoane debe ser invisible. Si salimos en cualquier foto o vídeo con él, la gente sacaría conclusiones. Eso incluye lo que compartís cualquiera de los tres en vuestras redes. El resto del mundo no debe saber que estamos aquí.

–*Ok, baby, relax.* –Uve pulsa varias veces su pantalla–. Ya está, borrada.

De pronto, el móvil de Asier suelta un pitido. Aunque me mira y se tensa, no parece interesado en comprobar el mensaje. En su lugar, se gira hacia Seoane.

—Bien, ya tenemos fotógrafo. Si te parece, mientras Olivia contacta con los ilustradores, puedes seguir contándome lo que quieres que salga en el libro. ¿Tienes tiempo?

—Tengo un directo por la noche. Podemos subir y hablamos hasta entonces.

Los dos se levantan con el portátil y se dirigen hacia su cuarto, inmersos en la conversación (e ignorándome de paso). Es cierto que, hasta que Asier no haya escrito nada más, no tiene sentido que esté con ellos (no tengo material en el que trabajar), pero eso no impide que de repente me sienta algo sola.

—Oye, *baby*. —Me vuelvo hacia Uve—. ¿Qué rollo te traes con el escritor?

Aunque me arden las mejillas, trato de sonar indiferente.

—¿Y tú? ¿Qué rollo te traes con tu *princesa*?

La sorpresa le dura un segundo. Lo que tarda en reponerse y soltar una carcajada.

—Ninguno, así que fatal. Escucha, podemos hacer una cosa. Si no nos va bien en el amor, ¿nos enrollamos tú y yo?

—Voy a fingir que no te he oído —contesto mientras me pongo en pie—. Estaré trabajando en mi habitación, por si ves que alguno de ellos baja y me necesita.

—¡Pero yo te necesito...!

Empiezo a entender que en realidad no es nada personal: a Uve le gusta jugar así con la gente. En un día escaso he comprobado cómo hacía lo mismo con el resto de habitantes de la casa. Por lo menos, en eso me siento como una más y no apartada.

En mi cuarto, trabajo durante dos horas seguidas hasta que la cabeza empieza a llevarme a escenarios que no tienen nada que ver con manuscritos, informes de lectura y anuncios de novedades.

Me imagino a Seoane y Asier en la habitación del primero, rodeados de caos, basura y electrónica cara. A Seoane abriéndole su corazón a un desconocido, por no sé todavía qué razón, y a Asier concentrado en poner orden a recuerdos y opiniones que no son los suyos.

No conozco a ninguno de los dos tanto como me gustaría, pero veo con más claridad qué necesita Seoane. He leído sus pensamientos y recuerdos. En el fondo, y a pesar de las (muchísimas) diferencias, me veo un poco en él.

Necesita a alguien que lo cuide y que a su vez tenga que cuidar, que le obligue a salir de su burbuja de trabajo sin horarios, que le empuje a mirar más por él mismo. Una relación genuina.

Respecto a Asier, ojalá supiera qué necesita.

Y ojalá ese algo fuera yo.

Es un pensamiento que debería apartar de mi mente, porque es inútil darle vueltas. En cualquier caso, tiene poder suficiente para empujarme a desbloquear el móvil y abrir esa maldita aplicación del demonio.

Debe haber poca (o ninguna) gente en las proximidades, porque la primera cuenta que me sale en Tinder es la suya. Me recreo en sus fotos durante un buen rato, releo su biografía diez veces, mientras medito si deslizar o no a la derecha. Al final, acabo saliendo de la aplicación.

Lanzo el móvil sobre la cama. Lo observo de lejos. Me muerdo las uñas. Me levanto y vuelvo a cogerlo.

Al entrar de nuevo, ya no me aparece Asier. Al menos, no de primeras. En su lugar, una camada de cachorros color canela me observa desde el otro lado de la pantalla. Son tan adorables que durante un segundo hacen que me olvide de voces graves y pectorales esculturales.

Es al leer la biografía que acompaña el perfil de los perretes cuando se me ocurre LA IDEA. Es posible que al final haya encontrado lo que Seoane necesita.

Sin titubear, deslizo a la derecha. Diez minutos después, la aplicación me anuncia que he hecho *match*.

Nunca me había alegrado tanto de recibir uno en toda mi vida.

16

Asier

OLIVIA ES COMO UN GOLDEN RETRIEVER.

Es la conclusión que saco dos días después, al verla plantada en el salón con uno pequeño en brazos, tan sonriente como el cachorro.

Es difícil decidir cuál de los dos es más adorable.

—¿Qué cojones haces con eso? —le pregunto.

—¡Es más mono en persona que en foto! —exclama Elsa.

—Si se caga en el suelo, no lo pienso limpiar yo —gruñe Uve.

Olivia se lo pasa a Elsa para poder quitarse la capucha y el abrigo lleno de nieve.

—Antes de ayer lo descubrí en Tinder —me responde mientras tanto—. Bueno, la descubrí. Es una perrita, mezcla de golden con mastín. Habían adoptado a todos sus hermanos, pero alguien se arrepintió con ella. Los dueños buscaban desesperadamente una buena casa, algún sitio cercano con gente que no viaje demasiado. Gente de fiar. —Ya sin abrigo, se sienta en el sofá contiguo al mío y observa cómo Elsa le enseña la cocina a la recién llegada—. Todo está en regla, lo he comprobado. Solo tendrán que inscribirla en el veterinario como suya cuando pase la ola de nieve.

–Todo eso está muy bien –murmuro–. Pero ¿por qué has decidido regalársela?

–Sabía por el primer capítulo que escribiste del encargo que Seoane soñaba con tener un perro, así que ayer hablé con Elsa y Uve; les pareció una grandísima idea –me contesta al mismo volumen–. Bueno, más a Elsa que a Uve, pero usé los argumentos correctos con él.

Mi estómago da un vuelco.

–¿Qué argumentos?

Se encoge de hombros.

–Le di lo que más les gusta a los hombres. –Hace una pausa que aumenta mi inquietud–. ¿Qué va a ser, bobo? La razón.

Aunque me relajo un poco, no me da tiempo a indagar más. Seoane aparece en escena y, por su cara de sorpresa, era el único de la casa junto conmigo que no sabía nada de esto.

–¿Qué hace un perro aquí?

–¡Es hembra! ¡Olivia nos ha ayudado a adoptarla! –sonríe Elsa. Uve está tratando de quitársela de los brazos mientras ella se resiste–. ¿Recuerdas que hablamos de animarnos con uno? Pues tu editora ha necesitado cinco minutos con el dueño para que le dijera que sí.

Conociéndola, es normal; solo hay que ver a Olivia para saber que se le puede confiar un maletín de dinero y lo devolverá con más todavía.

–Pero ¿es para nosotros? –Seoane arquea una ceja–. ¿Se va a quedar?

–Claro, *king*. Olivia ha puesto su vida en peligro por algo.

–Tampoco te pases –reprende Elsa a Uve–. La camada era del vecino que vive al lado. Martín, el rubio ese, ¿sabes quién te digo?

Seoane tarda en procesar la información. Al contrario de lo que esperaba, en cuanto lo hace, parece entusiasmarle la llegada del animal más que a nadie. Con cuidado, empieza a acariciar a la golden, que le lame los dedos en respuesta. Se echa a reír en voz baja y a hablarle como si fuera un bebé con cociente cero.

—Eso sí: para que os la quedéis, hay una serie de normas que tenéis que cumplir —se pronuncia Olivia—. Es un ser vivo, así que no podéis maltratarla con vuestros desastrosos hábitos alimenticios.

Al ver cómo se levanta del sofá con los brazos en jarras y el rostro serio vuelto hacia los tres, comienzo a imaginar qué pretende.

—Esta casa tiene que ser habitable, no solo cuando venga Neus a limpiaros. Vuestras habitaciones también. No podéis dejar comida tirada por ahí. Y tenéis que sacarla a pasear tres veces al día. Según me han dicho, ya está vacunada y es mayorcita para hacerlo desde hoy mismo. —Rodea el sofá hasta plantarse delante de Seoane—. Yo te ayudaré con tu cuarto. En el pueblo, mi familia ha tenido perros toda la vida, mínimo tres en casa. Te explicaré todo lo que necesitas saber.

—Se supone que también es suya —se queja Seoane con voz trémula, señalando a sus compañeros con la cabeza.

Por primera vez, quien le intimida es Olivia y no yo. Me recuesto en el sofá y, divertido, sigo observando el espectáculo en silencio.

Ignoraba que mi editora pudiera hacer tan bien de sargento, pero es extrañamente placentero.

—De los tres, tú eres del que más me fío, así que le dije a Martín que serías su principal responsable —afirma Olivia con rotundidad—. Además, Uve y Elsa suelen viajar más que tú. ¿Qué ocurre? ¿Crees que no serás capaz?

Seoane observa al cachorro. Tras un segundo, cabecea.

—Una vez tuve uno —responde—. También era yo el que le cuidaba.

No parece que Seoane se acuerde de que es algo que me ha contado y que Olivia ha editado y corregido como, por ahora, capítulo cinco. En cualquier caso, la decisión está tomada. Mientras Uve y Elsa juegan con la perra (y barajan una decena de nombres horrendos), Olivia reúne un montón de productos de limpieza, bolsas de basura y una escoba.

—¿Te parece que empecemos por arriba?

Tampoco es que Seoane tenga muchas más opciones, porque ella ya está subiendo las escaleras. Aun así, me lanza una mirada desesperada en busca de ayuda.

—Os acompaño —es mi respuesta. Le doy un toque en el hombro al llegar a él y le empujo con suavidad para que vaya detrás de Olivia.

Nos espera justo enfrente de la habitación, porque Seoane ha decidido cerrarla con llave.

Ya he visto cómo Uve y Elsa hacen lo mismo cada vez que salen de sus respectivos cuartos. Todavía no tengo muy claro por qué razón lo hacen, pero da la sensación de ser un rollo psicológico. O bien alguno de ellos tiene tendencias cleptómanas.

Tampoco me extrañaría. Estos chicos tienen mucha mierda encima. Metafórica y literal.

—Toda la basura, aquí dentro —empieza a dar órdenes Olivia—. Por cierto, he dejado en el garaje todo lo que me han dado para ella: pienso, protectores para la nieve, juguetes... Os durará unas semanas, así que para entonces ya habrá pasado de sobra la tormenta y podréis comprarle más cosas. Te dejaré una lista. ¿Qué es eso? Ugh, tíralo. Imagínate si la pobre perrita se lo come cuando esté por aquí contigo. ¡Eso también!

En otras circunstancias, me hubiera negado a ayudar a adecentar el cuarto de un niño rico, pero la situación es esta: Seoane me está empezando a caer bien, Olivia está decidida a ayudarle y yo no soy un cretino.

Aunque me cuesta relacionarme con los demás, la mayoría de las veces es porque la mitad del mundo es gilipollas. Los habitantes de esta casa pueden llegar a serlo a veces, pero en conjunto son buena gente. Diría que «al margen de sus rarezas», solo que creo que es debido a ellas que no me afecta decirles lo que pienso o actuar como quiero.

Sorprendentemente, es con Olivia con la que ahora voy con más cuidado. Después de observarla durante más tiempo (y, en especial, tras nuestro encuentro en la piscina), he llegado a la conclusión de que le gusto. O, al menos, no le resulto tan indiferente como finge a todas horas.

A la vez, es imposible saber qué piensa respecto a nosotros dos. Cuando la conocí, me dije a mí mismo que era tan expresiva y transparente que resultaba fácil adivinar lo que sentía.

Ja. Ojalá el Asier de ese momento viniera a echarme una mano.

Como en este instante, cuando la he agarrado del brazo para que no se tropezara con una pila de cajas y ella ha saltado como un conejo asustado en cuanto la he tocado.

—Te ibas a hundir en eso. —Le señalo lo que he bautizado como *Villacartón*—. ¿Estás bien?

—¡Perfectamente! —Se aleja enseguida de mí y llama a Seoane—. ¿Eso son todos los paquetes que te envían de colaboraciones?

–Sí, siempre me olvido de bajar los cartones después de los *unboxing* en directo...

–Los aprovecharemos para la cachorra –le corta Olivia–. Cuando terminemos con esto, le damos un paseo tú y yo, ¿qué te parece?

Seoane accede sin dudar. Le entiendo. Con ese tono, es imposible negarle nada a Olivia.

Durante la siguiente hora, convertimos la sala en un lugar habitable. Al menos, para un perro. En esos sesenta minutos, intento acercarme a Olivia todas las veces que tengo ocasión, pero ella finge no verme o bien escapa como un cervatillo atemorizado. Tiro la toalla cuando bajamos las escaleras y les veo preparar al animal para marcharse, obviando mi presencia.

Lo que dije o hice en la piscina la asustó. Y no soy un kamikaze, sé cuándo retirarme.

Solo que se me hace difícil al ver cómo, ya en la puerta, me mira con ojos brillantes y me pide que me acerque a ella con un gesto de la mano.

–Gracias por ayudarme –susurra–. Traerla fue una decisión arriesgada, pero me parece que es lo que Seoane necesita.

Lo que yo necesito es más fácil, Olivia: terminar el puto encargo y que quedes conmigo.

–Sí, le vendrá bien –asevero–. ¿Entonces os vais? ¿No es un poco peligroso?

–Mejor ahora que de noche. Ella está acostumbrada a salir, será solo un rato. Esta tarde tengo una reunión, así que volveremos a tiempo. Tranquilo, podremos trabajar antes y después. –Se sube el abrigo hasta arriba y se balancea sobre los pies–. Por cierto, sobre eso... Aunque el temporal ha amainado un poco, la mayoría de las carreteras siguen cortadas. Carol insiste en que nos quedemos hasta terminar el grueso del libro. Con este ritmo de trabajo, tal vez nos queden cuatro días. A Uve, Elsa y Seoane no les importa. ¿Qué opinas? ¿Te parece bien?

Fue lo mismo que me dijo en aquella reunión. De nuevo, aunque lo que opine no importe realmente, Olivia quiere escuchar lo que pienso.

Observo su rostro. Las cejas alzadas, la nariz roja por el frío, la boca entreabierta. Esa boca que es como un jodido imán para mis ojos.

Cuatro días.

Serían cuatro días en los que tenerla cerca y, a la vez, demasiado lejos. Cuatro días de completa tortura. Cuatro días de querer y no poder, sin saber siquiera si el trabajo es un impedimento o una excusa.

Y, quizás, cuatro días para convencerla de apostar por mí.

–Tú mandas –contesto con voz queda–. Quiero que hagamos lo que tú quieras hacer. Sea lo que sea, estará bien.

Me regala una amplia sonrisa de las suyas. La genuina.

Hacía tiempo que no la veía. Por un segundo, me dejo llevar por la fantasía y pienso que, en realidad, es porque es solo para mí.

Igual que el abrazo que me da justo después.

Me ha pillado tan de improviso como el primer día en esta maldita casa, pero esta vez no me corto al estrecharla contra mí.

Su mejilla está templada, su cuerpo, cálido, y ella huele a champú de melocotón, igual que cuando dormimos juntos.

Dios, ojalá alguien la dejase sin cama otra vez.

–Eh, *bro*, que se van a pasear, no a la guerra.

Suelto a Olivia y le dedico un corte de mangas a Uve. Y, ya que me ha tocado los cojones, espero que al menos nos haya sacado una buena foto.

Seoane y Olivia se marchan con la perra, bautizada como Fulgencia, el mismo nombre ridículo que el temporal que sufrimos. Los veo alejarse desde la ventana del salón y, cuando sus siluetas han desaparecido entre la nieve, decido encerrarme en mi habitación. Mi jefa acaba de irse, así que ¿qué más da si me doy un pequeño descanso?

Aprovecho el gimnasio, nado en la piscina y después me tiro en la cama a leer la última novela de *Nacidos de la Bruma*. El tiempo pasa sin que me dé cuenta. Cuando falta una hora para que caiga el sol, me pongo en pie.

Quizás Olivia haya terminado su reunión y pueda molestarla un poco. Es decir, hablar con ella. En realidad, cualquier cosa serviría si puedo verla.

Joder, ¿cuándo he empezado a sonar tan necesitado?

Pero antes cojo mi móvil y compruebo las notificaciones. Lo primero que me llama la atención son tres llamadas perdidas. El nombre de Carol me inquieta, aunque más el mensaje que me ha mandado hace media hora.

Hola, Asier, ¿todo bien por allí? Según Olivia sí, pero estaría bien conocer tus impresiones. Te escribo porque tu editora no ha aparecido en la reunión que tenía con una autora y tampoco contesta al teléfono de empresa. ¿Estáis reunidos con Seoane? Si es así, no hay problema, pero debería avisar. Contéstame. Si no es demasiada molestia para ti, claro...

Ignoro al demonio y me dirijo al cuarto de Olivia. Me lo encuentro vacío. Luego reviso el gimnasio, la piscina y la habitación de Uve, donde el tío está tirado en la cama escuchando música con sus cascos de orejas de gato. Mientras tanto, la llamo al móvil; sale apagado o fuera de cobertura.

Cruzo el salón en completa oscuridad y, cuando subo las escaleras, ya estoy corriendo. Intento abrir la puerta de Seoane. Al contrario que la de Uve, la suya está cerrada con llave. La aporreo hasta que Elsa, al otro lado del pasillo, abre la suya de golpe.

—¡¿Qué escándalo es este?! ¡Hostias, que estoy grabando el pódcast!

—¿Has visto a...?

Suena una vuelta de llave y la puerta frente a mí se abre. Seoane me contempla con el ceño fruncido y Fulgencia mordiendo algo entre sus pies.

—¿Dónde está Olivia? —pregunto con rapidez.

—En casa —me responde. Parece tranquilo, lo cual me altera todavía más.

—No es verdad, a menos que esté contigo. —Me asomo a su cuarto y él trastabilla hacia atrás—. ¿Cuándo volvisteis?

—Hace tres horas o así. —Hace una pausa. De repente, esboza una mueca de preocupación—. Bueno, volví yo. Ella me dijo que quería seguir paseando un rato más y...

—Hay una DANA de la hostia —gruño—. ¿Volviste y la dejaste sola en medio del monte?

Seoane palidece y empieza a tartamudear.

—¡E-era ella la que q-quería seguir caminando! ¡No iba a obligarla a venir conmigo!

—Genial. Vosotros seguid con vuestros putos directos de mierda. —Señalo con el índice a Elsa, que se ha quedado parada en medio del corredor–. Ni se os ocurra moveros de aquí. Si aparece o da señales de vida, llamadme inmediatamente.

–¿Qué vas a hacer tú?

–Voy a salir a buscarla. –Me dirijo a las escaleras–. Y, como no la encuentre, os juro que convertiré esta casa en el puñetero escenario de *Psicosis*.

17

Olivia

TENGO MUCHÍSIMO FRÍO. Y la culpable soy yo, por imbécil.
Me apoyo en un árbol, la nieve hasta las rodillas, y cierro
los ojos. Intento recordar una vez más las lecciones de super-
vivencia que he escuchado en esos programas de televisión
canadiense protagonizados por leñadores obsesionados con
el apocalipsis, pero solo rescato ideas absurdas que no puedo
llevar a cabo. Por ejemplo, el modo correcto de abrir pescado con dos ramas y la mejor forma de disuadir a un oso
negro de atacarte.

¡¿Aquí habrá osos?!

No, deben estar en lo alto de la montaña. Y allí no
pienso subir. En teoría sería una buena manera de encontrar el camino de vuelta a casa: ascender lo suficiente (una
montaña, una pared de rocas o un árbol, lo mismo da)
hasta obtener una vista del paisaje, de los tejados de las casas o de la carretera, cualquier cosa que me diera una pista
de dónde estoy y adónde puedo ir. Obviamente, en mi
cóctel de mala suerte se decidió que naciera con un vértigo
capaz de dejar k.o. a un aspirante a piloto de combate, así
que esa opción ni la contemplo.

La única posibilidad de sobrevivir reside en que la dirección hacia donde camino sea la correcta. Basándome única-

mente en mi experiencia de éxito en la vida, lo más probable es que me esté dirigiendo hacia una madriguera de zorros antropófagos contagiados con la rabia, la cabaña de un psicópata adicto a las hachas o un precipicio lleno de piedras afiladas.

Ojalá me encuentre al psicópata; al menos, con él podría parlamentar.

Aunque quien en realidad querría que apareciese es Asier.

Ya lo sé: si estoy aquí es por él. No porque haya hecho nada malo (ser el objeto de mis deseos imposibles no lo es), sino porque indirectamente ha sido su existencia la que me ha empujado a decirle a Seoane que volviera solo (lo de perderme ha sido cosa mía).

Pensándolo mejor, ha sido culpa suya. De Seoane, quiero decir. Por mentirme.

Vuelvo a recordar el momento en que salimos de casa. En el que, aprovechando el amor de Fulgencia por la nieve y sus patitas protegidas por patucos, hemos decidido aventurarnos en el bosque. Ese instante en el que, tras una conversación agradable, he querido encontrar respuesta a una de las preguntas que tanto Asier como yo nos hemos hecho desde hace días.

—¿Por qué le pediste a Rapla que tu escritor fantasma fuera Asier?

Así, sin vaselina. Me sentía valiente.

Él no lo parecía tanto. De hecho, se cerró como una concha. Sé que le gusta más trabajar con Asier que conmigo, que su mejor amiga (¿o *crush* platónico?) es Elsa y que se trae un rollito raro con Uve, pero creía que al menos me lo había ganado. A menudo es más fácil confesarse con un desconocido que con alguien a quien ves todos los días.

Además, le he conseguido una perrita preciosa. ¿Dónde están mis puntos?

—Sousas y Korret sacaron libro —terminó respondiendo, y empezó a acariciarse la cicatriz mientras hablaba—. Los leí porque son colegas, pero al final me parecieron muy buenos. Les pregunté cómo lo habían hecho y me hablaron de Asier. Pensé que, si yo también publicaba uno, quería que fuese algo más que un producto de *merchandising*. Así que fue mi única exigencia para Rapla.

He crecido en una familia enorme. Era el último mono, una *nerd* retraída rodeada de hermanas de metro ochenta y cinco, pelirrojas, avasalladoras y generadoras de hijos. Me han hecho tía de ocho demonios hiperactivos. Reconozco a la perfección cuándo un mal mentiroso oculta la verdad. Sobre todo, en el momento en que pretende cambiar de tema al instante siguiente.

—¿Y tú cuándo decidiste hacerte editora?

—Oye, Seoane... No quiero ser indiscreta, pero ¿por qué no quieres decírmelo? —insistí con voz suave—. Ahora que te conozco un poco más, no creo que le quisieras solo por eso. Abrirte, contarle tantas cosas sobre tu vida a un desconocido como Asier no debe ser fácil. ¿Seguro que no hay ninguna otra razón? —Titubeé antes de contestar—. ¿Le conocías de antes?

Despacio, Seoane negó con la cabeza.

—Pero, aun así, le has contado detalles que no le habías dicho a nadie.

Como un relámpago, se giró hacia mí.

—¿Cómo lo sabes?

—Soy su editora. Y, por extensión, la tuya. Os he leído. Y después de leer historias durante tanto tiempo, sé reconocer el material que es sincero. El de verdad. —Alargo un brazo y le acaricio el suyo, con la misma cadencia maternal que uso con mis sobrinos–. Puedes contármelo. No se lo diré. Ni a Asier ni a nadie. Es solo curiosidad. Es posible que hasta te venga bien desahogarte. Puedes confiar en mí.

Seoane se quedó observando durante un rato a Fulgencia. Había soltado bastante la correa y el animal estaba pasando la tarde de su vida correteando como una loca entre los pinos. En una de las carreras, trastabilló y Seoane corrió a por ella. De perfil, la cicatriz me resultó más evidente.

Tuvo que hacérsela en un accidente muy grave. O en una pelea bastante fea.

Con cuidado, esquivé montículos de nieve hasta acercarme a los dos.

–¿Por qué no quieres contestar?

–Te he contestado.

Me agaché para acariciar a la perra.

–¿Tiene algo que ver con tu cicatriz?

Fue un órdago. Una apuesta contra la banca. Un tiro a puerta peligroso. Y podría haberle dado al larguero.

Supe que no era así cuando me miró con los ojos rebosantes de miedo.

–¿Qué sabes?

–Nada. –Seguí acariciando a la perra, como distraída–. ¿Qué te pasó? A Asier no se lo has contado.

Seoane se puso en pie. Balbuceó algo sobre que en una hora tenía directo por un torneo de *Pokemon* y debía irse.

–Vale, no te preocupes –le dije–. Ve yendo.

–¿No vuelves conmigo? –me preguntó con voz temblorosa.

El terror seguía en sus ojos. Lo sobrepasaba hasta alcanzar todo su rostro, incluso el cuerpo. Estaba temblando.

–Pasearé un rato más –le dije. Luego esbocé una sonrisa escueta–. Siento mucho haber insistido, no tendría que haberlo hecho. Perdóname por ser pesada y olvídalo, ¿de acuerdo?

Aliviado por perderme de vista, Seoane asintió mientras tiraba de Fulgencia, que gimoteaba como un bebé. Contemplé cómo se marchaban sintiéndome una mierda y una entrometida. Después, cogí una gran bocanada de aire. La solté despacio. ¿Por qué me empeño en intentar ordenar la vida a los demás? Es la mía la que necesita reparaciones urgentes.

En aquel momento, no me apetecía volver a casa. Tendría que trabajar con Asier en el libro de Seoane hasta mi reunión. Como plan ideal tenía varios puntos flacos: la incomodidad con la persona con la que trabajo y la incomodidad con el trabajo en sí.

Y aquí estamos.

Han pasado más de cuatro horas, mi móvil ha muerto y probablemente yo corra el mismo destino muy pronto.

¿Cuántas personas se habrán perdido por Fulgencia (el temporal, no la perra)? Seguro que, si hay un *ranking* de más estúpidas, encabezo la lista.

Lo peor es que acaba de caer el sol. Y si ya hace frío, no me quiero imaginar cómo estaré cuando sea noche cerrada. A lo mejor, para entonces, alguien en la casa se da cuenta de mi ausencia. Me imagino que Seoane no lo hará, ni Uve y Elsa si están ocupados con su trabajo sin horarios fijos; pero tengo una punzada de esperanza con Asier. Al fin y al cabo, estamos en esto juntos, ¿no? Aunque es cierto que he tratado de distanciarme de él desde nuestro casi-algo en la piscina.

A excepción del abrazo.

No pude evitarlo. Cuando me contestó que lo que yo quisiese, fuese lo que fuese, estaría bien, recordé lo que es obtener la respuesta contraria. Es decir, lo que era estar con Pedro. Cómo tergiversaba nuestro día a día a su voluntad para evitarse las peores tareas, cómo le daban igual mis deseos o mi opinión sobre las decisiones que tomábamos.

Empezamos a salir muy jóvenes, y creía de verdad que mi responsabilidad era hacerle feliz sin importar nada más. Que mi objetivo era transformar su vida en la definición de «comodidad». Cuando quise darme cuenta, era más una asistenta que una novia.

Se lo dije, claro. Le solté que «si quería una madre, fuera a buscar a la suya». Y fue lo que hizo. Literalmente.

No soy idiota, sé por qué de repente he vuelto a pensar en Pedro. Es porque me pregunto, tras dos años soltera, si el problema no sería yo en lugar de él. Si con Asier sería todo de la misma forma. Si él me permitiría ser egoísta, por una vez.

Asier, venga, no dejo de llamarte mentalmente, por Dios, APARECE.

Siempre he abogado porque las heroínas se salven a sí mismas, pero no me vendría mal que me rescatara. No siento la nariz ni las orejas, mis pies insensibilizados por el frío duelen como mil demonios y estoy empezando a perder el norte. ¿Ese árbol caído no lo había visto antes? ¿Tiene la cara de ArguiNano, o estoy flipando?

—¡Asier! ¡Veeeeen! —Sí, definitivamente he perdido la cabeza—. ¡Voy a llamarte también en voz alta, no solo con la mente! ¡Asieeeeeer!

Confirmo mi ida de olla cuando escucho un grito en respuesta. Aunque suena muy lejano, estoy segura de que es él.

¿Cómo? No tengo la menor idea. Solo lo sé.

Me pongo nerviosa, empiezo a caminar sin saber bien si lo hago hacia el lugar desde el cual provenía la voz. Vuelvo a gritar y la respuesta parece sonar todavía más lejos.

—¡Asier!

—¡... quieta!

Ha dicho más palabras, pero solo he pillado esa. Obedezco, me planto en el sitio y espero.

Pasan cinco minutos y vuelvo a ponerme histérica. Ya no hay luz, y con el móvil muerto tampoco tengo posibilidad de alumbrarme. Si no viene pronto, voy a morir.

¿Dramática yo? Qué va, apenas. Solo un poco más de lo habitual.

Puede que mucho más, porque de repente tengo unas irrefrenables ganas de echarme a llorar. El viento sopla, helado, y aunque el temporal nos había dado un corto respiro, siento cómo unos cuantos copos caen y se posan en mi rostro. ¿Lo de mis mejillas es nieve derretida o lágrimas frías?

—A-Asier...

Ya no queda nada del grito. Se ha transformado en un lamento patético. Desanimada, caigo de rodillas contra el suelo nevado. Al segundo, me llamo a mí misma estúpida y me obligo a volver a ponerme en pie. Esconderme entre la nieve y los arbustos no le va a facilitar a Asier la tarea de encontrarme.

Aunque puede que me haya imaginado su voz. Puede que de verdad esté loca.

Mi mente, agotada por el frío y la soledad, empieza a sobrepensar a una velocidad de vértigo. A imaginarse mil escenarios.

Me digo que, si volviera atrás, me daría igual lo que pensasen en Rapla. Mandaría a Carol y sus normas a tomar viento. Buscaría a Lidia para comprobar si realmente fue tan malo su descenso a los infiernos, si mereció la pena el ostracismo al que la sometieron por el lío con esa autora. Le preguntaría si ahora, esté donde esté, es feliz. Y, desde luego, habría besado a Asier.

¿Cuándo? Es igual, lo importante es que lo habría hecho múltiples veces.

No cambio de idea al ver de lejos la luz de una linterna. Ya sé que me ha dicho que no me moviera, pero quiero hacer lo que me dé la gana. Quiero ser egoísta. Por una vez. Por una vez...

Corro, con toda probabilidad de la forma más ridícula posible (es complicado hacerlo de otra manera a través de toneladas de nieve), y, al llegar a él, trato de echarle los brazos temblorosos al cuello. Solo que, en lugar del beso épico que anticipaba, lo que consigo es casi caerme sobre sus botas. Le da tiempo a recogerme porque lo hago a cámara lenta. Derrotada, me quedo a medias de pie, a medias en cuclillas.

—Arriba, vamos —me ordena. Suena ahogado, como si él también hubiera estado corriendo—. ¡¿En qué estabas pensando?!

En que te besaría.

—¿A-ahora o... ant-tes? —boqueo.

—Ven aquí. —Me alza con un solo brazo y utiliza la linterna para inspeccionarme el cuerpo—. ¿Te has hecho daño?

—N-no. —Gimoteo cuando me palpa los brazos—. No sé.

—¿Puedes caminar?

—T-tengo mucho fr-frío.

Sé que no es la respuesta correcta ni la más coherente, pero mi mente está demasiado ocupada con imágenes de mantas eléctricas y baños de burbujas que duran tres horas.

—Estás congelada —constata al tocarme la cara. Sus dedos están calientes y suelto un gemido de placer del que (seguro) me avergonzaré más adelante—. Estarás al borde de la hipotermia. ¿Qué es este abrigo? —Antes de que tenga oportunidad de defender mi elección de vestuario, se quita la mochila que lleva a los hombros—. Joder, está tieso. Quítatelo. Vamos, date prisa.

Con los brazos agarrotados, obedezco lenta. Me he empapado tanto con la nieve que ha calado hasta la ropa de debajo. Asier acaba ayudándome a sacar mis extremidades de las mangas. Es absurdo sentir pudor en estas circunstancias, pero intento taparme cuando me deja en sujetador.

Por suerte, tampoco le da tiempo a mirarme. Se quita él mismo el abrigo y me coloca lo que lleva debajo, un jersey de lana de cuello alto y, ahí está, su *bomber*. Siento la pesadez de la ropa envolviendo mi cuerpo, igual que su olor. A limpio, a calor, a colonia de hombre, a Asier. *¿A casa?*

Mientras deliro por el efecto de las feromonas, él se pone otro jersey y vuelve a ponerse su abrigo, guarda el mío en la mochila y saca una bufanda y un gorro del bolsillo delantero. Me los pone con rapidez, casi brusco, hasta que lo primero me cubre la nariz y lo segundo, las cejas, aplastando el pelo del flequillo contra mis pestañas congeladas.

—Si te q-quedas así, tú... —balbuceo—. T-te vas a hipotermiar tú.

—Esa palabra no existe. Y estoy bien. Además, no dará tiempo, volvemos ya.

—¿A-adónde?

—¿Adónde va a ser? A casa. Trae.

Me coge de la mano, escondida bajo la manga de su chaqueta, y tira de mí con suavidad. Apenas siento los dedos, así que es una sensación extraña. Como si en realidad estuviera hecha de aire y Asier me diera forma al contenerme.

¿Qué digo? Habla, Olivia, mueve la lengua, antes de dormirte, ¡despierta!

—¿E-estás enfa-fadado? —tartamudeo.

—No, no estoy enfadado —refunfuña. Cambia rápidamente de idea—: Sí lo estoy. Pero no contigo.

—No ha s-sido culpa d-de Seoane —consigo pronunciar.

—Ya lo sé, tampoco estoy enfadado con él. —Hace una pausa—. Lo estoy conmigo.

Todo es oscuridad, excepto por el camino que alumbra Asier con la linterna del móvil, comprobando cada poco el mapa de la pantalla. Mueve la luz de forma compulsiva. Aquí, allá. Yo solo veo nieve y ramas tenebrosas dignas de una película con impulsivos adolescentes perseguidos por un asesino en serie. Suelen morir primero los que más follan, así que por ahora estoy a salvo.

—¿P-por qué estás e-enfadado? —insisto.

—Mejor no te respondo. ¿Sigues teniendo frío?

—S-sí —se me traba la lengua y Asier se detiene—. ¿Qué p-pasa?

Se las apaña para abrir la mochila con la mano de la linterna. La otra se resiste a soltar la mía. Al final consigue sacar un termo, que me ofrece. Tiene que abrírmelo porque soy incapaz de hacerlo, incluso ahora que mis dedos están menos congelados gracias a los suyos.

—Es uno de esos batidos de proteínas de cacao de Uve. Lo he calentado. —Pone cara de lástima—. Supongo que no sabrá muy bien.

Es pura ambrosía. Casi me lo bebo de un trago, hasta que Asier tiene que quitármelo de las manos.

–Poco a poco, fiera. –Un haz de la linterna se escapa y me deja ver el retazo de una sonrisa ladeada–. ¿Mejor?

Asiento con la cabeza.

–¿Cómo me has e-encontrado?

Se encoge de hombros antes de volver a tirar de mi mano.

–Eres una chica con suerte.

Seguimos caminando, contemplo su espalda frente a mí y me digo que sí. Supongo que, en el fondo, sí lo soy.

–He disc-cutido con Seoane –sigo hablando–. O algo a-así.

–¿Y eso?

–P-por ti. –No se para esta vez, pero sí me observa con curiosidad por encima del hombro–. Creo que e-está ena-morado de t-ti.

–¿Seguro que no te has dado un golpe en la cabeza con alguna rama?

–¿No lo cr-crees posible? ¿Por f-falta de autoestima o p-por humildad?

–Porque no está enamorado de mí –contesta en bajo–. Lo estuvo, pero no de mí.

–¿T-te lo ha contado? –Mi voz no debería sonar tan las-timera–. A mí no m-me ha dicho nada.

–No me lo ha dicho, pero lo he intuido. ¿No te parece que esos tres tienen una relación un poco rara?

–Son r-raros –asevero–. ¿Crees que e-están liados en plan trío? M-menudo culebrón...

–Creo que se sienten solos. Y creo que Seoane, el que más. –Vuelve a echarme un vistazo–. ¿Por qué has dedu-cido eso?

–Me p-parece que no le caigo bien –hipo.

–¿Y? ¿Qué pasa, no estás acostumbrada?

–La verdad es que n-no. –La carcajada de Asier reverbera entre los árboles–. Soy adorable, admítelo.

Le oigo reírse entre dientes.

–Lo admito.

–Solo me odian d-dos personas en el mundo –añado–. Carol. Tú.

El silencio que sigue después me hace más daño que la nieve congelada en mis zapatos.

–Yo no te odio, Olivia.

Lo dice con suavidad, como si estuviera explicándoselo a una niña pequeña.

–Yo tampoco te odio –acabo por decir sin que me castañeteen los dientes.

La luz me deja ver otra sonrisa.

–Más te vale. Me estoy congelando el culo para rescatarte.

–Mi héroe.

–Pues sí.

Cuando empiezo a reconocer el sendero que Seoane y yo tomamos al principio y se vislumbra de lejos la luz de un chalé, me emociono. Tanto que algo en mí hace clic y me echo a llorar.

Al escuchar mis hipidos, Asier se da la vuelta y aprieta la mandíbula.

–¿Qué te pasa? –pregunta con cuidado–. ¿Te duele algo?

–Sí, no; ni yo lo sé –balbuceo–. Perdona, no sé qué me pasa, estoy más dramática que de costumbre...

–Debes estar sufriendo una hipotermia; al menos, una leve –murmura él. Tira de mí hasta que acabo a su lado. Se da prisa al introducir nuestras manos unidas en el bolsillo de su abrigo–. La hipersensibilidad es uno de los síntomas. Aparte del bajo ritmo cardiaco, la respiración, la bajada de temperatura corporal... Intenta tranquilizarte. Enseguida llegamos. Por muchas ganas que tengas de una buena ducha, no es lo recomendable. Lo mejor es que te calientes poco a poco bajo las mantas y que mantengas la calma en todo momento. Estarás bien.

Parpadeo con las pestañas todavía húmedas.

—¿Cómo sabes t-todo eso?

Parece que le cuesta contestar. No lo entiendo, y menos cuando al final lo hace. No parece que haya nada raro detrás de:

—Mi madre es enfermera.

—¿En serio? Debe ser genial.

Asier se encoge de hombros.

—No creas.

—¿Y de qué especialidad es? ¿Trabaja en urgencias o algo así?

—En psiquiatría. Pero ha atendido muchas hipotermias en casa. —Noto que duda antes de añadir—: Mi hermano me convencía siempre para escaparnos y deambular durante horas por el campo donde trabajaba mi padre.

Quiero preguntarle más al respecto, pero, al ver su expresión reservada, decido no hacerlo. Insistirle antes a Seoane no ha salido bien. Dejaré que Asier me cuente lo que considere cuando confíe en mí. Por ahora, me conformo con caminar pegada a él, nuestros dedos entrelazados en su bolsillo.

18

Olivia

AL LLEGAR A CASA, los demás nos esperan en el salón. Me enternece verlos juntos, conversando tranquilos, lo que no suele suceder. Están apretujados en el mismo sofá con la perrita durmiendo sobre las piernas de Uve.

Es Seoane quien se levanta en cuanto nos ve aparecer, aunque Asier me empuja hacia el pasillo para que no me detenga.

—Lo sien...

—Olivia tiene que descansar —le corta—. Habláis mañana.

—No t-te preocupes —digo entre castañeteos mientras me arrastra—. Solo m-me he perdido. No es culpa t-tuya, Seoane, es mía, que soy un d-desastre.

—¡Pero lo siento!

Eso escucho, porque Asier ha girado ya la esquina del corredor y me conduce con rapidez a mi cuarto. Mis músculos agradecen la subida de temperatura del ambiente, pero sigo entumecida.

Cuando Asier me deja en el borde de la cama y me quita la bufanda y el gorro, me siento como una muñeca desmadejada.

—Quítate tú los zapatos y los pantalones —me ordena—. Y túmbate.

Un pinchazo de nervios se abre paso a través del cansancio.

—¿T-te vas a quedar aquí?

—¿Necesitas ayuda? —Niego despacio—. Entonces, no. Iré a prepararte algo caliente. Una sopa o algo parecido. Tú descansa mientras tanto. Tranquila. —Me aprieta con delicadeza el brazo—. Vas a ponerte bien.

Ay. Nunca antes he dejado que me cuiden. O, más bien, nadie se había ofrecido a hacerlo. ¿Qué dice eso de mí? ¿O de las personas que he escogido hasta ahora?

Sin darme cuenta, vuelvo a echarme a llorar. Jesús, ¿qué me pasa?

—Sient-to que hayas tenido q-que ir a por mí —consigo decir a través del llanto.

Alza una mano. Aunque titubea, acaba pasando el pulgar por mi mejilla, arrastrando la humedad con él. En contraste conmigo, sigue caliente. Soy incapaz de no cerrar los ojos con placer.

—No lo sientas —le escucho decir en un susurro—. Me alegro de haberlo hecho.

Yo también.

—Ahora vuelvo. Hazme caso, ¿eh? Y no te frotes las piernas para obtener calor. En tu estado, no es bueno para la circulación.

Con dificultad, obedezco. En su ausencia, me pongo unos pantalones de pijama y un par de calcetines tan horteras como mullidos. Supongo que tengo que quitarme la ropa que Asier me ha prestado, pero decido ser egoísta un poco más. Siguen manteniendo su calor y, confío, su olor.

Me abrazo a mí misma y es entonces cuando noto crujir algo dentro de la chaqueta. Rebusco entre los bolsillos internos hasta encontrar un trozo de papel. Espera, ¿es mi letra?

Sí, pero no solo eso. Es mi nombre, mi número, mi correo de empresa.

Es el papel que le di el día en que nos conocimos.

Aunque tengo ganas de llorar, a estas alturas debo estar deshidratada, así que solo me sale sonreír a medias. Devuelvo el papel a su lugar y decido guardar el secreto.

Puede que no signifique nada, pero quiero que sí lo haga. Quiero significar algo para él más que una hoja de contacto que siempre guarda cerca.

Quiero ser algo más que alguien para quien trabaja.

—¿No te dije que te tumbaras? —Asier se las apaña para abrir y cerrar la puerta con una bandeja—. Demos gracias a Neus por dejar caldo casero. Cuando he llegado a la cocina, lo habían calentado ellos.

—N-nuestra crianza está d-dando sus frutos —bromeo.

—Mejor tira la toalla. Mientras estábamos fuera, han roto el lavavajillas.

—¡¿En serio?! ¿Cómo?

—Han seguido un tutorial de TikTok. Mi primer paso para educarlos sería desinstalarles esa red demoniaca. —Deja la bandeja en la mesilla y frunce el ceño—. Olivia, no voy a volver a repetirlo: sé buena y métete en la cama.

En mi cabeza suena una versión más sexy de esa frase, así que me echo a reír.

—¿Qué te pasa?

—Nada. —Pero no me muevo—. Oye, ¿p-por qué no tienes redes sociales? N-no importa lo mucho que las desprecies. Como autor, te ayudaría tenerlas.

—Te recuerdo que soy un escritor por encargo.

Me coge de una mano para levantarme y aparta las sábanas con la otra para obligarme a meterme entre ellas. Utilizo las pocas fuerzas que me quedan para resistir de pie, agarrada a sus dedos con una mano y apoyando la otra sobre su pecho.

—¿Y? —contraataco—. ¿Es que quieres ser solo eso?

—No, claro que no.

—¿No te gustaría publicar bajo tu propio nombre? —insisto.

—Obviamente, pero ¿en qué me va a beneficiar tener una cuenta en Instagram o donde sea?

—Permitirías que la gente te descubriera. Es importante que tu texto sea bueno, por supuesto, pero hoy en día necesitas que los demás te conozcan. —Hago una pausa—. Ganas mucho cuando se te conoce.

Asier esboza una sonrisa sardónica.

—Qué halagador.

—Lo digo en serio. —Trago saliva y le aprieto la mano, tirando de su jersey con la otra—. ¿No vas a hacerle caso a tu editora?

Se queda callado. Él baja la vista al suelo y yo me fijo en su boca.

Espero que diga algo, pero pasan los segundos y no hay respuesta. Creo que el silencio es su manera de contestar cuando noto que intenta soltarme la mano.

Necesito que me responda, así que le retengo.

—Asier, sé que el mundo editorial no te ha tratado bien. Créeme cuando te digo que la más frustrada soy yo: ojalá tuviera el poder suficiente para ofrecerte ahora mismo el mejor contrato posible y publicarte como mereces. He leído lo que has escrito para Seoane. Eres muy bueno.

–Pero tengo que pasar por el aro, ¿no? Hacerme redes sociales, lamerle el culo a editores y agentes hasta que alguno me dé una oportunidad, porque escribir bien no basta.

–Pues sí –contesto en voz baja–. Es una mierda, pero es la realidad. Mientras, yo haré lo que esté en mi mano para ayudarte. Después de este encargo, hablaré con Carol. La convenceré para que lea algo tuyo, insistiré hasta que te publiquemos. Te lo prometo.

Asier aprieta la mandíbula.

–Si soy sincero, no sé si quiero eso.

Parpadeo confusa.

–¿Qué? ¿Por qué?

–Eres mi editora. Durante un mes –añade–. Si consigues que me publiquen en Rapla, en tu sello..., seguiríamos trabajando juntos después de este encargo.

Sus ojos se alzan del suelo. Clava su mirada en la mía. Su expresión es seria, casi feroz, y me produce un escalofrío de los pies a la cabeza.

Creo que, de tener una temperatura normal, ahora mismo mis mejillas harían juego con mi pelo.

–Sí, supongo que, de publicar en mi sello, seguiríamos trabajando juntos –susurro–. ¿Es que no quieres trabajar conmigo?

–No es eso, Olivia –refunfuña–. Sí, quiero trabajar contigo. Pero también...

Vuelve a guardar silencio.

Los dos sabemos qué quiere decir. En teoría, no haría falta que dijera nada más.

Pero, al mismo tiempo, sí. Lo necesito con desesperación. Necesito oír lo que no dice. Lo que hemos esquivado detrás de respuestas a medias.

Necesito una completa para estar segura de lo que estoy arriesgando.

—Pero también... ¿qué?

Gracias a mi corazón, puedo contarlos. Los segundos, quiero decir. Cada tres latidos, uno. Luego, cada cuatro.

—¿De verdad quieres saberlo?

Ahora, cada cinco.

Sé que no debería. Sé que tengo que parar esto.

Pero sí, quiero.

—Solo por un segundo.

Su mirada desciende hasta mis labios. Intuyo qué va a hacer, así que cojo aire antes de que suceda, como en el instante previo a la bajada de una montaña rusa.

Asier se mueve igual de rápido, aferra mi nuca con la mano y me empuja hacia él para atrapar mi boca.

Retengo el oxígeno en los pulmones, contengo el grito. Siento el vértigo que provoca la sensación de vacío, la tensión final al explotar en el estómago, las cosquillas que dominan mi vientre, liberadas, que corren y se multiplican hasta erizar la piel de mi cuerpo.

Y la adrenalina de después. La oleada de calor que me recorre, repentina y violenta. La emoción que me empuja a ponerme de puntillas, que busca alargar la respuesta, que decide imitarle y tirar de su nuca para que el beso sea más profundo. Más cerca, más largo, *más*.

No quiero que dure un segundo. Ni un minuto. El mundo debería empatizar conmigo, pararse como acaba de hacer mi corazón para que este momento perdure para siempre.

Aunque sea imposible.

El mundo sigue girando, a pesar de que Asier me agarre de la cintura para que mi mente deje de hacerlo. Nuestra relación de trabajo no se ha roto, aunque mi cuerpo se pegue al suyo, lo note duro y tenso y ahogue un gemido contra sus labios. Y las consecuencias de lo que suceda entre nosotros continúan ahí, por mucho que haya querido ignorarlas durante un buen rato.

Joder, pero qué rato.

Por fin tengo su respuesta. Solo que ahora he de darle la mía. Y, como a mí, creo que no le va a gustar demasiado oírla.

19

Asier

SÉ QUE NO ME VA A GUSTAR lo que Olivia va a decir.

Lo sé porque, al separarnos, esboza una descorazonadora cara de pena. Y, a ver, no puedo asegurar que haya sido el mejor beso que le han dado en su vida, pero desde luego que ha sido el mío.

Así que no quiero escucharla. Me niego. ¿Soy egoísta? Sí, claro. Nunca he pretendido otra cosa. Y ahora quiero retener esto. Un poco más.

Solo un poco más.

Me inclino para besarla de nuevo. Ella me corresponde, pero no de la misma forma que antes. Su mano ha abandonado mi nuca y ahora se apoya con suavidad en mi hombro. El contacto es tan débil que apenas lo noto. Sus labios ya no exigen ni incitan; solo me siguen, de pronto sumisos.

Conteniendo un bufido de frustración, me aparto. Apoyo la frente en la suya, cierro los ojos. Inhalo el olor que la envuelve, que es el mío y el suyo mezclados.

Si Olivia entendiera que me da lo mismo tirar esta mierda de encargo por la borda con tal de estar con ella, todo sería más fácil. Aunque estoy seguro de que no me dejaría hacerlo. Como también sé que, si yo me empeñase en mandarlo todo al carajo, la haría infeliz.

Y no quiero hacer eso. Necesito conseguir lo contrario, cueste lo que cueste.

¿Soy un idiota? Sí, claro. Tampoco he fingido otra cosa desde que la conocí.

—Por favor, háblame —le pido en voz baja—. ¿Qué ocurre?

Como no abro los ojos, solo la oigo. Y la noto. Mi mano sigue anclada en su cintura y ella se remueve contra ella hasta balbucear una respuesta:

—Esto... ha sido...

—¿Sí?

—Increíble. —Al negar con la cabeza, roza mi nariz con la suya—. Pero no puede volver a pasar.

—¿Por qué no? ¿No te ha gustado?

Escucho cómo coge aire, cómo pasa por su garganta, llena sus pulmones, le hincha el pecho. Ojalá pudiese apoyar mi oído justo ahí.

—Sabes que no es eso.

—Si es por el trabajo, no vas a ser mi editora para siempre. —Carraspeo—. Lo siento, es así.

—Ya lo sé, pero lo soy ahora —replica entre susurros—. Te lo he dicho: quiero que te contratemos más veces. Quiero ayudarte a publicar. Cosas tuyas. Quiero verte tener éxito, porque te lo mereces, porque eres bueno y porque es lo justo. Pero si se enteran de esto, Asier, no me van a tomar en serio. Ni a ti.

—Aunque no te lo creas, hay más editoriales en el mundo.

—Asier. —Con un gruñido, me callo—. Publicar no es fácil, y menos en un gran sello. Además, no se trata solo de eso. Es mejor que esto no se repita, porque una vez, alguien...

—Se interrumpe y pone a prueba mi paciencia durante cinco

largos segundos antes de continuar–: En mi empresa hay unas normas. Sintamos lo que sintamos, a ninguno de los dos le conviene que estemos juntos, ¿vale? Es lo único que tienes que saber.

Por ahora.

Debería haber dicho «por ahora».

Pero no lo dice. Y no sé realmente si ha usado su trabajo (y el mío) como un pretexto. Si es una manera educada de rechazarme.

Sea como sea, sigue siendo un rechazo. Es evidente que, después de cuatro horas perdida en la puta nieve, Olivia está hecha polvo, así que no voy a pensar con la polla, a ser un capullo y a ponerme pesado exigiendo más razones. Esperaré. A que me las dé, desaparezcan o caiga en la cuenta de que no me importan lo más mínimo.

Mientras tanto, ¿me duele que se aparte? Hostias que si duele, como un puñetazo en las costillas. Fingiré todo lo que pueda que no es así, porque mi objetivo, se repita esto o no, sigue siendo el mismo.

Me he vuelto adicto a ciertas sonrisas como para renunciar a ellas tan pronto.

–Está bien –le digo–. Es tarde. Venga, túmbate. Deberías descansar.

–Asier...

–No me obligues a meterte en la cama. Ya lo hice una vez.

Creo que, en otras circunstancias, se habría reído. Ahora solo me obedece, despacio, y me doy cuenta de que la he besado justo después de que se haya pasado horas sola a la intemperie con temperaturas bajo cero.

Igual lo de antes solo ha sido una consecuencia de la hipotermia; la gente pierde la cabeza al mismo tiempo que el calor corporal. Observo cómo se tapa con la colcha, las manos temblorosas, la expresión cansada, y me echo la bronca a mí mismo por ser tan poco delicado. Hasta se ha enfriado el caldo de la mesilla.

Recojo la bandeja en silencio y me marcho. Mis pies son los que me conducen a la cocina, porque solo tomo conciencia de mí mismo al notar una caricia en el brazo.

—¿Qué tal está?

Seoane también tiene cara de pena. O de arrepentimiento. Quizás ambas cosas. Quizás veo en él lo que siento yo.

Siempre he creído que el secreto de su carisma reside en que es un espejo. La gente ve en él lo que tiene dentro de sí misma.

—Bien —miento—. ¿Quieres recalentar esto y llevárselo a Olivia por mí?

Sus ojos recorren mi cara y, sin hacer ningún comentario, asiente. Le dejo la bandeja para darme la vuelta y dirigirme a la puerta principal.

El aire fresco me sienta bien. Además, estoy acostumbrado a él. En mi pueblo, en Álava, suele hacer mucho frío. Al terminar su turno en el hospital, mi madre calentaba leche con miel para mi hermano y para mí, sobre todo al volver después de haber estado jugando al fútbol fuera. O tras haber ayudado a nuestro padre en los viñedos. O tras habernos perdido en el bosque, como Olivia.

Si echo cuentas, creo que llevo un año sin verlos. Puede que más. La última vez que me dispuse a hacerlo, iba a ir con Gemma. De hecho, que le propusiera conocer a mi hermano fue lo que detonó que tuviéramos aquella discusión. *La Gran Revelación*, como me gusta llamar a lo que sucedió ese día. Tomármelo con humor es la única manera de no pegarme un tiro cada vez que pienso en lo imbécil que puedo llegar a ser.

Respecto al amor, no han cambiado mucho las cosas.

Escucho una tos incómoda. A unos metros, resguardada bajo el tejadillo del garaje, Elsa me contempla con una mezcla de curiosidad y reproche. Tiene un cigarro entre los dedos; las volutas de humo se entremezclan con los copos de nieve, aunque lleven direcciones distintas. Contrarias, en realidad.

—¿Fumas?

—Antes sí —me responde, seca—. ¿Quieres?

Me acerco hasta ella.

—Sí, anda, dame un pitillo.

—No es tabaco.

—Ah. —Me lo pienso y añado—: Venga, sí, un poco.

—¿Fumas?

—Nunca, pero lo necesito.

No es lo que realmente necesito, claro, solo que está visto que eso no puedo tenerlo ni en mil años.

—Oye, antes has sido un borde de cojones —me espeta, explotando por fin—. Olivia se ha perdido, pero no ha sido culpa de nadie.

—Ya lo sé. Lo siento. No tendría que haberos gritado. —Le veo alzar las cejas—. ¿Qué?

—Nada, pensaba que me dirías que cabrearte era lo más normal, porque estabas asustado y nadie en la casa se había dado cuenta de que Olivia faltaba antes que tú. Que somos unos inútiles egoístas con la cara metida en nuestro propio culo. Y te iba a dar la razón. —Vuelve a pasarme el cigarro—. ¿Qué te ha pasado?

—Me ha dicho que no.

Elsa asiente con la cabeza. Me gusta porque no hace falta que le deletree lo que está pasando. Supongo que tampoco es muy difícil deducirlo, pero hay personas a las que les gusta hurgar en la herida si a cambio obtienen más detalles escabrosos.

—¿Quieres hablar del tema?

—No lo sé —respondo con sinceridad—. Sigo cabreado. No con vosotros. Antes tampoco lo estaba. Sigo enfadado conmigo.

—Porque no puedes estar con ella.

—Sí.

Una vez más, el humo que expulsa se entremezcla con la nieve que cae.

—Entonces, yo también estoy enfadada conmigo misma.

—Ah, ¿también te gusta Olivia?

—Qué idiota eres. —Pero se ríe—. No. Creo que ya sabes quién me gusta. El problema es que el otro de la ecuación es mi amigo y no quiero hacerle daño, así que no puedo hacer nada.

Entendiéndolo todo un poco mejor, asiento igual que lo ha hecho ella antes.

—Bueno, no puedes hacer nada —le digo. Enseguida añado—: Por ahora.

Elsa vuelve a reírse, aunque no suene feliz.

—Tienes razón. Por ahora.

20

Olivia

NO SÉ SI SE ME PASARÁN ESTAS GANAS de esconderme bajo tierra, pero por ahora no parece que vaya a suceder.

Me siento una mierda.

Por eso, en lugar de dormir, me hago un ovillo bajo la colcha. Hasta que me doy cuenta de que sigo con su ropa puesta. Haciendo un esfuerzo sobrehumano, salgo de la cama, me quito la chaqueta negra y me envuelvo en la manta con la que Asier me arropó hace cuatro días.

¿Cuatro días? Madre mía. Tengo la sensación de que ha pasado una semana desde entonces. Meses desde que le conocí. Supongo que tiene que ver con el hecho de que Asier no haya abandonado mi mente desde ese momento, por mucho que me haya esforzado en lo contrario.

¿De verdad me he esforzado tanto? *Olivia, por favor.* No he dejado de pensar en él y perseguirlo. De abrazarle, bromear con Asier, insistirle en cómo me ve al margen del trabajo. Básicamente, le he empujado a besarme.

Pero al final me lo ha dado. Ese maldito, perfecto e irrepetible primer beso.

¿Por qué se lo he pedido? ¿Por qué, si iba a rechazarle? No soy sadomasoquista. Tenía que saber si lo que sentía era real. A veces necesitas que algo así suceda para comprobar si el pedestal de atracción en el que has colocado a la otra persona está hecho de humo o de piedra.

Con Asier he comprobado que es demasiado tangible. Juzgando cómo estoy ahora, diría que hasta me he dado un golpe en la frente con él al caer al suelo.

Y, aunque es lo menos importante, le debo a la idiota de Jud veinte euros.

Llaman a la puerta y me levanto de la cama como un resorte. ¿Será Asier? A lo mejor ha vuelto para decirme que le importa una mierda todo lo que no le he contado y me besa de nuevo.

¿Quiero? Sí. ¿Le pararía? No. ¿Tendría que hacerlo? Sí.

Por primera vez, odio mi trabajo con la fuerza de mil soles.

—Adelante.

El responsable de que nos hayamos conocido entreabre la puerta y se asoma por ella con timidez.

—¿Puedo pasar?

—Sí, por supuesto —respondo extrañada—. ¿No tenías un directo esta noche?

—Tengo directo todas las noches —me dice Seoane al acercarse. Deja la bandeja en la mesilla, igual que hizo Asier, y eso solo me hace recordarle todavía más—. Siento mucho lo que ha pasado.

Tardo unos segundos en entender a lo que se refiere. Sigo con la cabeza en otra parte. ¿Estaré enferma? Me palpitan las sienes como si tuvieran vida propia.

—Ya te he dicho que no pasaba nada —le aseguro con una sonrisa forzada—. Tengo muy mal sentido de la orientación. Eché a andar mientras pensaba en mis cosas y luego no supe volver. Es tan simple y tonto como eso.

—Ya, pero... —Hace una pausa—. Lo siento.

Cojo el plato de caldo que me ha traído con ambas manos. Todavía deben estar bastante frías, porque me da la sensación de que tendría que estar quemándome. No estoy segura de si es por mi periplo en el bosque de la muerte o porque Asier ya no está para envolvérmelas con las suyas.

—Siéntate a mi lado —le pido a Seoane—. Si te quedas tranquilo, acepto tus disculpas. Así me perdonas lo pesada que fui con el tema de elegir a tu escritor fantasma. ¿Qué te parece el trato?

Seoane espera a que le dé unos cuantos tragos al caldo antes de hablar.

—Respecto a eso, tenías razón. No te dije la verdad.

Aunque lo imaginaba, eso no impide que me atragante un poco.

—Ah, ¿no?

—Es un poco largo de explicar —se excusa. Frota dos dedos de forma compulsiva contra su muslo. La otra mano hace lo mismo sobre la línea de su cicatriz—. Si no estás muy cansada, te lo cuento.

Lo estoy, pero me muero por saberlo. Tampoco es que me desvíe mucho del tema que quiero evitar para no sentirme miserable (Asier), pero dudo que nada lo consiga. Al menos, esta noche.

—Claro, cuéntamelo.

Primero necesita ir a su habitación a por algo. Eso me dice. Cuando vuelve y veo lo que ha traído, lo entiendo de golpe. Aun así, espero a que se siente a mi lado, a que me lo enseñe y me explique todo lo que le pasó.

* * *

—No puedes decírselo —me pide tras confesarme su historia.

—¿Por qué?

—Porque no.

Suena más desesperado que cortante.

—Entonces, ¿por qué me lo has contado?

—Porque, ahora que te conozco, creo que a lo mejor tú puedes ayudarle.

Cierro los ojos. Dios, la cabeza me va a estallar. Me termino el caldo y lo dejo en la mesilla antes de volverme hacia él.

—Tú también puedes ayudarle, Seoane —le aseguro—. Más que yo. No se lo diré, te lo prometo, pero déjame explicarte primero lo que podrías hacer para devolverle el favor.

21

Olivia

AUNQUE NO PARECE MUY CONVENCIDO, me escucha hasta el final. Parece reticente, pero me da la sensación de que le he persuadido. El tiempo dirá.

—Bueno, ahora ya sabes por qué pedí conocer a Asier —murmura—. Mejor te dejo descansar.

—Espera. —Tiro de la manga de su sudadera de *Dark Souls II*—. Muchas gracias por contármelo, no tenías por qué. Me ha sorprendido un poco porque pensé que, en el fondo, te caía mal. —Al verle poner cara de confusión, me encojo de hombros—. Es que me daba la sensación de que no querías trabajar conmigo.

—Ah, no era eso. —Vuelve a pasar el dedo por la cicatriz—. Es que te tenía envidia.

Eso sí que no me lo explica. Se despide y se va, dejando atrás lo que ha traído. Supongo que lo hace aposta.

No tengo ánimos para nada, así que lo escondo en el cajón de la mesilla e intento dormir. Tras mucho esfuerzo, lo consigo. Un poco, al menos.

Me despierta el sol colándose entre las cortinas. Físicamente ya me siento mejor, aunque no por dentro. Decido que, ya que mi trabajo es lo que estoy defendiendo con uñas y dientes (e impongo sobre cualquier otra cosa, incluyendo mi solitaria existencia), más vale que me esfuerce en él.

Llevo horas trabajando en uno de los sofás del salón cuando los demás despiertan o hacen acto de presencia. Asier incluido. Se reúnen en torno a la isla de la cocina, cada uno con su café o té, y solo Uve y Fulgencia parecen verdaderamente contentos de verme.

—¡Vaya cara tienes, *baby*! —exclama él en cuanto olvida a la perra y se sienta junto a mí—. ¿Has dormido bien?

—Sí, como siempre —miento sin pudor—. Aunque está claro que no tengo la misma energía que tú por las mañanas.

—Es que no es una mañana cualquiera. Hoy es 31 de octubre. ¡Esta noche es Halloween!

Asier se da la vuelta de golpe. Tiene cara de pánico, pero, en cuanto nuestras miradas se cruzan, la expresión se vuelve neutra. Le falta tiempo para girarse y volver a su café. Solo. Sin azúcar. Muy caliente.

Si no me odiaba ayer, está claro que hoy sí.

—¿Te gusta Halloween? —me pregunta Uve—. Beber en honor a los muertos, contar historias de miedo, tener una excusa para vestirse como una...

—Sí me gusta —le interrumpo—. Aunque hace mucho que no lo celebro.

—¿Y eso?

—Como siempre estoy liada con el trabajo, no suelo ir a fiestas. —Compongo una expresión de disculpa—. Este año no va a ser una excepción.

—¡¿Cómo?! —Uve está igual de ofendido que cuando Elsa se mete con su cuarto—. ¡Esta noche vamos a fiestear a lo bestia! ¿Verdad, princesa?

Elsa centra su atención en mí en lugar de en él. Poco a poco, una mueca tan divertida como sibilina se adueña de su cara.

—Nunca has tenido una idea mejor.

—¿Cómo que nunca? —se queja Uve.

—Tengo disfraces a punta pala —sigue Elsa, ignorándole—. Vestiré a Olivia. Tú puedes prestarle mierda de la tuya a Seoane y a Asier.

—Yo no hago esas cosas.

Su voz grave sube por mi columna hasta erizarme la piel de la nuca.

—¿Qué no haces exactamente, pitufo gruñón? ¿Divertirte? —se burla Elsa. Uve suelta una carcajada, y hasta Seoane esconde una sonrisa tras la mano—. Otra noche que no has pegado ojo, ¿eh, Asierito? Pues te diré la mejor forma de dormir a pierna suelta: ¡llevar encima una buena cogorza!

Con el puño en alto, los tres a la vez empiezan a corear «¡hemos venido a emborracharnos!», cada uno mostrando un acento y un grado distinto de entusiasmo. Asier no tiene pinta de ceder ante la exaltación de alegría, así que deciden centrar sus esfuerzos en mí.

—*Baby*, venga, di que sí, di que te disfrazarás y beberás y bailarás y vomitarás para beber más si es necesario —insiste Uve—. La fiesta la haremos en honor a ti, por lo mal que lo pasaste ayer. Te mereces descansar, ¡estás todo el día currando!

—Es que he venido aquí para eso, para trabajar —respondo con suavidad.

No se me escapa que Asier se tensa en su silla.

—Suéltate un poco, mujer —me pide Elsa. Ha seguido a Uve y se sienta junto a él en el sofá, lo que hace que su compañero enderece la espalda—. El de Seoane va a ser el libro que más rápido se ha escrito y editado en la historia de la humanidad. ¡Y mañana es festivo, por Dios! Ni siquiera deberíais trabajar.

Hasta que Seoane no imita a sus amigos y se sienta a mi izquierda, no me noto acorralada.

—A mí me vendría bien una noche libre —reconoce con calma—. Y tú tampoco tienes que beber si no sueles hacerlo, pero podemos jugar todos juntos a algo.

—Ah, sí que bebo —se me escapa—. Pero no debería...

—¡Tengo mil juegos de beber! —se entusiasma Uve—. Voy a subir a TikTok unos retos por Halloween y vengo a preparar la decoración y el ponche sangriento. Me sale increíble.

—¿El ponche tumbagigantes? —pregunta Seoane.

—Sí, me parece que es lo propio —le susurra Uve, señalando con la cabeza a Asier.

—Eh, que estoy aquí —refunfuña el aludido.

—Lo digo por Elsa —se excusa Uve—. Es la más alta de los tres. ¿Por qué iba a querer tumbarte, *bro*?

Yo sí quiero tumbarle. Concretamente, en mi cama.

Pero no puedo. Ni aquí ni ahora. Nuestra situación no ha cambiado desde anoche, por desgracia. Y tengo la sensación de que el cóctel que incluye bebida, fiesta y tiempo libre juntos no va a ayudar a nuestra delicada (e incomodísima) situación actual.

Y sí, vamos bien con el libro, pero no lo hemos terminado, y me da que ni él ni yo tenemos muchas ganas de celebrar el hecho de que el encargo siga adelante.

—¿Qué, Olivia? ¿Das el visto bueno a nuestra *Halloween party* pasada por nieve?

Los tres me observan con expectación. Hasta la perrita corretea hasta mí e intenta subirse en mi regazo, desplazando el portátil sobre él.

–Si os hace ilusión...

Se vuelven locos. Bueno, Uve y Elsa. Ambos se levantan y, cogiéndose de las manos, inician un baile estúpido alrededor de los sofás. Mientras, Seoane coge en brazos a Fulgencia para que no cumpla su nuevo objetivo (destruir mi ordenador del trabajo).

–Voy a darle un paseo –me informa–. Te diría que me acompañaras, pero después de lo de ayer, casi mejor que no. Además, es mejor que cojas fuerzas para lo de esta noche.

–No me asustes. ¿Es que son unos salvajes montando fiestas? –inquiero en voz baja.

–Qué va, son unos torpes como organizadores, y el ponche ese sabe a rayos. –Seoane sonríe–. Solo que le ponen tantas ganas que, al final, es imposible no pasarlo bien. Incluso si odias estas cosas, como yo.

Los mira con cariño y, observándole, me pregunto cuál de sus amigos le gusta. Es evidente que a Uve le encantaría tener algo con Elsa, pero con los otros dos ando algo perdida.

Más o menos igual que con mis propios sentimientos. Ya dije que interpretarlos no era mi fuerte.

–¡Me voy a trabajar en lo mío! –grita Uve antes de escaparse a su cuarto.

–Tengo que currar, pero después buscaré ideas de disfraces en mi armario –me guiña un ojo Elsa.

–Nos vemos luego –se despide Seoane desde la puerta.

El silencio que nos acompañaba en el viaje en coche a Asier y a mí ha decidido quedarse confinado con nosotros y ahora ocupa todo el salón.

Y mira que es grande.

–Carol me escribió ayer –lo rompe Asier, usando un tono sin inflexión–. Podría decirte que estaba preocupada por ti, pero creo que solo era por la reunión esa que teníais. Para lo mal que te trata, parece que te necesita para no cagarse encima. —No me da tiempo a reír antes de que siga—: Por cierto, le dije que ayer estuviste reunida con Seoane y él te demandó durante horas.

—Muchas gracias.

—Muchas de nada.

Entrelazo los dedos unos con otros, me recoloco el flequillo, espero unos segundos.

—Oye, respecto a lo de ayer...

—Vamos a trabajar —me corta—. ¿O quieres añadir algo distinto a lo que me dijiste?

Es difícil sostener su mirada. Aun así, me esfuerzo en hacerlo cuando, tras coger una bocanada de aire, niego con la cabeza.

—No voy a hacer que esto sea incómodo; es decir, más todavía —continúa diciendo—. Aunque no estoy de acuerdo con lo que me dijiste, lo entiendo. —Abro la boca, solo que él alza la mano para detenerme—. Ni se te ocurra pedir disculpas, no estoy molesto contigo. Tampoco es que esté dando saltos de alegría, pero esperaré a que el encargo este de los cojones se termine para que me des una explicación completa. O para... lo que sea.

El corazón me da un vuelco. Lo acompaña mi estómago vacío, empeñado en recordarme que de quien tengo hambre es de él.

—Gracias.

Asier gruñe algo entre dientes que no llego a entender. ¿Era algo en euskera? En cualquier caso, se pone en pie con la taza en la mano y, aunque duda un momento, acaba sentándose en mi sofá.

Eso sí: en el extremo opuesto, lo más lejos que puede, para que sea imposible que nos rocemos ni de casualidad.

—¿Editas lo que he escrito hasta ahora? —me pregunta, los ojos sobre la taza de café—. Estuve escribiendo por la noche. Y esta mañana. Te he enviado el documento por correo.

* * *

En esta ocasión, quien se muestra frío y cortés mientras trabajamos es Asier. Yo me trabo al hablar, doy más explicaciones de las necesarias para justificar mis propuestas y correcciones y necesito ir al baño unas cinco veces.

—Bueno, ya está —resoplo al terminar—. Solo quedaría un capítulo o dos, ¿verdad?

—Sí, supongo que mañana ya estaría todo.

Le veo ponerse en pie y me tenso.

Sé que no debería, pero tengo ganas de pedirle que se quede. Para que podamos barajar las posibilidades, como que llevemos un hipotético intento de «lo nuestro» en secreto, que él asuma que no le podré ayudar a publicar en Rapla sin levantar sospechas de nepotismo, o que yo renuncie a mi trabajo tal y como es ahora.

Sin embargo, al final le dejo marcharse sin decir una sola palabra.

Porque soy una cobarde. Siempre lo he sido. Una cobarde que es incapaz de enfrentarse a su jefa. Una cobarde a la que le aterroriza saltarse las normas. Las de otros y las suyas propias. Una cobarde que detesta la falta de control.

Mientras observo a Asier alejarse, me embarga esa sensación de que lo que quiero se me escapa por mantener un presente que tampoco me apasiona, pero que es lo único que me queda.

Si he aguantado tanto tiempo en este trabajo con los dientes apretados, ¿cómo puedo renunciar ahora a mi sueño? *¿Acaso sigue siéndolo?*
Hundo el rostro en las manos.
Él puede que no me odie, pero yo a mí sí.
Mi móvil suena de pronto y, cómo no, adivino quién es al instante. Leo a regañadientes el mensaje de buenos días en mayúsculas y *gifs* horteras de Piolín con purpurina y, antes de que Jud pregunte por Asier, le cuento a mi amiga lo que ha pasado en pocas palabras.
Me contesta al minuto:

NLVKSFDM´KMLKFMVÑ

AAAAAAAAAAAAAAAAAA

PERO TE LO AS TIRADO????? 👀

No

Solo fue un beso

POR AHORA

Te temblaron las rodillas?????

DIME Q BESA COMO UN BUEN MACHO ALFA DE NOVELA

Jud, por favor! No pienso contestar a eso

O sea: QUE SÍ

A ver, céntrate: necesito que me consigas algo

CONDONES????? ME PILLAS LEJOS

JUDITH PRIETO TENA

Perdón

Te consigo lo q qieras, cielo, SIEMPRE Y CUANDO ME INVITEIS A VUESTRO BODORRIO 😛

Consígueme el contacto de Lidia

Tengo su número antiguo porque coincidimos un tiempo en la editorial, pero se lo cambió después de todo lo que pasó

PA Q LO QIERES?????

No me digas q qieres saber qué errores cometió para...

AAAAAAAAH, qieres algo mas que un morreo con el empotrador de luto????

Te qieres casar de verdad??????

TE AS ENAMORAO, BRUJA????

Jud, me harías el favor?

Claro, Oli. Por ti, lo que sea

Oye, ¿estás bien?

Trago saliva al leer el mensaje sin faltas de ortografía.

Sí, ya sabes, como siempre

¡Soy dura como una roca!

Quiero el contacto de Lidia porque me suena que volvió a trabajar en el sector. Me interesa saber sobre ella, era una editora muy buena.

Y lo de anoche fue solo un beso, nada más

Lo disfruté, sí, pero ya está

Eso sí, no le digas nada a nadie, vale?

Claro que no, Oli!!!!!

X quien me tomas, EZTUPIDA?

Y sí, te mando el numero de Lidia (aka mi heroina) si lo consigo!

No prometo nada, pero moveré MIS HILOS

Te eso de menos, sielito, todo va a salir bien, okei???

POR SIERTO FELIS JALOGÜIN 🙂

Yo también te echo de menos, Jud 🖤

Cuando Asier no regresa en toda la tarde, me doy cuenta de que a él también. Tanto, que su maldita ausencia empieza a doler como un hierro ardiendo. He de recordarme una y otra vez las razones que esgrimí anoche para no correr a buscarle.

Supongo que, como Seoane, por fin sé lo que necesito, aunque no lo pueda tener.

22

Olivia

ESTA GENTE SE TOMA TAN EN SERIO HALLOWEEN como Judith.

Durante la comida, Uve me ha nombrado directora de diseño de interiores y me ha entregado cuatro bolsas llenas de decoración (decenas de calabazas de mentira, luces, telarañas y fantasmas con caras cuquísimas). Antes de que caiga la noche, aparece vestido de (cito textualmente) «calabaza putilla», que consiste en un sombrerito y un traje de fieltro naranja con demasiados agujeros como para ser cómodo o funcional (aunque él insiste en que lo es, y mucho).

Por su parte, Seoane ha decidido robarle a Uve un pijama de cuerpo entero de Charmander que, ignoramos por qué, vuelve loca a Fulgencia. Después de varios minutos intentando que no le muerda la cola, se la lleva a su habitación para que duerma (y esté a salvo). Al regresar, mira hacia todos los lados y me pregunta:

—¿Y Asier? —Me encojo de hombros y los dos chicos se miran—. Oh, oh. Ha huido.

—*Brooooooo!* —Uve coloca las manos para hacer altavoz—. ¡No me hagas ir a buscaaaaaaaarte!

—Estoy aquí, joder.

Los tres nos sobresaltamos al verle aparecer por el pasillo como por arte de magia.

—No me fío de tu ponche matarratas —explica al acercarse. Lleva unas cuantas botellas de vino, que deja con cuidado sobre la encimera de la cocina—. Elsa me dijo que había una bodega en el sótano. Supongo que habrá sido por casualidad, pero tenéis algunas añadas muy buenas.

—¿Controlas de vinos? —le pregunta Seoane; Uve ha decidido ignorarlos y empezar a cortar limones, que mete en una fuente de cristal gigantesca.

—Mi padre y mi hermano trabajan en una bodega. —Parece avergonzado al confesarlo—. Bueno, en realidad la empresa es de mi familia.

Uve se gira como una exhalación.

—¡¿Tus padres son unos ricachones, *bro*?!

—No. Mi madre trabaja en un hospital público. Mi familia paterna es la que tiene dinero, y no tanto como vosotros.

—Así que estás montado en el dólar...

Asier cabecea.

—Soy más pobre que las ratas.

—Por ahora. —Uve le da un pequeño codazo en las costillas—. Cuando lo petes como escritor, nos invitas a tu mansión con piscina olímpica, ¿o qué?

—Los escritores no ganan mucho, incluso los que tienen éxito. Se lo podéis preguntar a ella.

Asier me señala con la cabeza, pero no me mira.

Seoane sí lo hace. Por encima del hombro y con cara de circunstancias. En respuesta, yo me encojo un poco más. Por suerte, Elsa aparece silbando por las escaleras para salvarme. Jamás me he alegrado tanto de ver ese pelo bicolor. Esta vez, recogido en dos trenzas larguísimas.

—¡Ven aquí, Oli! Vamos a hacerte un *makeover* digno de película.

—Princesa, *baby* no lo necesita —resopla Uve. Luego vuelve a darle un codazo a Asier—. Ya está perfecta como editora sexy, ¿verdad, *bro*?

El vacío en mi estómago se acrecienta cuando Asier no dice nada.

Elsa me hace un gesto y la sigo encantada para huir de la incomodidad que se ha instalado en el salón.

—Perdona a Uve —susurra mientras me conduce hasta su habitación—. Aunque sus intenciones sean buenas, es un idiota.

—Ya, es solo que Asier y yo...

—Lo sé —me corta—. Tú solo piensa en pasarlo bien hoy, y a tomar por culo lo demás.

No me vendrá mal beber para olvidar mi patética existencia, eso es cierto. Además, Elsa es un amor. Tiene un vestidor gigantesco que me muestra entusiasmada. Creo que es del mismo tamaño que mi piso.

Ella irá a la fiesta disfrazada de Miércoles Addams, que al parecer es una tradición en esa casa. Se maquilla de forma impresionante mientras charlamos y luego se pone un vestido que apenas le tapa el culo y que imagino que volverá loco a más de uno ahí abajo.

A mí me enseña unos veinte disfraces y trajes de materiales brillantes que serían la envidia de Jud. Debería presentar a estas dos, aunque el cóctel sería demasiado explosivo (y la única víctima, yo).

También tiene pelucas. Decenas de ellas. Juego a ponérmelas delante de su trío de espejos hasta que Elsa me prohíbe elegir ninguna.

–Ni se te ocurra. Tienes el pelo más bonito que he visto en mi vida. –Me enseña las mallas verdes, el sombrero y el vestido corto de terciopelo que ha elegido para mí–. Vamos a aprovechar ese color.

Cuando me veo en el espejo con todo puesto, me echo a reír.

–Peter Pan no lleva este escote. Y tampoco es pelirrojo.

–Claro que sí. ¿No te has leído el libro?

–Sí, por eso. En la novela es castaño claro.

–Ah, puede ser –admite–. Solo he visto la película de dibujos. –Luego me ata un cinturón para marcar más mi cintura y sonríe a nuestro reflejo–. Oh, Olivia, ¿me llevas al país de Nunca Jamás?

No sé quién es peor, si Uve o ella.

Aunque, al volver a salón, confirmo que él.

–¡*Baaaaaaby*, échame polvo de hadas! –exclama nada más verme–. ¡Uno normal también me vale! –Luego se fija en Elsa y su expresión se paraliza–. Ah, sí, eh, mh...

–Estás muy guapa –le dice Seoane–. Bueno, las dos.

Elsa le da un abrazo de oso y suelta:

–¡Vosotros también! Anda, ¡si hasta el pitufo gruñón se ha animado! ¿De qué va?

–De lo único que le valía –explica Uve–. Eso sí, se ha negado a llevar una peluca blanca. Con lo bien que podrías haber ido del de *The Witcher*...

–Me encanta Geralt de Rivia –reconoce Asier–, pero prefiero ser el Lord Comandante de la Guardia de la Noche.

–Pero si Jon Nieve es el más aburrido...

–Y por eso pega conmigo.

Mi peor pesadilla (¿o fantasía?) se confirma: el protagonista de *Juego de tronos* está a unos metros de mí, con su capa negra, ropa de cuero, hartazgo vital y voz de ultratumba.

Voy a necesitar beber unos dos litros de ese tumbagigantes de Uve para superar esta noche sin tirarle trescientas fichas a este Jon Nieve vasco y malhumorado.

Confirmo mi necesidad de anestesiarme con alcohol cuando Asier hace lo posible por no relacionarse conmigo más de lo estrictamente necesario. Tengo que reconocerle el esfuerzo, porque solo somos cinco invitados.

Se muestra educado y hablamos un rato, pero no bromea con sarcasmo como hacía antes conmigo. Sé que es culpa mía, de mi trabajo, mi miedo a perderlo, las normas de Carol y todo lo demás, pero, aun así, duele.

Demasiado.

Intento ahogar esa sensación de angustia con el ponche tumbagigantes hasta que Uve me agarra de la muñeca.

—Frena, *baby*, o no te quedará energía para lo mejor de la noche: ¡verdad o atrevimiento!

Frunzo el ceño. A estas alturas, ya han apagado las luces, y las guirnaldas led que he colocado por la tarde hacen resaltar el color blanco de su maquillaje.

—Tienes algo en la cara —balbuceo medio borracha.

—¿Belleza? —se ríe—. Oye, voy a hacerle unas fotos a Seoane para lo del libro, ¿te parece bien? —Asiento compulsivamente—. ¿Quieres tú también alguna?

—Ya te dije que yo no podía salir.

—Para el libro no: para ti. —Señala a mi espalda—. Con él.

No hace falta que me vuelva para saber a quién se refiere.

—No es necesario, gracias. —Mi tono suena derrotado, así que intento que sea más alegre al añadir—: Sé que lo haces con buena intención, pero Asier y yo... no.

Uve se pone serio. Sus cejas se juntan, aprieta la mandíbula y... Vaya, sí que es guapo. Por vez primera, entiendo por qué millones de preadolescentes están obsesionadas con él. Cuando se inclina sobre mi oído, distingo un suave olor a limón y desodorante.

—He visto cómo te mira cuando cree que nadie se da cuenta —me susurra—. Porque es lo mismo que haces tú. ¿Qué cojones os pasa?

—Es largo de contar.

—Me parece que es una de esas cosas estúpidas que se solucionarían si hablarais —afirma con demasiada seguridad—. Si os gustáis, pues liaos. Y luego, a follar como conejos.

—N-no es tan sencillo.

—A mí me lo parece. Cuando llegasteis, había tanta tensión sexual entre vosotros que no entiendo cómo no se fundió la nieve de ahí fuera.

A mi pesar, se me escapa una carcajada.

—¿Y por qué no te aplicas el cuento, Uve?

—Porque no es el mismo cuento, Peter Pan —murmura con tristeza—. Aprovecha que, en vuestro caso, solo hay dos personajes en la historia.

Me da un beso en la mejilla antes de marcharse a hacerle fotos a Seoane con Elsa mientras los dos bailan una coreografía de moda. Viendo lo bien que se lo pasan y lo evidente de la confianza que tienen, me pregunto si es cierto eso de que tres son multitud.

De pronto, siento que alguien me mira y, al girarme, confirmo lo que mi instinto ya sabía. Asier nos ha visto hablar (espero que, con el volumen de la música, no haya entendido una sola palabra). Sospecho que también ha visto la despedida que me ha dado Uve, porque tiene la misma expresión de asco contenido que la primera vez que lo vio.

Imaginar que es por celos levanta un poco mi ánimo. Porque eso quiere decir que, por mucho que intente demostrarlo, sigo sin serle indiferente.

Olivia, confirmado: eres una persona horrible.

—¡Invitaaaaaaaados, ya son las doce! —anuncia Elsa poco después—. ¡Siéntense en círculo, por favor! ¡El maestro de ceremonias Víctor Junquera va a iniciar la ronda de juegos!

—¿Quién es Víctor? —le pregunto a Seoane al sentarme a su lado en el suelo.

Él me mira con extrañeza.

—Uve. ¿Es que no te lo había dicho?

Uve (es decir, Víctor) apoya su móvil en el centro del círculo que hemos formado (o, más bien, la estrella). La calabaza frente a Miércoles, Charmander en su diagonal y yo en la de Asier. Hago esfuerzos para no mirarle, pero su silueta es como un maldito imán para mis pupilas.

Primero jugamos a un absurdo trivial de videojuegos que gana Seoane. En la revancha, gana Elsa. Después, a una especie de teléfono escacharrado (temática guarra, por supuesto). Por último, empieza el juego que a Uve parece obsesionarle. Aunque la aplicación de su móvil ya hace de ruleta, en cada turno se empeña en darle vueltas al teléfono como si fuera una botella.

—¡Princesa, la primera! ¿Verdad o atrevimiento?

—Siempre atrevimiento —sonríe mordaz.

Uve se prepara para decir algo, pero Seoane le detiene.

—Sal fuera y aguanta bajo la nieve durante un minuto entero.

—¡Eh! —Elsa se señala las piernas, larguísimas y cubiertas por unas finas medias—. ¿Quieres que me pase lo que a Olivia o qué? ¡Soy una damisela! ¡Voy a morir!

—Es un minuto, exagerada.

Aunque protesta, lo hace. Eso sí, regresa con una bola de nieve que le tira a Uve en la cara en cuanto se sienta.

—¡Pero si yo no te he mandado el reto! —protesta él—. ¡Iba a pedirte hacer algo mucho más placentero!

Elsa se encoge de hombros.

—Por eso.

Seguimos jugando y mi mala suerte sale a relucir. Nos toca a todos en varias ocasiones, excepto a Asier. Callado, nos observa sin dejar de beber directamente de una botella de gran reserva. El tío se la termina y abre otra como si fuera limonada.

Vaya, qué sorpresa: por quinta vez, mi nombre sale en la pantalla.

—*Baby*, ¿verdad o atrevimiento?

¿Soy una persona sincera? Pensaba que sí, pero ni de lejos. ¿Atrevida? Ja. Vuelve a intentarlo.

—¿No hay una tercera opción? —me quejo—. Ya he confesado muchas estupideces esta noche. —Señalo a Uve con el dedo—. Y repito: no pienso morrearme con Elsa.

—Vale, vale, prometo ser bueno. Venga, contesta primero.

Cojo aire y lo suelto. Quiero dejar de ser una cobarde, así que masculло entre dientes:

—Atrevimiento.

—¡Maravilloso! —Uve se frota ambas manos—. *Bro*, tú eliges el reto. Hay que espabilarte, que andas muy callado. ¿Estás borracho o te has quedado dormido?

Asier le fulmina con la mirada.

—Con lo que gritas, imposible.

—Eh, ¡¿de qué vas?! ¡Que es una fiesta! Vamos, no te hagas de rogar: reto para Olivia. Es un regalo que le hago. Seguro que eres un blando con ella.

Por la expresión que pone, diría que Asier se lo toma como un reto personal. Por la que esboza a continuación, sé que se le ha ocurrido una auténtica maldad.

Y lo demuestra al decir:

—Pídele un día libre a Carol.

Me quedo en blanco mientras Seoane suelta una carcajada histérica impropia de él. Luego, se calla y balbucea:

—Espera, ¿quién es Carol?

—Vale —gruño—. Se lo pediré.

—No, de eso nada —replica Asier—. Necesitamos verlo todos. Pídeselo ahora mismo.

—¡¿Ahora?! —exclamo—. ¡¿Estás loco?! ¡Son las dos de la madrugada!

—¿Y? Seguro que ella te ha molestado a estas horas unas mil veces —me rebate Asier sin piedad—. ¿Y cuándo fue la última vez que le pediste vacaciones? —Voy a contestar, pero se adelanta—: Los días en que cierra la editorial no cuentan.

Mierda.

—¡Oooooh! ¡Muy buena esa, Asierito! —Elsa extiende la palma en el aire para que le choque los cinco—. Olivia, no te quejes, que es muy fácil. ¡Mándale un mensaje a esa bruja y exige que se cumplan tus derechos laborales!

Seoane y Uve empiezan a corear «¡derechos laborales!» una y otra vez hasta que suelto un bufido y saco mi teléfono. Mientras escribo el mensaje, odio a Asier. Cuando le doy a enviar (después de tener el dedo sobre el botón unos diez segundos), más todavía.

Pero, al alzar la vista y verle sonreír de lado, se me olvida.

Dios, ¿por qué tiene que ser tan guapo?

—¡Reto superado! —canta Uve—. A ver, a ver quién es el siguiente...

Nunca he creído en el karma.

Hasta ahora.

—¡Por fin! —Uve se gira hacia Asier—. *Bro*, ¿verdad o atrevimiento?

El tío da un larguísimo trago a su nueva botella de vino antes de contestar:

—Verdad.

—¡Genial! —exclama Uve—. Di: ¿estás enamorado de Olivia?

Ah.

¿Eh?

Espera.

¡¿Qué?!

Seoane me mira a mí. Elsa, a Uve. Uve, a Asier. Asier, a nadie.

Yo miro a todas partes, incluido el suelo, mi vaso de ponche medio lleno y mis rodillas dobladas. Al verlas, tiro de mi vestido hacia abajo para cubrirme un poco más los muslos.

Después de lo que parece una eternidad, Asier contesta. Aunque no de la manera que (nadie) esperaba.

—Atrevimiento.

Uve se pone en pie de un salto.

—Me cago en la puta, *bro*, ¡eso no vale!

—Olivia y yo somos compañeros de trabajo —explica Asier con calma—. Si respondo, no sería...

No hace falta que complete la frase. Estoy hasta las narices de la palabra «profesional». No pienso pronunciarla en lo que me reste de vida.

—¡¿Qué cojones importará eso?! —refunfuña Uve—. No vale cambiar de opinión en mitad de verdad o atrevimiento. ¿Estamos tontos o qué?

—Uve tiene razón. —Que Seoane le apoye creo que le sorprende a él más que a nadie—. Como amante de cualquier juego, lo secundo: las normas son las normas y hay que acatarlas.

—Bueno, bueno, dejémoslo por esta vez y digamos que sí que vale, ¿eh? —media Elsa—. Así que escoges atrevimiento, ¿no, Asier? Bien, lo tengo. —Elsa me sonríe y siento un escalofrío—. Besa a Olivia.

Oh.

No.

Nononononono.

—Ya he dicho que nada de eso sería apropiado —replica Asier, vacío de expresión.

Parece calmadísimo. ¡¿Cómo está tan calmado?! ¡¿Soy la única que está hiperventilando?!

Estar borracha tampoco es que me ayude a relajarme. Para mejorar (o empeorar) mi estado, vacío el vaso de ponche de un solo trago.

—Tú verás: o contestas la pregunta, o completas el reto —contraataca Elsa—. Hay que bendecir las sacrosantas normas de verdad o atrevimiento, ¿no, Uve?

—Princesa, te quiero. —Pero enseguida se cruza de brazos y asiente—. Somos tres contra uno, *bro*. Si has entrado en el juego, tienes que jugar. ¿O acaso eres un cobarde?

Asier está serio. Mucho. Como jamás le he visto. ¿Estará enfadado? Es probable que ahora mismo no haya nadie en esta casa que se libre de su furia (bueno, puede que Fulgencia).

No quiero que me bese por un juego. Aunque soy una cochina mentirosa porque, en el fondo, sí, quiero que lo haga.

OLIVIA, DEJA DE SER UNA MALA PERSONA.

—No tienes por qué hacerlo, Asier —murmuro para romper el silencio—. Es una tontería de juego.

—Lo sé —dice en voz baja.

Pero, aun así, se incorpora. Apoya una palma contra el suelo, inclina todo el cuerpo hacia mí para romper el círculo y acorta con un sencillo movimiento la distancia entre los dos. Soy incapaz de apartar la mirada, y Asier trastabilla con la mía cuando está a solo unos centímetros de mí. Las luces de las guirnaldas se reflejan en sus ojos, donde apenas queda un estrecho círculo gris.

Tiene sentido que sus pupilas me recuerden a agujeros negros. Como sucede con ellos, atrapada en esa oscuridad, el tiempo se ralentiza. Se estira hasta lo imposible. Bajo las capas de mi conciencia, nublada por la bebida, la noche y los nervios, sé que todo pasa en una fracción de segundo. Sin embargo, mi corazón no lo siente así. Parece que lleva latiendo, expectante, durante demasiado tiempo.

Y desea seguir haciéndolo.

Asier alza la mano del suelo y la apoya en mi mejilla. Yo trago saliva, él entorna los párpados y, por fin, deposita un suave beso en mis labios.

Me han dado besos así otras personas antes, pero jamás de esta manera. Porque, aunque solo sea un roce, despierta una corriente de emoción en mi cuerpo que se convierte pronto en un torbellino. Me eriza la piel, rompe la conexión entre mente y corazón, me corre por las venas como un zumbido. Solo puedo comparar esta sensación con la de nuestro beso de la otra noche. Es un pequeño recordatorio de lo que tuve y, si me saltara las normas, podría volver a tener.

Y, de golpe, el tiempo vuelve a acelerarse, como si quisiera recuperar el paréntesis que nos regaló hace solo un instante.

Asier se aparta tan rápido que no me da tiempo ni a cerrar los ojos. Luego, vuelve a colocarse como estaba y carraspea.

Me doy cuenta entonces de que ni siquiera ha soltado la maldita botella de vino.

—Ya está —resume inexpresivo al girarse hacia Uve—. ¿Contento?

—No, *bro*, ha sido una puta mierda de beso. —Cuando Seoane le da un codazo, Uve recula—: Pero el jurado lo acepta. ¡Que gire la ruleta *again*!

Mientras la animación sale en pantalla, aproximo las rodillas a mi cuerpo.

No ha sido más que un pico, Olivia. Respira, no te alteres.

Y no habría sido apropiado (en ningún sentido) que hubiera ido más allá. Soy muy consciente.

A pesar de todo, el vacío que se había asentado desde ayer en mi estómago ha desaparecido. Lo ha llenado algo cálido. Esperanzador.

Todavía siento el roce de Asier palpitando en los labios. Sin querer, mis dedos van hacia allí, como si trataran de contenerlo por más tiempo.

Aunque no le estoy mirando, creo que él a mí sí. ¿Y si alzara la cabeza? ¿Y si le dijera sin palabras que a tomar por culo todo y que nos merecemos intentarlo?

Mientras le doy vueltas, la ruleta deja de hacerlo y Seoane vuelve a soltar una carcajada de las suyas.

En la pantalla parpadea el nombre de Asier.

—*Hau izorratzea hau!* ¡No me lo puedo creer!

Después de la serenidad que ha mostrado toda la noche, verle de pronto tan alterado hace que sonría contra mis dedos.

—¡Ah, prepárate! ¡Esta vez no te libras! —canturrea Uve—. ¡Vas a tener que...!

—Contar algo que no le hayas dicho a nadie de esta casa —se adelanta Seoane.

Asier bufa. Creo que estamos poniendo a prueba su paciencia y va a acabar reventando.

—¿Vale cualquier cosa?

—Eh, ¡no, no, no, que te veo venir! Tiene que ser interesante, *bro* —pide Uve con las manos en alto—. Nada de soltar cuál es tu color favorito (lo sabemos, es el negro, como tu alma) o que de pequeño odiabas las matemáticas. ¡Algo importante que te hayas callado toda la noche! Lo haré yo para que veas, ¿vale? Me acostaría con todas las personas de esta fiesta. —A continuación, hace un gesto con la mano como si tirase un micrófono al suelo—. ¡Bum!

Nadie parece sorprendido, ni siquiera Asier.

—¿Has visto cómo se hace? Recuerda, ¡algo importante que te dé vergüenza confesar!

Me parece que el momento en el que Asier se harta y se larga ha llegado. Sin embargo, me sorprende al cerrar los ojos, soltar el aire despacio por la nariz y dejar la botella de vino a un lado.

¿Lo va a decir?

Espera, ¿el qué?

Dios, mi corazón está tan acelerado que escucho sus latidos por encima de la música.

—Está bien —acepta Asier. Cuando abre los ojos, me mira fijamente—. Hoy es mi cumpleaños.

23

Asier

ME ARREPIENTO DE DECIRLO en cuanto termino la frase. Todos se quedan inmóviles ante la confesión. Olivia no es menos. Frente a mí, sigue con los dedos sobre esa boca que he besado hace un minuto (y a la que, a mi pesar, he tenido que renunciar demasiado pronto).

—¿Estás de coña? —pregunta Elsa.

—Claro que no. ¿Por qué iba a mentir? Si queréis, os enseño mi DNI.

—Pero tú... —balbucea Olivia—. Eres Escorpio. Me dijiste que cumplías en noviembre.

—Y así es. Son más de las doce. Ya es noviembre. En concreto, el día uno.

No sé por qué, esboza una sonrisa lenta, como si contuviera un chiste privado.

—Naciste el día de los muertos —murmura—. Por eso eres el empo... Por eso siempre vas de luto.

—No, es porque el negro pega bien con más negro —le contesto—. Bueno, ya he respondido. ¿Podemos seguir?

—¡De eso nada, *bro*! ¡¿Es tu puto cumpleaños?! ¿Cuántos cumples?

–Veintisiete –contesto a regañadientes.

–¡Como los del club de los veintisiete! –exclama Elsa–. ¡Es un número importante!

–Qué va.

–Vamos a renombrar esta fiesta como el Halloween veintisietecumpleañero de Asier –anuncia Uve–. Seoane, eres el más listo, y sobrio, de los presentes. Corre, di: ¿qué hacemos primero?

–Lo más importante en una fiesta de cumpleaños lo tenemos, excepto... –Se lo piensa un par de segundos–. Los regalos. No tenemos regalos.

–¡A por regalos! –exclama Elsa mientras se pone en pie–. Tenemos mil mierdas que nos envían que ni hemos sacado de sus cajas. ¡No sabemos ni qué hacer con ellas!

Antes de agradecerles que me regalen la basura de la que desean librarse, Uve y Seoane la imitan.

–Quedamos aquí en veinte minutos –propone Seoane. No sabía que le entusiasmara tanto el plan, porque agita las manos en el aire–. Buscad por casa todo lo que creáis que podría gustarle y lo envolvemos con el papel de burbujas que hay arriba. Explotarlas desestresa, así que dos por uno.

–Sí, al tío le vendría bien desestresarse un poco.

–Que estoy aquí –les recuerdo.

–Podríamos dejar que Olivia se encargara de esa misión...

–¡Que estoy aquí!

–¡Veinte minutos! –grita Uve al echar a correr hacia su cuarto–. ¡Os vais a cagar encima con lo que voy a traer!

Y, de pronto, lo que llevo evitando todo el día sucede.

Olivia y yo estamos solos. A pesar de la música, sin el ruido que hacen los demás, el silencio entre nosotros palpita.

¿Por qué dijo que sí a esta estúpida fiesta? ¿Por qué ha dejado que Elsa la disfrace para que mirarla (y, a la vez, no hacerlo) me resulte una auténtica tortura?

Tengo que huir, así que me pongo en pie y me dirijo a la cocina. Quizás tenga que probar el ponche ese de los cojones, porque el vino no está haciendo el efecto deseado: dejarme inconsciente. Además, ¿desde cuándo bebo vinos franceses? Si me viese mi padre, me mataría.

–Asier –me llama ella. Al girarme y verla de pie a unos pasos de mí, tímida y con los ojos brillantes, el pinchazo en el pecho es inevitable–. ¿Qué podría darte yo como regalo?

Veamos, ¿por dónde empiezo, Olivia?

Regálame que me cojas de la mano, que me guíes a un rincón de esta casa donde no vaya a interrumpirnos nadie. Empújame contra la pared, pídeme que te bese y ahoga después un gemido contra mis labios, tal y como hiciste anoche. O podrías dejar que hunda mi boca en tu cuello, suplicarme que continúe el camino más abajo, hasta recorrer esa piel que he deseado acariciar toda la noche. Permíteme adorar tu cuerpo hasta que ni el tuyo ni el mío aguante o el sol nos pille despiertos.

También podrías prometerme una simple cita cuando todo esto acabe.

La lista es infinita.

–No se me ocurre nada –acabo por responder.

Olivia se balancea sobre los pies, como suele hacer cuando está indecisa. Al ver cómo después se toca el pelo y acaba rozando sus labios, empiezo a ponerme tan nervioso como ella.

–Solo hay una cosa que se me da realmente bien. –*Ay, madre*–. Soy muy buena en mi trabajo. –Vuelvo a respirar–.

Así que ¿por qué no me pasas algo tuyo? Te daré mi opinión pormenorizada, lo editaré y corregiré gratis.

Que nadie me malinterprete. Es, probablemente, el mejor regalo de cumpleaños que nadie me ha ofrecido en la vida. Solo que, en el caso de Olivia, hay tantas cosas que puede hacer por mí que me ha nublado un poco la mente la posibilidad de todas ellas.

Como no contesto, vuelve a toquetearse el pelo.

—Sé que no es mucho, lo siento...

—No, no, me encantaría. —Saco el móvil del bolsillo y rebusco entre las carpetas de mi cuenta en la nube—. El otro día terminé esa prueba de redacción que te comenté para Orballo Ediciones. También tengo una novela que autopubliqué hace años, y estaba pensando en darle una vuelta. Ahora estoy escribiendo un *thriller* que...

—Pásamelo todo.

Aunque dudo un poco, al final acabo accediendo. Mientras tecleo, no se me escapa que, como si lo hiciese por casualidad, Olivia se va acercando a mí poco a poco.

—Ya está —anuncio al darle a enviar—. Lo tienes todo en tu correo.

—No quiero que la editorial tenga nada que ver en esto —murmura—. Mejor pásamelo al mío personal. —Su voz suena tan baja y aterciopelada, tan suya, que siento un escalofrío—. Apúntalo, ¿vale?

Me dicta su maldita cuenta de correo letra por letra. No se lo digo, pero me equivoco varias veces. Maldita sea, ¿por qué mi cuerpo reacciona así a su voz? Es como si, al escuchar cómo suena de verdad, sin filtros, anticipara lo que es capaz de hacer Olivia cuando no finge nada. Cuando es ella misma.

Me pregunto si será de las que hablan en la cama. Yo se lo pediría; que no dejase de hacerlo cuando nuestras bocas no estuvieran ocupadas.

—Vale, te lo he enviado también ahí. —Ella asiente, satisfecha—. Gracias. Es un buen regalo.

—Me parece que no es suficiente. —Apoya su mano en mi brazo y me tenso como una cuerda—. ¿Te haría ilusión algo más?

Olivia, a ver, que en teoría eres tú la que me rechazó ayer.

Pero no la veo muy por la labor de poner distancia entre nosotros, así que soy yo el que se retira un poco y responde:

—No, este regalo está bien. —Alzo la vista hacia las escaleras—. ¿Por qué tardarán tanto?

—Les caes bien, así que se estarán esforzando para hacerte un buen regalo. —Nada, que no aparta la mano. De hecho, tira de mi manga y se aproxima—. Oye, el otro día en la piscina vi los tatuajes que tienes en el otro brazo. ¿También están relacionados con libros?

Pienso un segundo antes de contestar:

—Puede.

—¿Con los que escribes? —insiste.

—Sí.

Alza una comisura. Después, la otra. Al final, enseña todos los dientes. Las luces led los iluminan como si fueran perlas.

—¿Me los enseñas?

¡¿Dónde se ha metido esta gente?!

He intentado ser respetuoso con la decisión de Olivia. Como es lógico, tampoco me ha salido comportarme con ella igual que siempre, pero al guardar las distancias he procurado no ignorarla ni hacer que se sintiera de menos.

Aunque no me lo ha puesto nada fácil. Su disfraz no es tan revelador como el de Elsa, pero es un recordatorio andante de cada línea de su cuerpo. Y el único foco expuesto es ese cuello abierto, el escote pronunciado y la promesa que insinúa. Estoy tan tenso por no poder bajar la vista hacia donde no debo que me se dé memoria cada hilo de los jodidos fantasmas que están colgados por las paredes.

Así que no, no voy a enseñarle mis tatuajes. Todo lo que implique contacto entre nosotros llevará a frustración y deseos insatisfechos. Y, obviamente, prefiero no sufrir sin necesidad si puedo evitarlo. Tampoco soy tan idiota.

—Mejor otro día. —Le cojo de la mano con suavidad y la aparto de mi brazo—. Además, sigo sin haber visto el tuyo.

Espera, ¿por qué he dicho eso? ¿Estaré borracho al final? Puñetero vino francés.

—Ah, ¿quieres que ese sea tu regalo? —me pregunta Olivia en voz baja—. ¿Verlo?

No.

Vale, sí.

¡No!

—Voy al baño.

Primera buena idea de la noche.

Una vez allí, me echo agua en la cara y me aferro al lavabo con ambas manos. La cabeza me da vueltas, así que cierro los ojos para concentrarme.

Olivia está así porque está bebida, y nada de eso cambia las cosas ni el motivo por el que me rechazó.

Además, solo quedan tres días para que regresemos. Y después, aproximadamente, un mes para que el encargo de Seoane esté terminado definitivamente. A partir de ahí, por mucho que Olivia quiera ayudarme a publicar, me negaré. Evitaré Rapla como la peste si eso implica trabajar con ella. No porque no me guste (porque me encanta, y es con quien más he disfrutado haciéndolo), sino porque, según su sistema de valores, las normas de la editorial o alguna razón secreta que no me ha contado todavía, eso implica que, mientras sea mi editora, no puede ser nada más para mí.

Y me niego. Ya he tenido una suerte de mierda en el amor como para que boicotee lo único bueno que me ha pasado últimamente a cambio de tener la posibilidad de ¿qué? ¿Que la persona que más respeto en el mundo editorial me ayude a lograr mi sueño de publicar a lo grande?

Cojo aire por la nariz y lo suelto poco a poco.

Cuando salgo al pasillo y lo recorro de vuelta al salón, me alivia escuchar las voces de los demás.

Con más gente, será fácil evitar a Olivia. De vuelta a Madrid, será todavía más sencillo. Y solo cuando me envíen la factura con el dinero del encargo, le propondré tomar un café. Sin trabajo de por medio ni fechas de entrega. Algo normal, solos los dos, para variar.

Mantener las distancias hasta entonces será mi prioridad.

—¡No puedes mirar!

Un destello verde tira del cuello de mi camisa hacia abajo y me obliga a darme la vuelta. Me quedo inclinado, la nariz cerca de una oreja pequeña que sobresale entre pelo rojo.

Cojo aire por la sorpresa y mis pulmones se llenan de su olor. Chicle, champú de melocotón, ponche, el mismo perfume que dejó en las sábanas de mi cama.

Intento apartarme, pero solo consigo que Olivia empuje todavía más hacia abajo. No puedo evitar mirar su escote, lo que me tensa de pies a cabeza. Tiene un lunar sobre el pecho derecho. Parece el foco de luz para la estúpida polilla en que me he convertido.

—Están preparándolo todo —me susurra—. Espera un minuto.

¿En otra vida fui un torturador de la Inquisición, o hay otra razón retorcida por la que el mundo quiere verme sufrir?

Al final, cierro los ojos. Tampoco es que sirva de mucho: su aliento me acaricia la mejilla. Al notar el calor que desprende su cuerpo, el mío reacciona de inmediato. Me coloco mejor la capa por debajo de sus brazos y trato de sonar indiferente.

—¿Qué están montando?

—Una auténtica montaña de regalos. —Escucho su risa y entreabro los ojos. Los suyos destellan con diversión—. Me temo que no te va a gustar. Vas a tener que ser el centro de atención hasta que termines de desenvolverlo todo, lo que podría durar horas.

—Mi sueño hecho realidad —ironizo, lo que hace que vuelva a reír—. Oye, puedes soltarme. No voy a darme la vuelta.

Aunque la carcajada se corta, Olivia no se mueve. Incluso cierra todavía más los dedos sobre la tela de mi pecho.

—Prefiero estar segura —dice en voz baja—. Solo será un segundo.

Los malditos segundos de Olivia. Consiguen que el tiempo se relativice, extienda y dure agónicamente lo que ningún ser humano, sobre todo yo, es capaz de aguantar.

—Vale, ya está —me informa tras una eternidad—. Hazte el sorprendido. Ya sabes, no les rompas el corazón: finge que todo te gusta, por mucho que no sea así.

—No hay problema, en eso tengo un máster.

Compone una expresión de pena, aunque doy gracias porque la borre pronto.

Me suelta por fin y me acompaña hasta el centro del salón, donde compruebo que tenía razón: Elsa, Uve y Seoane han amontonado una cantidad desorbitada de cajas envueltas en papel de burbujas. Me sobrecoge un poco que el conjunto tenga mi altura, así que, al llegar, me veo incapaz de decir nada coherente excepto un escueto «gracias».

—¡Feliz cumpleaños! —gritan al unísono. Mientras los demás cantan la canción de marras, Uve se arrodilla con parafernalia para tenderme unas tijeras—. ¡Empieza ya, venga!

Son regalos que les han enviado empresas para tratar de ganarse su favor o su publicidad, es innegable, pero reconozco con asombro que han pensado bien qué elegían para mí. Todos son productos con los que he soñado alguna vez, que me gustan o necesito y no me he podido permitir: una cafetera industrial, cientos de cápsulas de café, camisetas y sudaderas de videojuegos demasiado grandes para cualquiera de ellos, libros que todavía no se han publicado, comida exótica de nuevas marcas y hasta una consola retro con videojuegos que Seoane insiste en que tiene repetida dos veces y, además, en edición especial.

—¿Condones? —pregunto al abrir una caja—. Muy útiles, gracias. ¿Cómo os envían estas cosas?

—Nuestro *target* es quien más necesita entender la importancia de usarlos —me sermonea Elsa—. Niños, niñas, niñes, ¡usen protección!

Uve me anima a abrir la siguiente caja, y arqueo una ceja al descubrirla.

—Vaya, qué sorpresa: más condones. —Abro una tercera y se la enseño mientras se descojona—. A ver, ¿cuántos hay aquí? ¿Cincuenta? Joder, que se me van a caducar.

—*Bro*, espero de corazón que en un mes me pidas que te envíe más. De otra forma, me sentiría decepcionado.

–Hablando del tema, te haré *spoiler*: también he añadido al montón algunos juguetitos –canturrea Elsa. Al volverme hacia ella, me guiña un ojo–. Para que lo uses con quien quieras. Hombre, mujer, tú mismo...

–Vaya, me alegra que hayas contemplado todas las opciones.

–¡De nada, Asierito! Todo lo que haga falta para que mi gruñón favorito deje de ser un gruñón.

Decido ignorar las risas que le siguen y termino de desenvolverlo todo. Al terminar, el salón está repleto de cajas y plástico de burbujas sobre el que Seoane y Uve no han dejado de saltar para hacerlo explotar.

–No sé qué decir –confieso al contemplar el panorama–. Es absurdo, no teníais por qué darme todo esto.

–¿Pero estás contento o qué? –Uve me da una palmada en la espalda–. Con lo complicado que resulta sacarte una sonrisita, lo consideraría una victoria.

–Estoy contento –reconozco–. Aunque todo esto es obscenamente caro. Me da hasta vergüenza usarlo. ¿Cómo os lo puedo devolver?

–Ponnos en tus agradecimientos –propone Elsa–. En los de tu próximo libro, claro.

–Puedes volver a visitarnos. –Seoane se acerca a mí y me aprieta el brazo. Aunque parece que va a mirarme a los ojos, luego se arrepiente–. En nuestros cumpleaños, si quieres.

–Está bien, aunque no esperéis que vaya a regalaros nada parecido –concedo con sequedad, aunque al final sonrío–. Muchas gracias.

Los tres hacen un pequeño y ridículo baile, ese al que han decidido llamar «el Uve» (por Víctor y por «victoria»), hasta que el mismo creador frena en seco.

–Espera, *baby*, ¿y tú qué le has dado?

Olivia, en un discreto segundo plano, se sobresalta al escucharlo.

—¿Yo? Ah, nada... —Baja la vista a su vaso de ponche antes de añadir—: Se lo daré luego.

No hay nada insinuante en el modo en que lo pronuncia. Más bien parece triste, pensativa o arrepentida. Puede que todo a la vez. En cualquier caso, a ninguno de los demás le importa su verdadera intención. Ya han imaginado lo que les interesa.

Me recorre un escalofrío al advertir cómo en la cara de Uve y Elsa se forma una expresión distinta, aunque con la misma carga de maldad.

Estoy decidido a mantener las distancias con Olivia, pero al parecer tengo el mundo en contra, y eso incluye a dos de los *influencers* nacionales más poderosos del momento.

Malditos niñatos. Ahora que habían empezado a caerme bien...

—¡Vamos a la piscina! —propone Elsa—. Una buena fiesta no puede terminar sin hacer una cosa así. Venga, no pongáis esa cara. ¿A nadie le apetece un bañito nocturno? ¡En honor a nuestro cumpleañero y nadador cachas favorito!

—Algunos n-no tenemos bañador —objeta Olivia. La voz le tiembla, y no sé si es porque la situación la avergüenza o porque esté borracha. Quizás sea por ambas cosas.

—¿Y qué más da? ¡Estamos en familia!

—*Cool!* —Uve se echa a reír—. ¡Siempre estuve a favor del incesto!

—Uve, por favor... —le amonesta Seoane.

—¿Qué? Digo en plan hipotético. ¿A ti no te gustaba la serie de la que va disfrazado Asier, donde hay incestos a mansalva?

—Sí, pero es fantasía. También hay dragones.

—Esto sí que es una fantasía, ¿o qué? —Uve nos agarra a Seoane y a mí para que avancemos detrás de Elsa y Olivia, que ya han empezado a caminar hacia la piscina. No sé cómo lo consigue, porque es el más bajo de los tres—. Hay dos a repartir, caballeros, pero creo que podremos apañarnos bien.

Aprieto los dientes. Sé que no lo dice en serio, solo pretende provocarme. Aun así, no me importaría decirle cuatro cosas. Por suerte, Seoane lo hace por mí (y más educadamente).

—Te refieres a apañarnos para jugar en el agua a peleas de hombros dos a dos, ¿no?

—Sí, claro, *king*, justo a eso me refería...

—Entonces, no hay problema —le corta Seoane—. Yo nunca peleo. Dejaré que os matéis entre vosotros manteniendo una buena distancia de seguridad.

—¡Cobarde!

—Pues claro, y a mucha honra.

Seoane me lanza una mirada por encima de la cabeza de Uve y le sonrío de vuelta.

No sé cómo acabará todo con Olivia tras este viaje, pero me alegra haber conocido a este chaval. Ha tirado por tierra todos mis prejuicios contra los tíos que se ganan la vida por internet, por mucho que, en el fondo, sospeche que no hay demasiados como él.

Al llegar a la piscina, comprobamos que Elsa ya se ha quitado el vestido. Coge carrerilla antes de tirarse en bomba al agua. Emerge con las trenzas pegadas al cuello y nos anima a seguirla con la mano. Uve no necesita más invitación para quitarse su estúpido traje de fieltro con dos movimientos e imitarla, aunque, admito, su técnica al tirarse de cabeza es muy buena.

Tal y como iban disfrazados, tampoco es que la ausencia de ropa haya supuesto mucha diferencia.

—¡Venga, vosotros también!

—¡*Baby*, no te quedes ahí! ¡Únete!

Olivia niega con la cabeza, callada y con una sonrisa educada. Solo se ha quitado las medias verdes y, sentada en el bordillo, se dedica a mover los pies bajo el agua con una cadencia lenta. Seoane da una vuelta entera a la piscina para arremangarse su traje hasta las rodillas y hacer lo mismo justo a su lado.

De pie a unos metros, sudando por el calor y la humedad de la sala, me siento un gilipollas fuera de lugar.

A pesar de mis ineptitudes sociales, me había acostumbrado a encajar en este ambiente lleno de gente rara con una chica que comparte mi pasión por los libros. Ahora solo tengo ganas de huir de aquí, encerrarme en mi cuarto para leer, echar de menos a mi gata y beberme lo que quede de ese ponche tumbagigantes que, al menos anímicamente, está haciendo honor a su nombre.

Y, sin embargo, me quedo un poco más. Mis ojos ya no me obedecen. En contra de mi buen juicio, se dirigen como un imán hacia Olivia para observarla de lejos. Siento de inmediato una presión en el pecho. No puedo controlarlo. Es ese deseo que asocio a ella, tan anhelante como incendiario.

Está preciosa. Justo en este instante, más que nunca. Acaba de reírse de algo que ha dicho Seoane; al instante siguiente, ambos se quejan porque Uve acaba de salpicarles al luchar contra Elsa.

Decido que es el momento perfecto para dejar de torturarme y hacer una bomba de humo, así que comienzo a caminar hacia atrás sin hacer ruido.

—¡Mi llave! —Elsa se palpa el cuello y empieza a girar sobre sí misma, la vista en el fondo de la piscina—. ¡La llevaba colgando y ya no está!

—¡Tranqui, princesa, yo también la he perdido! ¡Pero tenemos otras de repuesto!

—¿Dónde?

—Por... ahí.

Se miran a los ojos un instante para soltar después una carcajada al unísono.

—Seguro que están en el fondo de la piscina —les tranquiliza Olivia—. ¿Os ayudamos a buscarlas?

—¿Qué dices, *bro*? —Uve me guiña un ojo desde el agua. Los rizos se le pegan a la piel de las mejillas; está tan feliz que imagino que elegir una casa con piscina fue idea suya—. ¿Nos echas una mano?

¿Debería? Ni de coña. Por otro lado, si no los ayudo yo, imagino que lo hará Olivia, siempre dispuesta a complacer a los demás. Prefiero evitar que lleve incluso menos ropa encima, así que accedo a regañadientes. Además, un chapuzón me vendrá bien para despejarme y que se me pase la moña.

Me quito el disfraz, ignorando los silbidos de los dos imbéciles que hay dentro del agua, y, quedándome solo en ropa interior, me sumerjo varias veces para buscar sus estúpidas llaves. En cada ocasión que contemplo la superficie desde el fondo, procuro no mirar hacia la pareja de pies que siguen moviéndose en un lado.

Hasta que la presencia de un solo par de piernas balanceándose me mosquea.

Salgo del agua y me echo el pelo hacia atrás. De pronto, la sala está demasiado silenciosa. Eso implica la ausencia de las dos personas más escandalosas de la casa.

Solo que también falta Seoane.

—¿Dónde cojones se han metido todos? —boqueo.

Lo pregunto al aire, aunque en realidad la única que puede contestarme es Olivia.

Sigue donde estaba, cabizbaja. Nado hasta el lado donde sigue sentada y, a un metro de ella, me agarro al bordillo.

—Como no estabas teniendo éxito, han dicho que iban a buscar sus llaves de repuesto a... algún lugar —me responde cuando me quedo quieto—. Seoane se ha marchado también, cansado. Al parecer, no es la primera vez que les pasa.

—Entonces, ¿por qué coño cierran sus habitaciones con llave? —Me paso la mano por los ojos para quitarme el exceso de agua—. Vaya tres tontos del culo.

—Fue idea de Elsa —me explica Olivia—. Me lo ha contado mientras nos disfrazábamos. Al principio de vivir juntos, hubo un problema entre Uve y ella. Uve entraba sin llamar cuando le daba la gana y... Para resumir, digamos que el príncipe de TikTok sigue sin ser muy amigo de la privacidad.

—No hace falta que lo jures.

Me apoyo en el bordillo y cojo impulso para salir. Entretanto, Olivia sigue empeñada en mantener la vista en la superficie ondulante de la piscina.

—Bueno —murmuro—, ¿nos vamos a la cama?

Gira tan rápido la cabeza hacia mí que podría haberse dislocado el cuello. A pesar de nuestra situación, me contengo para no sonreír y burlarme de sus mejillas rojas.

—Quiero decir, cada uno a la suya.

—Ah, sí —balbucea nerviosa—. Es una buena idea.

Aunque asiento de vuelta, ninguno de los dos se mueve. Pasa un minuto. Dos. Al final, acabo balanceando los pies en el agua como hace ella, solo que con los ojos clavados en el techo.

Mis dedos extendidos sobre las baldosas están a unos centímetros de los suyos. Así de cerca, me doy cuenta de que están hechos para encajar con los míos. Podrían entrelazarse fácilmente. Solo tendría que mover la mano a la derecha. Tampoco demasiado. Un poco. Nada más.

Joder. Debería resultar imposible que algo invisible tuviera tanta fuerza. Pero aquí está, entre nosotros, tirando de mí hacia ella y contrarrestando desde su lado con la misma potencia.

En contra de mi voluntad, tengo que mantener las distancias, solo que es complicado cuando soy tan consciente de su existencia.

Una vez más, resisto. Tras coger aire, me pongo en pie y le tiendo una mano. Aunque esté de espaldas a mí, Olivia se vuelve de inmediato, como si en realidad hubiera estado esperándola. La coge sin titubear y tiro de su muñeca hacia arriba para ayudarla a levantarse. Aunque la suelto enseguida, al alejarme tengo la sensación de que sigo tocándola.

Recojo mi ropa. Olivia deja su vaso. Salimos al pasillo y lo recorremos mudos hasta llegar a su puerta. Solo entonces me permito fijar la vista en algo que no sea el suelo o mis propios pies.

Lo que llama mi atención enseguida es un pedazo de fieltro naranja chillón. Uno que antes estaba sobre la cabeza de un salido idiota.

Y que ahora cuelga del pomo de la habitación de Olivia.

—¿Qué co...?

Mi editora se ha quedado muda mirándolo, así que soy yo el encargado de acercar la oreja a su puerta para confirmar lo que ya advierte esa nada discreta señal.

—¡¿De qué cojones vais?! —Doy dos golpes a la madera—. ¡¿Esto va en serio, hijos de...?!

Estoy a punto de tirar al suelo el sombrero de calabaza y girar el pomo cuando Olivia me detiene rodeándome la muñeca.

—Déjalos —me pide en voz baja—. No vas a interrumpirlos a estas alturas.

—¡¿Cómo que no?!

—Tampoco es culpa suya. Es... mi destino.

—¿Pero qué dices?

—Ya sabes, lo que dijiste que no pasaría. —Me vuelvo hacia ella sin comprender—. Dos personas follando me dejan sin cama. De nuevo.

Contemplo su rostro, en el que poco a poco se va dibujando una suave sonrisa. Esta deja paso a otra más grande. Y, al final, a una carcajada limpia.

—A mí no me hace ni puñetera gracia —le aseguro, aunque me doy cuenta al soltarlo de que es mentira. No deja de ser una putada, pero me reiría si no implicase nada más.

—Después de años de mala suerte, he aprendido que es mejor aceptar estas cosas que echarse a llorar —consigue decir tras reírse. Al hablar, su voz va y viene, efecto del cansancio y el alcohol—. En fin, me iré a dormir a otro sitio. A lo mejor Seoane no se ha unido a esta fiesta y me hace un hueco arriba...

—De eso nada. —Tiro de ella hacia mi habitación y la dejo plantada frente a la puerta—. Tú quédate aquí. Yo dormiré en el salón.

Olivia se mueve más rápido de lo que esperaba y consigue retenerme tirándome del brazo.

—¡Ni de coña, Asier! Ahí hace un frío de muerte, estás empapado y los sofás serán todo lo caros que quieran, pero también incomodísimos. Lo sé, y tú también; me quedé dormida ahí el primer día. —Me resisto a ceder hasta que Olivia consigue abrir la puerta de mi habitación—. Venga, no seas tonto, somos personas civilizadas. Tu cama es enorme, y no es la primera vez que nos pasa. Tampoco vas a atacarme ni nada, ¿verdad?

Ofendido, la contemplo con la boca abierta.

—¿Qué? ¡Pues claro que no!

—Entonces, pasa.

Olivia no espera a que acceda. Simplemente, se mete dentro y se sienta en el borde de la cama. Junta sus rodillas desnudas y me pregunta como de pasada:

—¿Me prestas algo de ropa? —Me doy cuenta de que las erres ruedan en su boca, como si no pudiera retenerlas—. Toda la que tengo está en mi cuarto.

Voy a matar a esos dos cabrones en cuanto deje de oírlos a través de la pared.

Pero Olivia no tiene la culpa, así que me dirijo hasta mi mochila guardándome los insultos entre dientes.

Tras rebuscar entre la ropa limpia que me queda, le tiendo una camiseta y unos pantalones de deporte. Me doy la vuelta inmediatamente después, aunque aun así escucho cómo se desnuda a mi espalda, a solo unos metros de mí. Mi imaginación, traidora como siempre, completa el resto de la imagen.

Trato de no pensar en nada peligroso, en automatizar mis movimientos mientras me seco con una toalla y me pongo ropa seca. Entretanto, tomo una decisión: esperaré a que se duerma y me largaré al salón. Prefiero coger una hipotermia que aguantar despierto toda la noche con Olivia a medio metro y amanecer con un humor de perros.

Elsa tenía razón al pincharme esta mañana: anoche dormí mal. Igual que la noche anterior. Y que la anterior... En resumen, el único día que no sufrí insomnio fue en el coche con Olivia y en la noche del hostal de carretera, cuando dormí pegado a ella.

Repetir la experiencia suena tan tentador como doloroso.

—Asier, ya puedes mirar.

Al darme la vuelta, espero verla dentro de la cama, con las mantas subidas hasta la nariz, igual que hizo en aquel hostal. El vuelco en el estómago lo provoca el comprobar que, en lugar de eso, me espera sentada sobre la colcha, justo en mitad de la cama. Sin que entienda bien por qué, verla con mi ropa puesta despierta algo punzante en mi pecho.

Algo que hacía tiempo había dejado que se apagase.

—He cambiado de idea —mascullo—. Iré al salón.

Olivia se inclina hacia delante y extiende un brazo para tirar del borde de mi camiseta con intención de pararme. Aunque sea el tirón más débil del mundo, consigue su objetivo.

—Asier, ¿podemos hablar?

—No es un buen momento —le contesto con rapidez—. Has bebido. Yo también. Además, estoy cabreado.

Pestañea más lento de lo normal.

—¿Por qué?

—¿Cómo que por qué? —Señalo hacia la pared—. ¡Por ellos! ¿Tú no? ¡Deberías estarlo!

—Lo han hecho con buena intención.

—Si estar más salidos que el pico de una mesa es tener...

—Me da que querían provocar esto —me interrumpe—. Creen que nos hace falta un buen empujón.

Ya, Olivia, está claro que eso es lo que nos hace falta.

Huyo de ese pensamiento y le agarro de la muñeca con suavidad para intentar que me suelte.

—Escucha, sé que nuestra situación te preocupa, y lo entiendo, pero no me apetece hablar. No estando como estamos ahora. Y ya me dejaste claro ayer que, mientras trabajemos juntos, no puede pasar nada. Lo he aceptado, ¿no te basta?

—Sí, pero...

—¿Pero?

Se queda callada. Luego se mueve despacio, dudosa, hasta salvar la distancia que nos separa. Al quedar frente a frente, se alza en la cama sobre las rodillas, todavía aferrada a mi camiseta. Su rostro queda a la altura de mi cuello, aunque me niego a mirarla.

—Elsa tenía razón —murmura—. Hoy es festivo.

Trago saliva.

—¿Y?

—Que no tenemos que... trabajar.

Aunque se mueve dolorosamente despacio, soy incapaz de apartarme. Dejo que me rodee el cuello con los brazos, que me dé un suave tirón para que nuestras bocas se aproximen.

Se detiene ahí, justo en ese instante previo en que los labios se rozan pero todavía no se han unido del todo. Retrasa el momento, lo estira al sacar la lengua para humedecérselos. Yo cojo aire con la nariz cuando noto cómo me acaricia su aliento. Sé que estoy perdido cuando, un segundo después, rompe el vacío entre los dos y me besa.

Olivia sabe igual que ese maldito ponche. A vino, naranja, vainilla, canela. Dulce e intensa, como es ella.

Solo que también sabe a malas decisiones.

Mis manos la toman por la cintura, aunque, en lugar de empujarla hacia mí como desearía, la alejo. Lo justo para que nuestras bocas se separen.

Olivia se resiste a soltarme, así que tengo que tomar sus brazos en torno a mi cuello y aflojarlos. Dejo que cuelguen laxos a ambos lados de su cuerpo y doy un paso atrás.

Parpadea varias veces antes de tomar conciencia. Luego me observa desde el borde de la cama con una expresión confusa, los ojos vidriosos, la boca entreabierta.

Joder. Nunca había resultado tan difícil ser un buen chico.

24

Olivia

CREÍA QUE ERA UNA BUENA CHICA, porque no me habría atrevido a hacer nada de esto si no me hubiera bebido antes dos litros y medio del maldito ponche de Uve.

Pero pronto me doy cuenta de que, precisamente por eso, no voy a poder conseguir lo que quiero.

–Olivia, la respuesta es no.

–Pero si no te he preguntado nada... –tartamudeo por el alcohol, en lugar de sonar seductora como en realidad buscaba.

–No hace falta –dice Asier en voz baja–. La respuesta sigue siendo no.

–¿Ahora me rechazas tú? –boqueo, triste en lugar de enfadada–. ¿Qué pasa, es una especie de venganza por lo de ayer?

–No quiero hacer nada contigo si necesitas emborracharte para convencerte de que es una buena idea.

Enmudezco. Ay, puñetero tumbagigantes. Me estoy comportando como una idiota.

Derrotada, me dejo caer hasta sentarme en la cama y me paso el pelo por detrás de las orejas. Una, dos. Tres veces.

–Lo siento –barboteo–. No debería haber... Perdona.

–Perdonada.

—Aunque en algo te equivocas —me atrevo a decir—, porque sobria también creería que esto es una buena idea...

—Puedes querer hacer algo y a la vez saber que no debes hacerlo. —Se le hincha el pecho al coger aire—. Créeme.

Asiento. No puedo negárselo; tiene razón. Solo ha repetido lo que le dije ayer.

¡Qué vergüenza! *Estúpida, estúpida, estúpida.* Quiero irme. Huir como la cobarde que soy. Y, a la vez, no se me ocurre ningún otro lugar mejor en esta casa donde refugiarme.

Asier sigue despertando en mí una contradicción tras otra: cuando estoy con él, soy más yo misma, sé que me escucha, que le resulta interesante lo que pienso, que quiere conocerme; cuando estoy con él, cometo más errores, mi razonamiento se descontrola, tengo miedo a estropearlo todo.

Como ahora.

—Lo siento, fui yo la que dije que no deberíamos... Perdón —repito—. He bebido. No pensaba en... Disculpa. No volverá a pasar.

—Entonces, ¿no vas a volver a atacarme?

Asier no suele sonreír; por eso, cuando lo hace, intento retener la imagen lo máximo posible. Quedármela en el bolsillo para echar mano de ella cuando necesite animarme. Por si llega un momento en que ya no quiera regalármela.

—Esta noche no —contesto tras unos segundos—. Te prometo que me comportaré como un caballero.

—A ver si es verdad. Por si lo habías olvidado, festivo o no, sigo trabajando para ti. Tendría que denunciarte al departamento de Recursos Humanos de Rapla. No creo que a Carol le gustase mucho eso.

—Al revés, le encantaría. —Mi corazón se vuelve loco al ver cómo agranda la sonrisa—. Oye, lo siento, Asier, de verdad...

—Ya está, tranquila.

Alza una mano para retirarme un mechón de la mejilla. Ante la caricia, mi piel se despierta. Aún más cuando sus dedos me recorren la mandíbula hasta la barbilla y su pulgar dibuja el contorno de mi labio inferior; al final, su yema me presiona justo en el centro y yo me estremezco.

—En realidad, ha sido un buen regalo de cumpleaños —dice en voz baja, grave—. Gracias.

Sonrío a mi pesar, colorada hasta la raíz.

—Solo hay que ser pacientes —continúa diciendo Asier—. En un mes, podrás atacarme todas las veces que quieras.

Enseguida abro la boca para replicar, pero me arrepiento a tiempo. No sirve de nada insistir en que quiero ayudarle y seguir siendo su editora, incluso si termina el encargo. Incluso si pasa un mes, dos o tres.

Como ha dicho él mismo antes, puedes querer hacer algo y a la vez saber que no debes hacerlo. La realidad es que quiero estar con Asier, pero no debo, porque eso es egoísta. Prefiero ayudarle a conseguir su sueño, aunque eso implique alejarme de él. Eso es lo correcto. Lo mejor para su futuro como escritor.

Solo que no es el momento de convencerle de nada de eso, así que aparto las sábanas de mi lado de la cama para meterme dentro. Aunque duda, Asier acaba acompañándome.

Nos quedamos tumbados. Yo, bocarriba; Asier, de costado, el rostro vuelto hacia el lado contrario a mí.

Tras unos segundos de incomodísimo silencio y respiraciones nada regulares, me atrevo a hablar:

—¿Estás despierto?

—No, Epi. —Me río sin poder evitarlo—. La verdad es que siempre me ha parecido una tontería de pregunta. Si estoy dormido, no te voy a contestar.

—El silencio también es una respuesta.

De hecho, es la que obtengo. Dejo pasar un rato más antes de romperlo de nuevo.

—Te lo preguntaba porque quería ofrecerte otro regalo de cumpleaños. Tiene que ver con que sigas despierto.

—Olivia, te recuerdo que has prometido no atacarme.

—No es nada de eso, pervertido. —Le escucho reírse entre dientes, así que me atrevo a acercarme a él en la oscuridad y colocarle una mano en la espalda—. Al principio de nuestro viaje, en el coche, mientras hablaba, te dormiste. Mis hermanas siempre dicen que soy una pesada con una voz soporífera, así que tendría sentido.

—Con esa familia, quién quiere enemigos.

—No, no, si son muy buenas conmigo. Ahora, claro. De pequeña, era su saco de boxeo. —Gira la cabeza para mirarme por encima del hombro y me apresuro a aclarar—: Se metían conmigo; no es que me obligasen a dormir en el hueco bajo la escalera ni nada.

Asier vuelve a girarse. Aunque no le vea la cara, sé que está reuniendo fuerzas para hablar, así que le dejo espacio.

—Ni eres pesada ni tienes una voz soporífera —murmura al final—. Aunque sí es bonita. Tu voz, quiero decir. No cuando hablas por teléfono con la gente o cuando quieres contentarlos, sino cuando cuentas algo que te interesa. En ese momento... —Se calla y yo contengo el aliento—. Bueno, es cuando más me gustas.

El aire se queda retenido en mis pulmones hasta que ya no lo aguanto más.

—Tú también me gustas. —Carraspeo antes de seguir diciendo a borbotones—: Es decir, creo que era evidente, pero, por si acaso albergabas dudas, no voy por ahí besando a todos los escritores que conozco.

–Ah, ¿no? Malas noticias para mi gremio.

Me río de nuevo.

–Tras esta confesión bochornosa, vuelvo al tema: lo que quería proponerte como segundo regalo de cumpleaños es ayudarte con tu insomnio –consigo decir–. Igual, si te hablo durante un rato, logras dormir. ¿Qué dices?

Vuelve a tomarse su tiempo para contestar.

–Bien. Hazlo.

Mi mano sigue en su espalda, así que empiezo a subirla y bajarla, apenas unos centímetros, en una especie de caricia errática. Aunque sé que no tengo la mejor pronunciación del mundo en estos momentos, procuro hablar bajo y lento.

–Salí durante seis años con un chico de mi pueblo. Todo el mundo nos empujaba a hacerlo. Decían que era lo natural, que hacíamos una buena pareja. Yo también me lo creí. Lo conocía de siempre y, aunque había salido con gente en la universidad, pensé que ya era hora de empezar en serio con alguien. Si no, se me pasaría el arroz.

–Espera, ¿el arroz? ¿No tendrías como veintiún años?

–Veinte. Pero era lo que me decían. «¿Qué haces todavía soltera? ¿Cuándo nos presentarás a un novio?». A esa edad, mis hermanas ya estaban casadas y alguna tenía hasta un hijo.

–Cada vez estoy más convencido de que a tu familia le falta un tornillo.

–Ah, eso no lo niego. Espera a conocer a Judith. Todas las personas que me quieren están un poco locas.

Asier gruñe algo en euskera que no logro entender.

–Como te decía, estuve saliendo con este chico, Pedro, seis años –sigo hablando–. Hasta que me di cuenta de que no le quería. Él a mí, tampoco. Teníamos cosas en común, pero no me entendía. Insistía constantemente en que dejase mi trabajo. Por eso no me gusta que... —Hago una pausa—. Acepto consejos, no órdenes. Por muy buenas intenciones que haya detrás.

Como Asier no dice nada, continúo.

—Siempre he soñado con dedicarme al mundo de los libros. A pesar de ser un sector duro, pequeño y competitivo, he conseguido trabajar para la editorial más grande del país. Nadie dijo que hacerlo fuese fácil. Sobre todo al principio. Aun así, en esa época en la que empezaba en Rapla, me las apañaba para llegar a casa y hacer de asistenta para Pedro. A veces creo que, para castigarme por mi ausencia, se esforzaba incluso menos por ayudarme. Muchos días me acostaba, de madrugada, sin interactuar con nadie más que mi jefa o él... Que no distaba mucho de ser mi otro jefe, al fin y al cabo.

—¿Sigues teniendo su contacto? Pienso partirle las piernas.

Aunque haya sonado así de cabreado, ya conozco a Asier lo bastante como para entender que no es una amenaza real.

—No lo harías.

—Dame su dirección y lo comprobamos.

—No lo harías porque eres un buenazo y, además, yo no te dejaría —sentencio con tranquilidad—. Como habrás descubierto ya, me cuesta mucho enfrentarme a los demás. Tardé ni se sabe en atreverme a decirle a Pedro lo que no me gustaba de nuestra relación. En pedirle que me ayudase, porque yo sola no podía con todo. En honor a la verdad, le solté que estaba harta de hacerle de madre, que ya tenía una bien maja. Él me dijo que tenía razón, y que yo era peor que ella, así que se mudó a casa de sus padres. —Me río entre dientes—. La llamada de su madre dos días después fue divertida. Me rogaba que le convenciera de volver conmigo. Qué patético, ¿eh?

De repente, Asier se da la vuelta. Con un movimiento, tira de mí y me pega a su costado. Me rodea con un brazo hasta descansar su mano en mi cintura, aproximándome a él hasta que todo mi cuerpo encaja con el suyo.

—¿Y desde entonces no has salido con nadie?

Tardo un poco en calmarme. Mi corazón, otro tanto. Despacio, poso en el centro de su pecho la mano que antes estaba recorriendo su espalda y me aclaro la garganta antes de hablar.

—No en serio.

—Porque no tienes tiempo.

—Entre otras cosas.

—Por tu trabajo.

Cierro los ojos. Coloco mejor mi mejilla contra su hombro, tomando conciencia de su cercanía. Su calor. Su olor. Él.

—Sí. Entre otras cosas.

—¿Qué otras cosas?

—Siempre tengo la sensación de que he de renunciar a algo: trabajo o amor.

—No seas dramática. —La voz de Asier suena amortiguada, más ronca que de costumbre, y retumba en su pecho hasta llegar a mi oído—. A lo mejor necesitas cambiar algunas cosas en tu vida, pero no renunciar del todo a nada. Necesitas tiempo para ti al margen del trabajo. Y necesitas a alguien que entienda que es importante para ti conservarlo.

¿Dónde ha estado este hombre hasta ahora? ¿El cielo ha tenido piedad de mi mala suerte y lo ha creado solo para mí?

—¿Olivia?

—Eres insoportable —susurro—. ¿Siempre tienes razón?

—Soy insoportable, aunque no por eso. Me parece que te he dicho algo que ya sabías.

—Y a mí me parece que me consideras más lista de lo que en realidad soy.

—Eres lista. Lo que pasa es que también eres insoportablemente terca.

Esbozo una sonrisa.

—Siento mucho que salieras con un gilipollas así —añade Asier—. Parece que ninguno de los dos ha tenido mucha suerte en ese aspecto.

Desde que nos conocemos, Asier y yo hemos hablado mucho (más de lo que lo he hecho con nadie de género masculino desde hace años), pero todavía no hemos mencionado nada respecto a su pasada vida amorosa.

Rezo porque no se me noten las (irrefrenables) ganas de averiguar más sobre eso cuando por fin me atrevo a preguntarle:

—¿Qué clase de gilipollas te tocó a ti?

Pienso que el silencio es lo que voy a obtener como respuesta (una vez más), pero Asier aprieta su mano en torno a mi cintura y decide abrirse. Un poco.

—Una que decidió que yo no valía lo suficiente la pena como para considerarme su pareja en público.

Mi mente nublada por el alcohol tarda en comprender la magnitud de la frase. Sobre todo porque no me cabe en la cabeza que nadie pueda hacerle eso a otra persona.

Y menos a alguien como él.

—¿Qué quieres decir?

—Las etiquetas en las relaciones no importan, eso lo tengo claro —responde—, pero sí lo que la otra persona piense sobre ti. La chica con la que estuve... no le dijo a nadie que estábamos juntos.

De nuevo, tardo unos segundos en asimilarlo.

—¿Mantenía lo vuestro en secreto?

—Nadie sabía que existía —confiesa en voz baja—. Al principio no me di cuenta. Siempre tenía una excusa para no presentarme a sus amigos o a su familia, e igual para evitar a los míos. —Noto cómo traga saliva—. Dejémoslo en que mi familia y yo no nos llevamos demasiado bien, pero quería presentarle a mi hermano mayor. Iba a Madrid por trabajo, y pensé que era la ocasión perfecta. Sin embargo, ella... se negó en redondo. Primero, de forma sutil. Luego, intentó incluso hacerme sentir mal por proponérselo siquiera. Cuando la enfrenté, me di cuenta de que solo le interesaba para...

Aunque se calla, no insisto. Tampoco necesita añadir nada más.

—Y después de eso, ¿qué pasó? ¿La dejaste?

—No lo sé. —Suelta una risa corta, pagado de sí mismo—. No sé si cuenta si una de las dos personas no te considera «oficial». Si un árbol cae en el bosque y nadie lo escucha, ¿ha caído de verdad? —Noto cómo su hombro bajo mi oreja se tensa—. Al menos, ya no tuvo que fingir más.

Nunca me he considerado una persona violenta, pero en estos momentos me encantaría enfrentarme a esa tía y decirle cuatro cosas (probablemente censurables en horario infantil).

—Lo siento mucho —susurro, en lugar de soltar una amenaza vacía—. Si te sirve de consuelo, estás mejor sin ella. Te mereces a alguien que te presente a los demás abiertamente como su novio florero.

Asier se ríe entre dientes. Noto cómo sus dedos acarician mi cadera por encima de la camiseta, provocándome un pinchazo en el pecho.

—Sí. Yo también lo creo.

Bajo mi palma, advierto cómo su corazón empieza a competir con el mío. Si seguimos así, el sol nos descubrirá todavía despiertos.

—Me ha encantado la historia, de verdad, en especial descubrir que no soy la única desgraciada con un gusto terrible para elegir capullos —le aseguro, lo que le arranca otra pequeña risa—. Pero ¿no iba a hablar yo y tú ibas a dormir?

—Perdón. —Se remueve contra el colchón—. Continúa, por favor.

Le cuento más.

En realidad, se lo cuento todo.

Mis problemas con el trabajo y con mi familia. Mi relación con Jud, la que es mi única amiga en una ciudad enorme que te despersonaliza. Le hablo de cómo adopté a Mochi, mi gato, y de mi grupo del pueblo, esas chicas de la peña a las que que hace años no veo. Le hablo con anhelo de las presentaciones de libros y de los conciertos de metal alternativo a los que he renunciado a ir por falta de tiempo. Le confieso que iré sola a la boda de mi prima, lo cual me aterroriza, y la presencia de Pedro allí con una nueva novia, lo que me repatea las tripas.

Al final acabo desvariando sobre los clichés que me gustan, las tendencias literarias que vienen desde Estados Unidos, las traducciones que están tratando de conseguir para la editorial y que me muero por leer en nuestro idioma. Suelto una perorata sobre los libros favoritos que he editado, los autores a los que capto y con cuyo triunfo disfruto. También sobre esos otros que me han asegurado que sus novelas son mejores gracias a mis consejos.

Lo feliz que soy al oírlo. La satisfacción que me da ver un libro en el que he colaborado en una tienda, saber todo lo que hay detrás. Ese sentimiento de plenitud que hace que todo merezca la pena.

El cansancio gana a mi borrachera. Pronto deliro por la falta de sueño más que por el alcohol. Consigo alzar la cabeza para comprobar con placer la cara de dormido de Asier. Su boca entreabierta es una tentación demasiado grande, así que la rozo con los labios en un beso suave antes de acurrucarme mejor contra su pecho.

Solo un poco antes de quedarme dormida.

Solo un instante antes de reconocerme a mí misma que, por mucho que no me lo permita, estoy enamorada de él.

25

Olivia

ME CUESTA BASTANTE MÁS LEVANTARME a la mañana siguiente que ninguna otra. Pero, en especial, separarme de mi escritor fantasma y abandonarlo mientras todavía duerme.

Ayuda un poco la sed monstruosa que tengo, las pintas espantosas que debo llevar y mi miedo al ridículo, todos juntos disputándose los mandos de mi vergüenza. Hacía tiempo que no sentía esa en específico, la que te domina después de una noche de fiesta.

¡¿A quién se le ocurre lanzarse a besarle después de haberle dicho que no podíamos hacerlo?! A la Olivia del pasado nublada por el alcohol y el deseo de liarse con el hombre de sus sueños, por supuesto.

Maldita sea esa mujer.

Al salir del baño, escucho ruido provenir de mi habitación. Ah, genial. Al menos podré desfogar mi vergüenza enfrentándome a los dos cabezas huecas que prepararon el escenario de mi patético intento de seducción.

Abro la puerta sin llamar y me encuentro un panorama más limpio y ordenado del que esperaba. Elsa está terminando de hacer mi cama, con el pelo mojado y vestida con uno de sus típicos chándales, en esta ocasión de color gris. Al advertir mi presencia, se queda inmóvil.

—Olivia, yo... Eh, perdona, es que...

Cierro la puerta tras de mí y me aproximo a ella despacio.

—¿Qué ha pasado?

Intento sonar suave. Tampoco me cuesta, porque no estoy enfadada. Ya no. Parece más arrepentida (de lo que sea) que yo.

—Anoche... Bueno, Uve y yo...

—Os oímos. —Le echo un vistazo a mi cama—. Me imagino qué pasó.

—¡He cambiado las sábanas, te lo juro! —me asegura con rapidez—. Y sí, la verdad es que... pasó. —Se lleva los dedos a un lado del cuello—. Siento que te dejáramos sin cuarto.

—Ah, ¿no fue aposta? Pensaba que sí.

Nunca la había visto tan colorada. Supongo que es por la falta de maquillaje y porque siempre parece muy segura de sí misma (y de las decisiones que toma).

—¿Cómo lo averiguaste?

—Lo de fingir que habíais perdido las llaves tuvo su gracia —reconozco—. Pero Seoane me lo confirmó en cuanto os fuisteis pitando de la piscina.

Elsa frunce el ceño.

—Qué listo es el cabrón.

—Por la cara que pones, imagino que también pretendías fingir lo demás. Es decir, lo que al final terminó pasando, ¿no?

Arquea las cejas y su sonrojo se vuelve más intenso.

—Qué lista eres, cabr...

—Elsa, no sé tú, pero yo tengo una resaca horrible y necesito un café —la interrumpo, uniendo las manos para rogarle—.

¿Por qué no preparas dos, los traes y me lo cuentas todo? Como habrás comprobado, no llevo mi ropa, así que, mientras tanto, me pondré algo que no sea negro ni cuatro tallas más grande.

Me obedece sin rechistar. Advierto que se entretiene lo suficiente en la cocina para dejar que me vista y que además me recomponga un poco.

Cuando regresa, me tiende un café con mucha espuma que huele a vainilla y se acomoda en el suelo, frente al borde de la cama donde la espero sentada.

—Odiaba a Uve —empieza de sopetón—. En cuanto lo conocí, me cayó fatal.

—¿De verdad?

—¿Te sorprende? —chista—. Era un creído de mierda, hacía comentarios babosos a todo el mundo y era evidente que yo le ponía. Más que nada, porque me informaba de ello cada diez segundos. Pero era muy amigo de Seoane, así que tuve que pasar por el aro y aguantarle. Cuando Seoane me contó que estaba harto de su ciudad y que se iría a un sitio más tranquilo, más apartado y privado, me alegré. En cuanto supe que su compañero de casa sería Uve, me puse histérica. —Le da un corto sorbo a su café—. Nunca había discutido tanto con él. Lo que pasa es que Seoane es un cabezota: si le dices que no haga algo, pone más empeño en ello. Total, que la única solución que vi fue seguirlos hasta aquí. Hasta el putísimo culo del mundo.

Dios, si la historia no fuera tan interesante, le pediría que bajase la voz. Aunque el café me ayuda a anular la resaca, la cabeza me sigue martilleando.

—¿Por qué no querías que vivieran los dos solos? —le pregunto con suavidad—. Te caería mal Uve, pero es evidente que son buenos amigos.

—Porque a Seoane le gusta Uve —dice sin afectación—. Sí, no pongas esa cara, me imagino que ya lo sabías.

—Pues... no tenía muy claro qué pasaba entre los tres —confieso, algo avergonzada—. Aunque sí era evidente que algo sucedía.

—A Uve no le gusta Seoane. O sea, le gusta, pero no le quiere. Es decir, le quiere, pero no en ese plan, sino para aprovecharse de él.

—¿En serio?

Elsa vuelve a acariciarse el cuello.

—Al menos, eso era lo que pensaba cuando me mudé. Y esa fue una de las razones por las que lo hice. Seoane es el más famoso de los tres, el que tiene más apoyo, fuera y dentro de internet. Pensé que, viniendo aquí, le protegería de Uve. Así podría evitar que le rompieran el corazón a mi mejor amigo. ¡Porque lo es! —De repente, Elsa me agarra la rodilla, provocando que vierta un poco de café sobre el suelo—. Es mi mejor amigo y una persona muy vulnerable. Por internet no lo parece, pero es frágil, sensible, un trozo de pan demasiado bueno para este mundo. Ya lo ha pasado bastante mal. Ha perdido a gente. ¡Por eso tiende a...! —Se calla de pronto y añade a la carrera—: Se hunde si le decepcionan o si las cosas salen mal. En especial si le abandonan. Y Uve es una apisonadora emocional.

—¿Sigues pensando lo mismo de él?

Vuelve a sentarse en el suelo. Dejo que el tiempo pase y aprovecho para beberme la mitad del café.

—Ya no pienso lo mismo —confiesa Elsa al final—. De hecho, no tengo muy claro qué pensar respecto a él. Y menos qué hacer.

—Bienvenida al club.

Elsa me sonríe, todavía cabizbaja.

—Al vivir con Uve, he podido conocerle mejor —admite—. Dejando a un lado lo pesado que es, su poca delicadeza en algunos asuntos, su nula capacidad para entender lo que significa una puerta cerrada o meterse en la vida de los demás..., es un buen amigo. Es divertido, sincero y leal. Lo que ves es lo que hay. Le gusto por mi aspecto, sí, pero también por otras muchas cosas, y se encarga de recordármelo cada día... No se empeña en tratar de quedar por encima de mí ni me da lecciones sobre cómo hacer mejor mi trabajo. —Se encoge de hombros—. Y tampoco estoy ciega: está más bueno que el pan con chocolate.

Me deslizo hasta el suelo y le acaricio el brazo de arriba abajo, como suelo hacer con Jud cuando se desahoga por cuestiones amorosas (lo que sucede bastante a menudo).

—Así que te gusta. —Mi intento porque lo reconozca no tiene mucho éxito—. Eso explicaría por qué vinisteis ayer aquí y acabasteis juntos.

—En realidad, empezamos saltando encima de tu cama —confiesa con timidez—. Uve fingía gemir y todo. Es un idiota.

—De eso no me cabe duda. Pero, aun así, te gusta.

Aunque le cuesta, acaba asintiendo.

Minipunto para mí.

—Nuestro plan era que Asier y tú durmierais juntos —dice a borbotones—. O que pasaseis más tiempo solos. No me di cuenta de que la situación se volvió en mi contra. Fui yo la que acabó a solas con Uve, y hacía meses me había prometido a mí misma no hacerlo.

—Porque sabías lo que iba a suceder si eso pasaba.

Vuelve a asentir.

—¿Qué va a pensar Seoane? —Suelta un gruñido y se alborota el pelo, mezclando blanco y negro—. ¡Seguro que me odia! Seguro que piensa que soy una amiga de mierda.

—No conozco tanto a Seoane como tú, pero permíteme que lo dude. Ha sufrido por personas que se han intentado aprovechar de él; por eso habrá aprendido a detectar quién es de fiar. No se equivocó contigo.

Elsa se tapa la cara con el pelo.

—Olivia...

—Es mayorcito —la corto enseguida—. Y lo bastante fuerte. Aunque le guste Uve, lo entenderá. ¿No has dicho que eres su mejor amiga? Si es así, habla con él. Arreglaréis las cosas.

Elsa me quita la taza de café de las manos, aparta la suya de en medio y me da un abrazo. Dejo que me envuelva el cuello con los brazos y percibo así el olor del gel de ducha que he estado usando estos días. También un poco del mismo aroma a limón que percibí en la piel de Uve.

—Tienes razón —murmura, todavía abrazada a mí—. También hablaré con Uve. Cuando me he despertado esta mañana, ya no estaba. A lo mejor se ha arrepentido. A lo mejor...

—Es probable que esté arrepentido, pero por lo mismo que tú. Deberíais hablar los tres.

Asiente, rozándome la mejilla con la oreja por el movimiento.

—¿Sabes? Al contrario de lo que pensé cuando te conocí, eres una tía de puta madre.

—Vaya, gracias.

—En serio. En estos últimos años, me han contactado muchas editoriales para ofrecerme publicar. Les faltaba poner en el asunto «¡queremos tu dinero!». —Me río contra su hombro—. Tú eres distinta. Eres... humana.

—Detrás de esos correos hay editoras presionadas por sus jefes para conseguir objetivos de ventas cada vez más monstruosos –le explico–. Todas esas personas son humanos intentando hacer su trabajo lo mejor posible.

–Que las defiendas sin conocerlas solo refuerza lo que he dicho. –Escondo una sonrisa entre su pelo–. Me da mucha vergüenza enseñar lo que escribo, pero... te pasaré mis historias. No importa dónde trabajes, ahora o dentro de un año. Donde sea, accederé a publicar si es contigo.

Esta vez soy yo la que la abraza de vuelta.

–¿Por qué «dentro de un año»? –le pregunto después con curiosidad–. ¿No crees que vaya a seguir en Rapla?

–No tengo ni idea de tu vida, tía, pero tu ritmo de trabajo es demasiado brutal. Eres lista y te comprometes a muerte; seguro que otras empresas matarían por tenerte. Y si te haces agente literario, coño, ¡avísame! Querría que me representases. Pon en el asunto que quieres mi dinero y trato hecho.

Nos separamos y, abrumada, no sé qué decir. Por suerte, es Elsa la que se encarga de hacerlo.

–Vale. Ahora que te he contado mi vida en verso, te toca. –La expresión ladina que pone a continuación me provoca un escalofrío–. ¿Qué, nuestro plan tuvo éxito? ¿Ayer hubo fuegos artificiales en la habitación de al lado?

–Más bien, calabazas: me lancé a Asier y me... me rechazó –tartamudeo–. Muy amablemente. Estaba borracha, no era el mejor momento, y él se portó... –Trago saliva–. En fin, como es él. Muy bueno.

–Y tú, más. Y ambos, tontos de nacimiento. Él también estaba borracho. Y no dejaba de mirarte. Estaba claro que quería echarte dos o tres.

–¡Elsa!

–Es la verdad. ¿Qué problema tenéis, a ver? Tendríais unos bebés guapísimos.

—¡Qué dices!

—Empollones y tremendos. Anda, ¡cuéntame! ¿Por qué os rechazáis el uno al otro, cuando es evidente que os gustáis a saco?

Le cuento a grandes rasgos lo que ocurre. Las estrictas normas de Carol sobre evitar cierto tipo de relaciones editor-autor. Las reglas no escritas que se establecieron para evitar un nuevo «Caso Lidia».

Elsa me escucha con atención hasta el final mientras se hace una trenza de espiga que debe llegarle a la cintura.

—No le veo el problema —es su veredicto final—. Enrollaos sin decírselo a nadie.

—No creo que me sintiera cómoda llevando una relación así en secreto —murmuro—. Y, si se enterasen, sería todavía peor.

—Rapla es solo una editorial. Que Asier publique en otras.

—No es tan fácil; deja que te lo explique. —Me acomodo mejor en el suelo—. Hay dos grandes grupos editoriales en el país. Es cierto que hay otras editoriales, independientes o más pequeñas, y algunas funcionan bastante bien. Pero los dos tiburones se llevan la mayor parte del pastel. Dentro de Rapla hay decenas de sellos literarios, cada uno enfocado en un género o público. Una de sus estrategias es absorber esas editoriales pequeñas o independientes a las que les va bien para que se unan al catálogo.

—Puto capitalismo.

—Ya —asiento—. El caso es que Rapla es grande por algo. Los mejores contratos los firmamos nosotros. Mayor dinero de adelanto, mejor distribución en librerías... Si un autor tiene contacto dentro de la editorial y se le da una oportunidad, afianza su carrera.

—Y tú quieres eso para Asier —apunta Elsa—. Quieres que firme un contrato millonario.

—Tampoco nos pasemos —le digo, alzando ambas manos—, pero estando dentro sí podría conseguir que apostaran por él. Lo cual podría significar mucho para su futuro como escritor.

—Sigo pensando que deberíais llevarlo en secreto —insiste Elsa—. Tampoco quiero ser una «consejos vendo, para mí no tengo», así que solo te parafrasearé: habla con él. Dile que le rechazas solo porque quieres darle una oportunidad en Rapla, conseguirle un contrato de la hostia. No le conozco mucho, pero parece orgulloso, así que se negará a que le digas que no solo por altruismo. Como está claro que os morís por los huesos del otro, os liaréis igualmente y lo llevaréis a escondidas hasta que Asier gane tanta pasta como autor que a todo el mundo se la sople con quién se acueste ninguno de los dos.

Boqueo. Sí que ha pensado bastante en el tema mientras me escuchaba.

Y lo peor es que... Madre mía, podría tener razón.

—¿Eso crees?

—Pues claro, ¿qué problema habría? ¿Crees que Asier no querría un acuerdo así?

Recuerdo entonces lo que me contó anoche. Lo de aquella tía (la llamaré «la innombrable» para no ser grosera de más) con la que salió y que solo le quería para lo que le quería.

—Sé que él no querría algo así —confieso en voz baja.

—¿Cómo así?

—Secreto.

Aunque dudo, acabo contándole a Elsa lo de su ex. La verdad, me preocupa que Asier piense que conmigo la historia podría repetirse, aunque yo sepa que, de llevarlo a escondidas, nuestra relación no tendría nada que ver.

—Pero esto no tiene nada que ver —me confirma Elsa al final de la historia (y me dan ganas de besarla al escucharle decir eso)—. No es que te avergüences de él; es que, si os pillan antes de tiempo, se os podría caer el pelo. En especial a ti, que podrías perder tu trabajo. Las razones son completamente distintas a las que tendría esa mema.

—Supongo que tienes razón...

—Además, ¿Rapla te despediría? ¿Estás segura? —Sin vacilar, asiento con la cabeza—. Joder, pues yo lo dudo; me niego a creer que esta movida no haya pasado más veces. ¿Editores y escritores compartiendo documentos de texto? Uf, supersexy, ¿quién podría resistirse? —Suelto una carcajada—. Olivia, de verdad, no te niegues lo que deseas. ¡Llevadlo en secreto y listo! Mejor pedir perdón que permiso, ¿no es lo que dicen?

* * *

Sigo dándole vueltas después de que Elsa se marche.

Me he pasado toda la vida intentando ayudar a los demás. No voy a dejar de hacerlo de repente, y menos ahora que puedo enfocar mis esfuerzos en alguien que se lo merece.

Pero ¿por qué no hacer las dos cosas? Estar con Asier en secreto y ser su enlace.

Yo no soy Lidia. Ni él es... bueno, la autora con la que se enredó (y provocó la posterior hecatombe). Además, si al final mi mala suerte hace de las suyas, nos pillan y me echan, tal vez sea una señal.

Elsa tiene razón: Rapla es una editorial importante, pero no la única. Y nunca me había planteado ser agente literaria. ¿Por qué rechazar ese camino? Si aparezco en una agencia con alguien como Elsa bajo el brazo, es más que probable que me hagan una entrevista. Eso como mínimo (y sin contar a los otros autores con los que tengo una buena relación desde hace años).

Es cierto que sigue habiendo un punto importante que discutir, y es que Asier no me vea como una segunda «innombrable» que quiere ocultarle ante los demás. Sin embargo, como ha dicho Elsa, nuestro caso sería muy distinto. A mí él no me avergüenza (ni de lejos), y desde luego que, a pesar de lo mucho que me pondrían en evidencia, me muero por presentarle a mi familia y amigos (Jud le hablaría como si ya le conociera). Solo tendríamos que disimular de cara a la empresa; para el resto del mundo, estaríamos juntos a todos los efectos.

En cualquier caso, se lo puedo proponer y que él decida. «¿Qué opinas, Asier? ¿Fingimos ser buenos amigos para Rapla mientras haces de empotrador en mi cama?».

Ugh, quizás deba replantear la pregunta.

Un pinchazo en la cabeza me devuelve a la realidad. Me pongo en pie a duras penas y me dirijo a mi mesilla. Creo que, al llegar, guardé los analgésicos en el cajón.

Al abrirlo, encuentro mi neceser de medicamentos, solo que también lo que Seoane dejó atrás al visitarme la noche en que me perdí en el bosque. La noche en que me contó por qué había escogido a Asier como escritor fantasma.

En cuanto lo miro, mi mente se aclara. He tomado una decisión.

Antes de comprometerme a poner en riesgo mi trabajo por un lío en secreto, tengo que estar segura de algo.

Busco mi portátil, reúno todos los cojines en el cabecero de la cama y me recuesto sobre ellos. En mi bandeja de entrada hay decenas de correos sin abrir, pero me enfoco solo en uno que me enviaron a las tres de la madrugada.

Con la anticipación haciéndome cosquillas, tomo aire y empiezo a leer.

26

Asier

—TU CARA ES UN POEMA.

Me vuelvo hacia Seoane, que se acerca desde la entrada principal. Lleva el mismo pijama de Charmander de anoche, solo que con un abrigo encima y botas de nieve. Fulgencia, ya sin la correa, echa a correr al verme y, por el camino, rueda por el suelo debido al exceso de energía. Me bajo del taburete de la cocina y la acaricio en silencio.

Nunca he sido muy de perros, pero Fulgencia es una monada a la que es fácil entender. De vez en cuando, viene bien tener claro que se alegran de verte.

—¿El careto es por la resaca? —insiste Seoane—. Pensé que el chapuzón nocturno en la piscina te aclararía las ideas.

—Ese fue el problema —gruño—. Y no, no tengo resaca.

—¿Has dormido mal?

—En realidad, hace tiempo que no dormía tan bien. —Lo digo con el peor tono del mundo, así que no me extraña que Seoane arquee una ceja—. Si estoy así, es por cosas mías.

—¿Cosas tuyas y de Olivia?

—No te hagas el inocente —le acuso. Dejo a Fulgencia mordisqueándome las zapatillas y me incorporo—. Los tres liasteis esa pantomima para obligarnos a compartir habitación.

—No me metas en el mismo saco que a los demás. Yo no ocupé el cuarto de Olivia —me rebate Seoane, calmado—. Aunque sí, lo sabía, y me pareció bien dejaros a solas.

—¿Cómo que te pareció bien?

—¿Te puedo contar una cosa? Puede que suene a cursilada, pero... me gusta ver cómo se junta la gente que se quiere. —Se encoge de hombros, mirando a un lado—. Ya sabes que mis padres se divorciaron. Supongo que necesito generar pruebas para seguir creyendo en el amor.

—¿Olivia y yo somos una prueba de eso? Pues estás jodido, amigo.

Se echa a reír. Me he dado cuenta de que lo hace más a menudo que el primer día que llegamos. Y que la forma en que lo hace, cómo se mueve e incluso el sonido resultan distintos a cuando lo hace en su canal.

—Entonces, ¿el amor fue mal anoche?

—No fue —le resumo—. Sin embargo, tus amiguitos se lo pasaron en grande. Les oímos al otro lado de la pared.

No sé si he hecho bien en decírselo. Por suerte, me tranquiliza verle asentir con tranquilidad, como si ya se lo esperase.

—Me lo imaginaba —admite—. De hecho, lo sorprendente es que no haya pasado antes.

—¿Y cómo...? —Me detengo y trato de reformular la pregunta para no pasarme de indiscreto. Al final simplifico—: ¿Cómo estás? Quiero decir, sabiendo que ellos...

—Contento. —Para reafirmarlo, esboza una sonrisa suave, honesta—. Sospecho que, en este momento, lo estoy yo más que ellos.

—¿Por qué?

—Uve y Elsa son los mejores amigos que he tenido nunca. Me quieren tanto que me han seguido a un pueblo aislado del mundo. El problema es que no solo lo han hecho por cariño, sino porque temen dejarme solo. —Mientras habla, se quita la capucha—. Por esa razón no han dejado que pasara nada entre ellos hasta ahora. Lo agradezco, de verdad, solo que a mí... ya no me importa. —Deja la chaqueta a un lado y se mira los pies, como suele hacer al estar conmigo—. Es verdad que al principio me gustaba. Quiero decir... Uve. Y también Elsa. —Se retuerce las manos—. Cada uno por su lado, siguen creyendo que me siento así.

Me paso la mano por la nuca.

—¿Y por qué no se lo aclaras?

—Se lo he dicho, pero creen que miento solo para apartarme de en medio —replica con voz trémula—. A veces me parece que me consideran más débil de lo que soy.

—Pues díselo: «No hace falta que me tratéis como si fuera de cristal».

—El problema es que, en el fondo, sí que lo soy —masculla, y suena enfadado consigo mismo—. Soy un egoísta. Podría haber insistido hasta que me creyeran, haberles dicho a las claras que me parecía bien que estuvieran juntos. No lo hice, porque eso significaría que...

Deja la frase sin terminar. Aunque odio completarlas, creo que él lo necesita.

—Eso significaría que podrían irse y dejarte solo.

—Estoy muy cómodo —reconoce—. Así. Aquí. Si están juntos, perfecto. Pero no quiero que cambie nada. Quiero que sigamos siendo tres. —Aunque noto que le cuesta, acaba aproximándose a mí—. No tengo a nadie más aparte de ellos.

Está a solo un paso. Pocas veces se acerca lo suficiente para que nadie le toque, así que aprovecho para colocarle una mano en el hombro y sacudirle un poco. Igual que hace mi hermano conmigo, aunque ahora sea más alto que él.

—No seas un dramático como Olivia. Son tus amigos, ni de broma van a dejarte solo. Y tampoco vas a estarlo. Tienes a Fulgencia y a... —Carraspeo para aclararme la garganta y añadir—: Mira, te confieso que de tu encargo solo me hacía ilusión el dinero. Pero ahora que he tenido que escribir tu libro, te aseguro que no es lo mejor que he sacado de él.

Seoane cabecea. Sigue sin mirarme a los ojos.

—Lo entiendo. Olivia es muy buena persona.

—Tú, idiota. Tú eres muy buena persona. —Alza el rostro de sopetón—. Me alegro de haberte conocido. Así que, aunque estemos lejos, escríbeme. O llámame. Ven a visitarme. Seré generoso y dejaré que duermas en mi sofá después de invitarme al restaurante más caro de Madrid.

En esta ocasión, el que se avergüenza al mirar a los ojos al otro soy yo.

—También me alegro de haberte conocido —dice con suavidad—. De hecho, yo...

Se interrumpe y mueve una mano en el aire, como si tratara de pescar las palabras que pululan por su mente.

—No sabes la ilusión que me hizo que aceptaras el encargo —termina diciendo—. No se me ocurriría mejor escritor que tú. Lo que me dijeron era verdad. Eres el mejor.

Le aprieto el hombro, halagado.

—Te lo agradezco. En serio. Eres de los pocos que me valoran, ¿sabes? —Suelto un bufido de resignación—. Podrías acompañarme a hacerles una visita a mis padres y se lo cuentas tú mismo. Lo que hago les importa un carajo, pero estoy seguro de que hasta ellos te conocen. Fijo que te respetan más a ti que a mí, e igual, si les dices eso, cambian de opinión sobre que sea escritor.

Seoane se acomoda en el taburete más próximo y me observa con curiosidad.

—Espera, ¿cómo que...? Tu familia... ¿no te apoya?

Dudo un poco, pero ¿qué más da? Este chico me ha contado mil intimidades sobre su vida, así que ¿por qué no corresponderle de igual forma?

—«Elige una carrera que tenga salidas. ¿Por qué no te metes en la bodega como tu hermano? Busca curro en el hospital de tu madre. Madura. Haz algo que tenga sentido. ¿Qué haces yéndote a la capital, con lo cara que está la vida? Vuelve al pueblo. Elige una ocupación que merezca la pena, que te asegure un futuro. Un trabajo de verdad». —Me encojo de hombros—. Es difícil escribir, todavía más si no tienes apoyo. Sobre todo, si es moral.

Seoane parece confuso.

—Pensé que tu familia te respaldaba.

—¿Lo hace la tuya? —Se queda callado—. Pues eso.

—Pero tienes amigos que lo harán. Seguro.

—La mayoría de mis colegas se cachondean de mí o trabajan en algo tan precario como yo —confieso—. Y eso por no hablar de...

No. Mejor no mentarla.

—¿Por no hablar de quién? —Seoane entrecierra los ojos—. No creo que te refieras a Olivia.

—A ella no.

Noto que la garganta se me cierra. Excepto a Olivia anoche, no le he contado a nadie nada sobre Gemma. Supongo que porque, a pesar de estar ya fuera de mi vida, sigue haciéndome sentir un poco gilipollas cada vez que la recuerdo.

Un poco lo que soy para el mundo editorial.

Un fantasma que no deja huella.

Un ser invisible.

—¿Alguien te dijo esas cosas? —aventura Seoane ante mi silencio—. Las mismas chorradas que te sueltan tus padres, ¿te las dijo alguien a quien querías?

Qué listo es este chaval. A veces no le soporto.

—Seoane, no sé si algún día tendrás pareja, igual ni te interesa; pero si lo haces, asegúrate de que esa persona respeta a lo que te dedicas. Que no quiere esconderte porque se avergüence de ti. —Desvío la vista—. Jamás permitas que te conviertan en un secreto. Yo no pienso volver a hacerlo.

El pobre chico tarda en reaccionar.

—¿Eso fue lo que te pasó?

—Tú también tienes un trabajo poco común. Muchos adultos no te toman en serio, ¿verdad? —Asiente sin dudar—. Bueno, imagínate que, además de eso, no ganas un puto duro. Y que, por encima de todo, esa persona sale contigo.

—Pero si alguien te quiere, debería estar orgulloso de ti —asevera. Ahora es él quien alza una mano para apoyarla en mi hombro—. Además, estás equivocado, porque tu...

De repente, sus ojos enfocan un punto detrás de mí. Me suelta enseguida. Yo sigo su mirada hacia atrás y me encuentro con Uve. Nos observa desde la distancia, en sudadera y pijama y con cara de circunstancias.

—Hola.

Dios, podría cortarse el aire con un cuchillo.

Pasan unos segundos y nadie dice nada. Ni hace nada. Me doy cuenta de que así seguiremos los tres, como estúpidas estatuas de sal, a menos que sea yo el que reaccione.

Poco a poco, me muevo para separarme de Seoane y llevo los platos de mi desayuno hasta el fregadero.

—Creo que necesitáis hablar —pronuncio en voz más alta de lo normal—. Os dejo solos.

Al alejarme, paso junto a Uve, que se encoge en el sitio. Justo en ese momento, decido detenerme y volver atrás para susurrarle al oído:

—Espero que al menos lo pasarais bien, *bro*. —Se encoge todavía más—. Habla con él. Procura ser amable. Si no, te parto la cara, ¿me oyes?

Ya en el pasillo, justo frente a la puerta de mi habitación, escucho girar el pomo de la de Olivia. Me detengo, el corazón en un puño, hasta que veo salir de allí a Elsa. Tratando de ocultar la decepción, toso para llamar su atención y la saludo con la mano en cuanto se vuelve hacia mí.

—Tus amigos están hablando —le informo, señalando atrás—. Tal vez quieras unirte.

Elsa se pone colorada al instante. Lleva el pelo recogido en una trenza que usa para taparse los ojos al pasar a mi lado.

—Muchasgraciasperdón —masculla.

A la carrera, se dirige hacia la cocina.

Espero de verdad que esos tres resuelvan su situación y sigan viviendo juntos. Sobre todo por lo que respecta a Seoane.

Ya en mi habitación, procuro no fijarme demasiado en la cama. Al final resulta peor verla desecha, recordar quién ha dormido ahí esta noche, acurrucada junto a mí, así que la hago sin mucho cuidado. Luego, abro mi portátil. Decido que es buena idea gastar el día de mi cumpleaños en escribir el capítulo de Seoane que falta.

Podría hablar sobre cómo es tener relaciones o hacer amigos con un trabajo como el suyo. Tengo algunas notas del otro día, así que no debería resultarme difícil. Menos ahora. Creo que, después de esta mañana, le conozco un poco mejor. Tanto como para considerarle una especie de amigo.

Antes de eso, abro mi correo por costumbre. Me sorprende ver uno nuevo. Suelo tener la bandeja despejada; es una tarea sencilla, tampoco recibo muchos *emails*. En este caso, el remitente es alguien que no me había escrito nunca.

Al leer su nombre, mi corazón vuelve a latir. Deprisa.

Buenos días, Asier:

¿Qué tal estás? Espero que anoche durmieses bien. Gracias por tu ropa; la lavaré y te la devolveré mañana.

Pero hablemos de hoy. Sigue siendo 1 de noviembre (festivo, recuerda) y tu cumpleaños, así que he decidido ponerme manos a la obra con tu regalo.

He empezado una de tus historias y no puedo parar. Deja que avance lo suficiente para tener una opinión formada. Después, te aviso para que quedemos a discutir la novela. Vienes aquí. O voy yo.

Siempre podemos vernos en el salón (terreno neutral), pero creo que sería peligroso. Igual se repite lo de ayer y, al volver a nuestras habitaciones, hemos perdido una.

Un abrazo,
Olivia

Me quedo mirando la pantalla un buen rato. Tecleo una respuesta. La borro. La reescribo. Jamás he tardado tanto en contestar un correo. Ni en redactar tan pocas palabras.

Ven tú.

* * *

Utilizo la escritura del último capítulo de Seoane para distraerme. Lo termino con mucha dificultad, porque es imposible concentrarse cuando ella está leyéndome al otro lado de la pared.

Al poner el punto final al capítulo, dejo el ordenador a un lado y empiezo a dar vueltas de un lado a otro de la habitación. Ordeno la pila de regalos que me dieron ayer. La observo de lejos. Vuelvo a reordenarla.

¿Qué novela estará leyendo Olivia? ¿La que autopubliqué hace años o la que estoy escribiendo ahora? ¿Le habrá echado un vistazo a la prueba de redacción para Orballo? Igual le parece todo una mierda. No importa. Es tan educada y amable que fingirá que no es así, lo que se convertiría en mi peor pesadilla.

Sería incapaz de mirarla a la cara sabiendo que desprecia lo que hago. Que me considera una persona sin talento ni nada que aportar. Lo piensan mis propios padres, la mitad de mis amigos...

Lo pensaba Gemma. Por eso yo no era para ella lo que creía. Por eso no le interesaba fuera de la cama. Ni siquiera para conocer a mi familia.

¿Se puede llamar ex a alguien si esa persona en realidad jamás te consideró su pareja? La *Gran Revelación* no consistió solo en descubrir que era un secreto en la vida de Gemma (lo cual ya fue lo bastante doloroso), sino comprender que despreciaba activamente lo que era.

«El sueño ya te ha durado demasiado. Nadie vive de escribir. ¿Cuándo vas a darte cuenta? Si lo hicieses, quizás podría tomarme nuestro futuro más en serio».

¿Olivia me estará tomando en serio? Hemos hablado de libros y sé lo buena editora que es, así que tendría sentido que fuera más crítica que nadie y se diera cuenta de que, en el fondo, soy un autor mediocre.

O a lo mejor le gusta. Quizás vea algo en mí que no ha visto nadie más hasta ahora. Quizás sea la primera persona que piense que valgo para algo más que para escribir para otros. Que tengo potencial para ser un escritor con nombre propio y no solo uno fantasma.

Pasan horas. No tengo apetito. Tampoco me apetece interrumpir lo que pueda estar pasando fuera de este cuarto. Aunque en estos momentos me importa bien poco el lío de esos tres.

Quiero que ella venga. Quiero que me diga la verdad. Quiero que apueste por mí.

Como escritor.

Como yo mismo.

Necesito que decida quedarse conmigo.

Necesito...

La llamada en la puerta detiene de golpe mi decimoquinto paseo.

—¿Puedo pasar?

¿Qué me gusta más, Olivia o su voz? Joder, tengo que contestar. Moverme. Hacer algo, ¡lo que sea!

—Adelante.

Al entrar, cierra la puerta rápidamente para apoyarse después en ella. Tiene un portátil pegado al pecho. El suyo, no el del trabajo. Su expresión al mirarme es neutra, y mi mente empieza a desarrollar uno a uno los peores escenarios posibles.

Olivia los hace desaparecer todos con una sonrisa.

—Hubiera preferido que fueras mal escritor —murmura—. Eso haría las cosas mucho más fáciles.

Sigo sin ser capaz de reaccionar. Olivia parece entenderlo, así que se limita a caminar hasta la cama. Se sienta en el borde, abre el portátil, maximiza un documento, empieza a señalarlo como si yo también pudiera verlo.

—*Seremos fantasmas* la escribiste hace unos años y, aun así, Dios, es una primera novela increíble. Me ha emocionado muchísimo. Se lee rápido, engancha, y me encanta cómo utilizas el narrador no fiable. Creo que hay aspectos a mejorar, pero nada complicado de editar. Aunque el manuscrito esté bastante limpio, también habría que pasarle la novela a un corrector. Tengo algunas sugerencias que hacerte, en especial con el desenlace. Es algo acelerado. Deberías dar pistas de las intenciones del protagonista un poco antes de la revelación final. Justo antes de que se descubra quién es el asesino... —Por fin, alza la vista y me mira—. ¿Estás bien? ¿Te he molestado?

Despacio, niego con la cabeza.

—No —contesto en un susurro—. Es decir, sí, estoy bien. No me has molestado.

Noto que duda. Que se pase el pelo tras las orejas me lo confirma.

—¿Quieres que siga?

Cojo aire y fuerzas para asentir.

—Por favor.

Empieza a hablar. No para de hacerlo. Yo me aproximo poco a poco, me siento a su lado. Nuestros muslos se rozan y aprieto los puños. El documento que tiene abierto no es el de mi libro. Lo ha escrito ella. Es un informe de lectura. Tiene cuatro páginas llenas de sugerencias en letra minúscula. Incluso ha elaborado una lista de los sellos editoriales donde podría encajar.

Agradezco que me haga preguntas de sí o no, porque no sería capaz de procesar una respuesta más allá.

—Aunque sabía que se te daba bien escribir —concluye—, ahora que he leído una historia tuya, propia, me sorprende que ningún editor te haya pescado antes. A ver, me lo creo, porque recibimos cientos de manuscritos a diario, pero me da rabia. No sabes la de libros que publicamos que son claramente inferiores al tuyo. Y ni siquiera he leído algo que hayas escrito hace poco. —Se gira hacia mí por primera vez desde hace un rato. Abre más los ojos, como si cayera en la cuenta de repente de que estoy ahí, junto a ella—. Asier, ¿me estás oyendo?

Como nunca.

—Sí.

—Entonces, escucha mi propuesta —susurra—. Piénsatelo. Y luego me respondes.

—Vale.

Me fijo en su boca. En cómo coge aire. Cómo se humedece los labios después.

—No he cambiado de idea, solo me reafirmo: me encantaría publicarte. Pero tampoco quiero renunciar a algo entre nosotros. A pesar de las implicaciones o de que haya que ir con cuidado..., quiero apostar por ti. —Me mira a los ojos y me pierdo—. ¿Entiendes lo que quiero decir? ¿Entiendes lo que te propongo?

Trago saliva.

—Sí.

—Genial —sonríe—. Entonces, ¿te parece bien? Es decir, ¿te parecería bien que lleváramos lo nuestro en...?

Me inclino y la beso. Ni siquiera reflexiono sobre si es una mala idea. Me la suda. Tampoco me importa que su ordenador se deslice hasta el suelo. Le compraré otro.

Me hipotecaré si hace falta. Pero necesito tenerla. Ahora. Más cerca.

Olivia no me detiene. Su boca no sabe a frío ni a alcohol ni a miedo. Me corresponde porque quiere. Al margen de lo que hago y por lo que soy. Todo a la vez.

Se agarra a mis hombros, tira de mí con torpeza. Al segundo, se separa lo justo para besarme bajo la oreja, en la mandíbula, la garganta. Luego vuelve a mi boca, incapaz de contenerse, como si no pudiera concentrarse del todo en un solo punto.

Acaba pasando una pierna por encima de las mías, se sube a horcajadas en mi regazo. Con la cadera, se aproxima todavía más a mi cuerpo, hasta que la distancia entre los dos desaparece del todo. Sé que descubre lo mucho que la deseo porque gime cuando la presiono contra mí. Y yo lo hago cuando balancea la cadera en círculos, cada vez más rápido, casi con desesperación.

Se me escapa un sonido gutural que muere en su boca. Ni de coña quiero ser quien pare esto, pero necesitamos frenar un poco para centrar las cosas. Al notar cómo sus dedos descienden desde el cuello hasta mi abdomen, la agarro de las muñecas antes de que llegue adonde pretende.

Qué remedio, tendré que ser yo. Al fin y al cabo, he sido quien ha empezado.

—Espera, ¿quieres...?

Me calla tomando de nuevo mis labios. La mente se me nubla durante no sé cuánto tiempo hasta que consigo volver a aterrizar. Le rodeo la cintura con ambas manos y, de un movimiento, hago que rodemos hacia un lado. Olivia gime cuando la tumbo contra la cama. Así, encima de ella, logro romper el contacto y separarme unos centímetros.

–Olivia, necesito que me digas que no te vas a arrepentir de esto.

–No –farfulla enseguida–. No me voy a arrepentir.

–¿Estás segura?

–Sí. –Alza la cabeza para volver a acercar su rostro al mío, así que tengo que alejarme un poco más–. Venga, Asier...

–No es que quiera que me supliques. Por ahora. –Sonrío al ver cómo se le encienden las mejillas–. Pero sí oír que te parece una buena idea.

Alza una mano con cuidado hasta colocarla en mi nuca. Me acaricia despacio, pasando con cariño los dedos por mi pelo. Al final, me empuja hacia ella hasta que nuestros labios apenas se rozan, y susurra contra ellos:

–La mejor que he tenido nunca.

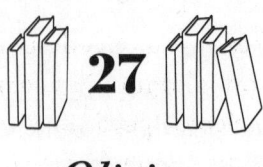

27

Olivia

ES UN CLICHÉ AFIRMAR QUE NUNCA ANTES he sentido algo así. Pero (maldita sea mi vida sexo-afectiva) es totalmente cierto.

Mientras Asier me besa, no puedo pensar en otra cosa. Mi mente está llena de él. Repleta de imágenes de lo que está a punto de suceder. Seré sincera: no es la primera vez que lo imagino. He fantaseado con este momento desde nuestro encuentro en el ascensor.

Y ahora lo tengo. Al empotrador de luto. Enterito para mí.

Tengo que aprovechar el golpe de suerte antes de que, en línea con mi vida gafe, la casa se incendie o sea asaltada por una banda de secuestradores. Pero ya puede iniciarse una nueva guerra mundial, que nadie va a parar esto.

Por encima de mi cadáver.

Asier se toma su tiempo para besarme. Lo hace despacio, se recrea mientras tanto en recorrer mi cuerpo con los dedos, en acariciarme el vientre bajo la camiseta, en llegar a mi cintura. No asciende más, se queda ahí clavado, así que tengo que ser yo la que agarre su mano y la desplace más arriba. Él se ríe contra mis labios y me tortura pasando los nudillos una y otra vez por encima de uno de mis pechos.

Le hace todavía más gracia que, después de unos segundos, gruña de frustración y le empuje a agarrarlo.

Yo estoy más acelerada porque, sí, tengo prisa. Le quiero ya. Podemos recrearnos después. En el segundo asalto. O en el tercero. Quién sabe, tengo la mente abierta (y, mientras le leía, he devorado las suficientes barritas energéticas como para correr un maratón). El caso es que más adelante habrá tiempo para ir con calma, pero no ahora. No cuando llevo esperándolo tanto.

—¿Tienes prisa? —me susurra al oído—. ¿Has quedado con alguien después?

—Sí, contigo. —Noto cómo sonríe contra mi oreja—. ¿Esta es tu estrategia para que suplique?

—Qué va. Pero si quieres hacerlo, tampoco voy a frenarte.

Me baja el jersey para descubrirme el hombro y me besa justo ahí. Asciende deliberadamente lento por mi cuello hasta acabar en mi comisura derecha. Con la punta de la lengua recorre mi labio inferior. El escalofrío que me produce es imposible de disimular, así que decido abandonar la poca dignidad que me queda.

—Vale, te lo suplico... No, te lo ordeno. Desnúdate. O desnúdame. Lo que prefieras.

Se echa a reír. Vaya tío. ¿Ahora le ha dado por ser la alegría de la huerta?

—Qué directa, editora.

—¿No te gusta?

—Me encanta. —Se separa de mí con una expresión divertida—. Así que dejaré que seas tú la que mande durante un rato.

Se tumba bocarriba a mi lado y, quieto, me mira fijamente, como si me diera permiso. No tardo en incorporarme hasta quedar sentada. Con torpeza, me quito el jersey y la camiseta por el cuello y tiro del extremo de la suya hacia arriba para pedirle en silencio que haga lo mismo.

Ya le he visto tres veces sin ella, pero eso no quiere decir que me haya acostumbrado a esa visión gloriosa. Por eso me quedo un rato (¿cuánto?) adorándolo en silencio. Al final me atrevo a extender los dedos hacia él. Voy trazando el contorno de sus tatuajes hasta llegar a los pectorales. Sigo hacia abajo, recorro la línea de los abdominales hasta la cinturilla de los pantalones y... freno.

–¿Olivia?

Me vuelvo deprisa para escudriñar la habitación. Cuando vislumbro lo que busco, doy un salto para bajar de la cama y corro hacia la montaña de regalos que he visto al entrar.

–¡Gracias, Uve! –canturreo con la caja de preservativos en la mano–. ¡Dios te bendiga!

–Estás fatal.

Regreso a la cama y le sonrío al volver a sentarme a su lado.

–Claro que lo estoy. ¿No te habías dado cuenta? Pero ahora no vale arrepentirse. –Me quedo quieta y trastabillo–. Es decir, ¡sí puedes arrepentirte! No quería decir eso...

–Anda, tonta, ven aquí.

A la vez que se incorpora, me coloca encima de él hasta dejarme a horcajadas, justo como al principio. Satisfecha con la postura, no tardo en rodearle la cintura con las piernas.

–Me gusta que estemos así –admito–. ¿Y a ti?

Asier me da un beso largo y profundo.

–Sí, también.

–Salvamos bien la diferencia de altura –murmuro contra su boca. Después de que me bese otra vez, añado–: ¿Hablo demasiado? Perdón, estoy muy nerviosa.

–Habla todo lo que quieras. Ya te dije que me gustaba cuando lo hacías.

–¿Ah, sí?

–Me pone. Muchísimo.

Esta vez soy yo quien busco sus labios. Durante un buen rato.

–Vale, pues escucha: te devuelvo el mando –ronroneo–. Creo que he perdido las ganas de ir deprisa.

Parece que es él quien me las ha arrebatado, porque recorre mi espalda con los dedos y busca desesperado el cierre de mi sujetador. Va con tanta prisa que pelea unos largos segundos con él hasta conseguir liberarlo.

Mi estómago da un vuelco cuando observa mi torso desnudo y suelta todo el aire por la nariz. Comienza a dejar un concienzudo reguero de besos, desde mi boca hasta llegar a mi pecho. Recorre con la lengua el contorno, lento de nuevo, hasta concentrarse en el centro. Primero se afana en uno; luego, en el otro.

Lo hace durante tanto tiempo que, a pesar del placer que me produce, empiezo a ponerme celosa de la atención que están recibiendo.

–No sabes cuánto deseaba hacer esto –rumia contra mi esternón–. Estás... Eres... Bueno, perfecta.

Es la forma más bonita en que un tío me ha dicho que le encantan mis tetas.

Sonrío y le obligo a volver a mi boca. No sé cómo ni cuándo acabo tumbada de espaldas, con Asier empujándome contra el colchón. Tampoco me quejo. Menos todavía al verle buscar por la cama esa caja de la que me he olvidado en cuanto volví a él. Al abrirla, parece aturdido.

–¿Sigues sin estar arrepentida?

Ay, ¿hay algo más sexy que el consentimiento?

–Anda, idiota, ven aquí.

Mientras le beso, cuelo un brazo entre nuestros cuerpos hasta llegar abajo y desabrochar el botón de los vaqueros. Los suyos, los míos. Su gemido reverbera en mi garganta cuando le toco justo después.

Siempre se me ha dado bien usar las manos. O eso dicen. Por desgracia, Asier no me deja demostrárselo durante mucho tiempo. Acaba levantándose para desvestirse del todo y yo, tumbada, le facilito la tarea quitándome a tirones mi propia ropa.

Al volver a recostarse sobre mí, sé lo que quiere. Me lo dice su cuerpo duro y tenso, sus movimientos, y esos labios que continúan buscándome. Aunque, en lugar de quedarse en los míos, deciden tomar un camino distinto. Sin pausa, hacia abajo.

Adivino lo que pretende, pero ya es tarde. Asier se detiene justo sobre mi ombligo, y yo me revuelvo. La visión de sus manos grandes y tatuadas sujetándome las caderas para que me quede quieta me excita más de lo que estoy dispuesta a admitir.

–¿Tu tatuaje misterioso es una corona? –Alza el rostro con una sonrisa perversa–. ¿De qué libro?

–Mi favorito –respondo a borbotones por la vergüenza–. *Macbeth*. La obra maldita de Shakespeare. Siendo la obra por excelencia asociada a la mala suerte, está claro que estaba hecha para mí. Ya sabes la de supersticiones y desgracias que la rodean. Cuando la estrenaron en 1606...

Silencia mi monólogo dejando un beso sobre la tinta.

–Mi reina dramática –se ríe en voz baja–. Te pega mucho que te guste una tragedia.

Soy incapaz de contestarle, porque sus labios abandonan pronto el tatuaje. Coloca una de mis piernas sobre su hombro y me acaricia la cara interna del muslo. Con los dedos primero, con la lengua después.

Al sentir su aliento entre las piernas, comprendo que estoy perdida. Decidí hace un rato tirar el pudor por la borda, así que no me contengo al gemir, delirar, suplicar. Y, por último, gritar su nombre.

Me abandono a la sensación electrizante. Mi cuerpo, satisfecho, tarda unos segundos en dejar de temblar. Entretanto, Asier se encarama sobre mí.

No creo que pueda recuperarme de esto, pero tengo que hacerlo. Es trascendental. El empotrador de luto todavía no ha hecho honor a su sobrenombre.

Entrecierro los párpados, solo un segundo. Mientras recupero el aliento, escucho el susurro del viento contra las ventanas, el sonido de un envoltorio, el latido de mi propio corazón. Al final, noto cómo Asier mueve mis piernas con delicadeza para colocarse entre ellas.

—Ahora no te cortes —murmuro—. Joder, pero ni un poco.

—Abre los ojos.

Vale. Me he convertido en una chica obediente dispuesta a seguir los mandatos de este todopoderoso dios del...

—Olivia, ¿te has dormido?

—No, me estoy recuperando de tu victoria en el primer asalto. —Le escucho reír y, ya sí, obedezco. Me estremezco al verle encima de mí—. Eres increíble.

Su respuesta (y confirmación) es empujarme contra la cama. Con el segundo empellón, consigue despertarme del todo. Le abrazo con las piernas, las entrelazo en su espalda, y le pego a mí con decisión hasta que entra del todo.

Cuando me mira jadeante por la sorpresa, le sonrío. No entiendo bien por qué, eso le descoloca. Comienza a moverse, cada vez más rápido. Esta vez es él quien me hace caso. No se corta, desde luego. Yo tampoco.

Le araño la espalda, levanto las caderas, le confieso todas y cada una de las cosas que he pensado sobre él hasta ahora. Lo que quería que me hiciera. Lo que me está haciendo.

Debe gustarle de verdad mi voz, porque vuelve una y otra vez a mis labios, me besa en cada pausa, gime de frustración cuanto más callo. Mis manos recorren su pecho hasta que las atrapa con una sola de las suyas. Implacable, las inmoviliza por encima de mi cabeza.

Y en ese instante adivino lo que está a punto de suceder. Asier aumenta el ritmo, tensa el cuello y me empuja sin piedad una última vez.

Siento sus contracciones, su rigidez y la liberación de después. Aunque se resiste, le obligo a quedarse tumbado encima de mí.

Vuelvo a sonreír cuando, tras unos segundos, me aparta el pelo desordenado para verme bien la cara.

—Eh, no te preocupes, sigo sin estar arrepentida —susurro.

Asier, con un resoplido, esconde el rostro en mi cuello.

—Yo tampoco.

Recorro su costado con la punta de los dedos y acabo subiendo hasta hundirlos en su pelo.

No puedo parar de sonreír. Debo parecer loca perdida.

Una desquiciada satisfecha como nunca antes.

Miro al techo. Lanzo un gracias mental, aunque no sé exactamente a quién.

—¿Estás dormido? —pregunto al notar cómo ya respira con normalidad contra mi piel—. Lo siento, siempre te hago la misma pregunta.

–No, estoy recuperándome de tu victoria en el segundo asalto. –En esta ocasión me río yo–. Estoy muy a gusto, no te haces idea, pero tengo que... ir al baño.

–¿A comprobar que no se ha roto nada?

Creo que ha sido así en mi caso. A lo mejor algún hueso. O mi corazón, por aguantarse las ganas.

–Eso es.

–Espero que no –resoplo–. Tendría problemas para explicarle un bombo a los de Recursos Humanos.

Asier se alza sobre los codos para observarme mejor. Me pongo nerviosa cuando pasan los segundos sin que diga o haga nada más aparte de mirarme con intensidad, como si tratara de descubrir en mí algún secreto oculto.

De repente, se inclina y me da un beso en la mejilla. Es un contacto muy inocente comparado con lo que acabamos de hacer, pero enseguida despierta cosquillas en mi vientre.

–Mientras no estoy, vete preparando –dice con voz ronca.

–¿Qué? ¿Para qué?

–El desempate.

Me quedo muda, lo que, por su expresión burlona, era lo que pretendía. Le sigo con la mirada mientras abandona la cama, coge una toalla de su mochila y sale al pasillo.

En su ausencia, recojo mi portátil del suelo (intacto, por suerte) y, para realizar el paseo de la vergüenza hasta mi habitación, me pongo la camiseta que se ha quitado Asier. Al salir, compruebo que era innecesario, porque la casa está a oscuras, vacía y extrañamente silenciosa.

En mi cuarto, me bebo un termo de agua entero y recojo mi móvil. No me sorprende ver en las notificaciones unos diez mensajes de Judith. Pueden esperar. Seguro que me ha mandado sus quinientas fotos diarias de *crushes*, tanto reales (gente estúpida llena de *redflags*) como ficticios (villanos y personajes atormentados por traumas del pasado).

¿Qué dirá cuando sepa lo que ha ocurrido entre Asier y yo? Gritará, imagino. Y se encargará de reproducirlo a través de quince mensajes consistentes en una única vocal en mayúscula.

Regreso al cuarto de Asier y, en cuanto veo la cama, me sonrojo. Ni siquiera la hemos abierto. Y, por mucho que pueda parecerlo, mi intención al ir a verle no era que acabásemos haciéndolo.

Quería proponerle publicar conmigo, *estar* conmigo. En secreto. Ocultárselo a todo el mundo hasta que supiéramos si iba bien, tanto su carrera como lo nuestro. Sí me había imaginado que nos besaríamos, pero nada más allá.

Ojo, que nadie me malinterprete. Estoy más que contenta con el giro de los acontecimientos.

Sí, mucho más que contenta.

Tras un rato, decido esperarle refugiada dentro de las sábanas. El frío no nos ha abandonado y la noche se ha cernido sobre la casa. Refugiada entre las mantas, desbloqueo el móvil para entretenerme con los mensajes de Jud, pero no pasa ni un segundo y la puerta se abre. En cuanto escucho el pomo girar, me olvido del teléfono. Lo dejo en la mesilla con rapidez y, al cerrar Asier, le chisto para llamar su atención.

—Ya estoy preparada.

Dios, debería sonreír más a menudo. Aunque supongo que eso hace que el gesto sea todavía más especial, no me importaría llegar a cansarme de él.

—¿Tienes frío? —me pregunta risueño.

—¿Tú no?

—No por mucho tiempo. —Me sonrojo, aunque en realidad descubro enseguida que no lo dice por lo que yo creía.

Escudriña el suelo y al final vuelve su vista a mí–. ¿Llevas puesta mi camiseta?

–Es muy cómoda.

–Muy pronto empiezas a robarme ropa –bromea al acercarse–. Me gusta cómo te queda.

–Genial, a mí también me gusta. Sobre todo porque así tú no la llevas puesta.

Suelta una carcajada que acelera mi corazón.

Al llegar a la cama, me hago a un lado para que se tumbe conmigo, pero en lugar de hacerlo, se sienta en el borde. Extiende un brazo para acariciarme la mejilla mientras esboza una expresión relajada, algo ausente.

–Gracias por venir, Olivia.

–De nada.

–A esta casa, quiero decir –me aclara–. Gracias por acompañarme hasta aquí a completar el encargo.

–Oh, ha sido un auténtico placer.

Creo que es el tono con que lo digo lo que le hace volver a reír. Tampoco tengo mucho tiempo para considerarlo (o disfrutar de esa imagen que me llena de calidez), porque me toma por sorpresa al inclinarse para besarme.

Aunque sus labios se mueven despacio, pronto aumenta la intensidad. El contacto se prolonga hasta que pierdo la conciencia del tiempo.

Solo existe su boca, esos dedos que me acarician con suavidad el cuello. El pulgar que se desliza bajo mi barbilla y recorre con devoción la línea de mi mandíbula, obligándome a ladear el rostro para permitirle profundizar un poco más.

Cuando oigo un gemido ahogado, no sé a quién de los dos pertenece.

Con mi historial de mala suerte, no puedo decir que crea en los milagros. Sin embargo, sí creo en los privilegios, y me doy cuenta en este momento de que conocer a Asier ha sido uno de ellos. Quizás es pronto para decir que le quiero, pero no debo andar lejos.

Lo que tengo claro es que le quiero en mi vida.

Es una verdad simple, e intento durante unos segundos que nada, ni hipotéticas consecuencias ni inseguridades de ningún tipo, la empañen.

Aunque al final acaba haciéndolo algo mucho más prosaico.

Coloco las manos en el pecho de Asier y le empujo con suavidad hasta conseguir apartarlo.

—Espera —murmuro contra su boca—. Tengo que irme, vuelvo en un minuto.

Parece confuso al abrir los ojos.

—¿Qué?

—Has ocupado el único baño del pasillo —le explico con suavidad—. Estaba esperando a que volvieras.

Frunce el ceño.

—¿No me has dicho que ya estabas preparada?

—Para evitar infecciones es muy importante que...

—Anda, ve.

Le doy un beso rápido en los labios y salgo prácticamente de un salto de entre las sábanas.

Juro que no he corrido tanto en mi vida. Solo me detengo un instante frente al espejo del lavabo antes de salir del servicio. Mi pelo es un nido de pájaros, mi cara está llena de manchas rojas y tengo los ojos brillantes de una niña frente a una tienda de caramelos.

Desde luego, me ha visto peor.

Regreso a la habitación con las cosquillas de anticipación creciendo en el estómago. Al entrar, espero ver a Asier como yo le recibí, pero continúa en la misma posición, sentado en el borde de la cama. Lo único que ha cambiado es que ahora sostiene algo en la mano. Mi móvil.

Solo alza la vista cuando he avanzado unos pasos hacia él.

—¿Asier...?

No creo que olvide nunca el modo en que me mira. Ni tampoco el instante en que gira la pantalla del teléfono hacia mí.

Ola oliiiita oli!

Lo consegí, soy una GENIO!!!! Aqi te paso el numero de Lidia!!!!

Tia, es majísima y juapa A RAVIAR, no me estraña que la escritora esa se bolbiera tarumba e iciera lo q izo

ESPEREMOS POR TU SALUD MENTAL Q ASIER NO HAGA LO MISMO

Pero CUENTAME, as superado ya la verguensa por lanzarte a tu escritor-empotrador y recibir CALAVAZAS?

Calavazas en JALOWIN, OLI, SOLO TE PODIA PASAR A TI!!

Por cierto, creo q es mui buena idea lo q la elsa esa te propuso acer con asier

Ademas, sabes lo SEXI q es estar
liados EN SECRETO??????

Yo te cubro, PINCHATELO
LAS VESES QUE QUIERAS,
NO LO SABRÁ NADIE!!!!

Emos aprendido del error
de SANTA LIDIA

RESPONDEME BETCH, TE ESTOI
BIENDO EN LINEA!!!!

–¿Quién es Lidia?

Ni siquiera oigo la pregunta. En su lugar, parpadeo despacio. Las ganas se han transformado en un nudo en el estómago. Ascienden hasta arañarme el corazón, vaciar mis pulmones, cerrarme la garganta.

–¿No vas a decir nada?

Abro la boca, pero soy incapaz de decir una palabra.

–Olivia –me llama Asier sin inflexión–. Responde. ¿Quién es Lidia?

28

Asier

—¿LIDIA?

—Sí. Lidia.

Olivia vuelve a parpadear. Por mi parte, acerco un poco más el móvil hacia ella, aunque imagino que ya ha leído lo mismo que yo.

Casi me sé de memoria esas frases mal escritas, a pesar de haberlas visto hace solo unos minutos, cuando su teléfono en la mesilla ha empezado a pitar como un loco.

En especial ese «en secreto» que ahora ocupa toda mi mente. En mayúsculas, como un grito ahogado.

—Lidia es... —Se detiene y alza la vista del móvil a mi rostro—. ¿Has espiado mi teléfono?

—Estaba desbloqueado. La conversación, abierta. Lo he cogido de la mesilla para silenciarlo y, sí, he visto esos mensajes en los que hablabais de mí. Y de Lidia. ¿Quién es? —Hago una pausa—. Mejor, dime qué le pasó. ¿Qué tiene que ver con nosotros?

Olivia traga saliva. Sus manos se han quedado suspendidas en el aire, a medio camino entre los dos. Extendidas, empiezan a sacudirse un poco. Ella misma tirita. Tiene una expresión confusa y aterrorizada, los labios le tiemblan de nervios.

Impido que la ternura por verla así se abra paso a través de mi cabreo e insisto:

—Olivia, para entender todo esto, necesito que me lo expliques.

—Lidia es... Era —se corrige con voz trémula—. Era una compañera de trabajo. Una editora. Probablemente habría acabado sustituyendo a Carol de haber seguido trabajando en Rapla.

—¿La despidieron? —Olivia asiente—. ¿Por qué?

—Comenzó una relación con una autora. Una novel. Al principio no se lo dijo a nadie. Le consiguió a su novia un contrato muy ventajoso, sobre todo teniendo en cuenta que nunca había publicado bajo su propio nombre.

Se detiene. Aunque no quiero apiadarme todavía, dejo que coja aire un par de veces.

—El libro fue un fiasco. No consiguió las ventas esperadas. Ni siquiera para cubrir el adelanto. Tampoco es nada del otro mundo, suele pasar. En esos casos, no se le ofrece un nuevo contrato al autor. Se pasa página. Un fracaso más al cajón.

Eso son los libros, supongo. Al menos, para esta gente. Números, objetivos incumplidos, fracasos. Y los que los creamos no somos muy diferentes.

—Continúa —murmuro.

—A pesar de las malas ventas, Lidia presionó para que se le diera otra oportunidad. Con un libro de otro género, con otra estrategia de *marketing*... Fue durante las negociaciones que se descubrió el pastel. Todo: había intentado beneficiar a su pareja por encima de otros, había desatendido su trabajo y había ocultado una relación con una autora contratada, en contra de las normas de empresa. —Coge aire—. Los jefes se reunieron con ella, pero, a pesar de todo, decidieron darle solo un aviso. Lo dejaron pasar. Eso sí, le advirtieron que su novia no podía publicar otra vez con Rapla. No a corto plazo. Quizás nunca. Y mucho menos en el sello editorial en el que trabajaba Lidia. —Olivia encoge las manos hasta acercarlas a su pecho—. El mismo sello que el mío. Uno de los originales de Rapla... Una de las marcas más grandes.

Se hace el silencio. Procuro permanecer estoico. No quiero ponerla más nerviosa, tampoco me sale compadecerla. No cuando me lo ha ocultado.

Aunque intuyo con angustia que hay algo más.

—¿Y? —insisto—. ¿Ese fue el error de Lidia del que habéis aprendido Jud y tú?

—No, no, lo que... —trastabilla Olivia—. Lidia lo aceptó. Habló con su autora, le explicó la situación... Pero ella no se lo tomó tan bien. El problema fue que Lidia había pensado en un principio que convencería a Rapla, así que así se lo transmitió a su novia. Antes de la advertencia de los jefes, le hizo creer que la segunda oportunidad era algo real. Le... Bueno, le presentó una propuesta de contrato. Un encargo muy bien pagado para volver a publicar. Un sueño demasiado perfecto para ser real.

Me imagino lo que sigue. Aun así, insto a Olivia con una mirada a que siga hablando.

—Esa escritora demandó a Rapla por incumplimiento de contrato. Contó cosas que... no debería haber contado. Afectó a la imagen de la compañía, la interna y la externa, al menos en los círculos que importaban. Por supuesto, se enfrentaba a Goliat sin ningún tirachinas. Ese contrato no era válido, ni mucho menos. Pero el escándalo le valió el despido a Lidia. El ostracismo. Ni una carta de recomendación después de diez años dejándose la piel. Y a la autora, el veto total.

—Supongo que por eso no dices su nombre.

Olivia frunce el ceño.

—¿Qué?

—¿Cómo se llamaba? —pregunto con aspereza—. La escritora.

Que se encoja de hombros me duele más de lo que imaginaba.

—Yo no... No lo recuerdo.

—Ya veo.

Vuelvo a tenderle el móvil para que lo coja. De repente siento que es un peso muerto.

—Has aprendido de Lidia porque no vas a arriesgarte como lo hizo ella —pronuncio después—. Te asegurarás de que yo siga siendo invisible. Como mucho, me darás una oportunidad. Calmarás mi rabia si el libro se estrella. Me apartarás cuando sea una molestia.

—¡No, Asier, no es así!

—¿No? ¿Es que para evitarlo no pretendías llevar en secreto lo nuestro?

Se queda quieta.

Joder, una puñalada dolería menos.

—Ya soy invisible, Olivia —murmuro—. No tendrías que tomarte tantas molestias.

—Asier, escúchame...

—Lo habría hecho si me lo hubieras contado antes.

—¡Quería decírtelo! —exclama frustrada, los ojos húmedos sin llegar a desbordarse—. ¡Iba a hacerlo! ¿Recuerdas que te dije que quería proponerte un trato? Antes, cuando he venido... Me has besado, me has interrumpido, pero quería contártelo, explicártelo largo y tendido y... —Se detiene y aprieta los puños–. ¡Te dije que quería apostar por ti a pesar de las implicaciones, y tú me dijiste que lo entendías y que estabas de acuerdo!

–Me dijiste que querías apostar por mí, pero no comentaste nada sobre ocultárselo a nadie –le recuerdo–. Anoche te conté lo que me pasó con... la chica con la que estuve. Sabiéndolo, ¿no te ha parecido buena idea pararlo todo y contarme con detalle lo que pretendías que fuera nuestra relación antes de acostarte conmigo? –Aprieto las manos como ella–. Pero no te ha importado porque, en realidad, solo te interesaba conseguir de mí lo que ya has conseguido. Tal vez unos cuantos polvos más habrían estado bien, ¿eh?

–Asier, por favor, escucha. –Se acerca un poco más, sin llegar a tocarme–. Este no es el mismo caso, ¡para nada! Yo no soy como tu ex ni pretendo ocultarte a las personas que me importan; solo a una compañía. Y no creas nada de lo que ha escrito Jud, ella no sabe cómo me siento respecto a ti. Para mí no solo eres... No solo eres esto. –Señala la cama–. ¿Cómo puedes creer que solo te veo de esa manera?

–Porque tú sí que me has creído capaz de hacerte lo mismo que esa autora le hizo a Lidia –replico–. Me crees capaz de perjudicarte en tu trabajo solo por mi propio beneficio. –Me pongo en pie–. Querías que lo nuestro fuera un secreto porque, en el fondo, no confías en mí.

–Yo... no... –Olivia cierra los ojos. Coge aire despacio y lo suelta, irregular–. La realidad es que... no te conozco, Asier. Es una mierda, pero es la verdad. No tengo ni idea de qué podría pasar. Ni creo que mi editorial fuera piadosa si viera establecerse entre nosotros una relación tan parecida a la de aquel caso. ¡Quizás no podría ayudarte ni siquiera con un primer contrato! Y quiero hacerlo. Eres un gran escritor. Por eso pensé en proponerte llevarlo en secreto.

No porque no me importases ni porque solo quisiera acostarme contigo.

Asiento lentamente.

—Ya.

—Créelo o no, es la pura verdad —murmura—. Me gustas muchísimo, ¡en serio! Pero te conozco desde hace tan poco... Y quiero que entiendas que mi trabajo es importante. Llevo en esto muchos años como para actuar impulsivamente...

—Qué cómodo es para ti, ¿verdad? —la interrumpo—. Pones de excusa tu trabajo, una y otra vez. No dejas de llenarte la boca con los sacrificios que haces, pero es solo porque te da miedo enfrentarte a tus miedos y comprometerte con los demás.

Como yo, Olivia aprieta los puños con rabia a ambos lados del cuerpo; uno frente al otro, parecemos reflejos.

—¡Eso no es verdad!

—¿No? Tienes razón en que nos conocemos desde hace poco, pero es evidente, porque tú misma me lo has confesado: en el fondo, sabes que trabajas de más, que no eres feliz. El problema es que te da todavía más miedo volver a intentar nada con nadie, por lo que puedas perder. Te da miedo perder. Te aterroriza tanto que nunca aceptas la ayuda de nadie, ni siquiera para algo tan tonto como dejar que conduzcan tu coche. Jamás te arriesgas a enfrentarte a tu jefa para disfrutar de tus amigas, tu familia o tus propios deseos. —Ella balbucea, pero no lo niega—. ¿Ves? Y lo peor es que sabes que todo el tiempo que le has regalado a esa empresa se quedará en nada, porque en el fondo les importas una mierda. ¿Crees que piensan en ti tanto como tú en ellos? Deja de complacerlos. Para las editoriales como Rapla, los autores somos objetos de usar y tirar, solo conservables mientras den pasta, pero tú también eres prescindible. Y te tirarán a la basura cuando menos lo esperes, tras años en los que has renunciado a vivir.

Por fin, el dolor puede a todo lo demás y sus ojos se desbordan. Olivia se quita las lágrimas con rabia, pasándose el dorso de la mano por las mejillas.

—Si eso es lo que piensas de mí —pronuncia con dureza—, entonces no hay más que hablar.

—Supongo que no.

Sigo con el maldito móvil en la mano, así que lo dejo con cuidado en la mesilla. Paso junto a Olivia procurando no tocarla, recojo su ropa del suelo sin prestar mucha atención y vuelvo a ella para tendérsela.

—Antes he escrito el último capítulo de Seoane, así que hemos terminado el encargo —le informo en voz baja—. Te lo enviaré por correo para que puedas editarlo. Me parece bien lo que hagas con él. Tú decides cómo poner el punto final.

Olivia coge su ropa y su móvil, y se dirige a la puerta. Justo antes de girar el pomo, se detiene. La observo, el corazón en un puño. Deseo tantas cosas y tan rápido que apenas puedo ordenar mis pensamientos.

Date la vuelta. Ven y dime que te quedas. Di que quieres arriesgarte. Di que apuestas de verdad por mí. Por nosotros. Aunque no me conozcas. Quédate porque quieras conocerme.

Quédate para que no me convierta en un fantasma.

Olivia deja caer todo al suelo. Cojo aire cuando, de un tirón, se quita mi camiseta. La arroja a un lado y, desnuda, recoge todas sus cosas de nuevo antes de marcharse.

* * *

Sigo observando la puerta minutos después de que se haya ido.

La mente se me llena de «no deberías». De escenarios donde yo he sido menos brusco. Donde Olivia me lo ha explicado todo hace días. Donde ella no es mi editora. Donde yo no soy un escritor fantasma. Donde nada más importa excepto nosotros dos. Lo que nos une.

Porque, a pesar del poco tiempo que hemos compartido, me he dado cuenta de que nunca he conocido a nadie tan parecido a mí. Nadie con el que me haya sentido tan conectado o comprendido. Sentía que, al contrario que el resto, Olivia se daba cuenta de que estaba ahí.

Era la única capaz. No de mirarme de forma distinta. Ella, sencillamente, *me veía*.

Y, aun así, no ha podido confiar en mí, ni siquiera para contarme todo lo que había detrás de su rechazo inicial a nuestra relación... o de una decisión tan importante como ocultársela a sus jefes. ¿Cómo puede empezar nada entre dos personas si una no se fía de la otra? Olivia me ve capaz de perjudicarla si algún día me hieren el ego de escritor, cuando, antes de eso, preferiría tragarme el orgullo y trabajar en la jodida bodega de mi familia.

Pero lo que pudiéramos hacer juntos ya no importa.

No ha apostado por mí. Nunca lo hizo de verdad, sin reservas. Fue un espejismo. Bonito, pero irreal. Y ha durado demasiado poco.

Me muevo como un autómata al salir de mi cuarto. Al recorrer el pasillo. Al llegar al salón.

Hay luz. Solo una. La televisión encendida ilumina a Fulgencia, Seoane, Uve y Elsa. En ese orden están sentados, juntos, pegados unos a otros, sin huecos ni distancias entre medias.

Fulgencia está dormida sobre un cojín. Las piernas de Elsa pasan por encima de las de los dos chicos. Seoane sostiene entre las manos un bol de palomitas. Uve tiene apoyadas sobre cada uno de sus hombros las cabezas de sus amigos.

—¿Qué pasa, *bro*? ¿Te unes? ¡Te encantará, es una peli de mierda!

—¿Asier? —Seoane despega la cabeza del hombro de Uve—. ¿Ha pasado algo?

Desvío la vista al ventanal.

—Ha dejado de nevar —respondo—. Podemos volver a casa.

DESENLACE

Parte 3

29

Olivia

Las relaciones son complicadas. Con un trabajo como el mío, más todavía.

La gente que me conoce por lo que hago tiene una impresión de mí que no se ajusta a la realidad. Porque yo no soy solamente lo que se ve a través de una pantalla. Lo soy, pero es una única parte. La abierta, la ensayada, la divertida, la admirable, la que da dinero, la más fácil de querer. No niego a ese Seoane, pero quiero a gente en mi vida que me aprecie por todos los demás Seoane que soy.

No me considero una persona distinta fuera de internet, porque las personas no somos hadas con un solo sentimiento a la vez que siempre se comportan, piensan y visten de la misma forma. No somos personajes. Por eso no se nos puede cancelar como a una serie ni puede describirnos un vídeo, un meme, una publicación o una foto.

Yo soy yo cuando grabo un directo en mi canal frente a cientos de miles de personas y lo soy cuando recaliento comida en el microondas a las cinco de la tarde con mis dos mejores amigos porque ninguno tiene ni idea de cocinar. También al salir a pasear con mi perra mientras creo videoclips mentales sobre los errores de mi vida. Y al encerrarme con llave en mi cuarto porque una de las personas más conectadas del mundo necesita estar aislada de él de vez en cuando.

Eso puede complicar las relaciones, claro. En realidad, solo tengo dos amigos por esa misma razón. No digo que no sean suficientes, pero a veces me doy cuenta de que es un número bajo. Si lo comparo con los millones que quieren ser mis amigos (como quizás tú, que estás leyendo esto), ¿qué dice eso sobre mí? ¿Soy una especie de ermitaño social?

Teniendo en cuenta dónde vivo, podría decirse que sí. Y supongo que eso es una metáfora cutre de todo esto. Para tener relaciones, de amistad, de amor, de lo que sea, no puedes esconderte para siempre. Hay que confiar en el otro. Hay que exponerse. Yo me expongo cada día, pero solo una parte de mí. Esa parte que ya conoces. Aunque suene simple, es así: no quiero arriesgarme a enseñar el resto y que me rechacen.

Esto no es nuevo. Ya me pasaba de pequeño. Por entonces, mi hermano mayor era el que me sermoneaba: «Si no sales ahí fuera, si no dejas entrar a nadie, ¿quién va a conocerte de verdad?».

Por eso decidí escribir este libro. Puede que sea mi forma de salir. De exponerme al mundo. De enseñarles a los demás que no me quieren del todo. Al menos, todavía. No es culpa suya. Vivir tras una máscara, por mucho que la hayas fabricado tú, es fácil, pero no es real.

Así que, ahora que me has leído, que conoces a mis otros yo, ¿sigues queriendo apostar por mí?

Miro el documento; luego, el cursor, esa barra corta y rectísima al final del texto que parpadea, esperando.

No he tocado ni una coma. He sido incapaz. Porque ya está perfecto. Y porque, aunque hubiera algo que corregir, no me vería con fuerzas para hacerlo.

A la vez, soy consciente de que debería revisar el libro entero, enviárselo a Asier, esperar su ok, pedir el de Seoane. Tengo que terminar el encargo. Poner el punto final. Y luego, mandárselo a Carol.

Estará pletórica. Hemos escrito y editado el libro en tiempo récord. Estará más que listo para la campaña de Navidad. Y es bueno. Es una bomba de revelaciones sobre el *influencer* más querido y enigmático de la comunidad hispanohablante. Seoane se expone, lo hace de verdad, y Asier, de forma magistral, ha sido capaz de volcar por escrito toda su vulnerabilidad y su fuerza.

Si hay alguien que aún no se siente fascinado por Íñigo Seoane, lo estará después de leer el libro.

Llaman a mi puerta. No me sobresalto ni me muevo de la cama; solo estiro las piernas por debajo de la manta que las cubre y del portátil sobre ella.

—Pasa.

Como había supuesto, no es él. Elsa enseguida se acerca hasta mi cama, aunque no se me escapa que le echa un buen vistazo al cuarto recogido.

—¿Ya has hecho las maletas?

—Nos vamos mañana —le recuerdo en voz baja—. Así que sí.

—No has salido de aquí desde ayer —murmura ella. Noto un tono de preocupación y censura en su voz que me enternece—. ¿Has comido algo?

—Claro, he ido a la cocina cuando no había nadie —contesto con rapidez—. Ahora es más fácil porque, por suerte, me hicisteis caso y, gracias a Fulgencia, estáis siguiendo horarios de persona normal...

—Olivia, ¿vas a contarme de una puñetera vez qué ha pasado con Asier? —me corta, frustrada—. Desde que hablé contigo ayer, estáis los dos rarísimos. ¿Discutisteis? ¿Es que no se tomó bien lo que le propusiste, eso de llevarlo a escondidas?

El nudo en él estómago se acrecienta. Abro la boca, pero me doy cuenta de que no puedo explicárselo todo. Tampoco quiero.

—No, no se lo tomó bien —resumo.

Elsa coge aire y lo suelta con fuerza por la nariz.

—Qué putada —dice después—. Lo siento muchísimo, tía.

—Yo también.

—¿No hay manera de arreglarlo? Mira que lo de nosotros tres también era un lío y, hablándolo todo con calma, al final...

—Dudo que lo nuestro sea tan sencillo —la interrumpo—. En vuestro caso, nadie la cagó. —Antes de que me pregunte a ese respecto, me adelanto—: Pero dime, ¿qué ha pasado con lo vuestro?

Al ver cómo se sonroja, algo de la angustia que siento se desdibuja.

—¡Resulta que a Seoane no le gusta Uve! —empieza a explicarme, entusiasmada—. Le gustaba, en pasado. Y ahora viene lo fuerte: ¡resulta que yo también! Pero ya no, y nos dijo que, aunque siguiera siendo así, le parece bien lo nuestro.

—Me alegro mucho, Elsa. Ya te dije que Seoane lo entendería.

—Sí, es el mejor —afirma categórica—. Aunque también un idiota; no nos lo dijo antes por miedo. Solo quiere que sigamos a su lado, que no nos larguemos o le excluyamos. Ya le hemos dejado claro que eso es una tontería y que no lo pensamos hacer, que vamos a seguir aquí como sus amigos todo lo que nos aguante. De hecho, le hemos advertido que, de lo pesados que seremos con él, al final va a acabar echándonos de casa. —Se le escapa una risa—. Uve ha sido más directo respecto a aclararle lo mucho que le queremos. No puede llamarse insinuación a su alegato de dos horas a favor del poliamor y de lo poderosos que seríamos como pareja de tres, aunque ninguno le hemos hecho ni caso.

—Ya me imagino. —Esbozo una suave sonrisa—. Me alegra que haya ido todo bien. Os queréis, eso se nota, solo había sido un pequeño malentendido. Lo más importante es que... —Me trabo—. Lo más importante es que confiáis los unos en los otros. No perdáis eso.

Se acerca un poco más y me hunde el índice en la mejilla.

—No me vengas con consejos indirectos que hablan de ti —refunfuña Elsa—. ¿Seguro que lo tuyo con Asier no se puede arreglar? Lleva mudo desde ayer. Lo prefería gruñendo. Ahora deambula por la casa como un fantasma. Me provoca escalofríos.

Yo tengo uno en este momento.

—No lo sé —murmuro—. No depende de mí.

Elsa me mira tan fijamente que acabo por desviar la vista.

—Olivia, yo creo que sí.

* * *

Me paso el resto del día trabajando en otros manuscritos, revisando maquetaciones y correos sin responder. La noticia de que volvemos al día siguiente entusiasma (como supuse) a Carol. Me pide que pasado mañana nos presentemos en Rapla a primera hora para tener una reunión. Quiere agradecerle personalmente a Asier todo su trabajo (le pone por las nubes) y oír «las buenas nuevas» que yo pueda contarle respecto a Elsa y Uve (si he conseguido que accedan a publicar con nosotros, vaya).

También comenta como de pasada todo lo que tengo que organizar para el Día del Libro del año que viene. Los días previos y los siguientes. Ha asumido que voy a ir a Sant Jordi y que me encargaré de mantener contentos a nuestros autores (como suelo hacer), incluidos aquellos a los que no llevaremos a firmar.

«Aplacar la ira de los desesperados es una de esas cosas que se te dan de perlas». Por el tono del resto del correo y el recordatorio de mis (numerosos) errores cometidos estos días, le ha faltado añadir que no tengo muchos talentos más.

No se me escapa que mi jefa ha ignorado de forma deliberada el mensaje que le mandé la noche de Halloween, ese en el que le pedía un día libre. El día de la boda de Rigo.

Supongo que ya tengo mi respuesta.

El móvil, a mi lado sobre la colcha, suelta un pitido familiar. Será Jud, pidiéndome disculpas una vez más por «no poder cerrar la boca ni siquiera cuando está a más de seiscientos kilómetros».

Ya le he dicho que todo esto no ha sido culpa suya, pero la pobre no deja de fustigarse. Hasta me ha rogado que le pase el número de Asier para que pueda explicarse y convencerle a punta de cuchillo jamonero de que «te mueres por sus huesos, eres la mejor persona del universo y, si te vuelve a hacer llorar, le aniquilo» (no tengo muy claro el orden del resto de amenazas).

Sin embargo, cuando desbloqueo el teléfono, me doy cuenta de que no es mi mejor amiga insistiendo una vez más en que este malentendido es digno de novela (y de que el sexo de reconciliación de después también lo será).

Es un número desconocido.

> Hola , Olivia, qué tal? Soy Lidia Gallego

El corazón se me acelera cuando el «está escribiendo» aparece en la parte superior de la pantalla.

> Conocí a Judith Prieto, me dijo que eras su amiga y que querías hablar conmigo para pedirme consejo.
> Puedo ayudarte en algo?

Tardo en ser capaz de estirar los dedos y teclear una respuesta coherente.

> Hola, Lidia! Gracias por escribirme. Trabajo en Rapla, como Judith, no sé si te lo comentó. De hecho, cuando empecé en la editorial, tú y yo nos conocimos. Era la becaria pelirroja que seguía a Carol como un patito perdido

Tengo el corazón en un puño mientras observo los tres puntos suspensivos. Un minuto, dos... ¡¿Cómo de lento escribe esta mujer?!

> Sí, te recuerdo. A pesar de lo que decía el resto, fichaste a Nines Garcés (espero que te agradezcan sus once ediciones). Tenías buen ojo. Sigues ahí después de todos estos años? En el mismo sello?

Así es. Sigo trabajando con Carol

Con o para?

No sé por qué, sonrío a mi pesar.

Lo más correcto es decir "para"

Me lo imaginaba. Mi más sentido
pésame

Más valiente, respondo:

Y tú qué tal? Sigues en el mundo
editorial? No supe de ti, sobre todo
después de todo lo que pasó

Me mantuve a un lado, pero tengo
la mala costumbre de querer pagar
facturas. Y por encima de todo,
la peor: que me gusten los libros,
así que ahora estoy en otra editorial.
En un discreto (y comodísimo)
segundo plano. Soy la que lleva
la compra y venta de derechos
de obras en el extranjero

¡Sigue en el mundillo! Increíble. La verdad es que era
una buena editora; continuó trabajando con autores a los
que ella descubrió. Sí, se comportó como una idiota, pero
¿quién no lo hace por amor?

Aunque supongo que hay límites a la estupidez (como los errores que ponen a una editorial en juego y tu rigor profesional en entredicho), me alegra que Lidia se haya recuperado bien.

Olivia, ¿tal vez te alegras porque es un pequeño faro de esperanza para todo este lío con Asier?

No. Asier ya no confía en mí. Y con razón, porque soy un jodido desastre que no supo dejar las cosas claras en el momento preciso y transmitirle lo que verdaderamente sentía por él.

Pero, aunque ya no pueda arreglar lo nuestro, tal vez sí pueda ayudarle sin que lo sepa.

Me pinzo el puente de la nariz y, después de coger fuerzas, escribo:

> Así que estás metida en derechos internacionales, enhorabuena! Y si no es indiscreción, para qué editorial trabajas ahora?

> Una pequeña, pero muy buena. Me gusta la filosofía que tienen (no tanto el salario, aunque no me puedo quejar). Orballo Ediciones

Sonrío sin querer. De oreja a oreja.

> Enhorabuena! Me encanta lo que estáis sacando! La novela de Julen Ferre te juro que me hizo llorar.

Aunque no quería tu número por eso...
Ya que trabajas en Orballo, me gustaría
comentarte sobre un autor. Es buenísimo y
os va a enviar una prueba de redacción para
la biografía de Love Hypothesis. He tenido
la suerte de trabajar con él en un proyecto y,
te lo aseguro, os va a encajar 100%

No digo que le des prioridad frente a otros
candidatos, pero sí que estés atenta

Lidia tarda más de lo normal en contestar (si eso es humanamente posible).

No quiero sonar desconfiada, pero
si tan bueno es, ¿por qué no lo fichas
en exclusiva para Rapla?

Observo la pantalla hasta que me duelen los ojos.

No puedo contarle a esta mujer (y casi completa desconocida) mis líos amorosos. Además, tampoco es que pueda hacer nada respecto a ellos (excepto cagarla todavía más). A menos que Lidia tenga una máquina del tiempo que prestarme para volver atrás y ser honesta cuando debía, he perdido cualquier oportunidad de estar con Asier.

Eso no quiere decir que haya renunciado a mi parte de la propuesta que le hice, así que cojo aire y vuelvo a escribir:

Eso querría. Pero ahora mismo es difícil,
porque nuestra situación es... complicada

Si te soy sincera, es por él que quería tu número en primer lugar. Hemos trabajado juntos y quería tu opinión y consejo, porque pasaste con una autora por algo... similar

Pero ese tema ya no es importante.

Escucha, el autor se llama Asier Eguren. Por favor, échale un vistazo a lo que os envíe. Tú misma has dicho que tenía buen ojo, así que te agradecería infinito que le dieras una oportunidad. No te vas a arrepentir

Pasan diez minutos hasta que el móvil pita otra vez. Lo leo al instante porque en todo el tiempo no he soltado el teléfono.

Vamos a hacer una cosa, Olivia: hoy estoy en Londres por unas reuniones, pero ¿te vendría bien que te llamara mañana? Por la tarde, a eso de las siete. Te pego un toque y hablamos tranquilamente de este tema.

Y de lo otro, también. ¿Qué dices?

¿Por qué tengo estas estúpidas ganas de llorar? Como estoy sola, me siento una mierda y echo de menos a mi gato y a mi mejor amiga, me permito soltar todos los mocos y lágrimas posibles al escribir:

Me encantaría

* * *

Por suerte, cuando Uve y Seoane vienen a visitarme, ya me he lavado la cara y tengo mejor aspecto. Seoane me saluda desde la puerta, pero apenas le oigo porque Uve corre como un ninja y se tira en plancha sobre mí.

—¡*Baby*, sigues viva! —Me mira a los ojos y entrecierra los suyos—. Uy, uy, uy, vaya carita... ¿Has estado penando porque vas a echarme de menos o qué?

—Sí, es por eso —le sonrío.

—¿No tiene que ver con ningún escritor macizo que lleva veinticuatro horas *full emo*? —Acerca la boca a mi oreja—. Porque si es así, dímelo. Aunque él acabe pegándome una paliza, seguro que mi primera patada en los huevos le pilla de sorpresa.

—No vas a hacerle nada porque no es culpa suya —le amonesto con suavidad—. Además, tú no eres así.

—Tienes razón, el *bro* me acojona demasiado. Solo le ganaría en una pelea de baile, ¡vaya manta es! Por tu porvenir, espero que en él no se cumpla el dicho ese: lo de que a los tíos que bailan mal se les da mal fo... —Cuando Seoane llega hasta nosotros, Uve rueda a un lado para apartarse de encima—. Pero hemos venido a visitarte por otra cosa, *baby*.

—Os vais mañana por la mañana —me recuerda Seoane mientras toma asiento en el borde de la cama—. Queríamos convencerte para que dejaras de trabajar y cenases con nosotros.

Con cuidado, baja la pantalla de mi portátil hasta cerrarlo. Yo le dejo hacer y suspiro.

—Gracias, chicos, de verdad, pero...

–Asier nos ha dicho que, si no quieres que esté, no hay problema –continúa con el mismo tono calmado–. Nos despediremos de él en otro momento.

–¡No, no, no, no! –Le tomo de la mano y se la aprieto con cariño–. Qué tontería, ¡claro que Asier tiene que cenar con vosotros! No es que haya querido huir de él –miento–. Es que he estado aquí encerrada porque quería terminar tu encargo antes de que nos fuéramos mañana...

–¿Ya está terminado? –Asiento–. Genial. Envíaselo a tu jefa y vístete. Te esperamos en el salón.

–¿No quieres leerlo? –le pregunto extrañada. Noto los dedos de Uve haciéndome caricias en el antebrazo, en círculos lentos–. Esperaba que dieras el visto bueno a los capítulos de Asier que no leíste y a mis correcciones...

–Yo no he escrito este libro –me interrumpe Seoane–. No soy escritor ni editor. Los libros se van a vender porque llevan mi nombre, así que no necesitáis otra cosa excepto mi firma. Y la tenéis. En serio, envíaselo a tu jefa.

–Pero...

–Ya sé que sois buenos en lo que hacéis –me corta de nuevo–. Lo he comprobado al obligaros a venir hasta aquí. ¿Por qué demorar todavía más el proceso?

–Porque el libro habla de ti –le recuerdo–. Es tuyo.

–Por suerte, es vuestro. –Sonríe con franqueza y noto que Uve deja de mover los dedos–. Sois el mejor equipo que podría imaginar. Habéis creado algo vosotros solos de lo que estoy orgulloso, y lo habéis hecho mejor de lo que podría haberlo hecho nadie. Así que gracias.

–Deberías sonreír más así, *king* –dice Uve–. Si lo hicieras en tu canal, tendrías un millón más de seguidores.

–No quiero otro millón de seguidores –replica Seoane–. Quiero que Olivia cene con nosotros.

Maldito sea. ¿Cómo puedo negarme después de eso? Supongo que es así como ha conseguido lo que ha conseguido. Conmigo, desde luego que lo ha logrado. Me he convertido en fan suya en tan solo unos días. Y ahora, además de su editora, quiero ser su amiga.

Me intrigaba el Seoane de internet, pero desde luego me quedo con todas las demás facetas de él. La del responsable de animales recién adoptados, la del amigo leal, la del chico que lo resiste todo, la del solitario que es capaz de cambiar y quitarse la máscara.

Al final les prometo a los dos que iré a cenar y, al marcharse, me paso quince minutos de reloj descartando ropa. Estoy hecha un flan, los nervios me han cerrado el estómago y me hacen sobrepensar más de lo habitual (que ya es bastante).

Me repito que solo es una cena. Asier y yo le diremos adiós al Trío Maravilla, comeremos *tuppers* recalentados de Neus y fingiremos que nada ha pasado entre los dos. Igual que en el viaje en coche de mañana. Más de seis horas de silencio incómodo y conversaciones vacías hasta Madrid. Una reunión al día siguiente. Y luego, nada.

Pero antes, lo importante: ¡¿qué diablos me pongo?!

Tengo ganas de elegir lo único que es intocable, la camiseta y el pantalón enormes (y, cómo no, negros) que Asier me dejó para dormir la noche de Halloween y que prometí devolverle. Negaré sobre la tumba de Jane Austen que he abrazado la ropa a escondidas y me he torturado recreándome con ese olor a él que sigue amarrado a la tela.

Y ya no puedo disfrutar de esa esencia en directo porque soy gilipollas. ¿Cómo me convencí a mí misma de que Asier estaría de acuerdo con llevar lo nuestro en secreto, sabiendo lo que le había pasado? Conociéndole como le conozco ahora (que es poco y mucho al mismo tiempo), entiendo que el simple hecho de contarme esa experiencia tuvo que ser duro. Estaba borracha y, aun así, intuí el esfuerzo que hacía al abrirse así a mí.

Y yo voy y asumo que repetir la experiencia le va a parecer la idea del siglo.

Pues claro que sí, Olivia. Eres un genio.

A lo mejor podría haberle convencido si le hubiera expuesto correctamente mi propuesta. Si le hubiera hecho entender que yo era distinta a la innombrable. Que yo quiero apostar por él, que lo que he visto surgir entre nosotros tiene el mismo potencial que sus novelas. Que me muero por pedirle que sea mi flamante acompañante en la boda de mi prima. No por restregarle nada en la cara a Pedro o por demostrarle algo a mi familia, sino porque quiero comprobar que lo que ha dicho Uve es cierto y se le da fatal bailar. Y que lo que imagino también se haría realidad: Asier, impresionante vestido de traje, haciendo el esfuerzo de entablar conversación con desconocidos solo para hacerme sentir acompañada, rodeada de tanta gente a la que hace años que no veo.

Porque, aunque sea solo una intuición, sé que lo haría por mí. Estaría a mi lado, crearía una burbuja alrededor de nosotros, sería capaz de hacerme sentir cómoda y de ponerme nerviosa al mismo tiempo. Una contradicción que nos separaría del resto del mundo. Una contradicción que me haría sentir menos sola.

Lo intuyo, porque así es como me he sentido desde que le conozco.

Bueno, BASTA. De nuevo estoy fantaseando (a lo bestia) sin ton ni son. Da igual lo que decida ponerme esta noche. A ninguno de los habitantes de esta casa le importa una mierda mi aspecto, ni puedo hacer nada por impresionarlos (quizás a Uve sí, si apareciese en pelotas).

Un minuto después, salgo al pasillo con unos vaqueros rotos y una sudadera azul de Ghost, y ni me molesto en ponerme zapatos. Los calcetines que llevo tienen bordados libritos voladores, y me dedico a contarlos en mi corto camino hasta el salón.

En lugar de en la isla de la cocina, han colocado los platos y cubiertos en la mesa baja frente a la tele. Junto a ella está Elsa, sentada en el suelo. Con la espalda contra el sofá y las piernas en mariposa, acaricia a Fulgencia mientras charla a gritos con Uve y Seoane. En la cocina, los dos siguen las órdenes del tío con la voz más maravillosa del mundo. Ahora que sé lo ronca que suena después de besarle, me encantaría hacerlo solo por oírla de nuevo.

Bueno, y porque me muero porque me bese. Lo de la voz sería solo una mala excusa.

—¡Olivia, por fin! Anda, ven, ¡siéntate aquí! —me pide Elsa al percatarse de que he llegado—. Como puedes comprobar, tengo a nuestros chicos muy bien educados. —Agita en el aire una copa de vino casi vacía—. ¿Alguien puede traernos otra botella para que podamos brindar por el empoderamiento femenino?

—¡Vaya con la princesa caprichosa! —bufa Uve—. Levanta ese bonito culo que tienes y ven tú a la cocina. Estamos ocupados.

—¡Pero si lo está haciendo todo Asier, pringados!

—Nos está enseñando —la corrige Seoane—. Necesitamos concentración, así que coge tú el vino.

—Bueno, son pizzas, tampoco es que estemos haciendo nada muy complicado...

Por si sigo siendo la imbécil que he demostrado ser, mi corazón me recuerda con un pinchazo que ha sido Asier el que acaba de replicar.

—Tranquila, me encargo yo —le digo a Elsa—. Tú quédate ahí con Fulgencia.

Voy hasta la cocina e intento no fijarme demasiado en ninguno de los que están cortando ingredientes en la encimera. Sobre todo, en el más alto y silencioso de los tres.

Al abrir la nevera, compruebo que hay cinco vinos distintos abiertos y me vuelvo a Elsa.

—¿Cuál estás bebiendo?

—Uno blanco.

—Ya, pero ¿cuál?

—No sé. ¿Uno ácido? Todos me saben igual.

Cuando ya he decidido llevarle uno al azar, un brazo se interpone en mi visión. Escoge una botella sin dudar y me la tiende. Tardo más en cogerla de lo que lo haría una persona sin problemas psicomotrices.

—Gracias.

Asier no me responde. Solo suelta el vino procurando no tocarme y se vuelve para seguir cocinando con los otros dos.

Es nuestra única interacción en una cena que, por lo demás, resulta muy agradable. Divertida. Y, aunque no lo esperaba, también un poco emotiva.

Los cinco recordamos las anécdotas (no peliagudas) que han sucedido la última semana. Uve, Elsa y Seoane demuestran que siguen siendo los tres amigos que eran, como si en realidad nada hubiera cambiado. Los dos primeros continúan discutiendo y lanzándose pullitas, solo que ahora sueltan más indirectas sexuales que antes (sigo sin comprender cómo Seoane los soporta). Fulgencia nos dedica lloriqueos y caras de pena para que le demos comida, y solo Seoane aguanta estoicamente sin pasarle nada a escondidas.

Al final de la noche, brindamos. Por el éxito del libro de Seoane, por el del último TikTok viral de Uve, por el siguiente torneo de *LoL* de Elsa. Por la carrera de Asier.

—¡Porque despidan a tu jefa y te hagas la mandamás de la editorial, *baby*!

Sonrío y brindo, pero no bebo después. Es la única otra ocasión en la que siento que Asier se da cuenta de que estoy ahí.

Sin embargo, al girarme hacia él, ya ha apartado la vista.

30

Olivia

AL DÍA SIGUIENTE, la vista desde mi ventana sigue dominada por el blanco, aunque ya se entrevé el verde oscuro de los árboles. El cielo todavía no es azul, pero ha adquirido un tono grisáceo.

Es el mismo que el de los ojos de Asier.

Solo Seoane se despierta para desayunar con nosotros y despedirnos. Los otros dos han trasnochado (imagino la razón), y el adiós entre los tres es corto, pero bonito. Antes de meternos en el coche, Asier y yo le damos un largo abrazo (primero él, luego yo) y le prometemos volver.

—Mejor os hago yo una visita —nos dice Seoane con una sonrisa—. No puedo pretender que la gente siga viniendo hasta aquí cada vez que quiero verla. Además, ya es hora de que salga de mi cueva y me exponga al mundo, ¿no? —Me mira a los ojos y su sonrisa llega hasta allí—. Quien no arriesga no gana. Y, como buen amante de los videojuegos, yo siempre quiero ganar.

Sigo pensando en esas palabras cien kilómetros después. Seoane no ha leído el último capítulo de su libro, pero ha sonado igual a lo que he leído en él. Puede que sea porque le ha expuesto ese tipo de pensamientos a su escritor fantasma. O bien porque Asier ha sido capaz de ver a través de sus miedos.

Le miro de refilón. Ojalá yo tuviera el mismo talento. Ojalá pudiera saber qué piensa ahora mi copiloto, mientras observa por la ventanilla el paisaje todavía nevado (aunque más despejado) con aire distraído.

Y ojalá él pudiera leerme también. No sé si se escandalizaría de la cantidad de veces que ocupa mis pensamientos. Si se sorprendería de la de cosas inamovibles en mi vida que han empezado a tambalearse desde que le conozco. Si se extrañaría de cuánto pondría en juego por él.

Quizás... no esté todo perdido. Lidia va a llamarme esta tarde. Si ella se recuperó de aquella cagada monumental, puede que yo también. Puede que sea capaz de convencer a Asier de que no solo le quiero por el sexo o a escondidas. De que, en el fondo, sí que confío en él.

Al fin y al cabo, Elsa creía que todo dependía de mí. Uve, que nuestra situación era más fácil que la suya. Y Seoane, que hay que arriesgarse para ganar.

«Te da miedo perder. Te aterroriza tanto que nunca aceptas la ayuda de nadie, ni siquiera para algo tan tonto como dejar que conduzcan tu coche. Jamás te arriesgas a enfrentarte a tu jefa para disfrutar de tus amigas, tu familia o tus propios deseos».

Sí, Asier tenía razón. Me da miedo perder, ceder el control, arriesgarme.

Así que cojo aire y lo intento (aunque sea un intento minúsculo y patético).

—Asier —le llamo en voz baja. Noto que vuelve la cabeza hacia mí. Muy despacio—. ¿Te importaría conducir la mitad del camino?

Los primeros acordes de *Mary On A Cross* de Ghost resuenan entre nosotros durante unos segundos.

—¿No dijiste en Madrid que eras la única que sabía manejar tu coche especial?

—No, cualquiera puede —reconozco—. Me daba vergüenza que lo usaras, teniendo en cuenta que es una basura con ruedas. Al final se estropeó conduciéndolo yo, así que quizás sea mejor que lo lleves tú para evitar más desgracias. Además, no sé si aguantaré seis horas de viaje seguidas. —Dudo, pero al final insisto—: ¿No te importaría?

De reojo las veo. Las manos tatuadas de Asier entrelazándose en su regazo.

Las mismas que recorrieron mi piel. Que acunaron mi rostro. Que me rozaron los labios hasta que me rendí a los suyos.

—Claro que no —responde quedo—. Ya te lo ofrecí cuando me recogiste. Podía hacerlo en cualquier momento, si me veías digno de tu coche.

—Lo eres —balbuceo con rapidez—. Es decir, que me fío. De ti. Mucho. O sea, me fío de tu conducción. Que no te he visto conducir nunca, pero vamos, seguro que lo haces muy bien. Y me harías un favor, porque...

—Vale.

No sé si ha sonreído. Aunque sea poco probable, me permito fantasear e imaginarme que sí. Sobre todo porque, a pesar de que sigamos en silencio, la siguiente hora es menos incómoda. Un poco, al menos.

Hacemos una parada para echar gasolina y, al salir de la tienda después de pagar, compruebo que Asier me espera fuera del coche, apoyado en la puerta del piloto.

El viento le revuelve el pelo negro, tiene los brazos cruzados sobre el pecho y la misma expresión ausente. Al cruzar miradas y echar a correr hacia él, me da la sensación de que se contiene para no lanzarme un comentario burlón y sarcástico. Pero es solo eso: una impresión. Dudo que Asier vuelva a regalarme una imagen de confianza así. Es demasiado pronto. Y yo no le he demostrado realmente nada.

Ya frente a frente, tengo que recordarme respirar y, en general, aparentar ser una adulta funcional. Por mucho que me esfuerce, me hago un lío y le tiendo primero el tique de la gasolina, en lugar de las llaves.

—Si te cansas, por favor, avísame y volvemos a cambiar —le pido, arrepentida de pronto—. Igual te cuesta pillarle el tranquillo, sobre todo al cambiar de cuarta a quinta, porque la palanca se resiste y hay que apretar hasta el fondo el embrague. Si escuchas un sonido como tactactac o algo parecido, reduces de marcha, aceleras y luego vuelves a cambiar. Y el freno no es muy sensible, así que tendrás que pisar también hasta el final si...

Me coge las llaves de la palma y nuestros dedos se rozan. Sin querer, contengo el aliento.

—No voy a dejarte abandonada en la gasolinera —replica—. Puedes recordarme todo eso en el camino. Venga, entra al coche. Hace mucho frío y no llevas abrigo.

—Tampoco es como en la montaña...

—Mejor reducir las posibilidades de que sufras otra hipotermia.

Cuando ocupo el asiento de Asier, sigo con la misma sonrisa estúpida en la cara.

No es que hacer de tripas corazón y permitir por primera vez en la historia que alguien conduzca mi coche de mierda vaya a cambiar las cosas entre nosotros. Pero por algo se empieza, ¿no? Pasito a pasito, quiero que Asier entienda que no es verdad lo que me dijo. Me acusó de no arriesgarme por los demás. De no confiar en la ayuda que me ofrecen quienes me rodean. De tener miedo a perder.

Y, desde luego, nada de eso es cierto. Porque Asier arranca, se echa a la carretera y mi miedo a perder la vida aumenta un doscientos por cien.

Este tío conduce de pena.

—No hace falta que te agarres así al asiento —masculla—. Ni que nos fuéramos a matar.

—¿Por qué dices eso? —Intento que mi voz no suene temblorosa (con escaso resultado)—. Estoy perfectamente.

—Ahora dilo sin revisar el velocímetro con cara de pánico.

—Aquí hay que ir a cien kilómetros por hora —le recuerdo con un hilo de voz.

—Y voy a noventa y siete. —Me mira de reojo sin cambiar su expresión seria—. ¿No decías que te fiabas de mí?

Y qué duro es demostrarlo.

—Claro que sí —contesto con suavidad—. Es solo que ya no conduzco, pero puedo seguir ejerciendo una mala influencia sobre nuestro destino. Soy tu copiloto, así que espérate lo peor.

—¿Por ejemplo?

—Se nos puede pinchar una rueda. O que Aragón se declare república independiente y cierren fronteras mientras la atravesamos. O que pillemos un atasco monumental, se haga de noche y tengamos que volver a dormir en un hostal de carretera.

—Tan dramática como siempre —resopla—. Olivia, nada de eso va a pasar.

Tiene razón. En cuanto a las primeras dos opciones, claro.

Pero, después de un par de horas, mi famosa maldición acierta con la tercera.

* * *

—Te lo dije —musito con resignación, la vista puesta en los kilómetros de coches que se deslizan a velocidad de tortuga delante de nosotros.

Asier tiene el codo apoyado en el cristal de su ventanilla. Se pasa una mano por el pelo mientras la otra tamborilea con los dedos sobre el volante.

—No me lo puedo creer.

—Yo sí —le aseguro—. Te lo dije la noche de Halloween: acabas acostumbrándote.

—¿Te echaron un mal de ojo o algo así?

—A lo mejor fue Carol.

—Es una bruja. Tendría sentido.

Me echo a reír, aunque en realidad solo lo hago por liberar tensión. Nos queda un buen trecho para llegar a la capital (y más con este panorama). Acaba de caer el sol. Solo falta media hora para que Lidia me llame y, sinceramente, no se me ocurre un lugar peor para charlar con ella. Los dos temas de los que me prometió que hablaríamos incluyen a Asier. A su carrera, a él y a mí.

Venga, avanzad, malditoscochesdemierda.

—Debe haber un accidente —rumia Asier—. O dieciocho. Joder, mira el GPS. Está toda la carretera roja casi hasta llegar al puto centro de Madrid.

Miro mi móvil. Luego, el kilómetro en el que estamos. Por último, el cartel que avisa de la próxima salida.

—No tenemos que reunirnos con Carol hasta mañana —le recuerdo en voz baja—. Podríamos parar y volver a la carretera cuando ya no haya atasco. —Trago saliva—. O podríamos quedarnos a dormir.

Asier se gira hacia mí como hizo al inicio del camino. Igual de despacio, solo que con peor cara.

—¿Estás de puta coña?

—¿Qué hacemos? ¿Seguir metidos en este atasco como dos tontos? Podemos parar un rato, a ver si se despeja. No hay tanta prisa. Y ahorraremos gasolina. Además, tengo... una llamada que atender. —Noto que me pongo roja—. Una importante.

Aunque tengo la mirada fija en la matrícula del coche que va delante, siento la de Asier clavada en mi rostro. Permanecemos así hasta que el vehículo de atrás empieza a pitar porque no nos hemos movido (el metro y medio que se puede).

—Está bien —accede Asier con aire derrotado—. Pero no pienso meterme en ninguna habitación. Si al final hay que quedarse a dormir, yo lo haré en el coche.

—Pero...

—Si no, no hay trato.

Me vuelvo para encararle. Mantiene la misma expresión dura de hace dos días. La mandíbula apretada. Los dedos se tornan blancos contra el volante. Los ojos claros, fijos en la carretera atascada, parecen más grises que nunca.

—Vale.

Al ver la mueca que pone cuando le señalo el desvío más próximo, tengo que contenerme para no reír (o llorar, tampoco estoy segura).

* * *

En el neón de «Hostal Trigal» se han fundido otras dos letras y el aparcamiento frente al edificio ya no está tan lleno. En cuanto ponemos un pie en recepción, nuestro querido señor del parche nos reconoce.

—¡Bienvenida, pareja! Tranquilos, hoy tenemos habitaciones de sobra...

—Solo hemos hecho una parada —me apresuro a aclararle—. Hay un atasco terrible en la carretera.

—Sí, eso me han dicho unos camioneros. Un choque en cadena más adelante, o algo parecido. ¡A saber cuánto dura la broma! Así que, si al final desean hacer noche, tenemos...

—Ya le hemos oído —gruñe Asier. Luego, me coge del brazo y me aparta unos metros del mostrador—. Voy a pedir un café para llevar. Te espero en el coche. Haz esa llamada y luego ya veremos qué hacemos, ¿te parece?

Asiento sin más. No soporto tenerle tan cerca y, al mismo tiempo, notar por su tono de voz lo alejado que está de mí.

—Iré a buscarte al terminar —le prometo.

Él me responde que sí sin palabras.

Me entretengo en el baño para dejar que Asier entre y salga del bar con un café antes de hacer lo mismo. Esta vez he tenido la precaución de salir del coche con abrigo y bufanda, así que, con mi vaso de cartón lleno de café quemado, espero fuera la llamada de Lidia. Doy vueltas frente a la puerta del edificio hasta que una vibración en el bolsillo dispara mi ritmo cardiaco.

Es ella.

Dios, ¿qué mierdas le voy a decir?

—Hola —digo al descolgar. *Bien, Olivia, buen comienzo—.* ¿Te pillo bien?

—Pero si te he llamado yo.

Su voz suena apagada, como si estuviera muy lejos (como lo está, en realidad).

—Ah, sí —me río—. ¿Qué tal todo en Londres?

—Interesante. Siempre se descubren cosas nuevas. —Escucho a gente por detrás hablando en inglés—. No tengo mucho tiempo, así que vayamos al grano. Lo primero: ¿qué pasa con ese escritor del que me hablabas ayer? ¿Es tu novio y quieres meterle en Rapla? ¿O es que lo has intentado, la editorial te ha dicho que no y ahora el tío te la ha liado?

—Nada de eso —respondo con vergüenza—. Asier no sería capaz de hacer algo así.

Aunque tarde, ahora estoy segura de ello.

—Quién sabe... Llega un momento en que no puedes fiarte ni de tu sombra —comenta Lidia sin pasión—. Por experiencia, te digo que es mejor no juntar amor con trabajo. Y si lo haces, tienes que jugar bien. No puedes ser una imbécil como lo fui yo. Querías mi consejo, ¿no?

—Sí.

—Te daré dos. Si buscas el camino sin complicaciones, convence a Rapla para que publiquen a tu chico, pero que lo lleve otra editora. Tú ayúdale por tu cuenta, en casa. Si buscas el camino difícil, pero mejor para ti, haz todo eso y luego sal de la empresa. O pide que te asciendan de una vez. Cualquier cosa con tal de que no sigas donde estás. —La oigo soplar, como si fumara—. Carol se está aprovechando de ti.

Pestañeo. El viento sopla fuerte y las lágrimas me brotan solas. Es por el frío; en realidad, estoy más confusa que triste.

—¿Por qué dices eso?

—Porque esa mujer me hizo lo mismo a mí —contesta sin vacilar—. Eres buena. En tu trabajo y personalmente. No te conozco apenas, pero se nota. También he oído hablar de ti. —Hace una pausa. Definitivamente, está fumando—. De hecho, si te recuerdo después de tantos años, es porque me vi reflejada en ti. Fue una de las razones por las que me marché. No quería malgastar mi vida y que nunca me reconocieran el esfuerzo.

Arrugo la frente.

—Pero... te despidieron.

—¿Eso dicen en Rapla? Qué cabrones... A ver, es cierto que la lie pardísima. —Vuelve a soltar humo—. La mitad de los jefes querían echarme. Pero la otra mitad me adoraba. Hasta me ofrecieron el puesto de Carol.

No puedo evitar que se me escape una palabrota.

—Como te lo cuento —dice, y le escucho soltar una carcajada ronca—. Cometí un error en diez años. Bueno, ¿y quién no? Al final lo solucionaron. A algunos de arriba ni les preocupó. No era la primera vez que un escritor intentaba vengarse de la empresa. Además, yo tenía razón. La segunda novela de mi novia..., bueno, exnovia, era increíble. Tendríamos que haber hecho una mejor campaña de *marketing* con el primer libro. Tendríamos que haberla retenido con el segundo. Pero no me hicieron ni caso, y la cabreamos. Se fue a otra editorial, claro. Todo el mundo tiene un límite. —Tose, quizás para ocultar el tono de melancolía que se entreveía en la última frase—. Por mi parte, rechacé el puesto de Carol porque estaba muy quemada y... había perdido lo que más me importaba. Necesitaba cambiar de aires.

—Eso no fue lo que nos contaron —musito.

—Nunca nada es como te lo cuentan —añade Lidia con más suavidad—. Ni siquiera lo que te cuento yo es toda la verdad, sino solo una parte. Deberías preguntarle a Carol por su versión de la historia. Piense lo que piense sobre su forma de trabajar, aprendí mucho de ella. Y comprendo perfectamente que quisiera que me echaran. Al fin y al cabo, ponía en peligro su puesto. Y ella lo ha sacrificado todo por mantenerse ahí. —Me parece que sonríe al otro lado—. Quizás yo habría hecho lo mismo.

Trago saliva. Mientras Lidia hablaba, no he dejado de dar vueltas (literal y mentalmente). Alzo la vista y me fijo en el único coche blanco (sucio) del aparcamiento. La silueta en el asiento del piloto tiene la cara iluminada, como si tuviera el móvil encendido justo delante.

–Vaya –consigo pronunciar–. Hablas como si... Como si todo hubiera sido un error sin importancia. Yo... pensé que había sido peor.

–Fue peor –reconoce Lidia–. Es solo que ha pasado el tiempo y lo veo desde otra perspectiva. En su momento lo pasé fatal, no te voy a mentir. Y si volviera atrás, haría las cosas de otra manera.

–¿De qué otra manera?

–No la habría dejado escapar.

Nos quedamos un rato en silencio. Entretanto, aguanto estoica las ráfagas de viento y escucho soltar humo a Lidia al otro lado del teléfono, a miles de kilómetros de distancia.

Puedo entenderla. Porque, si volviera atrás, yo haría lo mismo.

Tampoco habría dejado escapar a Asier.

–Entonces... –empieza Lidia–, ¿qué te ha pasado exactamente con tu autor?

Se lo cuento todo. Tan a borbotones que casi diría que, en lugar de explicárselo, se lo vomito. ¿Por qué? Porque lo necesito. En mi relato censurado no entro en detalles, pero sí le explico lo esencial.

Lidia dijo al principio de la llamada que iríamos al grano, pero, tras mi monólogo, el teléfono marca veinte minutos de conversación.

–No me extraña que ese chico se cabrease de primeras –comenta Lidia–, porque no le dijiste lo que pensabas de verdad. Explícale tus razones.

—Ya las sabe...

—No las razones por las que tenías que esconderle —me corta—, sino por las que quieres estar con él.

El corazón se me acelera.

—Es igual —musito—. Ya es tarde. No confía en mí.

—Haz que vuelva a hacerlo —replica ella—. Eres editora, ¿no es ese tu trabajo? Convencer a los de arriba semana tras semana de que lo que has seleccionado va a ser el próximo *best seller*. Ya se sabe que eso solo pasa con dos o tres, pero tú sigues insistiendo. Pues haz eso: insiste. Si de verdad te interesa estar con él, claro.

Me interesa. Muchísimo.

—Oportunidades de amar así hay pocas —añade Lidia, como si me leyera el pensamiento—. Editoriales, muchísimas. Y, respecto a tu trabajo, no te voy a insistir con que abandones Rapla, pero sí que te lo plantees. —De pronto, baja la voz una octava—. Mira, es probable que en Orballo no haya un puesto lo bastante bueno para ti hasta dentro de mucho, pero conozco a mucha gente del mundillo. También trabajo con varias agencias literarias a las que les encantaría tenerte. Aunque Rapla está bien, estás estancada. Y un lugar donde vuelcas tanto de ti y de tu tiempo no debería regir, además, tu vida personal. —Escucho cada vez más voces en alemán—. Deberías poder acostarte con quien te diera la gana, chiquilla, y estar haciéndolo en lugar de hablar conmigo por teléfono.

Sonrío y noto el sabor a sal. El viento ha seguido soplando, implacable, y las mejillas húmedas por las lágrimas se me han quedado frías.

—Gracias por tus consejos —susurro—. En serio, me has ayudado muchísimo.

—Me alegra que mi sabiduría de mercadillo le haya servido a alguien —se ríe.

—Otro día, me gustaría seguir hablando contigo sobre estos temas... Si tú quisieras.

—Claro que sí, Olivia.

—Pero antes quería preguntarte una última cosa.

—Por supuesto, dispara.

—Tu autora —murmuro—, ¿cómo se llamaba?

Por primera vez, Lidia titubea antes de contestar. Cuando por fin lo hace, noto el cariño con que lo pronuncia. El amor que, a pesar de todo, ha conservado en cada letra.

31

Asier

OBSERVO LAS LETRAS NEÓN del puñetero hostal desde el coche. Creo que tendré pesadillas con él (y con ese maldito recepcionista que se cree John Silver).

En realidad, acabar aquí solo ha sido el colofón de un viaje horrible. Cada vez que miraba de reojo a Olivia (porque evitarlo es imposible), algo en mi interior se retorcía y me clavaba las uñas.

Es increíble cómo alguien a quien solo conozco desde hace un par de semanas se haya colado tan dentro.

Después de lo de Gemma, me prometí a mí mismo que tendría cuidado la próxima vez que me enamorara. No cometería el mismo error. Buscaría a alguien con gustos parecidos, alguien que compartiera mi visión de futuro, que se sintiera orgulloso de mí. Pensé que Olivia era esa persona, pero supongo que me equivoqué. Ha sido el segundo tropiezo en la misma piedra.

Espero que el tercero sea menos doloroso.

En el fondo, es culpa mía. Por ser un puto romántico que se crea castillos en el aire. No hay remedio. Soy escritor, me invento historias que no existen. La de Olivia y la mía tenía buena pinta. La coprotagonista era encantadora, divertida y dulce. El inicio resultó prometedor. El nudo, interesante. Ha sido el desenlace lo que se ha torcido. Ojalá lo de en medio hubiera durado más tiempo.

Aunque sé que a la larga me hubiese dolido, cada vez que veo sonreír a Olivia me planteo si no habría sido mejor no leer esos mensajes. No enterarme de nada, ser inconsciente durante un tiempo. Solo por unas noches más... habría valido la pena.

En fin, patético.

Olivia sale del hostal con un café y el móvil, que coge enseguida. Tiene la punta de la nariz roja por el frío y cierra los ojos cuando una ráfaga de viento la tambalea. Joder, es una monada. Y sin toda esa ropa, más impresionante. Aún tengo grabada su expresión al retorcerse de placer debajo de mí. Esa voz ronca contra mi hombro, esos dedos recorriéndome de arriba abajo, esas uñas dejándome una huella por cada embestida.

Vale, a ver, centrémonos.

Es decir, lo contrario. Pensemos en otra cosa.

Desbloqueo el móvil y me fijo en el nuevo icono en la pantalla. No se lo he dicho a mi editora, pero seguí el consejo que me dio. Ayer me abrí una cuenta en esa red demoniaca llamada Instagram. Quién sabe, puede que sí que sirva para que me conozcan como escritor, y con ese tema no me viene mal un extra de ayuda. A lo mejor los de Orballo me buscan tras recibir mi prueba de redacción (aquí estoy, volviendo a crear castillos de humo).

Aunque todavía no le he pasado mi usuario a nadie, Uve, Elsa y Seoane se las han apañado para encontrarme. Ignoro cómo... ¿A través de mi número? Soy un *boomer* con estas mierdas. Ellos son los únicos que han dado «me gusta» a la primera publicación que he colgado. Cuando la he visto esta mañana (nos he visto, más bien), me he arrepentido de haberla subido.

En la entrada de una casa gigante, Olivia me abraza, y yo a ella. Por la postura, su cara está oculta tras mi hombro, así que nadie debería deducir quién es. Ante todo, no quería buscarle problemas.

Como no sabía qué mierda escribir en el pie de foto, puse una simple corona y un fantasma. Uve comentó a los quince minutos con el *hashtag* #bestphotographer y veinte emoticonos de fuegos; Seoane, con un perro y un copo de nieve; Elsa, con cinco salpicaduras de agua.

¿Qué manera es esa de comunicarse? No sé ni qué puñetas contestar.

Tampoco qué hacer cuando, al abrir ahora la aplicación, veo aparecer más de cien notificaciones. Extrañado, entro a mi cuenta y compruebo mis seguidores. El número tres ha pasado a ser un trescientos. Al refrescar la página, ochocientos. Al volver a hacerlo, mil.

Cierro y abro a toda prisa WhatsApp. Parece que todos mis amigos se han acordado de mí a la vez. En uno de los grupos más activos, empiezo a moverme por la conversación sin entender una mierda de lo que hablan hasta que encuentro un enlace. Es del último directo del canal de Seoane. De hecho, sigue retransmitiendo.

Oírle a través de una pantalla, después de haber estado tan próximo a él los últimos días, me deja una sensación extraña en la garganta.

No es nada comparado con lo que siento al ver lo que sostiene en alto.

—Como os decía, excepto por mi hermano Nacho, hace unos años estaba solo en el mundo.

Habla mientras agita un libro. *Mi libro.* El libro que auto-publiqué hace años. Ese libro que terminé con ilusión y que, ingenuo de mí, decidí exponer al mundo lleno de esperanza. Esa historia tan personal y visceral que tan pocas personas han leído.

Seremos fantasmas.

El título es un vaticinio. Parece hablar de los dos. Ella es una novela olvidada. Invisible, como su autor.

–Después de nuestro accidente de coche, me ingresaron en el hospital –continúa diciendo Seoane–. Estaba muy grave. Tanto que... me perdí el funeral de mi propio hermano. –Se encoge de hombros, como si intentara quitarse algo pesado de encima–. Cuando desperté, los médicos me lo contaron. No recuerdo mucho de esos primeros días. Es una niebla que he intentado desentrañar. Tal vez fue el shock, los medicamentos, el dolor. Todo junto. Yo qué sé. Fue una mierda. Sigo teniendo pesadillas con esa habitación blanca. Con el olor a desinfectante. El pitido de las máquinas. To-das las noches deseaba haberme quedado en el asfalto de la carretera, igual que había hecho mi hermano. –Coge aire. Los comentarios en el chat se mueven tan rápido que ape-nas son un deslizar de colores y emoticonos–. Cuando me recuperé, me quedó una cicatriz. Aquí. –Se señala el men-tón–. Y aquí. –Desliza el dedo desde la barbilla hasta su sien–. Me internaron en psiquiatría. Nunca fui un niño muy positivo. Que mi mejor y único amigo muriera no ayudó demasiado. Fue entonces cuando la conocí. Era una enfer-mera altísima y borde. Daba muchísimo miedo. Excepto ella, ninguna otra conseguía que comiera. Yo la obedecía porque me inspiraba terror, pero ahora se lo agradezco. Aunque era dura, creo que me cogió cariño. Después de tres meses, me dijo que le recordaba a su hijo pequeño.

Trago saliva. Seoane se gira hacia el libro, ese ejemplar desgastado de *Seremos fantasmas* que tiene la mitad de las esquinas dobladas.

–Un día me regaló esta novela. Me dijo que la había escrito su hijo. Excepto él, nadie de su familia tenía ni idea de literatura, así que no sabía si era buena o no. Aunque a ella le parecía que sí, decía que tampoco estaba segura. No entendía a su hijo, no sabía comunicarse con él, pero cualquier cosa que escribiera le iba a parecer una maravilla, fuera o no una «basura infecta». La verdad es que era bastante graciosa. –Seoane sonríe y yo trato de asimilar que alguien en el mundo cree que mi madre es divertida–. Los libros no curan depresiones. Este tampoco lo hizo, pero me ayudó. Me acompañó durante la terapia, ese proceso tan largo y jodido. Consiguió que me sintiera menos solo. Es mi favorito. Habla de muchas cosas, pero sobre todo de convivir con nuestros propios fantasmas. Todo el mundo me hablaba de «superar» la muerte de mi hermano. ¿Cómo iba a hacerlo? Gracias a esta historia, entendí que no voy a superarla nunca. Aprendí que sí puedo vivir con ella. Conservar los buenos momentos. Compartirlos. Al leer, me di cuenta. Mi hermano sigue vivo porque yo le recuerdo. Jamás voy a estar solo.

Sujeto el móvil con las dos manos porque, por culpa de mis putos temblores, la pantalla se sacude sin parar.

–Esta semana he conocido a una editora –continúa Seoane con su serenidad habitual–. Es la única que sabe todo lo que os he contado. Se lo confesé porque es una buena persona y porque conocía de cerca al creador de esta historia. Ella me dijo que, si esta novela me había ayudado tanto, podía devolverle al autor ese favor. Que, con mi posición actual, el mayor privilegio que tengo es el de llegar a muchísima gente. Podía hacer llegar esta historia a otras personas. Puede que alguno de vosotros también la necesite tanto como yo la necesité, así que... aquí os la dejo. –Vuelve a agitar el libro; los «dónde», «por qué» y «cómo» se repiten en el chat como un mantra fanático–. Mi recomendación no tiene ninguna empresa detrás ni intereses escondidos. Yo no gano nada con todo esto. La novela sigue disponible para que la compréis en internet y, como es autopublicada, todo irá a beneficio del autor. Se llama Asier Eguren y, además de escribir bien, es un tío cojonudo. No sabe nada de esto que os estoy diciendo, a lo mejor ni me está viendo; pero si es así, hola. –Agita la otra mano en el aire–. No pude decírtelo hace años, no te lo he dicho en persona porque sigo siendo un cobarde incapaz de muchas cosas, pero... gracias. Si estoy aquí, si estoy hablando ante esta cámara, es por tu culpa. Así que, por favor, nunca dejes de escribir.

* * *

Aunque Seoane continúa hablando, ya no soy capaz de procesar nada de lo que dice.

Los dedos me siguen temblando y tengo que dejar el móvil a un lado. Es eso o dejarlo caer.

Me cubro la cara con las manos, cierro los ojos, intento controlar la respiración.

Seoane. La cicatriz. Su hermano. Mi madre. El libro. Olivia.

Olivia lo sabía.

La acusé de no confiar en mí, de quererme únicamente a escondidas, de ocultarme la verdad solo para acostarse conmigo. Le dije que no se arriesgaba por nadie y, en silencio, sin pedir crédito, convenció a Seoane para que utilizase su influencia para ayudarme.

Soy un puto gilipollas.

Alzo la cabeza y miro hacia el edificio del hostal. Ya no está.

Me doy prisa para salir del coche y, al cerrar la puerta, un nombre me detiene en seco.

—Camila Elegido.

A un par de metros, Olivia se abraza a sí misma para protegerse del viento. Está más pálida, y la punta de su nariz sigue colorada.

Dios, es preciosa.

—¿Qué?

—Camila Elegido —repite—. Así se llamaba la autora. La pareja de Lidia.

Como no digo una palabra, acaba dando un paso hacia mí.

—La llamada importante de la que te hablé era con ella —me explica, despacio, como si cada palabra fuera significativa—. Quería hablar con Lidia para pedirle consejo. Para no caer en el mismo error que cometió. Pensé que el peor había sido perder su trabajo, pero en realidad fue anteponer otras cosas antes que su propia felicidad. —Se muerde el labio. Duda, aguanta y continúa—: Asier, sigo pensando que no te conozco lo suficiente, pero... me muero por hacerlo. Y aunque los libros me hacen feliz, tenías razón: mi trabajo ya no lo hace.

—Olivia...

—Espera, déjame acabar —me pide, la respiración entrecortada—. Quiero ser egoísta por una vez, porque lo quiero todo. Quiero mejorar en mi trabajo. Y quiero estar contigo. A lo mejor nos sale fatal, a lo mejor salimos juntos y no nos soportamos, a lo mejor echo por tierra mi carrera, a lo mejor me arrepiento. Pero sé que me arrepentiré todavía más si te dejo escapar sin haberlo intentado. –Clava los ojos en los míos–. Quiero apostar por ti porque, por encima de todas las dudas, confío en nosotros.

Da otro paso, yo retengo el aire en los pulmones.

–Respecto a lo de la otra noche, lo siento –murmura–. Por haber pensado que convertirte en un secreto era una buena idea. Deberíamos haberlo discutido. Podemos hacerlo, si quieres. Podemos decidir juntos cuál puede ser nuestro primer paso. –Alza una mano y se agarra a mi chaqueta–. Tú... ¿qué es lo quieres?

A ti.

Pero mi garganta continúa empeñada en no funcionar como debería, así que intento decírselo de otra manera.

Le doy un tirón a su abrigo y la acerco hasta envolverla entre mis brazos. Enseguida noto cómo tiembla contra mi costado, no sé si por el frío, por las ganas o por todo a la vez, pero pronto caigo en que yo también lo hago.

–Seoane leyó el libro que autopubliqué –consigo decir contra su pelo. Percibo que se pone rígida y la estrecho todavía más cerca–. Por eso quería conocerme. Y tú... Tú lo sabías. Le pediste que compartiera la historia en su canal. Y lo ha hecho. Ahora mismo.

–¡¿En serio?! –Su voz suena amortiguada contra mi pecho, pero aun así se nota la alegría que desprende–. ¡No pensé que se animaría a contarlo tan pronto...!

–Perdóname –la corto–. La otra noche no tendría que haber leído tus mensajes, ni mucho menos haberte soltado toda esa mierda. No me debes nada ni tienes que poner en peligro tu trabajo por mí. Hacerte cargar con los traumas de mi relación pasada tampoco es la mejor manera de empezar.

–Pero...

—Espera, déjame acabar —le pido, imitándola—. Me encantas. Toda tú. La forma que tienes de trabajar, de hablar de lo que te apasiona, de sonreír, de ser atenta con los demás, de guardarte las ganas de mandarlo todo a la mierda solo porque no quieres herir a nadie. Tu cara, tu voz, tu risa, tus gustos, tu cuerpo... y, por encima de todo, ese tatuaje escondido. —Me estremezco cuando es ella la que me estrecha con más fuerza—. Claro que quiero intentarlo contigo. Y tengo una propuesta para ese primer paso.

Nos separamos despacio, y el corazón me da un vuelco cuando Olivia me sonríe.

—¿Vas a besarme? —pregunta esperanzada.

—¿Quieres?

—Por favor.

Como yo, sabe a café. Y me altera de la misma forma. Porque besar a Olivia es mejor que el sexo que he tenido con otras. Podría pasarme toda la noche en este aparcamiento en medio de ninguna parte, simplemente reteniéndola conmigo, rodeándola con mis brazos, explorando su boca mientras sus gemidos mueren en la mía.

Tiene la piel fría. Los labios, calientes. Cuando me aparto, los veo algo hinchados, tan rojos como la punta de su nariz. Despacio, paso el pulgar por su labio inferior y Olivia entorna los párpados. No puedo resistirme a inclinarme y besarla otra vez.

No me canso. Puede que ella tenga razón, quizás algún día lo haga. Es posible que lo nuestro no funcione. Pero en este instante, justo en lo que dura este beso, podría poner la mano en el fuego y decir que sí. Por primera vez, me permito construir otro castillo en el que confío de verdad. Uno sólido, fuerte, que no está hecho de aire, sino de promesas más tangibles.

Volvemos a separarnos. Todavía con los ojos cerrados, a Olivia se le escapa un suspiro que me hace sonreír.

—En realidad, esta no era mi propuesta —reconozco. Le acuno el rostro con ambas manos y acaricio sus mejillas frías con los pulgares—. ¿Sabes? Me han comentado que en ese hostal cutre de ahí hay habitaciones de sobra.

Abre los ojos de par en par.

—Ah, conque era eso —se ríe luego en voz baja—. Menudo pervertido estás hecho...

—Al parecer, hay un atasco descomunal que nos retendrá durante horas en la carretera —comento con seriedad fingida—. Sería mejor salir más tarde, de madrugada. No hace falta dormir, podemos entretenernos mientras tanto.

Pestañea con la boca entreabierta.

—¿En serio?

—Es por mi editora... Me ha dicho que no tenemos prisa.

Tras esbozar una sonrisa, Olivia tira de mi cuello para que me incline y me besa de nuevo.

—Está bien, escritor —murmura después sobre mi boca—. Tú ganas. Busquemos una habitación que no esté ocupada por ninguna pareja metomentodo.

—Siendo tú, será todo un reto.

—Desde luego.

—Si no hay suerte, volvemos al coche. —Le echo un vistazo y me fijo en la parte de atrás, llena de los regalos que tres idiotas me dieron en Halloween—. Aunque sería una pena. No hay mucho espacio para lo que tengo planeado.

Olivia enseguida me da un golpe en el brazo, la cara salpicada de rojo. Conteniendo un comentario burlón, la agarro de la mano y tiro de ella hacia el hostal. Al entrar, me dirijo al recepcionista, que pega un bote en el sitio cuando me inclino sobre el mostrador.

—Hemos cambiado de idea —le informo, lacónico—. Queremos una habitación.

—Como les decía antes, tenemos...

—Ya, ya lo sé. Esta vez, solo una.

Aunque continúe sujetando a Olivia de la mano, se las apaña para esconderse detrás de mí. No entiendo qué le avergüenza exactamente.

—Oh, ¡genial, pareja! Me alegro, me alegro. —El pirata se ríe como una hiena—. ¿Cama doble o...?

—Es igual. No, espere. De matrimonio. —Escucho un ruidito a mi espalda—. Y que no haya nadie al lado. Últimamente no hemos tenido muy buenas experiencias con los vecinos...

El tío suelta otra carcajada y asiente sin hacer ningún comentario. Noto cómo Olivia apoya la cabeza en mi espalda y masculla en voz baja:

—¿Quieres callarte de una vez?

—¿Qué? Teniendo en cuenta tu suerte, solo estoy siendo precavido.

Con las llaves por fin en mano, nos guío hasta el ascensor. Ya dentro, Olivia se apresura a abrazarme y hundir la cabeza en mi chaqueta, supongo que porque no quiere que le vea la cara.

—¿Ahora estás en plan tímida?

—A saber lo que ha pensado ese hombre...

—No creo que ande muy desencaminado. —Olivia bufa—. ¿Qué importa? Si no le vamos a volver a ver.

—Quién sabe, quizás a la próxima que subamos a visitar a esos tres tontos...

Veo mi sonrisa reflejada en el espejo del ascensor y las puertas se abren.

—En ese caso, le pediré que nos haga precio.

Tiro otra vez de ella para salir y busco el número en cada puerta hasta llegar al final del pasillo. Espero que Jack Sparrow me haya hecho caso con el tema de los vecinos de habitación. No quiero interrupciones. No quiero desastres naturales, ni compañeros de piso cotillas, ni revelaciones repentinas.

Quiero a Olivia. Por una noche, nada más.

32

Asier

A PESAR DE MI SEGURIDAD, me tiemblan un poco las manos al abrir la puerta. Lo único que me tranquiliza es que ella, a mi espalda, parece estar igual. No ha dicho una sola palabra desde que hemos salido del ascensor.

La hago pasar y cierro con llave. Por si acaso. Cuando me doy la vuelta, Olivia, en mitad de la habitación, ni siquiera se ha quitado el abrigo. La bufanda le tapa ahora la nariz, así que, entre eso y el flequillo, solo puedo ver sus ojos castaños abiertos de par en par.

—Mierda —masculla—. Se nos han olvidado en el coche... Ya sabes.

Ah, era eso.

—Uve me obligó a guardar un par de condones en la cartera —le informo—. Qué tío más pesado...

—¿Pesado? Le voy a poner un altar al llegar a casa.

Suelto una carcajada, aunque se me corta en cuanto Olivia se lleva una mano a la cremallera del abrigo. La baja, poco a poco, y me da la sensación de que el ruido metálico reverbera entre nosotros. En sí, no es un gesto erótico, pero mi cuerpo lo toma como tal.

Me tenso, apoyo la espalda en la puerta, y ella sonríe de lado. Después de quitárselo y lanzarlo al suelo, se deshace también de la bufanda y se acerca a mí. Lo hace deliberadamente lento, como si fuera un enorme depredador a la caza en lugar de una pelirroja dos cabezas más baja que yo.

Frente a mí, apoya las manos en mi pecho y las desliza bajo la chaqueta hasta los hombros. De un movimiento, me empuja a quitármela. Obedezco, hipnotizado. Sus dedos ascienden por mi cuello, siguen la línea de la mandíbula, perfilan los pómulos, trazan el contorno de la nariz, acaban en mi boca. Como hice en el aparcamiento, ahora es ella quien desliza el pulgar por mi labio inferior y la respiración se me atasca en la garganta. El hechizo de control se rompe en el instante en que Olivia se pone de puntillas y me muerde justo ahí.

Ni siquiera lo pienso. La tomo de la cintura, la alzo, nos doy la vuelta en el aire. Olivia ahoga un grito cuando la empotro contra la pared. Pego mi boca a la suya y, a la vez, la sujeto mejor de los muslos para no dejarla caer. Ella entrelaza con prisa las piernas en torno a mi cintura, me rodea el cuello con los brazos y se ríe. Lo sé porque devoro ese maravilloso sonido y juego a transformarlo en otra cosa. En ganas, tensión, deseo. Pero, sobre todo, necesidad.

Porque no quiero que me suplique, necesito que lo haga.

—Asier.

Eso gime cuando se lo permito, cuando abandono su boca para explorarle la garganta y la empujo una vez más contra la pared.

—¿Sí?

—Hazlo.

La deposito en el suelo, procurando en el camino que su cuerpo se roce con el mío centímetro a centímetro. Con las manos todavía en su cintura, la obligo a girar hasta dejarla de cara a la puerta y me inclino sobre su oído.

–¿Así?

–Sí –jadea.

–¿Cómo se pide?

Vuelve la cabeza por encima del hombro. Los ojos entrecerrados se clavan en mi boca.

–Por favor.

Apoyo su mano izquierda en la pared. Guío la otra hasta su pantalón. Ella lo entiende sin palabras, se baja la cremallera mientras yo rebusco en mi cartera el regalo de Uve. Nunca me he dado tanta prisa en ponérmelo, y se lo hago saber susurrándoselo en el oído.

–Tenía tantas ganas de ti que en el camino no podía concentrarme.

Suelta una corta risa.

–Eso explica lo mal que has conducido.

–Sí –murmuro–, culpa tuya.

Le demuestro qué más me provoca. De un tirón, le bajo los pantalones y la sujeto de las caderas para apoyar mi erección entre sus piernas. Olivia gime de frustración cuando, en lugar de deslizarme en su interior, me aparto unos centímetros.

–Estoy lista –gime.

–No lo bastante.

–¿Para qué?

Para que lo desees tanto como yo.

Deslizo una mano por debajo de su ropa para acariciarle el vientre. Ella se restriega contra mí hasta que entiende que no voy a darle lo que busca. Todavía. Desciendo y compruebo que me ha dicho la verdad. Está tan húmeda que el primer dedo entra solo. Olivia sigue con la mano izquierda apoyada en la pared, pero empuja con su derecha la mía para que siga. Me sale un sonido gutural que no puedo controlar.

Joder, es maravillosa. Se deshace en mis manos como fuego líquido. Tengo que poner todos mis esfuerzos en mantener la cabeza fría, en recordar que soy yo el que se supone que la está tentando.

Pero después de torturarla, de llevarla casi hasta la cima para volver a descender, no tengo muy claro quién de los dos controla a quien.

—Asier —gime. Vuelvo a apoyarme en ella sin dejar de tocarla entre las piernas—. No puedo más.

Yo tampoco creo que pueda, así que guío su otra mano a la pared, la coloco junto a su gemela y la embisto sin esperar un segundo.

En ese momento, Olivia jadea; noto cómo su cuerpo se estremece, las piernas le tiemblan, y tengo que agarrarla de la cintura para que no se caiga hacia a un lado. Sigue jadeando al colocarla en la misma posición que antes.

—¿Aguantarás?

De nuevo, se vuelve para mirarme por encima del hombro. Su expresión de placer se ha transformado en una mueca orgullosa.

—Aguantaré.

Desde luego, cumple su promesa. Después de un buen rato, me pregunto si no seré yo quien se rinda antes que ella.

Le recorro el cuerpo con las manos, vuelvo a anclarlas en su cintura, las subo y atrapo sus pechos por debajo del jersey. Olivia echa la cabeza hacia atrás. De espaldas, me busca con la boca y yo le doy lo que quiere mientras noto su corazón bajo mis dedos. Le late tan rápido como respira.

Noto en qué instante se libera, cómo llega el placer y se deja arrastrar por él. Lo sé porque pronuncia mi nombre, igual que la última vez, como si fuera una súplica ronca. Una última señal de rendición.

Paso un brazo por su cintura para sujetarla y dejo que se relaje contra mí. Solo unos segundos, lo suficiente para que recobre el aliento. Después la cojo en volandas y la llevo hasta la cama. La tumbo y la desnudo del todo, despacio, me recreo igual que si desenvolviera un regalo. Intento no mirarla a los ojos mientras. Sé que ella tiene la mirada clavada en mi rostro, está atenta a la expresión que pongo al ir desvelando poco a poco su piel.

Al terminar, suelto todo el aire por la nariz. La última vez no pude fijarme mucho en su cuerpo. Íbamos con demasiada prisa, había una necesidad que satisfacer y no podía concentrarme en otra cosa. Ahora me lleno las manos con sus curvas, exploro todos sus lunares, memorizo sus marcas e intento decidir cuáles son mis favoritas.

Cuando llego a su tatuaje, Olivia me agarra con fuerza de la muñeca.

Me quedo quieto, y entiendo al mirarla que es su turno. Aunque tiene una expresión relajada, sus ojos castaños y cálidos no dejan lugar a dudas. Todavía no comprendo del todo por qué, pero me desea. Me sobrecoge un poco que lo haga alguien tan increíble como ella, y trago saliva al apartarme.

Despacio, Olivia se incorpora hasta sentarse en la cama. Dejo que esta vez sea ella quien me quite la ropa, y me alegra que comparta mis ganas de ir con calma.

Sin embargo, es más transparente que yo. Tan expresiva como siempre, se muerde los labios y abre los ojos de par en par al descubrirme, como si no me hubiera visto ya antes.

Sonrío cuando pasa los dedos por mi abdomen y luego se apresura a apartarse el pelo de la cara. Me avergüenzo al comprobar que era para acercar la boca a mi torso y murmurar piropos contra los tatuajes que me adornan la piel. Son retazos de novelas que he leído. Y que, ahora lo sé, ella también adora.

Las únicas ocasiones en que creí que le importaba a Gemma fueron en la cama. Pero Olivia me observa con el mismo interés con que lo hace cuando estoy vestido; le noto las ganas, obviamente, ese deseo de besar y morderme, pero también todo lo demás.

Me siento un libro que acaba de caer en sus manos y que quiere devorar en una sola noche.

–¿Te gusta lo que ves? –le pregunto cuando me besa el esternón–. Eh, que estoy aquí.

–Ya lo sé –susurra–. Aunque preferiría que estuvieras en otro sitio.

Siento un tirón en el estómago.

–¿Qué? ¿Dónde?

Olivia esboza una sonrisa ladeada.

–Debajo de mí.

Ni siquiera espera a que reaccione. Me empuja para que me tumbe sobre el colchón y se sube a horcajadas. Se ríe, supongo que por la expresión de asombro que debo tener, y comienza a mover las caderas. El ritmo es lento, ondulante, y empieza a ponerme nervioso. No deja que la penetre y, frustrado, acabo por sujetarle la cintura para frenar su movimiento y guiarla. Ella se revuelve, suelta una carcajada de nuevo y se inclina para acercar su boca a mí oído.

–Antes te has portado muy mal –susurra–. Es mi turno.

Olivia sigue siendo una experta en estirar el tiempo. Encaramada sobre mí, con una expresión de euforia y poder absoluto, me lleva hasta el límite. Jadeo su nombre y ella vuelve a inclinarse.

—¿Cómo se pide?

—Por favor.

Al final, encaja nuestros cuerpos con un movimiento. Un sonido bajo y gutural sale de mi garganta, y otro similar brota de la suya. Olivia apoya las manos contra mi pecho, se mueve rápido y fuerte. Acaba perdiendo el control, arquea la espalda y se sujeta al cabecero de la cama. La agarro de la cintura para que descienda lo suficiente y poder alcanzar sus pechos con la boca. Ella gime, balbucea y se estremece justo antes de correrse. Me apresuro a agarrarla de las caderas, y bastan dos empujones profundos para que yo también llegue.

Con un resoplido, se desmorona hasta descansar la cabeza sobre mi hombro. El pecho me sube y baja con rapidez, y Olivia, con los párpados cerrados, sigue sobre él el mismo movimiento. Por el sudor, varios mechones de pelo se le han pegado a la frente. Yo los aparto con suavidad, le acuno la mejilla con una mano.

Olivia huele tan deliciosamente bien como la primera vez que la conocí, esa mañana en el ascensor. Lo paré en cuanto la vi de lejos; el pelo alborotado, las mejillas rosas por la carrera, los ojos marrones llenos de adrenalina. Pensé que sería increíble conseguir que estuviera así por mi culpa. Despeinarla, hacerla sudar, quitarle el aliento.

Y ahora, cuando abre los ojos y me mira, veo esa imagen repetirse delante de mí y me siento el tío más afortunado del mundo.

—Gracias.

En realidad, no tengo muy claro quién se lo dice a quién.

33

Olivia

QUIÉN IBA A DECIR QUE BENDECIRÍA en mi fuero interno a un *tiktoker* casi adolescente por su insistencia con el uso del preservativo.

Cuando los gastamos hasta dejar vacía la cartera, Asier se ríe por mi cara de indignación.

—Podemos hacer otras cosas —murmura junto a mi lóbulo—. Además, necesito descansar un poco.

—Cobarde.

—Olivia, ten piedad.

—Voy perdiendo —refunfuño—. Eso no es justo.

—Ya te dije en la casa que quería desempatar. —Noto unos labios sobre la coronilla—. Por esta noche, dejémoslo en que he ganado.

Suelto un gruñido de enfado y Asier me abraza por detrás. Estamos tumbados de lado sobre la cama, enredados y desnudos, en el mismo maldito hostal donde nos quedamos atrapados hace algo más de una semana.

Todo esto es surrealista.

Pero, al mismo tiempo, un sueño que quiero estirar hasta el infinito.

Algo en mí, esa vocecita histérica que es más una bocina de alarma, me repite incansable que voy a despertarme en cualquier momento. Y yo, rebelde, me niego a hacerle puñetero caso.

Tal y como nos hemos prometido, volveremos a Madrid, quedaremos para visitar librerías y beberemos cerveza negra en baretos *heavy* mientras discutimos sobre libros. Luego le obligaré a hacerse fotos conmigo para tener pruebas fehacientes en la próxima cena familiar de que sí, tengo novio, y además está tremendo. ¿Ahora quién necesita ayuda con Tinder, Greta? Fastidiaos, hermanas que hacen las mismas preguntas incómodas cada Navidad (y sobre todo tú, tía Loli).

—¿En qué piensas? —me pregunta Asier. Su voz suena baja y ronca, algo cansada, y un escalofrío me recorre la columna hasta el lugar en que ha empezado a acariciarme.

—Como siempre, en demasiadas cosas. —Le atrapo la muñeca y la subo hasta que descansa sobre mi pecho—. ¿Qué opinión tienes de las familias numerosas?

—Eh... ¿Ninguna?

—Genial, sería peor que tuvieras una buena. Se destrozaría en cuanto conocieras a la mía.

No sé si he hecho bien en comentárselo tan pronto. Pero no noto que se tense a mi espalda, más bien lo contrario.

—¿Y qué opinión tienen ellos de los escritores sin un puto duro?

—Respira tranquilo: si son pordioseros guapos, la mejor. —Le escucho reír en voz baja—. Te adorarán. De hecho, más que a mí.

—Imposible.

—Les encanta hacerme de rabiar. —Vuelvo la cabeza sobre el hombro—. Mira, ya tenéis algo en común.

Dios, esa sonrisa. Podría casarme con ella. Bueno, más bien con la persona que la porta.

Madre mía, llevamos más de dos horas aquí y sigo con ganas de él. ¿Me habrá vuelto Asier una adicta al sexo o algo por el estilo? A lo mejor la crisis de los treinta me ha venido con antelación y tiene en mí un extraño efecto afrodisiaco.

O a lo mejor no habías salido con nadie tan bueno y que además te gustara así, Olivia.

Fíjate, igual es eso.

—¿Y tú? ¿Qué opinión tienes de las familias menos numerosas? —inquiere Asier—. Duras, herméticas y testarudas.

—¿Quieres decir como tú? —Mi escritor frunce el ceño—. Tranquilo, son mis favoritas. Mi obsesión por ganarme a los huesos duros de roer es legendaria. Tu familia acabará queriéndome o perecerá.

—No sé por qué lo había dudado. Me desheredarán de forma definitiva y te adoptarán a ti.

—Ese era mi plan desde que confesaste que eran ricos.

Aprovecho que se ríe para darme la vuelta y enterrar la cara en su cuello.

—Asier, mañana tenemos una reunión importante —le recuerdo, más seria. Él asiente, rozándome la oreja con la nariz—. Después de lo que ha hecho Seoane, las cosas han cambiado.

—¿Qué? ¿Por qué?

—¿Eres tonto? —Me aparto lo justo para lanzarle una mirada incrédula—. Te ha recomendado en uno de sus directos. ¿Has comprobado tus redes? Estarán a reventar.

—Estaba en ello cuando salí de tu coche —reconoce—. ¿En serio crees que esto habrá cambiado el rumbo de mi carrera o algo?

–Pues claro: no digo que la atención de la gente sobre ti dure para siempre, pero ahora mismo la tienes. Has escrito un libro que ha recomendado el *influencer* más seguido del país. Para empezar, es autopublicado y barato, así que, solo por la curiosidad, tendrás bastantes ventas, enteritas para ti. –Su nuez sube y baja. Me enternece lo vulnerable que se muestra de repente–. No hay nada que reviente más a las grandes editoriales que los autopublicados con éxito: es dinero fácil que están perdiendo. En general, las empresas son vagas por naturaleza. El autor soñado es ese que escribe bien y además ya tiene lectores asegurados. Solo tienen que darle soporte en papel, y a descansar.

–Entonces... –murmura–. ¿Crees que querrán publicarme en Rapla?

–Si juegas bien tus cartas, sí. –Le acaricio la mejilla–. Y tienes un as en la manga.

–¿Qué as?

–A mí.

Compone una expresión reservada, y yo temo haber dicho algo inapropiado.

–Olivia, no quiero que te echen como a aquella mujer –dice con seguridad–. Si te quieres ir tú, perfecto. Ya te dije que me parecía que te trataban mal. Pero lo último que desearía es que renunciaras a un buen empleo por mi culpa.

–No van a echarme. ¿No fuiste tú quien dijo que Carol era incapaz de hacer nada sin mí? Y es verdad. Es cierto que es borde y controladora y desagradable... Pero también es lista. Si amenazo con que me voy, quizás dé su brazo a torcer.

–Pero si no...

–Si no, pues al carajo. –Le sonrío–. Todo esto me ha hecho darme cuenta de que no quiero seguir como estoy. Estos últimos días han sido estresantes y, a la vez, liberadores. He podido conocer a gente nueva, reírme, pasarlo bien... Y, aun así, la sombra de mis obligaciones no ha dejado de sobrevolar mi cabeza. Este trabajo me produce una ansiedad brutal y ha eliminado cualquier rastro de vida social que tuviera. De vida, en general. Así que o las cosas cambian o... –Cojo aire y lo suelto despacio–. Me voy a otro sitio. A otra editorial, a probar a ser agente literario... Lo que sea. Me niego a seguir así, con esta sensación de que amo y odio mi vocación. Esta angustia constante de que me lo da todo y me lo quita al mismo tiempo. –Aunque me da vergüenza, añado–: Lo único bueno que me ha dado últimamente has sido tú.

Asier inclina la cabeza hasta posar su frente en la mía. Cierro los ojos, noto el latido del corazón en los oídos. El suyo, bajo las yemas de mis dedos.

–Está bien –dice quedo–. ¿Y qué tienes planeado?

–He convencido a Lidia Gallego para que se lea tu prueba para Love Hyphotesis. –Asier abre los ojos de par en par–. Aunque no es seguro, es probable que te cojan. Si es así, ya tienes otro encargo. No tan bien pagado como el de Seoane, porque Orballo es más pequeña, pero sí uno decente, firmado por ti. Además, Orballo fideliza a sus autores. Podrías publicar con ellos un libro al año. Eso es lo que yo les exigiría.

–Joder –suelta Asier con un asomo de sonrisa–. ¿Cómo estás tan segura?

–Porque te he leído –le digo, sin entender bien su incredulidad–. Respecto a Rapla, los pondría contra las cuerdas: has trabajado en tres ocasiones para ellos como escritor fantasma y hay otras editoriales que han empezado a ver tu potencial. Ya es hora de que te publiquen algo propio. Les diría que aprovechen el anuncio de Seoane y que te saquen una reedición de *Seremos fantasmas*. Y deprisa, antes de que se deshaga la atención mediática que tienes ahora. No es complicado, la novela ya está escrita; solo le hace falta un *editing* facilito. —Me encojo de hombros—. Hasta tienes un informe al respecto de una de sus editoras.

Asier me abraza con tanta fuerza que me deja unos segundos sin respiración.

—Olivia, ¿quieres ser mi agente? —Si tuviera aire en los pulmones, me reiría—. No podría tener a ninguna mejor que tú.

Consigo que me suelte y, tras recobrar el aliento, niego con la cabeza.

—Eso sí que sería entrar en conflicto de intereses —le aseguro—. ¿Con qué cara negociaría con las editoriales mientras me acuesto con mi representado?

De forma malévola, sonríe de oreja a oreja.

—Pues con la mejor cara del mundo.

—Eres idiota. —Avergonzada, trazo con el dedo de forma distraída los tatuajes que le cubren el hombro—. Aunque no es mala idea que te consigas un agente literario. Podría ayudarte con ese tema, ¿quieres?

—Si tiene que ver contigo, sí, siempre quiero.

Ay. Maldito sea. A pesar de mi discursito en el aparcamiento, me había obligado a mí misma a refrenarme un poco, ser precavida al poner de nuevo mi corazón en la mesa de apuestas.

Soy una romántica empedernida, tiendo a fantasear demasiado pronto. Pero Asier no me pone las cosas fáciles. Cuando le escucho decir este tipo de cosas, cuando me mira de esa forma tan cálida suya, me resulta imposible fingir cautela. Me imagino cogiendo mis fichas y apostándolas todas a este escritor vestido de negro, un color que, ahora lo sé, es un reflejo de su humor.

Asier no es perfecto, y eso lo hace ideal para mí. Somos lo suficientemente opuestos como para empujarnos a cambiar y lo bastante parecidos para sentirnos conectados.

Cuando colgué con Lidia, me hice una pregunta: «Olivia, ¿qué tienes más, ganas o miedo?». En ese momento lo tuve claro y, sin embargo, ahora contemplo a Asier y caigo en que la pregunta era absurda.

Los nervios que atenazaban mi estómago estos días no eran producto del miedo. Tampoco de la incomodidad. Era expectación. El deseo de empezar algo nuevo. La ambición de impresionarle. La esperanza de ser la escogida.

Durante mi verborrea mental, Asier no ha dejado de recorrerme la espalda con la mano. Al llegar al muslo, me aprieta con suavidad y se me escapa un gemido.

—No podemos hacerlo otra vez —le recuerdo en voz baja—. Además, ¿no estabas cansado?

—Podemos hacer otras cosas sin peligro —me contesta, grave—. Y no, no lo estoy. No creo que pueda cansarme de ti.

Vale, puede que Asier también esté pasando por esa temprana crisis sexo-adicta de los treinta.

Me besa como siempre lo hace, no solo con la boca sino con todo el cuerpo. Le siento en los labios y en todas partes. Ahora, sus yemas se deslizan por mi mejilla; al segundo siguiente, trazan mi clavícula; ahuecan la curva de mi pecho un instante después. Sin dejar de besarme, se coloca encima de mí, me aprisiona sobre el colchón y noto contra mi estómago lo duro que está.

Aunque la fuerza con la que le empujo no bastaría para moverle ni un milímetro, consigo apartarle al apoyar las palmas contra sus hombros.

—Mejor vamos a darnos una ducha –le sugiero–. Tenemos que volver a casa.

—¿Qué? –Más que una pregunta, parece un ladrido–. ¿Eso por qué?

—Porque han pasado tres horas desde que huimos de ese atasco. Ya estará resuelto. Y, por mucho que queramos, no podemos seguir aquí mucho más tiempo, o nos arriesgamos a quedarnos dormidos. –Asier balbucea algo sobre no dormir en absoluto–. Te lo digo en serio: lo de mañana es importante. Para ti y para mí. No podemos permitirnos llegar tarde.

Asier apoya los antebrazos a ambos lados de mi cabeza. Clava la mirada en mi rostro y yo me sonrojo de inmediato.

La expresión que se le dibuja es vibrante, como de rabia contenida, pero enseguida cierra los párpados y desaparece bajo una mal asumida comprensión.

—Supongo que tienes razón.

—¿Supongo? ¡Claro que la tengo!

—Mañana, después de la reunión, del trabajo o de lo que sea, ven a mi casa. –Titubea antes de añadir–: O yo a la tuya. O... Bueno, no es una orden ni nada de eso. Solo si quieres, claro, pero podríamos...

Le tapo la boca con mis dedos.

—Pareces yo. –Me río ante su ceño fruncido–. Sí, Asier, mañana te prometo que lo haremos como conejos. Ahora nos toca ser personas responsables.

Se deja caer hasta descansar el cuerpo entero encima de mí y hunde el rostro entre mi pelo.

—Odio ser responsable.

—¡Pero si eres muy responsable! –replico burlona–. Sigue fingiendo que te importan una mierda los demás, pero después de estos días viéndote ser tu mejor versión de hermano mayor con Seoane, Elsa e incluso Uve, te he calado. Eres un buenazo como yo.

Noto unos dientes contra mi garganta y me sobresalto.

—Retíralo ahora mismo.

—Que no se entere Carol mientras negociáis, porque te comería con patatas.

Se me escapa la risa cuando vuelve a morderme.

—Prefiero comerme a su editora.

—Buena idea —murmuro—. Pero primero, a la ducha.

Me lleva hasta ella en brazos y yo disfruto del placer de sentirme una caprichosa con un novio cachas capaz de cumplir todos mis deseos. Como el hecho de que me deje jugar primero antes de que sea él quien me haga jadear contra las baldosas del baño.

Fuera de la ducha, Asier se empeña en secarme con la toalla. Por la forma en que me toca, creo que es una manera retorcida de intentar convencerme de que nos quedemos (no le confieso que está a punto de hacerlo). Luego, se seca él y yo me apoyo en el lavabo para observarle.

Puede que toda la mala suerte que he arrastrado desde hace años sirviera para compensar estas vistas. En perspectiva, reconozco que he salido ganando.

* * *

A quien no soy capaz de mirar es al recepcionista del parche cuando le devolvemos la llave y nos marchamos. A Asier, sin embargo, se le ve muy cómodo con ese tema, y hasta le saluda. De hecho, en cierta manera parece orgulloso llevándome de la mano hasta el aparcamiento.

Tampoco se me escapa que, en el camino al coche, ralentiza sus pisadas para adaptarlas a las mías y que, como en la montaña, guarda nuestras manos unidas en el bolsillo de su chaqueta.

—Conduzco yo —se ofrece—. Tú duerme un poco hasta que lleguemos.

—No conducirás como antes, ¿verdad?

—Estaré menos distraído —concede con una sonrisa—. Además, estoy acostumbrado a dormir poco. Es mejor que descanses para lo de mañana.

Nos metemos en el coche y salimos al minuto. Una vez en la carretera (despejada, aunque todavía con bastante tráfico para la hora que es), Asier alarga el brazo y vuelve a cogerme de la mano. El gesto es tan natural que parece que lleve haciéndolo años.

Sigo siendo una idiota porque, al contemplar nuestros dedos entrelazados, me pongo tan nerviosa que me doy un golpe en la rodilla con la guantera.

—Duerme —insiste.

—Antes quiero comprobar lo que ha provocado Seoane con el directo sobre tu libro —le digo, mientras me las apaño para sacar el móvil de mi bolsillo y teclear solo con la mano derecha—. Veamos... Dios, ¡eres *trending topic*! Anda, ¿te has hecho una cuenta de Instagram?

De repente, parece un poco aturdido. Hasta se tensa contra el asiento.

—Ah, eso... Sí.

—¡Madre mía, tienes nueve mil seguidores! Y subiendo... Oye, ¿te la hiciste ayer? Espera. —Veo la única publicación que tiene, en la que salimos abrazados, y suelto un gritito—. ¿Por qué has...?

—Es una buena foto.

Le miro, con la vista clavada en la carretera y, creo, un asomo de vergüenza en el rostro. Vuelvo a observar la imagen. Después, a él. Tras unos segundos, regreso al móvil.

Pincho dos veces para que sobre nosotros aparezca un corazón.

—Sí lo es.

Asier carraspea y me pide que le mande un mensaje a su compañero de piso para avisarle de que llegará de madrugada. Después, uno a Seoane. Quiere darle las gracias por lo que ha hecho, le pide disculpas por no haberle escrito antes, le promete que le llamará mañana para hablar del libro, de su hermano, de todo lo que le ocurrió.

A pesar de las horas, Seoane contesta con un «gracias, estoy deseándolo».

—¿Estás seguro de que no está enamorado de ti? —le pregunto con malicia—. No sé si podría competir por tu amor con un tío con diez millones de seguidores.

—Dile que se tiña de pelirrojo o nada.

Sonrío con timidez.

—¿Te gustan las pelirrojas?

—Nunca había salido con ninguna —reconoce, quedo—. Y no es que me gusten en general. Me gusta una.

—Dime su nombre y mandaré a mi gato obeso para que le arañe la cara.

—Su cara también me gusta. —Lo dice más serio de lo que esperaba, y yo me encojo en el asiento—. Sobre todo, cuando se ríe.

Dejo que se instale un corto silencio. Es tenso, pero no incómodo.

—¿Por qué?

—Porque cuando la conocí pensé que era luminosa. Y cada vez que sonríe, confirmo lo acertado que estuve.

Me aprieta un poco la mano.

–Además de buenazo –consigo murmurar–, ¿eres un romántico?

Encoge un hombro.

–Qué le vamos a hacer.

–¿Por qué no me hablas tú esta vez? –Sin soltarle la mano, me pongo de lado y me escurro un poco en el asiento–. Cuéntame lo que sea.

Asier gira solo los ojos hacia mí.

–¿Lo que sea?

–Venga, como hice yo. ¿Cómo se conocieron tus padres?

–Desde luego que no yendo a ver una peli clásica al cine como los tuyos –bufa divertido–. Mi hermano suele bromear y contarle a la gente que les presentaron, se preguntaron si querían tener hijos y ambos coincidieron en que sí, pero solo con el único propósito de atormentarlos con expectativas imposibles de cumplir.

Confusa, junto las cejas.

–Espera, ¿no ha dicho nada Seoane en su vídeo? Tu madre fue quien...

–Sí, lo ha contado –me interrumpe–. Hubiera estado genial que le comentase a su propio hijo en algún momento que le gustaba lo que escribía, en lugar de confesárselo a un paciente.

–A lo mejor no le resultaba fácil...

–Mi madre no lo ha sido nunca –reconoce Asier con resignación–. Mi padre es intransigente, pero no tiene problemas en comunicarse. En especial si es para criticar cómo sus hijos se equivocan tomando decisiones vitales.

–Vaya... Lo siento mucho. ¿Y tus padres, se llevan bien entre ellos?

—Extrañamente, sí –contesta con cierta dulzura–. Volviendo al tema de cómo se conocieron, mi *aitona* me lo contó en una ocasión. A mi padre le costó un año entero de insistencia y demostraciones de lealtad que mi madre aceptase salir con él.

—Qué romántico –suspiro–. Ahora entiendo por qué eres así.

Asier me mira de reojo, extrañado.

—¿Cómo soy?

—Reservado –contesto en un susurro–. Quieres demostrar que vales, y te frustra que no se te dé la oportunidad. Eres orgulloso, pero atento. No solo deseas que te quieran, sino que te reconozcan ese amor ante los demás.

Antes de hablar, Asier carraspea para aclararse la garganta.

—Si no te va bien lo de ser editora, puedes tirar hacia la psicología.

—Qué va. Aunque creas que no, eres tan transparente como el agua. Ya te dije que te había calado. –Sonrío cuando él lo hace–. Y tu hermano mayor, ¿cómo es?

Empieza a hablar de él (Gorka, se llama) y advierto el cariño con que lo describe. Son casi opuestos, tampoco es que hablen mucho, pero compartir la infancia con unos padres difíciles los ha mantenido unidos en la distancia.

Al principio estoy muy atenta al relato. Pronto me pierdo y, avergonzada, me doy cuenta de que es porque me he quedado colgada mirándolo. No mueve más que los labios y las cejas, pero he empezado a entender lo que hay detrás de sus pequeños gestos. Añoranza, afecto, arrepentimiento.

Aunque es mentira que le haya calado del todo (porque Asier sigue siendo un misterio para mí en muchos aspectos), lo esencial sí lo conozco. Sé que le gusto, he comprobado lo buena persona que es, admiro su pasión por escribir y su creencia de que soy interesante. Mientras le tenga engañado, todo irá bien.

En el fondo, esto es nuevo para mí. Tanto, que me produce más vértigo que las alturas.

Nunca me he permitido mostrarme vulnerable ante los demás. No porque temiera que fueran a hacerme daño, sino porque no creí que lo mereciera. Por eso me empeño en ayudar a quien sea en lugar de a mí misma. Es mi intento patético de demostrar que soy válida. Si otros se sienten halagados, quizás se den cuenta de que existo. De que, si no soy deseable, al menos sí soy útil.

Sin embargo, Asier ha creído que lo soy. Atractiva y cautivadora, eso dice. Y no únicamente por mi comportamiento servil con los demás, sino por esas partes de mí que no tienen que ver con nadie, solo conmigo.

Esta noche, me ha susurrado entre las sábanas que le encanta verme enfadada. Adora mi faceta autoritaria y gruñona, la tenacidad con la que me vuelco en las historias que me gustan hasta que quedan redondas. El sonido de mi voz, mi cuerpo al caminar, el olor de mi pelo alborotado, la forma en que me lo toco cuando estoy nerviosa. Y ahora, en el coche, mi risa.

Nadie me había dicho que era luminosa. Y es irónico, porque conocer a Asier ha aportado más luz a mi vida.

Cierro los ojos mientras me dejo llevar por la cadencia de su voz. Antes de caer dormida, deseo que se convierta en una de esas personas que permanecen más en mi realidad que en mis fantasías. En el futuro, no quiero que este momento sea un recuerdo.

Ojalá se convierta en una anécdota que otros contarán sobre nosotros.

Algún día.

Asier

NINGUNO DE NOSOTROS HA DORMIDO MUCHO, pero Olivia lo disimula peor.

Vuelve a mirarse en el espejo del ascensor y se retoca el flequillo por octava vez.

—Estás perfecta —le repito—. Deja de tocarte el pelo.

—Pero si ayer me dijiste que te gustaba... —refunfuña.

—Sí, pero no cuando lo haces por ansiedad.

—¡No es ansiedad! —Enseguida se corrige—: Vale, sí que lo es, pero es que esta reunión es muy importante, y Carol ya ha insinuado en miles de ocasiones que mi aspecto podría ser más... pulido.

—Repite conmigo: «Carol es gilipollas y dice gilipolleces».

—Claro, voy a decirlo ahora, a ver si mi suerte consigue que se abra el ascensor en alguna planta intermedia y me escuche alguna otra directiva.

—Seguro que te daría la razón.

Me da un golpe en el brazo y, efectivamente, las puertas se abren en el tercer piso. Se sube un cincuentón con americana que saluda a Olivia con amabilidad y me mira a mí con recelo. Pulsa la quinta planta y, al bajarse, no disimula la mirada de censura que me dedica de pies a cabeza.

–¿Debería haberme puesto traje? –Le echo un vistazo a mi *bomber* y al jersey negro que llevo debajo–. ¿Tengo mal aspecto?

–No me hagas repetirte lo bueno que estás –contesta Olivia con rapidez–. Además, si Carol es lista, le dará lo mismo. Has amanecido con treinta mil seguidores y siendo todavía *trending topic*. Que hayas subido dos míseras fotos a internet y un *thriller* autopublicado solo aviva la curiosidad malsana de la gente: a internet le fascina que seas un misterio andante.

–Y tú queriendo que hiciera el circo en redes para atraer la atención de las editoriales...

Olivia se vuelve hacia su reflejo.

–Tendrás que hacerlo tarde o temprano para mantener contentas a las masas –comenta distraída–. Oye, ¿y qué tal yo? ¿Debería haberme puesto otro traje?

–No, me gusta ese verde. –Se gira hacia mí y le guiño un ojo–. Me trae buenos recuerdos.

Intenta ocultar una sonrisa, pero consigo atraparla a tiempo.

–Idiota. –Falta un piso para que lleguemos, y Olivia se cuadra–. Ahí dentro, compórtate. Le diré a Carol lo nuestro, pero solo cuando estemos las dos.

–De verdad, no tienes por qué hacerlo...

–Me da lo mismo –dice, y por el temblor de sus manos, sé que miente a medias–. Primero hablamos con ella para informarle sobre cómo ha ido el encargo. Luego sacaremos el tema de publicarte. Después tendré una reunión a solas para tratar del futuro. De ti y, si se tercia, también de mi puesto. –Fija la vista en el suelo–. Tú puedes irte a casa si quieres...

Le cojo de la mano y se la aprieto con suavidad.

–Te esperaré.

Las puertas se abren por fin en la décima planta. Suelto sus dedos como si quemaran y nos separamos un metro.

—Vale —susurra Olivia—. Paso firme y cara de que todo ha ido como la seda.

—Desde luego, ayer fue todo como la seda...

Me chista al salir del ascensor. Recorremos el pasillo hasta llegar a la entrada de las oficinas. Me adelanto para abrirle la puerta y Olivia me dedica una de sus sonrisas fingidas. Hacía tiempo que no las veía; no recordaba lo mucho que me repateaban.

—¡Buenos días, Vera! —saluda animada a la recepcionista—. ¿Todo bien por aquí?

—Más aburrido sin ti —responde ella—. Teletrabajamos dos días por la nieve; luego, los jefes no tuvieron piedad. ¿Qué tal ustedes, atrapados allá arriba?

La pobre mujer me mira con la misma mezcla de miedo y turbación que la vez anterior.

—¿Vivir bajo el mismo techo que Olivia? Un infierno —contesto yo—. Es imposible que vuestra compañera piense en otra cosa que no sea trabajar. —Coloco una mano a un lado de la boca, como si le contara un secreto—. No veas cómo me ha hecho sudar.

Vera suelta una risilla aguda y Olivia me da un manotazo en el brazo.

—¿Te puedes comportar?

—Sí, señora.

—Vera, ¿ya está esperándonos Carol?

—Oh, sí. —La recepcionista comprueba la pantalla de su ordenador—. Vino antes que yo. Me ordenó que no permitiera que la molestara nadie. Os está esperando en la sala Cristal.

Olivia suspira.

–Genial. Mil gracias, Vera.

–Esperad, os he preparado café. –Saca de debajo de su mostrador dos tazas como por arte de magia–. Este, con espuma y leche; este, solo sin azúcar.

Cojo el último con el ceño fruncido.

–¿Cómo sabe...?

–Judith me lo dijo –responde Vera. Mueve los ojos hacia un lado–. Me avisó: vendrá un poquito más tarde.

Jud. La mejor amiga de Olivia. La de los mensajes en mayúscula y el respeto nulo a la ortografía.

Parece divertida, un auténtico personaje. No tengo claro si me va a caer bien, o yo a ella, pero volcaré todos mis esfuerzos en resultarle al menos aceptable. Si es importante para Olivia, necesito tenerla de mi lado. Y, por lo que parece, mi chica le ha contado muchas cosas sobre mí.

Espero que también las buenas, o estoy jodido.

Sigo a mi editora hasta el interior de las oficinas. No hay nadie. Son las ocho y media de la mañana y, según me ha comentado Olivia, los jefes de otros sellos editoriales hacen la vista gorda con la hora de entrada. A la mayoría de los trabajadores les conviene llegar pronto, pero muchos teletrabajan o tienen reuniones más tarde. Solo Olivia se escapa de esa flexibilidad. Porque su jefa directa es Carol, el diablo personificado.

* * *

Cuando entramos a la sala de reuniones, tengo que obligarme a poner buena cara. Carol, sin embargo, parece encantada de verme. De hecho, le dedica un gesto vago a Olivia y se adelanta para ofrecerme una mano. Se la estrecho con una leve sonrisa.

Espero tener la misma habilidad que Olivia para fingirlas.

—Sentaos, por favor. ¿Qué tal el viaje?

—Entretenido —respondo—. Aunque también una locura.

—Bueno, no será para tanto —se ríe la mujer.

Se sienta en la cabecera de la mesa y cruza las piernas por debajo. Está buena, no lo voy a negar, solo que también es fría. Parece un cliché andante: rubia, delgada, piel estirada en exceso para su edad, tacones de diez centímetros y traje entallado. Imagino que desayuna lloriqueos de becarios y se consuela criticando a hombres ineptos en puestos por encima. Si no tratase mal a Olivia, la respetaría por lo dura que parece.

Pero, como no es así, la detesto.

—Según me han comentado, has terminado el encargo —dice con un tono meloso e impostado—. Todavía no he podido echarle un vistazo, pero debe ser magnífico. El agente de Seoane me explicó por teléfono que a su cliente le faltaba ponerte un piso...

—Trabajar con Seoane ha sido muy fácil —comento monocorde—. Aunque no habría podido hacerlo sin la ayuda de Olivia.

Carol no se vuelve hacia ella. Tensa la sonrisa y, de inmediato, me asalta un mal presentimiento.

—Maravilloso —murmura—. Volviendo a Seoane, veo que habéis hecho muy buenas migas. Ha recomendado uno de tus libros por internet, ¿es verdad?

—Sí —respondo, más cohibido que antes—. No tenía ni idea de que lo había leído. No nos dijo nada mientras estuvimos allí.

—Ah, ¿no os lo dijo? —Carol gira la cabeza hacia Olivia, a su izquierda y delante de mí—. Mi hijo me envió el vídeo.

Al parecer, una editora que Seoane conoció esta semana le convenció de que recomendase esa novela en su canal.

Mierda. Observo con preocupación a Olivia, pero, al contrario de lo que imaginaba, permanece estoica. Asiente con la cabeza, despacio, y esboza una sonrisa que rivaliza en falsedad con la de su jefa.

—Actué en calidad de amiga —dice con tranquilidad—, pero también como editora. Una atención así no se paga con dinero. Asier es escritor nuestro, ¿no?

Carol se reclina en la silla.

—Un escritor fantasma.

—Por ahora. —Lentamente, Olivia aparta su taza de café y entrelaza las manos sobre la mesa—. Cuando Seoane me lo contó, vi una buena oportunidad. Asier podría aprovechar esto y nosotros proporcionarle la mejor casa donde publicar y distribuir su libro.

Los ojos de Carol se entrecierran.

—Deberías habérmelo consultado.

—Pensaba hacerlo al regresar. —Dios, cómo miente de bien—. Seoane parecía reacio a compartir su pasado... Y no me extraña, porque no es fácil de contar, y menos ante millones de personas. Así que supuse que tenía tiempo para decírtelo, comentarlo con Asier y elaborar juntos una estrategia. —Olivia alarga los dedos hacia la taza y la acerca hacia sí con delicadeza—. Las cosas se han adelantado un poco, pero eso no quiere decir que no podamos hacerle una oferta a nuestro escritor por su novela. —Por primera vez, me dedica una mirada y yo trato de mantenerme impasible—. A pesar de las ofertas de otras editoriales que ha recibido desde ayer, Asier ha tenido la deferencia de escucharnos primero a nosotras.

La madre que me parió.

Vale, toca disimular. Aprieto la mandíbula, me cruzo de brazos, encojo un hombro.

—Es lo más justo.

Sé que Olivia detesta la falta de control. Sospecho que lo ha heredado de su jefa, porque Carol parece de todo menos contenta.

—Desde luego, después de esto tenemos que considerar tu carrera como autor en Rapla, Asier —se pronuncia Carol después de unos segundos—. Pero lo más importante es que has terminado el encargo de Seoane y que saldrá a tiempo para la campaña de Navidad. ¿Te comentó la posibilidad de sacar otro, contigo de nuevo como escritor fantasma? —La sonrisa se hace más ancha—. ¿O quizás se interesó en hacerlo alguno de sus amigos?

Titubeo antes de contestar:

—No, ninguno me ha dicho nada al respecto.

—Bueno, no te preocupes. Convencerlos no es tarea tuya. —Carol se gira de nuevo hacia la izquierda—. ¿Algún progreso en ese sentido?

Perfecta en su papel, Olivia lo niega.

—¿Les propusiste algo concreto? —insiste su jefa—. Si el libro va bien, como se espera, podríamos mejorarle la oferta económica a Seoane para que salga un segundo...

—No aceptó publicar con nosotros por dinero —le corta Olivia—. Ni siquiera lo necesita, así que no le convenceremos por ahí. Viste el vídeo, ¿no? Si dijo que sí, fue por él. —Me señala sin mirarme—. Uve no tiene intención de publicar nada. Y Elsa quiere escribir una novela por sí misma, como y cuando ella quiera. Así que sacar otro libro no depende de ti o de mí, Carol.

La mujer mueve una mano en el aire.

—Es igual. Si las ventas salen bien, quizás Seoane...

—Ni siquiera depende de las cifras —la interrumpe de nuevo Olivia—. Por una vez, sacar un libro depende solo del verdadero autor.

Por un lado, me perturba que las dos hablen como si no estuviera allí. Por otro, me fascina ser testigo de esta especie de enfrentamiento entre editoras. Pero, en especial, de la forma en que la jefa de Olivia palidece y se da cuenta de que ha ninguneado a la persona equivocada durante demasiado tiempo.

Y Olivia está desatada.

—Carol, si quieres a Seoane, necesitas a Asier —continúa diciendo—. Rapla le necesita. Nos arrepentiremos si no es así. —Baja la voz al añadir—: Eres una buena editora y me has enseñado bien; por eso sé que, en el fondo, sabes que tengo razón. Y, sin duda, acabarás dándomela.

Si el mundo fuera una película, ahora mismo la banda sonora rompería en un solo épico. Tanto Carol como yo nos quedamos estupefactos, como si pudiéramos escuchar la música en ascenso que acompaña a la seguridad de Olivia.

Sabía que era implacable y buena en su trabajo, pero no hasta este punto.

Me doy cuenta en este momento de que los miedos de Olivia respecto a su futuro laboral eran infundados. La querrán en cualquier parte. Es una editora magnífica, y sería una agente espectacular.

Y, cuando miro de reojo a Carol, creo que ella también lo sabe.

De hecho, por la expresión de reconocimiento que pone ahora, diría que es algo que lleva sabiendo desde hace mucho.

—Asier, si te parece, organizaremos una reunión contigo para mañana —propone Olivia ante el silencio repentino—.

Así nos das tiempo a discutir hoy cuál puede ser el mejor contrato que proponerte, para que decidas seguir trabajando con nosotros.

Yo asiento, me pongo en pie y extiendo una mano hacia Carol para que me la estreche. Lo hace, pero con menos entusiasmo que antes. Ni siquiera se levanta de la mesa.

–Gracias por el encargo –les digo al despedirme–. Me disteis una gran oportunidad. Nunca lo olvidaré.

Al cerrar la puerta, Olivia me dedica a través del cristal una expresión agradecida, la primera sincera y relajada que ha compuesto desde que llegamos. Decido quedarme con ella, aferrarme a esa sensación de que todo irá bien si es Olivia quien defiende mis intereses, en lugar de con la tensión que dejo atrás.

Si mi carrera depende de ella, no tengo nada que temer.

* * *

Absorto en mis pensamientos, recorro casi a ciegas el camino hasta la recepción. Aunque en realidad nunca llego a alcanzarla, porque una mujer plantada en mitad de la oficina me bloquea el pasillo.

Tiene el pelo negro y rizado, la piel oscura y unas gafas de montura dorada. Lleva un vestido estampado de flores y una chaqueta de lunares. Es una extraña combinación, unida a los brazos en jarras y la cara de cabreo monumental.

Me suena. Se parece a la chica de la playa que Olivia tiene en su perfil.

–¿Tú eres Asier?

–¿Y tú eres Jud? –tanteo.

–¡Pues claro que soy Jud! Vamos a hablar tú y yo, majete.

Sin esperar mi reacción, me coge del brazo y me arrastra hasta una sala interior con cocina, nevera y una mesa redonda.

—Mira, odio pedir disculpas, así que aprovéchate: lo siento. —No puedo ni replicar, porque ella continúa hablando; de hecho, lo hace tan rápido que apenas la entiendo—. No tendría que haberle mandado esos mensajes a Oli hablando de ti en esos términos... Cosificar a los hombres nos convierte en la misma mierda que vosotros. Yo no soy así, soy majísima, ya lo descubrirás. Ahora: ¿qué intenciones tienes con Oli? Te castraré si la dejas tirada, si eres un vago que no quiere ni poner una puta lavadora o si la haces sentir mal porque no quiera sexo contigo.

—No voy a hacer ninguna de esas cosas —digo con calma—. Y acepto tus disculpas.

—¡Ya puedes! Como vuelvas a cotillearle el móvil, te rajo como un salmonete. —Se da la vuelta y coge dos tazas del armario—. Oli está con la Carolota, ¿no?

—Sí.

—¡Qué movida! Hoy una de las dos no sale viva de ahí.

—Apuesto a que será Carol.

Jud no se contiene al soltar cinco palabrotas seguidas.

—¡Por fin! ¿Oli le va a plantar cara?

—Eso parece.

—Hostias, ya era hora. A nuestra chica solo le ha costado seis años de torturas diarias. —Deja las tazas en la mesa y se dirige a la nevera—. Esto hay que celebrarlo. ¿Quieres café o té? ¿Algo más fuerte? ¿Cerveza? ¿Monster o Eneryeti? Tengo un *influencer* que me envía de esas mierdas todos los días. ArguiNano, ¿te suena?

Me contengo para no sonreír.

—Sí, me suena.

–Un gilipollas. Bueno, ¿qué? –Se vuelve y alza las cejas–. ¿Qué te apetece?

Ella ha decidido abrir un botellín y servírselo en una de las tazas, la que pone «lágrimas de lectores».

–¿A las nueve de la mañana, mientras a unos metros se discute mi futuro como escritor? –Me apoyo en la encimera–. Una cerveza parece una buena idea.

Jud se echa a reír y me pasa otro tercio.

–¡Eres de los míos! ¿Sabes? Creo que al final tú y yo nos vamos a llevar bien. ¡Te auguro un buen futuro!

Choco la botella con su taza y asiento, más confiado.

–Sí. Yo también lo creo.

35

Olivia

CREO QUE CAROL ME ODIA. En esta ocasión, de verdad.

Ahora entiendo que su comportamiento conmigo hasta este momento era fruto del desprecio, pero no uno con motivo, sino innato. El que se siente por quien consideras inferior a ti. El que te producen las hormigas que quemas con una lupa, que sabes que puedes aplastar sin castigo, como si fuera un juego, solo para desahogarte y observar cómo enloquecen.

Sin embargo, hace un minuto no he reaccionado como siempre (callando, asintiendo, sonriendo, dándole la razón). La he interrumpido en varias ocasiones. He demostrado que tengo ideas propias. Y que una de ellas es que está equivocada. Principalmente porque se empeña en seguir ciega frente a lo que tiene, en seguir comportándose como lo hacemos con la mayoría de escritores fantasma que tenemos a nuestro cargo: como si fueran, tal como dicta su nombre, invisibles.

Mi trabajo también ha sido invisible para ella. Hasta ahora, me decía a mí misma que no importaba, porque no tenía otra opción mejor. Tras hablar con Lidia, me he dado cuenta de que esa es la idea que me ha instalado Carol en el cerebro tras varios años bajo su yugo.

Aguanta, porque no hay nada más allá.

Aguanta, porque es tu sueño.

¿Qué esperas? Esto es lo mejor que puedes conseguir.

Y no es así, merezco algo mejor.

Igual que lo merece Asier.

—¿Desde cuándo te acuestas con él?

Aprieto la mandíbula. En otro momento me habría acobardado, y no es que en este instante no me haya recorrido un escalofrío de terror por la columna. La diferencia es que ahora no voy a dar un paso atrás.

El resultado de esta batalla no solo me concierne a mí.

—Esa pregunta está totalmente fuera de lugar —contesto rotunda, procurando sonar lo más seria posible—. El libro que ha escrito Asier para Rapla es bueno. Y está firmado por el *influencer* actual con más tirón, así que previsiblemente nos dará muchas ventas. Si le publicamos algo propio a Asier, tendremos no solo la oportunidad de retener a un buen escritor, sino de mantenerle contento para repetir otro encargo similar en el futuro. Tenemos prácticamente hecha la campaña de *marketing* para *Seremos fantasmas*. ¿Has visto las redes? —Cabeceo—. ¿Dónde ves el problema?

—El problema reside en que no me estás contando toda la verdad —replica Carol—. ¿Por qué no me has comentado nada de esto antes?

—¿Cuándo? Te recuerdo que he estado atrapada por una tormenta una semana entera. En todo este tiempo no he dejado de trabajar, festivos incluidos, mañana y noche. He llegado y ya me has acusado delante de un autor de maniobrar para ¿qué? ¿Ocultarte cosas? ¿Dejar mal a la empresa? —Me encojo de hombros—. ¿Por qué te ha molestado tanto que le dijera a ese chico que recomendara por internet a nuestro escritor?

—Porque no es *nuestro* escritor —masculla Carol—: es un asalariado. Y te recuerdo que soy tu jefa, Olivia. Ese *gamer* es un cliente importante. Lo que hables con él, lo que le aconsejes o prometas a cualquiera en relación con el mundo editorial, me concierne. Tendrías que habérmelo contado.

—¿Y qué hubieras decidido tú? —suelto—. ¿Le habrías recomendado a Seoane hablar de ese libro en su canal?

Se queda callada. No necesita contestar. Por supuesto que no lo hubiera hecho.

—Carol, llevo seis años trabajando para ti —empiezo a decir. Procuro que mi voz suene más relajada, aunque sigo tensa de la cabeza a los pies—. Todas las compañeras que entraron al mismo tiempo que yo en la empresa están ahora en puestos superiores o tienen otras responsabilidades... o bien no aguantaron lo suficiente y se marcharon. Yo he seguido aquí, fiel a ti, contra viento y marea. He demostrado que soy buena en lo que hago, he descubierto autores, he tratado «de perlas» a todos, exitosos y fracasados, como sueles decir. ¿Por qué no confías todavía en mí?

Mi jefa se cruza de brazos. Sigue con la frente fruncida, pero la mirada sobre la mesa es menos dura que antes.

—Desde que entraste aquí, vi que eras buena, que tenías potencial —reconoce—. Además, te preocupaba hacer un buen trabajo, lo que considero más importante. —Encoge un hombro de forma elegante, como yo nunca he logrado hacerlo—. Pero eres muy blanda. Te pones en la piel de los escritores demasiado a menudo. Somos una empresa, Olivia, no una ONG. Por muy bien que te caiga un autor, por mucha calidad hipotética que tengan sus novelas, nuestro objetivo es que Rapla salga adelante. Ganar lectores, dinero..., prestigio.

—¿Prestigio? —bufo—. Sé de sobra que no somos una ONG, entiendo que publiquemos libros como el de Seoane para asegurar ciertos ingresos, pero seguimos siendo una editorial. ¿Nuestro trabajo no debería centrarse en publicar novelas? ¿Novelas de verdad? Sabes tan bien como yo que últimamente contratamos más en base a *followers* que a originalidad. ¡Ya no nos arriesgamos!

—Arriesgarse cuesta dinero —me recuerda Carol.

—Sí, pero no si lo hacemos en un pequeño porcentaje. ¿La idea no sería publicar dentro de nuestras trescientas novedades mensuales más novelas que *realmente* merezcan la pena?

—¿Y crees que ese Asier las escribe? —Carol alza una de sus comisuras y, como un ratón, me encojo en la silla—. Dime la verdad. ¿Lo dices desde la imparcialidad total? ¿No intentas convencerme de que le ofrezcamos un buen contrato por ninguna otra razón?

Aunque mi café ya está frío, le doy un sorbo antes de contestar.

—Sé por qué me haces esa pregunta —respondo con tiento—. No puedo negar que tengo una relación con él al margen de lo estrictamente profesional. —Antes de que abra la boca, me apresuro a añadir—: Pero yo no soy Lidia Gallego, así que no me acuses de nada de lo que pudo pasarte con ella. No voy a cargar más con las consecuencias de lo que hizo otra persona.

Porque en el fondo sé que es lo que he hecho durante demasiado tiempo.

Es evidente que Carol me ha estado tratando así (y ha reaccionado de esta manera) por lo que le sucedió con su antigua editora adjunta. No se fía de nadie. Genial. Pero ese es problema suyo, no mío.

—Yo no voy a ocultarte nada —le enfatizo—. Podría haberte mentido y, como ves, no lo he hecho.

—Oh, sí, eso te honra —ironiza.

—No voy a conspirar a tus espaldas —continúo diciendo, ignorando el pinchazo de ansiedad en el pecho—. Voy a ser todo lo clara posible: si no tuviera ningún interés en Asier, te diría lo mismo. Publicarle es una buena decisión, lo mires desde un punto de vista comercial o desde un punto de vista artístico.

Lamentablemente, soy consciente de que no basta con lo segundo. Para Carol, para una editorial como Rapla, lo esencial es lo primero. Ganar.

Por eso, comienzo a enumerarle todas las razones por las que sería un buen fichaje de cara a conseguir ventas. La reacción entusiasta de internet, la curiosidad de las redes ante la invisibilidad que ha llevado Asier hasta ahora, la historia de superación que rodea a su novela y el apoyo incondicional por parte de uno de los *streamers* más famosos del momento.

Después, me centro en todas las otras razones por las que su libro es, en sí, interesante. Le hablo de su estilo, peculiar, distintivo, más fresco y alejado del de otros de nuestros autores estrella, pero fácil de seguir, adictivo.

En contra de lo que pensaba, Carol me escucha sin interrumpirme. No es que ponga buena cara, tampoco creo que esté del todo de acuerdo conmigo, pero me escucha hasta el final.

—Si no me crees, lo que respeto, créete a ti misma —le digo al terminar—. Léele antes de tomar una decisión. Pero quiero que sepas que, si no le publicamos nosotros, lo harán otros. Mercury Books, Aracne, Rémora... Los de Orballo están interesados, por ejemplo. Lo sé, he hablado con una de sus editoras. —Extiendo los dedos sobre la mesa—. Lidia Gallego está ahora allí, ¿lo sabías?

Carol alza las cejas. No obstante, tras un segundo, se recompone y asiente.

—Algo había oído.

—Ella...

—Ella no fue profesional —me corta—. Da igual quién tuviera o no la razón. En este trabajo hay que pensar con la cabeza. Pensé que te había enseñado a hacerlo.

No se me escapa el velado tono de censura.

—Te he hablado como editora, Carol —le aseguro—. Y te sigo hablando como tal. Ahora dime: ¿qué opinas? ¿Tendremos mañana una reunión con Asier Eguren?

—Sí, claro, no soy idiota —mascula enseguida—. Aunque puedo llegar a verle potencial..., opino lo mismo —enfatiza—. Creo que estás siendo parcial. Creo que has pasado una semana encerrada con él y con una panda de críos y ahora estás estresada, confusa y te sientes frustrada con la empresa, lo que has acabado pagando conmigo.

Aunque su condescendencia no me pilla de sorpresa, sí lo que dice a continuación:

—En parte, lo entiendo. También he estado en tu lugar. Lo sigo estando, de hecho. Ojalá pudiera contratar a quien quisiera, Olivia... Pero, en el fondo, actuamos en base a lo que se espera de nosotros. —Baja la voz hasta convertirla en un susurro—. Está bien. Le leeré.

Yo sonrío de oreja a oreja (aunque quizás lo haga demasiado pronto).

—Eso sí, puede que lo que le ofrezcamos al final a ese autor no te parezca suficiente —continúa diciendo—. Y me dará igual, ¿lo entiendes? Soy quien decide. En esto yo tengo la última palabra.

Lo sé. Igual que sé que, en el fondo, soy yo la que la tiene. Respecto a Asier, respecto a ayudarle, respecto a mi carrera. Respecto a mí misma.

Pero no se lo pienso decir.

Por ahora.

Aunque sí que hay algo que tengo que comentarle antes de que me muerda la lengua y me envenene.

—Carol, respecto a ser tú quien decide... —empiezo a decir—. Te envié un correo el día 31 de octubre. —Ella pestañea, sin cambiar un ápice su expresión—. Sobre darme permiso para un día libre...

—Ah, sí —suelta sin inflexión. Mueve una mano en el aire al mismo tiempo que cabecea—. Ya lo veremos, ¿vale?

Una parte de mí me impulsa a contestar de inmediato: «Vale». La conozco. Es la Olivia de siempre, la que evita los conflictos, la que se aferra a conservar su puesto, la que sabe que no tiene otra salida.

Solo que la Olivia contra la que lucha se ha hecho más fuerte.

—No.

36

Olivia

—¿NO? ¿CÓMO QUE NO?

—Como que no —me reafirmo—. Carol, esto es importante. No te he pedido vacaciones fuera del cierre editorial en tres años. Hace tiempo que no veo a mi familia, y ese día...

—Sí, sí —me corta—. Todavía queda mucho para eso. Ya lo hablaremos, ¿de acuerdo? —Me dispongo a replicar, pero ella continúa—: Aunque la fecha que me has solicitado es cercana a la Feria del Libro, así que no prometo que vaya a gustarte lo que decida.

Esta vez soy yo la que parpadea sin cambiar de expresión.

—No me mires así, Olivia, no soy el diablo —añade con un deje divertido—. Solo que a menudo tenemos que sacrificarnos para que el trabajo salga adelante.

—¿Es que no me he sacrificado lo suficiente hasta ahora?

—Claro, ¿y crees que yo no? —Antes de que pueda contestar, prosigue con un deje altivo—: Sigo pensando que eres demasiado blanda. Y, aunque aprecio tu sinceridad en todo este asunto del escritor fantasma, en el fondo solo ha hecho

que me reafirme. No voy a cejar en mi empeño de endure-
certe. Me encantaría que llegaras lejos, Olivia.

Sonríe, ignoro si de forma sincera o no. Por mi parte,
intento no alterarme (o, al menos, procuro que no se me
note).

Esa excusa ya me la sé. La de pretender hacerte un favor
cuando acusas a alguien de tratarte mal. No es la primera
vez que la usan conmigo.

En el caso de Carol, me prometo a mí misma en ese momento que sí será la última.

—Creo que no me has entendido —murmuro—. Si quieres
que llegue lejos contigo, necesito que hagas que merezca la
pena. Necesito que me des algo. Y solo te he pedido un día
libre. —Aprieto un puño—. Lo necesito.

Carol entrelaza los dedos sobre la mesa.

—¿Vas a ponerte impertinente por un mísero día libre?
—Cabecea—. Olivia...

—No es un simple día libre, es lo que simboliza. —Cojo
aire. Lo suelto despacio—. Si no me lo das, lo siento, pero no
voy a seguir contigo.

Su expresión se paraliza.

No estoy exagerando. Para mí, no es solo un día. Es el
reflejo de que, como trabajadora, se me niega algo simple
que no he disfrutado durante años.

Le estoy dando a mi jefa la oportunidad de demostrarme
que quiere retenerme.

—Ignoro a qué viene todo esto... —rumia—. ¿Es una especie de broma?

—No —digo firme—. No lo es.

—Pues lo siento —murmura al final—. Pero valoro la verdad por encima de todo, Olivia, y te mentiría si te dijera
que sí.

Un nudo me constriñe la garganta.

Sin embargo, al contrario que otras veces, no me inmoviliza. Porque, al instante, trago saliva y ese nudo desaparece. La angustia coge impulso, echa el vuelo y se libera. Y yo con ella.

Necesitaba una respuesta para poder avanzar. Acabo de obtenerla.

–Vale –digo firme–. En ese caso, querría solicitar una reunión formal contigo y con Marta, de Recursos Humanos, para mañana. Tras la que tengamos con Asier Eguren, por supuesto. –Ladeo la cabeza–. Me gustaría aprovecharla para presentaros mi dimisión.

Por fin. Ya está.

He tomado una decisión.

No aguantaré en un puesto que me produce más angustias que alegrías, en base a unos principios que rechazo. No apretaré los dientes mientras se me niega lo más básico. No resistiré más tiempo sin poder publicar novelas en las que creo. Si en Rapla no puedo hacerlo, lo haré en otro lugar.

Ser consciente de ello hace que me sienta más ligera. Aunque no haya dado todavía el paso, lo daré mañana. Me arriesgaré. Y valdrá la pena.

–Olivia, anda –resopla Carol–, piensa un poco. No seas niña.

–Al contrario –le rebato–. Nunca me he sentido más segura. En cualquier caso, te dejo repensar mi solicitud durante el día de hoy. Y, si cambias de opinión, puedes hacérmelo saber mañana en nuestra reunión sobre mi futuro en Rapla. –Esbozo una sonrisa torcida–. Está en tus manos, Carol. Ya te he dicho cuáles eran mis exigencias y, la verdad, son pocas para lo que he aguantado.

Tenía un peso invisible en el centro del pecho que no me dejaba moverme, porque siento que acabo de dejarlo sobre la mesa cuando, tras terminarme el café, me pongo en pie y esbozo una sonrisa.

—Gracias por darle una oportunidad a Asier —susurro. Luego, extiendo una mano hacia mi jefa—. Si me disculpas, he de irme. Tengo una reunión importante con un autor.

Es evidente que la he pillado por sorpresa. Carol alza las cejas y, tras unos segundos, observa mi palma extendida. Después, soy yo la que se sorprende al verla ponerse también de pie para estrechármela con cierta deferencia.

—Claro, Olivia. Luego me cuentas.

—Por supuesto —esbozo una sonrisa—, jefa.

Salgo de la sala de juntas. Todavía aferrada al pomo, tomo una bocanada de aire y lo suelto despacio. Luego, en el pasillo, saco el móvil del bolsillo y abro la conversación que tengo abierta con Lidia. En su último mensaje me preguntaba si quería una lista de sus contactos, gente de otras editoriales y agencias literarias.

Le envío un escueto «Por favor y gracias».

* * *

Las oficinas han empezado a recibir a los (después de mí) más madrugadores de Rapla. Al recorrer la planta, saludo a Carlos, otro editor adjunto que ha entrado este año para ayudar en Lejar, nuestro sello especializado en *thriller*. Sonrío a Andrea, parte del equipo de Atrapasueños, mi adorado sello de romántica. Me cruzo con Sergio, que lleva parte de nuestras redes sociales. Judith, en su puesto, está en mitad de una videollamada. Apuesto a que lo que hay en su taza es cerveza y no café. Al pasar por su lado, se gira para señalarme el móvil y yo le respondo con un pulgar en alto.

Al final, llego hasta recepción y Vera me llama con un gesto de la mano.

—Te está esperando.

—¿Dónde?

Porque ya sé a quién se refiere.

—Ha salido.

—Gracias. Oye, si preguntan por mí, di que estoy en una reunión con un escritor.

—¿Ah, sí? —Vera coge un bolígrafo de su mostrador—. ¿Con cuál?

Me encojo de hombros. Al cerrar la puerta tras de mí, creo que la oigo reír a mi espalda.

El corazón me late frenético. Madre mía. Me he plantado, ¡lo he hecho! Me he enfrentado a Carol y le he dicho algunas de las cosas que tenía clavadas en el pecho como espinas. Es cierto que me he dejado muchas en el tintero, pero tampoco iba a ponerme en plan vengativa.

Además, aunque Lidia vaya a ayudarme a tantear editoriales y agencias en busca de trabajo fuera de aquí, ¿quién puede predecir lo que pasará conmigo? A lo mejor Carol cambia de idea y mañana me concede la primera petición que le he hecho en años. O igual los jefes se enteran de lo que ha pasado y acabo ocupando su puesto. O a lo mejor gano la lotería y monto una editorial que solo genere pérdidas porque soy «demasiado blanda».

O quizás lo mande todo a la mierda y me haga monja budista (hay días en que ganas no me faltan).

Lo que sí tengo claro es que pienso abrazar a Asier hasta romperle las costillas. Dios, me muero de ganas de verle.

Lo único que necesito es llegar al ascensor, bajar hasta la calle, y él estará...

Al cruzar la esquina, lo veo. Con las manos en los bolsillos de su *bomber*, apoyado en la pared frente a los ascensores, aunque haya uno abierto.

Me quedo quieta observándole y, de repente, Asier alza la cabeza hacia mí. Enseguida se separa de la pared, guarda las distancias y me dedica una mirada cautelosa; casi puedo ver los signos de interrogación sobre sus ojos grises.

En respuesta, acelero la caminata y le sonrío. No tengo claro si es uno de esos gestos de los que me ha hablado, esa sonrisa luminosa que, según Asier, pongo de vez en cuando solo para él, pero me parece que sí. Porque, en cuanto llego a su lado, me corresponde con otra.

–¿Todo ha ido bien?

–Mañana te toca volver a acompañarme para escuchar buenas noticias –contesto–. Así que supongo que sí.

Me abraza y yo entierro la nariz en su jersey negro. Nos quedamos unos segundos así, disfrutando tanto de la victoria como de la cercanía del otro, y me pregunto si el de seguridad estará comiendo palomitas observando por las cámaras nuestro momento de ternura matutina.

–¿Nos vamos? –le escucho.

–Cuando quieras.

Aunque nos separamos, mantiene su mano anclada en mi cintura. Me empuja con ella hasta el ascensor y, una vez dentro, se me escapa una carcajada.

–¿Qué pasa?

–Nada, recordaba el día en que nos conocimos. Esa mañana hice pleno. –Alzo el rostro para buscar el suyo–. Y creo que hoy también lo he hecho.

Cuando Asier se inclina para besarme, me sorprende que sepa a cerveza en lugar de a café. Pero todavía más que las puertas del ascensor se cierren, bajemos diez pisos y mi corazón siga sin calmarse.

Quizás haga falta más tiempo para que se acostumbre a esto de apostar por otros. Desde luego, yo sí lo necesito.

Todo el que quiera regalarme.

Epílogo

Siete meses después

LLEGA TARDE.

Llegamos tarde.

Sé que no es culpa suya, sino del maldito coche. Voy a llevarlo a un precipicio y soltar el freno de mano. Seguro que luego suelto también una carcajada de placer al contemplar cómo cae al vacío.

Y eso es lo que siento en realidad: una repentina (y conocida) sensación de vacío en el estómago cuando le veo cruzar la esquina de la calle. Porque sé quién lo conduce y también lo que llevará puesto. Le acompañé a comprarlo y, aun así, se ha negado a ponérselo delante de mí en casa porque decía que le miraba con cara de pervertida.

Mi novio, ¡llamándome pervertida *a mí*!

(En realidad, no le falta razón).

Asier se detiene junto a la acera donde sigo plantada y abre la puerta del conductor. Suelta un silbido al contemplarme de arriba abajo.

—¡Estás guap...!

—¡No hay tiempo para eso! —Rodeo el coche a la carrera hasta el asiento del copiloto—. ¡Los del taller dijeron que estaría listo hace una hora. ¿Qué ha pasado?!

—Relájate, Oli. —Cuando cierro de un portazo y le lanzo una mirada furibunda, se echa a reír—. Vamos a llegar de sobra. La boda es aquí al lado.

—¡Puede pasar cualquier cosa en el camino! —Mientras arranca, bajo el parasol y reviso mi maquillaje en el espejo—. Igual no tenemos sitio para aparcar, nos empieza a llover o se me rompe un tacón...

—La mala suerte la dejaste en Rapla —me recuerda Asier. Luego noto sus dedos tomar los míos—. Déjate la cara, está perfecta. Estás perfecta. Respira. Venga, cierra los ojos.

Le hago caso, aunque sigo tensa, tenga los párpados bajados o no. Aun así, me obligo a seguir los consejos de Asier (y de mi psicóloga). Apoyo la espalda en el respaldo y cojo aire. Primero, por la nariz. Luego, exhalo despacio por la boca.

—¿Mejor?

—Sí —susurro. Me giro hacia él y, menos acelerada, le echo un buen vistazo—. Qué bien te sienta el traje. ¡Todas mis primas te lo querrán arrancar! Eres odioso.

—Vaya, gracias. —Sonríe. Porque sí, ahora sonríe a todas horas—. El tuyo también te lo querrán arrancar, aunque espero que no tus primas, la verdad. —Se queda callado un segundo—. ¿O sí?

Intento alisar una arruga invisible sobre mi rodilla.

—Asier, que no es un traje: es un vestido.

—¿En serio? —Abre la boca fingiendo sorpresa—. Hostias, no me había dado cuenta. ¿Eso es una falda? ¿Olivia Gamo llevando falda? Imposible.

Bufo. Es idiota. Y, como es evidente, el vestido lo eligió él.

Así es. Llevo meses practicando eso de escuchar el consejo de los demás, dejarme asesorar, ceder en algunas de mis responsabilidades, etcétera, etcétera. Es difícil, porque me sigue costando dejar entrar así en mi vida a otros (incluido Asier), pero en este caso he de admitir que acertó. Hay pocos colores que queden bien con mi pelo, y este verde menta es uno de ellos. Hasta parezco más bronceada (y eso que mantengo mi moreno flexo).

—Oye, ¿ya te ha contestado Jud? —le pregunto—. Aunque he insistido, no ha querido adelantarme nada.

—Ah, sí. Al final ha conseguido que firme el viernes a las seis y el siguiente sábado de siete a ocho. —Asier compone una expresión de ilusión y, aunque no me vea, yo le correspondo con otra de orgullo—. Firmar en una caseta de la Feria del Libro de Madrid... Joder, no me lo creo.

—Ve acostumbrándote. Rapla te ha contratado dos libros más para el año que viene. Orballo, otro. Más te vale hacer ejercicios de muñeca, estiramiento de dedos...

Me mira de reojo y enseguida me pongo colorada.

—Te prometo que los haré, editora.

No soy editora. Ni la suya ni la de nadie, en realidad. Eso sí, continúo ejerciendo como tal cuando Asier me pasa lo que escribe y yo le doy mi opinión sincera, o cuando Jud está bloqueada con algún proyecto y me pide ayuda extraoficial.

También trato de mejorar los manuscritos de mis representados antes de tantear editoriales que los publiquen. Por el momento no se ha quejado nadie (más bien al contrario). Ni Elsa, ni Camila Elegido (a la que, para sorpresa de Lidia —y Rapla— convencí para venirse conmigo), ni ninguno de mis demás escritores.

Aunque la agencia literaria en la que trabajo es grande y el ritmo ajetreado, el ambiente es inmejorable. A veces me pregunto si no será lo normal, pero, acostumbrada al trato de Carol, esto me parece un sueño. De hecho, me llevo mejor con ella ahora que luchamos en bandos distintos. Es increíble: cuando le presento una novela, me escucha más de cinco minutos y tarda un mes en contestarme, en lugar de tres.

Es igual cuántos porqués reúna, el caso es que no cambiaría mi situación laboral por nada del mundo.

Aun así, soy consciente de que mi puesto actual puede no ser el definitivo. No descarto cambiar de empresa, volver a ser editora en una compañía pequeña, en la competencia de Rapla o incluso regresar allí. Lo que sea.

Ya no me dan miedo los cambios. Al menos, no tanto como antes. No hasta el punto de dejarme paralizada durante años.

–¿Crees que nos volverá a tocar hacer de niñeras? –me pregunta de pronto Asier. Noto cierto temblor en esa voz que adoro y me cruzo de brazos.

–¿Qué dices? Si adoras a mis sobrinos. Además, siendo colega de sus *tiktokers* favoritos y del mismísimo Seoane, te has convertido en su héroe.

–Ya, bueno, sí –masculla avergonzado–. Con quienes tengo problemas es con sus madres. –Al verle fruncir el ceño, me echo a reír–. Tus hermanas, al juntarse, dan auténtico miedo.

–¡Pero si las tienes comiendo de la palma de tu mano! –Me inclino hacia un lado para apoyar la cabeza sobre su hombro–. Cuando tú estás, no me hacen ni caso y me libro de sus peroratas interminables. Por eso te quiero.

–Por eso, ¿eh?

–Sí. –Asiento–. Solo por eso.

Noto sus labios sobre mi pelo. Aunque el roce apenas dure un segundo, a mi respiración le basta para descuadrarse.

—Y tú... ¿por qué me quieres? —me atrevo a preguntar.

—Ah, por lo mismo —responde al instante—. Te quiero porque, cuando estás tú, mis padres olvidan lo profundamente decepcionados que están con su hijo.

—No me extraña. Por una vez, has tomado una buena decisión vital.

No le veo la cara, pero sé que sonríe al contestar:

—La mejor de todas.

Me permito a mí misma derretirme un poco y, antes de lo que esperaba, llegamos al recinto de la boda.

* * *

Todo está lleno de flores, y el pelo de mi prima Rigo no es una excepción. Lloro un pelín (mentira, a mares), en especial al escuchar los discursos de mis amigas del pueblo (algunas chicas de la peña las Divergentes, como Bambi o Lola), quienes, después de tanto sin vernos, me han recibido como si no hubiéramos pasado un solo día separadas.

El cóctel da paso al banquete. La comida, a los postres. La tarta, a la música. Llevo ya varias copas de vino, y empiezo a contemplar la idea de lanzar los tacones al estanque de la finca.

Después de una hora motivadísimo discutiendo sobre *thrillers* con Darío, uno de mis antiguos compañeros de instituto, Asier se acerca a mí con una cerveza y me olvido al instante del plan. Con ellos puestos, llego mejor adonde importa.

—¿Qué haces ahí sentada?

—Me imbuyo del espíritu festivo: bebo hasta perder la consciencia.

Deja su botellín en la mesa a mi espalda y me arrebata la copa para que le haga compañía a su bebida. Al final, me agarra del brazo con suavidad.

—Venga, editora, a la pista. —De un tirón, consigue levantarme de la butaca—. ¿Qué pasa? ¿No te apetece bailar?

—En realidad, no. Solo que alguien me dijo que se te daba fatal, así que... —le rodeo el cuello con los brazos— vamos a comprobarlo.

Uve tenía razón. Es adorable al intentarlo, pero mi escritor baila como un pato mareado sin sentido del ritmo. Aunque no sé si a esto se le puede llamar bailar, porque a lo que nos dedicamos es a balancearnos. De vez en cuando, dejo que Asier me dé vueltas y rezo porque no me pise.

Por otro lado, con tacones y con más champán que sangre en las venas, tampoco es que yo sea el colmo de la psicomotricidad.

—¿Estás contenta? —Asier ahueca mi mejilla con la mano y pasa el pulgar por ella—. Estás muy callada. ¿No estarás enferma?

—Idiota. Estoy bien. De hecho, más que bien. Estaba en silencio para disfrutar mejor de esto. —Me alzo un poco más para dejarle un beso rápido en la mejilla—. Al final logré superar tu reto de Halloween.

—¿Cuál?

—Conseguí mi día libre para venir aquí acompañada.

Asier cabecea.

—De eso nada. No lo conseguiste. Carol, al final, te lo negó.

—Y esa fue una de las muchas razones que esgrimí cuando le presenté mi dimisión. —Me echo a reír entre dientes—. Con la segunda propuesta de mejora salarial de los jefazos, te juro que llegué a dudar...

—Pero resististe. —Apoya su frente en la mía—. Estoy orgulloso de ti. Ahora eres libre.

—Bueno, trabajo más o menos lo mismo que antes. —Sonrío—. Pero sí, estoy contenta.

¿Contenta? No se acerca ni de lejos a cómo me siento. Estoy pletórica, borracha de felicidad, insoportablemente enamorada de mi escritor fantasma, mis felinos, mis amigas (Jud y aquellas que he recuperado junto a mi tiempo libre). En resumen, con mi vida en general.

Llevo siete meses con el perfil de Tinder borrado, y esta vez no por despecho, sino porque resultaba innecesario. En casa me esperan un novelista a tiempo semicompleto y dos gatos obesos en lugar de uno (Asier no me perdona que haya llevado al lado oscuro a su Antígona consentida). Es un piso más desordenado, pero (todavía) más lleno de libros. Lo confieso: ocupan más que nosotros.

Los estantes no solo están a reventar de novelas, sino de marcos de fotos. Muestran familiares testarudos que me he acabado ganando (tras aguantar cien discursos sobre maceraciones en barricas de roble), así como gente que hace siete meses no significaba nada para mí.

Son tres rostros famosos que despiertan recuerdos alejados de las pantallas: viajes accidentados en carretera, disfraces de Halloween, ladridos matutinos, partidas que duran horas, cumpleaños improvisados. Y el sabor del ponche, el olor a limón, el sonido de unas teclas en un salón de techos altos, la nieve cayendo a través de la ventana...

Aunque la que acaba cayendo en este momento soy yo.

—¡Olivia! —Asier me agarra antes de que me descalabre contra el suelo. Claro, que ha sido fácil; ya estaba prácticamente aferrada a él—. ¿Qué ha pasado?

Consigo sostenerme con una pierna y miro hacia abajo.

–Tengo madera de adivina –contesto en voz baja–. Te lo dije: se me ha roto el tacón izquierdo.

–¿Te has hecho daño?

Excepto mi dignidad, todo en mí sigue intacto. Sin embargo, al mirar en derredor, me doy cuenta de que mi pequeño percance ha pasado desapercibido. Supongo que la cantidad de invitados, la ebriedad de los mismos y la escasa iluminación (al margen de las luces de discoteca cutre) me han echado una mano.

–No, todo está bien –respondo.

Asier arquea una ceja. No me cree. Tampoco se lo reprocho, porque suelo mentirle cuando me siento mal de verdad. La última vez que alcancé los cuarenta grados de fiebre, tuvo que llevarme a rastras a urgencias mientras yo seguía proclamando mi buena salud. Me merezco sufrir la moraleja de *Pedro y el lobo*.

–Te llevo afuera.

Voy a contestarle que no hace falta, pero él se adelanta al agacharse. Siento su brazo alrededor de mi espalda al mismo tiempo que otro tras las rodillas y, antes de que pueda reaccionar, me está sacando de la pista en volandas.

Le echo las manos al cuello y sonrío con vergüenza a los invitados con los que nos cruzamos. Algunos preguntan si estoy bien, si he bebido de más o si necesitamos un taxi. Asier les responde a todos de la misma forma: «Sí, yo me encargo, gracias».

Qué suerte he tenido con él.

–¡Oli! ¿Qué te ha pasado? ¿Ya vas borracha?

Vaya por Dios. Tardaba en aparecer el que faltaba.

He intentado evitarlo durante toda la ceremonia. No porque me importe su opinión, sino porque el reencuentro iba a ser tenso tirando a incómodo de cojones.

Y en el fondo debo tener madera de pitonisa, porque vuelvo a acertar. Lo es. Muchísimo. Sobre todo, cuando Asier entrecierra los ojos y acaba reconociéndole.

—Olivia está perfectamente —contesta hosco—. Eres Pedro, ¿no?

Mi ex asiente con una sonrisa temblorosa y le tiende una mano. Cuando se da cuenta de que Asier no puede estrechársela, el gesto en la cara se le congela. Yo me apresuro a alargar un brazo y zarandeo sus dedos arriba abajo como un dibujo animado.

—Este es Asier, mi novio. Asier, este es Pedro, el... el antiguo. Oye, me alegro de verte, ¡te veo genial! —miento con todo el descaro—. ¿Qué tal va todo?

No me interesa. Ni lo que responda ni él. Pero, mientras Pedro contesta, me doy cuenta de que esta sensación de indiferencia me parecía imposible de alcanzar hace un año.

¿Quién lo iba a decir? Ahora me preocupa más que mi actual novio sea capaz de aguantar esta perorata sobre ingeniería civil sin soltar un comentario mordaz o planear un homicidio (con premeditación y alevosía).

—Genial, genial —suelto al final sin haber retenido nada (y rezando porque lo último que haya dicho no sea una mala noticia)—. Bueno, nosotros nos vamos. ¡Saluda a tu madre de mi parte...! ¡Adiós!

Me da la sensación de que la palabra se queda flotando en el aire mientras nos alejamos.

Por fin, conseguimos abandonar el salón de baile y alcanzar el pasillo iluminado que conduce a los baños. Hay varios sofás, algunos ocupados por niños con consolas, otros por hombres viendo un partido en sus móviles y, la mayoría, por mujeres descansando sin zapatos. Entiendo que voy a convertirme en una más cuando Asier me deposita en un sillón vacío y se arrodilla para desatármelos.

—No sé por qué te empeñaste en usar unos tacones tan altos —gruñe al echarle un vistazo al que se ha roto—. Son un peligro. Especialmente para ti. Tienes la estabilidad de Bambi.

—¿Mi amiga del pueblo?

—Ya sabes a qué me refiero.

—Bah, valía la pena el riesgo —replico en tono cantarín—. ¡Tenía a mi héroe para rescatarme...!

—Podrías haberte torcido un tobillo —me corta, serio.

—Mejor. Estando de baja, podría pasar más tiempo en casa. —Alza el rostro al instante y le guiño un ojo—. A solas con el gruñón de mi novio.

Refunfuña algo al empezar a desatar la tira del zapato roto.

—¿Qué te pasa? ¿Estás enfadado?

—No —responde, y sé que miente—. Ese era el famoso Pedro, ¿eh?

—¿Qué te preocupa?

—No me preocupa nada.

—Es un payaso. Lo sabía antes y lo sé ahora. Ni se ha molestado en preguntarnos qué tal nos iba ni tampoco ha tenido la valentía de acercarse a saludar antes. —Hago una pausa y suelto una risita—. Bueno, ahora que lo pienso, yo tampoco lo he hecho...

—Al final no ha venido acompañado —murmura Asier—. Y te ha estado mirando.

—¿Ahora, dices? Supongo que salir en volandas como lo hemos hecho es una imagen, cuanto menos, curiosa...

—Digo durante la boda.

Se queda callado y yo cabeceo.

–¡Qué absurdo! No me digas que estás celoso.

–Claro que no. Pero te hizo daño y me repatea que...

Como vuelve a callarse, le doy un golpecito con el pie.

–¿Que qué?

–Que siga respirando.

Se me escapa una carcajada.

–Venga, tonto, Pedro no significa nada para mí. Podría sufrir una combustión espontánea y solo me daría pena por su pobre madre. Hicimos bien al dejarlo. He salido ganando, es evidente. Ya has comprobado que tú eres mucho más guapo. –Asier frunce el ceño–. Y listo. Alto. Atento. Inteligente. Y no me hagas hablar de tus otros talentos ocultos. Porque, en la cama, eso que haces con...

Me chista y yo me echo a reír. La risa se me corta en cuanto deposita el zapato en el suelo y me agarra la otra pierna. En silencio, empieza a desabrochar la tira alrededor del tobillo. En esta ocasión se recrea; lo hace dolorosamente despacio. Sentir su roce sobre mi piel consigue que esta me cosquillee, desde las puntas de los dedos hasta la nuca. El contacto lanza una señal a mis fibras nerviosas y, de inmediato, me tenso sobre el asiento.

No sé si él lo nota, quizás soy yo la única sensible a su cercanía. Sin embargo, al levantar la cabeza hacia mí, su expresión se torna más seria.

Apenas le queda gris en los ojos. Es una de las muchas señales que ya reconozco: las pupilas dilatadas, el aire que suelta de golpe por la nariz, la mandíbula apretada.

Supongo que no soy la única.

Comienza a acariciarme el tobillo. Cualquiera que nos viera desde fuera tendría la impresión de que me está haciendo un masaje inocente. Pero nada es inocente en Asier, no cuando me mira de esa forma. No cuando el silencio entre los dos deja de ser un alivio y se convierte en una pregunta.

Al final, alza mi tobillo hasta su boca y deja un beso en la cara interna, sobre mi tatuaje más reciente. Las mejillas me arden, en especial al contemplar cómo se forma en su rostro una de mis sonrisas favoritas.

Torcida, lenta, una insinuación a medias.

—Todavía no me has dicho con qué novela está relacionado tu tatuaje nuevo —dice con voz ronca.

—No —gimo.

—¿Ni una pista?

Yo trago saliva. Después, niego con la cabeza. Asier se ríe entre dientes y coloca el pie descalzo sobre su rodilla. Por debajo de la falda verde, noto cómo su otra mano asciende por mi pierna hasta llegar al muslo.

—Eso no es justo —murmura—. Tú conoces las historias que hay detrás de todos los míos.

Sus dedos vuelven a descender hasta atraparme de nuevo el tobillo. Casi puedo sentir cómo late la tinta bajo sus yemas.

Aunque el trazo sea delgado, basta para formar la silueta de un fantasma.

—¿Es *MacBeth* otra vez? —aventura.

—Frío, frío —respondo en voz baja.

—¿Más actual? —Sonríe.

—Puede.

—¿El autor es una mujer? —Niego—. ¿Un hombre?

—Sí.

—¿Lo conozco? —Me encojo de hombros—. Sí, ¿verdad?

—Supongo —concedo. Luego, añado en un susurro—: Pero no más que yo.

—Dímelo.

Ya hemos jugado a esto antes. A fingir que no somos un libro abierto para el otro.

Por eso, acabo inclinándome hacia adelante. Le agarro de las solapas de la chaqueta negra, le atraigo a mi boca y dejo que mi aliento le acaricie los labios. Como siempre, estiro el tiempo. Acelero su corazón hasta que alcanza el mío.

—Me temo, escritor, que tendrás que esforzarte un poco más.

Nota de la autora

Gracias, lectora, lector, por llegar hasta aquí. Si algunos de los sucesos descritos anteriormente no te parecen creíbles, deja que te cuente un par de cosas: mientras visitábamos a mi hermana en Londres, mis pobres padres no pudieron acceder a su habitación de hotel, ocupada por una pareja muy fogosa que se había colado en su cuarto. En enero de 2021, una borrasca llamada Filomena (que no Fulgencia) afectó a la península ibérica entera. A unos amigos les tocó aguantar una semana en una casita en las montañas. En 2022 comencé y terminé esta novela.

Respecto a los *influencers* y el trabajo como escritor fantasma...

(Punto, punto, punto)

Agradecimientos

Una de las partes que más me gustan de publicar una novela es escribir los agradecimientos.

Sé que suena tonto. La mayoría de la gente no los lee. Pero tras trescientas y pico páginas en las que relato la historia de dos tontos ficticios enamorándose (mis queridos Olivia y Asier), por fin puedo decir algo con mi propia voz y usarla para hacer una de las cosas que más adoro en el mundo: dar un gracias sincero a las personas que siempre han estado ahí.

En primer lugar, a todas aquellas que hacen uno de mis dos oficios (escribir) un trabajo menos solitario y más justo: mis amigas escritoras.

Gracias en especial a Myriam, que leyó esta historia allá por 2023 (y la comparó con una de mis *romcom* favoritas); a Mikey, que me aconsejó tan bien; y a Cristina, mi Nana, por abrazarla. Por abrazarme. Recuerdo nuestras primeras conversaciones en Avilés, con un botellín de Estrella, y cómo nos vimos reflejadas la una en la otra. Cómo sentí tu calidez sincera, tu humor y tu apoyo.

Gracias también a Marina, por darle título a esta historia («¿qué te parece *Amor por encargo*?») y por recordarme lo que más importa en nuestra vocación: sentir, vaciarse, creer y disfrutar de nuestras historias. Que no nos arrebaten ese tesoro tan frágil, amiga.

He trabajado con diferentes editoriales, con distintas editoras. De todas me llevo algo, un retazo, un puñado de lecciones, madrugadas trabajando, esfuerzos inútiles y una visión del panorama editorial que fue corrompiéndose con el paso de los años. Hay luz en todos los gremios, también sombras. Pero en un mundo que a menudo nos deshumaniza, al que en ocasiones poco le importan las historias y mucho el dinero, hay editoras que se rompen los cuernos por sus novelas.

A vosotras, editoras. A quienes me tratasteis bien. A quienes me hicisteis sentir pequeña. A quienes luchasteis por un nombre sin cientos de miles de seguidores detrás. A quienes desaparecisteis. A quienes cambiasteis. Y gracias en especial a quien ha editado esta historia: Alejandra. Gracias por tus comentarios épicos, por luchar para que esta novela fuera mejor y por creer en mí.

Gracias a todo el equipo de TBR. A Andrea, de luminoso lila, y a Sergio, un sol amarillo.

Gracias a Pablo, mi prometido, mi *grumpie*, ese que siempre dice en voz alta lo que yo a menudo no me atrevo a verbalizar. Que me prepara todos los cafés que devoro mientras escribo, que me baila cuando tengo un mal día solo para que recuerde que no estoy sola.

Gracias a mis padres, Angelines y Jaime, a quienes quiero con locura. Gracias a mi hermana Andrea, como siempre, que me lee sin descanso y me aconseja (ya sabes, eres mi editora favorita). A mi hermano, Santi, por enseñarme que el silencio también se comparte.

Gracias a todas mis amigas, el gran amor de mi vida. A las de Cifuentes, a las de Lugo, de Madrid, del mundo. Me perdonáis todos mis tropiezos. Me recordáis por qué dar las gracias me resulta algo tan natural como respirar.

Gracias también a *bookfluencers*, libreras y participantes en clubes de lectura, quienes amáis los libros y promovéis los míos con tanto cariño: mi Raquelet, mi Patrisia, Laia (embajadora de UMC), Elena (de *Serendipias*), Marta, Mimi, Sara, las lectoras de los clubes de lectura y, en especial, del de Valladolid (quienes supieron antes que nadie sobre cierto escritor fantasma vasco).

Y, por supuesto, gracias a vosotras y vosotros. Mis lectores.

El mundo editorial, como todos los empresariales, está lleno de aristas. Trabajamos con obras de arte, sí, con historias que han palpitado en las mentes antes de volcarse en el papel. Habrá muchos que quieran aprovecharse de ese amor que muchos de vosotros tenéis por ellas. Me parece que os han subestimado. Y subestimar a un lector es un camino peligroso.

Es una verdad no extendida que algunas de las historias que ocupan las estanterías de las librerías no están escritas, parcial o totalmente, por quienes las firman. Creo que lo más peliagudo es que esos mismos firmantes se consideren a sí mismos artistas. Que nosotros dejemos que se lo crean. Que el engranaje literario les dé una palmada en la espalda, que les paguen *coaches* que les enseñen a escribir o que directamente lo hagan por ellos. Que detrás de algunos tomos exista un Asier Eguren apretando los dientes.

Pero soy positiva. Confío en que, al final, las buenas novelas escritas por autores con pasión se recuerdan. Y creo firmemente en lo que *tú* me dijiste: quienes nos hacen pequeños no merecen nuestro espacio. Tampoco el de mis páginas.

Así que gracias, de corazón, a quienes apoyáis a los escritores más desconocidos. A los menos promocionados. A aquellos cuyo nombre es más pequeño que su título. A los que empiezan.

«Lo nuevo necesita amigos». Y el arte, por encima de todo, los necesita. Ahora más que nunca.

Así que... nos vemos en la próxima historia que pueda regalaros.

¿SABES YA CUÁL ES TU PRÓXIMO LIBRO?

Si te ha gustado esta historia y no puedes esperar para seguir leyendo, visita nuestra web y redes sociales para estar al tanto de todas las novedades TBR:

Nos vemos en tu próxima lectura